國家圖書館出版品預行編目資料

今古奇觀／抱甕老人編;李平校注;陳文華校閱.－－二版四刷.－－臺北市: 三民, 2017
面; 公分.－－(中國古典名著)

ISBN 978-957-14-5553-2 (平裝)

857.41　　100016056

© 今古奇觀(下)

編　　者	抱甕老人
校 注 者	李　平
校 閱 者	陳文華
發 行 人	劉振強
著作財產權人	三民書局股份有限公司
發 行 所	三民書局股份有限公司
	地址　臺北市復興北路386號
	電話　(02)25006600
	郵撥帳號　0009998-5
門 市 部	(復北店) 臺北市復興北路386號
	(重南店) 臺北市重慶南路一段61號
出版日期	初版一刷　1999年1月
	二版一刷　2011年10月
	二版四刷　2017年5月
編　　號	S 854350

上下冊不分售

行政院新聞局登記證局版臺業字第〇二〇〇號

ISBN 978-957-14-5553-2 (平裝)

http://www.sanmin.com.tw 三民網路書店

今古奇觀
中國古典名著
抱甕老人 編
李　平 校注
陳文華 校閱
下
三民書局

卷目

下冊

第二十一卷　老門生三世報恩

買隻牛兒學種田，結間茅屋向林泉。
也知老去無多日，且向山中過幾年。
為利為官終幻客，能詩能酒總神仙。
世間萬物俱增價，老去文章不值錢。

這八句詩，乃是達者之言。末句說「老去文章不值錢」，這一句還有個評論：大抵功名遲速，莫逃乎命，也有早成，也有晚達。早成者未必有成，晚達者未必不達！不可以年少而自恃，不可以年老而自棄。這「老少」二字，也在年數上論不得的。假如甘羅十二歲為丞相，十三歲上就死了，這十二歲之年，就是他髮白齒落、背曲腰彎的時候了。後頭日子已短，叫不得少年。如姜太公八十歲還在渭水釣魚，遇了周文王以後車載之，拜為師尚父；文王薨，武王立，他又秉鉞❶為軍師，佐武王伐商，定了周家八百年基業，封於齊國，又教其子丁公治齊，自己留相周朝，直活到一百二十歲方死。你說八十歲一個老漁翁，

❶ 秉鉞：執掌軍權。鉞，音ㄩㄝˋ。古之兵器，似斧而大。

誰知日後還有許多事業，日子正長哩！這等看將起來，那八十歲上，還是他初束髮、剛頂冠做新郎、應童子試的時候，叫不得老年。世人只知眼前貴賤，那知去後的日長日短？見個少年富貴的，奉承不暇；多了幾年年紀，蹉跎不遇，就怠慢他：這是短見薄識之輩！譬如農家，也有早穀，也有晚稻，正不知那一種收成得好。不見古人云：

東園桃李花，早發還先萎！
遲遲澗畔松，鬱鬱含晚翠。

閒話休提。卻說國朝正統年間，廣西桂林府興安縣有一秀才，覆姓鮮于，名同，字大通。八歲時曾舉神童❷，十一歲遊庠，超增❸補廩。論他的才學，便是董仲舒、司馬相如，也不看在眼裏！真個是胸藏萬卷、筆掃千軍！論他的志氣，便像馮京❹、商輅❺，連中三元❻，也只算他便袋裏東西！真個是足

---

❷ 舉神童：參加特為聰穎兒童設置的考試。凡十歲以下，能通一經，及孝經、論語，每卷誦文十通或七通者，經官員推薦和皇帝召試，授予官職或讀書進學的優遇。這種考試，一稱「童子科」。

❸ 超增：科舉制度，進學的秀才分附學、增廣、廩膳三種級別，附學生員越過增廣直接補廩膳生員，謂之「超增」。

❹ 馮京：北宋仁宗朝進士，鄂州咸寧人。據宋史本傳記載，曾連獲鄉舉、會試、殿試第一，是謂連中三元。

❺ 商輅：明正統朝進士，浙江淳安人。明史本傳載輅鄉試、會試、殿試均奪第一。

❻ 三元：指鄉試、會試、殿試第一名的解元、會元和狀元。

躡風雲，氣沖牛斗。何期才高而數奇，志大而命薄：年年科舉，歲歲觀場，不能得朱衣點額❼、黃榜標名。到三十歲上，循資該出貢❽了。他是個有才有志的人，貢途的前程是不屑就的。思量窮秀才家，全虧學中年規這幾兩廩銀，做個讀書本錢；若出了學門，少了這項來路，又去坐監，反廢盤纏。況且本省比監裏又好中，算計不通。偶然在朋友前露了此意，那下首該貢的秀才，就來打話，要他讓貢，情願將幾十金酬謝。鮮于同又得了這個利息，自以為得計。第一遍是個情，第二遍是個例。人人要貢，個個爭先。鮮于同自三十歲上讓貢起，一連讓了八遍，到四十六歲，兀自埋沒於泮水❾之中，馳逐於青衿❿之隊。也有人笑他的，也有人憐他的，又有人勸他的。那笑他的，他也不睬；憐他的，他也不受；只有那勸他的，他就勃然發怒起來道：「你勸我就貢，止無過道俺年長，不能個科第了；卻不知龍頭屬於老成，梁灝⓫八十二歲中了狀元，也替天下有骨氣肯讀書的男子爭氣。俺若情願小就時，三十歲上就了，肯用力鑽刺，少不得做個府佐縣正⓬，昧著心田做去，儘可榮身肥家。只是如今是個科目的世界，假如孔夫

---

❼ 朱衣點額：喻科舉中選。語出宋趙令畤侯鯖錄，云歐陽修主持貢院考試，閱卷時，每覺座後有身著朱衣的神明點頭示意可以錄取。「額」字係「頭」的轉化。

❽ 出貢：封建社會，凡科舉場中屢試失敗的貢生，可按年資依次由吏部選授佐吏雜職，輪到的謂之「出貢」。

❾ 泮水：此處指在學的秀才。古代諸侯辦的學校稱為泮宮，後來科舉時代便把生員入學讀書稱為「入泮」。

❿ 青衿：語出詩經鄭風子衿。青衿原是古代士子穿的青領衣，後人進而用作讀書人的代稱。

⓫ 梁灝：宋太宗雍熙二年狀元，累官至翰林學士。鄆州須城人，宋史有傳，其生卒年當在西元九六三至一〇〇四年，僅活了四十二歲，小說與戲曲中多按傳說謂八十二歲中狀元，不符事實。灝，音ㄏㄠˋ。

⓬ 府佐縣正：府佐，知府下屬的副職輔佐官員。縣正，即知縣。

子不得科第，誰說他胸中才學？若是三家村⑬一個小孩子，粗粗裏記得幾篇爛舊時文⑭，遇了個盲試官，亂圈亂點，睡夢裏偷得個進士到手，一般有人拜門生稱老師，談天說地，誰敢出個題目，將戴紗帽的再考他一考麼？不止於此，做官裏頭，還有多少不平處！進士官就是個銅打鐵鑄的，撒漫⑮做去，沒人敢說他不是科貢官。兢兢業業捧了卵子過橋，上司還要尋趁他。比及按院復命，參論的但是進士官，憑你敘得極貪極酷，公道看來拿問也還透頭。說到結末，生怕斷絕了貪酷種子。道此一臣者，官箴⑯雖玷，但或念初任，或念年青，尚可望其自新，策其末路，姑照浮躁，或不及例降調，不夠幾年工夫，依舊做起。倘拚得些銀子央要道挽回，不過對調個地方，全然沒事。科貢的官，一分不是，就當做十分晦氣。遇著別人有勢有力，沒處下手，隨你清廉賢宰，少不得借重他替進士頂缸⑰！有這許多不平處，所以不中進士再做不得官。俺寧可老儒終身，死去到閻王面前高聲叫屈，還博個來世出頭，豈可屈身小就，終日受人懊惱，喫順氣丸度日！」遂吟詩一首，詩曰：

從來資格困朝紳，只重科名不重人。

⑬ 三家村：指人少而偏僻的村莊。
⑭ 時文：此處指應科舉考試的八股文。
⑮ 撒漫：放心大膽地。
⑯ 官箴：做官須牢記和遵守的銘誡。箴，規勸；告誡。
⑰ 頂缸：喻指代人受過。

楚士鳳歌誠恐殆⑱，葉公龍好豈求真⑲？
若還黃榜終無分，寧可青衿老此身。
鐵硯磨穿豪傑事，春秋晚遇說平津。

漢時有個平津侯，覆姓公孫，名弘。五十歲讀春秋，六十歲對策第一，做到丞相封侯。鮮于同後來六十一歲登第，人以為讖，此是後話。卻說鮮于同自吟了這八句詩，其志愈銳。怎奈時運不利，看看五十齊頭，蘇秦還是舊蘇秦，不能夠改換頭面，再過幾年，連小考都不利了。每到科舉年分，第一個攔場告考的就是他！討了多少人的厭賤。到天順六年，鮮于同五十七歲，鬢髮都蒼然了，兀自擠在後生家隊裏，談文講藝，娓娓不倦。那些後生見了他，或以為怪物，望而避之；或以為笑具，就而戲之。這都不在話下。卻說興安縣知縣姓蒯，名遇時，表字順之，浙江台州府仙居縣人氏。少年科甲聲價甚高，喜的是談文講藝，商古論今。只是有件毛病：愛少賤老，不肯一視同仁。見了後生英俊，加意獎借；若是年長老成的，視為朽物，口呼「先輩」⑳，甚有戲侮之意。其年鄉試屆期，宗師行文，命縣裏錄科㉑。蒯

---

⑱ 楚士鳳歌誠恐殆：係對從政者的諷刺。典出論語微子，亦見於晉皇甫謐高士傳。孔子熱衷於做官，楚之高士陸通作歌以譏之，中有「鳳兮鳳兮，何德之衰」的感歎。謂官場腐敗。

⑲ 葉公龍好豈求真：此處係引喻主持科舉的試官，並不器重賢才，表裏不一。

⑳ 先輩：原是新科進士對早於他們及第的人的尊稱。此處加引號，實為對不得志者的譏諷。

㉑ 錄科：鄉試之前生員參加的預備考試，入選者始有參預鄉試的資格。

知縣將合縣生員考試彌封閱卷，自恃眼力，從公品第，黑暗裏拔了一個第一，心中十分得意。向眾秀才面前誇獎道：「本縣拔得個首卷，其文大有吳越中氣脈㉒，必然連捷。通縣秀才皆莫能及。」眾人拱手聽命，卻似漢王築壇拜將㉓，正不知拜那一個有名的豪傑？比及拆號唱名，只見一人應聲而出，從人叢中擠將上來。你道這人如何？

矮又矮，胖又胖，鬚鬢黑白各一半。破儒巾，欠時樣，藍衫補孔重重綻。你也瞧，我也看，若還冠帶像胡判㉔！不枉誇，不枉贊，先輩今朝說嘴慣。休羨他，莫自歎，少不得大家做老漢。不須營，不須幹，序齒輪流做領案㉕。

那案首，不是別人，正是那五十七歲的怪物、笑具，名叫鮮于同。合堂秀才哄然大笑，都道：「鮮于先輩又起用了！」連蒯公也自羞得滿面通紅，頓口無言。一時間看錯文字，今日眾人屬目之地，如何番悔！忍著一肚子氣，胡亂將試卷拆完。喜得除了第一名，此下一個個都是少年英俊，還有些嗔中帶喜。

㉒ 吳越中氣脈：謂文章寫得出色。明代江浙地區文化發達，才華傑出之士，也每每湧現，因而形成「吳越氣脈」的贊歎。

㉓ 漢王築壇拜將：指楚漢相爭時，劉邦於眾將中選拔韓信為元帥的故事，事見史記淮陰侯列傳。

㉔ 胡判：民間傳說中的陰司判官。「胡」狀其面黑。

㉕ 領案：科舉考試中縣、府童生的第一名，亦作「案首」。

是日，蒯公發放諸生事畢，回衙悶悶不悅。不在話下。

卻說鮮于同少年時，本是個名士。因淹滯了數年，雖然志不曾灰，卻也是：

澤畔屈原吟獨苦，洛陽季子㉖面多慚。

今日出其不意考個案首，也自覺有些興頭，到學道考試，未必愛他文字，虧了縣家案首，就搭上一名科舉，喜孜孜去赴省試。眾朋友都在下處看經書、溫後場㉗，只有鮮于同平昔飽學，終日在街坊上遊玩。傍人看見，都猜道：「這位老相公，不知是送兒子孫兒進場的？事外之人，好不悠閒自在！」若曉得他是科舉的秀才，少不得要笑他幾聲。

日居月諸㉘，忽然八月初七日，街坊上大吹大擂，迎試官進貢院。鮮于同觀看之際，見興安縣蒯公正徵聘做禮記房考官㉙。鮮于同自想：「我與蒯公同經，他考過我案首，必然愛我的文字。今番遇合，十有八九。」誰知蒯公心裏不然！他又是一個見識道：「我取個少年門生，他後路悠遠，官也多做幾年，

㉖洛陽季子：即蘇秦，季子係其字。得志之前，鄉里側目，兄嫂歧視。

㉗溫後場：為第二、三場考策論及詔表一類應用文作準備。科舉凡鄉試、會試，俱考三場。第二、三場通稱「後場」。

㉘日居月諸：此處借指時光流逝。語出詩經邶風日月。「居」、「諸」皆語氣助詞。

㉙房考官：參與閱卷的官員，因古代科舉分房閱卷得名。房考官受命將分閱考卷的優異。

房師也靠得著他。那些老師宿儒，取之無益。」又道：「我科考時不合昏了眼，錯取了鮮于先輩，在眾人前老大沒趣。今番再取中了他，卻不又是一場笑話？我今閱卷，但是三場做得齊整的，多應是夙學之士，年紀長了，不要取他，只揀嫩嫩的口氣，亂亂的文法，歪歪的四六，怯怯的策論，憒憒的判語，那定是少年初學。雖然學問未充，養他一兩科年還不長，且脫了鮮于同這件干紀❸⓿。」算計已定，如法閱卷，取了幾個不整不齊、略略有些筆資❸❶的，大圈大點，呈上主司。主司都批了「中」字。到八月廿八日，主司同各經房在至公堂上拆號填榜。禮記房首卷是桂林府興安縣學生，覆姓鮮于，名同，習禮記。又是那五十七歲的怪物、笑具僥倖了！蒯公好生驚異。主司見蒯公有不樂之色，問其緣故。蒯公道：「那鮮于同年紀已老，恐置之魁列，無以壓服後生。情願把一卷換他。」主司指堂上扁額道：「此堂既名為『至公堂』，豈可以老少而私愛憎乎？自古龍頭屬於老成，也好把天下讀書人的志氣，鼓舞一番。」遂不肯更換，判定了第五名正魁。蒯公無可奈何。正是：

饒君用盡千般力，命裏安排動不得。
本心揀取少年郎，依舊收將老怪物！

蒯公立心不要中鮮于「先輩」，故此只揀不整齊的文字纔中。那鮮于同是宿學之士，文字必然整齊，

---

❸⓿ 干紀：關係；責任；牽連。
❸❶ 筆資：文章體現的才氣。

如何反投其機？原來鮮于同為八月初七日看了蒯公入簾㉜，自謂遇合十有八九。同歸寓中，多喫了幾杯生酒，壞了脾胃，破腹起來。勉強進場，一頭想文字，一頭泄瀉，瀉得一絲兩氣，草草完篇。二場、三場仍復如此。十分才學，不曾用得一分出來。自謂萬無中式之理。誰知蒯公倒不要整齊文字，以此竟占了個高魁。也是命裏否極泰來，顛之倒之，自然湊巧。那興安縣剛剛只中他一個舉人。當日鹿鳴宴罷，眾同年序齒，他又居了第一名。房考官見了門生，俱各歡喜。惟蒯公悶悶不悅。鮮于同感蒯公兩番知遇之恩，愈加慇懃。蒯公愈加懶散。上京會試，只照常規，全無作興加厚㉝之意。明年，鮮于同五十八歲，會試又下第了。相見蒯公，蒯公更無別語，只勸他選了官罷。鮮于同做了四十餘年秀才，不肯做貢生官。今日纔中得一年鄉試，怎肯就舉人職㉞？回家讀書，愈覺有興。每聞里中秀才會文，他就袖了紙墨筆硯，捱入會中同做。憑眾人耍他、笑他、嗔他、厭他，總不在意。做完了文字，將眾人所作看了一遍，欣然而歸，以此為常。

光陰荏苒，不覺轉眼三年，又當會試之期。鮮于同時年六十有一。年齒雖增，矍鑠如舊。在北京第二遍會試，在寓所得其一夢，夢見中了正魁，會試錄上有名，下面卻填做詩經，不是禮記。鮮于同本是個宿學之士，那一經不通！他功名心急，夢中之言，不繇不信，就改了詩經應試。事有湊巧，物有偶然。蒯知縣為官清正，行取到京，欽授禮科給事中之職。其年，又進會試經房。蒯公不知鮮于同改經之事，

㉜ 入簾：科舉時代，考官進場閱卷，謂之「入簾」。

㉝ 作興加厚：指對考中的門生特別表彰勉勵，這是房師的慣例。

㉞ 舉人職：即憑舉人的資格選授官職。此制度所選授官職低於進士，品級不高。

心中想道：「我兩遍錯了主意，取了那鮮于『先輩』做了首卷。今番會試，他年紀一發長了。若禮記房裏又中了他，這纔是終身之玷！我如今不要看禮記，改看了詩經卷子，那鮮于『先輩』中與不中，都不干我事。」比及入簾閱卷，遂請看詩五房卷。蒯公又想道：「天下舉子像鮮于『先輩』的，諒也非止一人。我不中鮮于同，又中了別的老兒，可不是『躲了雷公，遇了霹靂』？我曉得了，但凡老師宿儒，經旨必然十分透徹；後生家專工四書，經義必然不精。如今倒不要取四經㉟整齊，但是有些筆資的，不妨題旨影響，這定是少年之輩了。」閱卷進呈等到揭曉，詩五房頭卷，列在第十名正魁。拆號看時，卻是桂林府興安縣學生，覆姓鮮于名同，習詩經，剛剛又是那六十一歲的怪物、笑具！氣得蒯遇時目睜口呆，如槁木死灰模樣！

早知富貴生成定，悔卻從前枉用心！

蒯公又想道：「論起世上同名姓的儘多，只是桂林府興安縣卻沒有兩個鮮于同。但他向來是禮記，不知何故又改了詩經？好生奇怪。」候其來謁，叩其改經之故。鮮于同將夢中所見，說了一遍。蒯公歎息連聲道：「真命進士！真命進士！」自此，蒯公與鮮于同師生之誼，比前反覺厚了一分。殿試過了，鮮于同考在二甲頭上，得選刑部主事。人道他晚年一第，又居冷局㊱，替他氣悶。他欣然自如。

㉟ 四經：頭場所考四書文字以外另加的四個經題。明代始行增設。

㊱ 冷局：指清苦的官職。

卻說蒯遇時在禮科衙門，直言敢諫，因奏疏裏面觸突了大學士劉吉，被吉尋他罪過，下於詔獄㊲。那時刑部官員，一個個奉承劉吉，欲將蒯公置之死地。卻好天與其便，鮮于同在本部，一力周旋看覷，所以蒯公不致喫虧。又替他糾合同年，在各衙門懇求方便，蒯公遂得從輕降處。蒯公自想道：「『著意種花花不活，無心栽柳柳成蔭。』若不中得這個老門生，今日性命也難保。」乃往鮮于「先輩」寓所拜謝。鮮于同道：「門生受恩師三番知遇，今日小小效勞，止可少答科舉而已。天高地厚，未酬萬一。」當日師生二人，歡飲而別。自此不論蒯公在家在任，每年必遣人問候，或一次，或兩次。雖俸金微薄，表情而已。

光陰荏苒，鮮于同只在部中遷轉，不覺六年，應選知府。京中重他才品，敬他老成，吏部立心要尋個好缺推他。鮮于同全不在意。偶然仙居縣有信至，蒯公的公子蒯敬共，與豪戶查家爭墳地疆界，嚷罵了一場。查家走失了個小廝，賴蒯公子打死，將人命事告官。蒯敬共無力對理，一徑逃往雲南父親任所去了。官府疑蒯公子逃匿人命情真，差人雪片下來提人，家屬也監了幾個，闔門驚懼。鮮于同查得台州正缺知府，乃央人討這地方。吏部知台州原非美缺，既然自己情願，有何不從？即將鮮于同推陞台州知府。

鮮于同在任三日，豪家已知新太守是蒯公門生，特討此缺而來，替他解紛，必有偏向之情，先在衙門謠言放刁。鮮于同只推不聞。蒯家家屬訴冤，鮮于同亦佯為不理，密差的當捕人，訪緝查家小廝，務在必獲。約過兩月有餘，那小廝在杭州拿到。鮮于太守當堂審明的係自逃，與蒯家無干，當將小廝責取查家領狀。蒯氏家屬，即行釋放。期會一日，親往墳所踏看疆界。查家見小廝已出，自知所訟理虛，恐

㊲ 詔獄：原指按皇帝詔令關押的監獄，在明代為特務掌握的錦衣衛獄。此處係指按通常法令辦事的刑部獄，有異於前者。

結訟之日，必然喫虧。一面央大分上到太守處說方便，一面又央人到蒯家，情願把墳界相讓講和。蒯家事已得白，也不願結冤家。鮮于太守准了和息，將查家薄加罰治，申詳上司。兩家莫不心服。正是：

只愁堂上無明鏡，不怕民間有鬼奸。

鮮于太守乃寫書信一通，差人往雲南府回覆房師蒯公。蒯公大喜，想道：「『樹荊棘得刺，樹桃李得蔭。』若不曾中這個老門生，今日身家也難保。」遂寫懇切謝啟一通，遣兒子蒯敬共齎回，到府拜謝。鮮于同道：「下官暮年淹蹇，為世所棄。受尊公老師三番知遇，得掇科目，常恐身先溝壑㊳，大德不報。今日恩兄被誣，理當暴白。下官因風吹火，小效區區，止可少酬老師鄉試提拔之德，尚欠情多多也。」因為蒯公子經紀家事，勸他閉戶讀書，自此無話。

鮮于同在台州做了三年知府，聲名大振，陞在徽寧道做兵憲㊴，累陞河南廉使㊵，勤於官職。年至八旬，精力比少年兀自有餘。推陞了浙江巡撫㊶。鮮于同想道：「我六十一歲登第，且喜儒途淹蹇，仕途倒順溜，並不曾有風波。今官至撫臺，恩榮極矣！一向清勤自矢，不負朝廷。今日急流勇退，理之當

㊳ 身先溝壑：比別人早死。
㊴ 兵憲：兵備道的別稱。
㊵ 廉使：按察使的別稱，明代為掌管一省司法權力的主管官員。
㊶ 巡撫：一省的行政長官。即撫臺。

然。但受蒯公三番知遇之恩，報之未盡，此任正在房師地方，或可少效涓涘。」乃擇日起程赴任，一路迎送榮耀，自不必說。不一日，到了浙江省城。此時蒯公也歷任做到大參㊷地位，因病目不能理事，致政㊸在家。聞得鮮于「先輩」又做本省開府㊹，乃領了十二歲孫兒，親到杭州謁見。蒯公雖是房師，倒小於鮮于公二十餘歲。今日蒯公致政在家，又有了目疾，龍鍾可憐。鮮于公年已八旬，健如壯年，位至開府。可見發達不在於遲早。蒯公歎息了許多。正是：

松柏何須羨桃李，請君點撿歲寒枝。

且說鮮于同到任以後，正擬遣人問候蒯公，聞說蒯參政到門，喜不自勝，倒屣而迎，直請到私宅，以師生禮相見。蒯公喚十二歲孫兒見了老公祖。鮮于公問：「此位是老師何人？」蒯公道：「老夫受公祖活命之恩，犬子昔日難中，又蒙昭雪，此恩直如覆載。今天幸福星又照吾省。老夫衰病，不久於世。犬子讀書無成。只有此孫，名曰蒯悟，資性頗敏，特攜來相託，求老公祖青目㊺一二。」鮮于公道：「門生年齒，已非仕途人物，正為師恩酬報未盡，所以強顏而來。今日承老師以令孫相託，此乃門生報德之

㊷ 大參：即布政使司參政，係布政使的副職官員，間或分管諸道。
㊸ 致政：辭官；交還權力。
㊹ 開府：對中樞高級官員的尊稱。以將軍、刺史擁有開設衙署、自置幕僚的特殊權力與榮譽見稱。
㊺ 青目：關注照顧；另眼相看。

會也。鄙意欲留令孫在敝衙，同小孫輩課業，未審老師放心否？」蒯公道：「若蒙老公祖教訓，老夫死亦瞑目。」遂留兩個書童服事蒯悟在都撫衙內讀書。蒯公自別去了。那蒯悟資性過人，文章日進。就是年之秋，學道按臨。鮮于公力薦神童，進學補廩，依舊留在衙門中勤學。三年之後，學業已成。鮮于公道：「此子可取科第，我亦可以報老師之恩矣！」乃將俸銀三百兩贈與蒯悟，為筆硯之資，親送到台州仙居縣。適值蒯公三日前一病身亡。鮮于公哭奠已畢，問：「老師臨終亦有何言？」蒯敬共道：「先父遺言，自己不幸少年登第，因而愛少賤老。偶爾暗中摸索，得了老公祖大人。後來許多年少的門生，賢愚不等，升沉不一，俱不得其氣力。全虧了老公祖大人一人，始終看覷。我子孫世世，不可怠慢老成之士。」鮮于公呵呵大笑道：「下官今日三報師恩，正要天下人曉得：扶持了老成人也有用處，不可愛少而賤老也。」說罷，作別回省，草上表章，告老致仕。得旨予告，馳驛還鄉，優悠林下。每日訓課兒孫之暇，同里中父老飲酒賦詩。後八年，長孫鮮于涵鄉榜高魁，赴京會試。恰好仙居縣蒯悟是年中舉，也到京中。兩人三世通家，又是少年同窗，並在一寓讀書。比及會試揭曉，同年進士。兩家互相稱賀。鮮于同自五十七歲登科，六十一歲登甲，歷仕三十三年，腰金衣紫，錫恩三代。告老回家，又看了孫兒科第，直活到九十七歲，整整的四十年晚運。至今浙江人肯讀書，不到六七十歲還不丟手，往往有晚達者。後人有詩歎云：

利名何必苦奔忙，遲早須臾在上蒼。
但學蟠桃能結果，三千餘歲未為長。

第二十二卷　鈍秀才一朝交泰

蒙正窰中怨氣❶，買臣擔上書聲。丈夫失意惹人輕，纔入榮華稱慶。　紅日偶然陰翳，黃河尚有澄清。浮雲眼底總難憑，牢把腳跟立定。

這首西江月大概說人窮通有時，固不可以一時之得意而自誇其能，亦不可以一時之失意而自墜其志。唐朝甘露❷年間，有個王涯丞相，官居一品，權壓百僚，僮僕千數，日食萬錢，說不盡榮華富貴。其府第廚房，與一僧寺相鄰。每日廚房中滌鍋淨碗之水，傾向溝中，其水從僧寺中流出。一日，寺中老僧出

❶ 蒙正窰中怨氣：泛指懷才落魄的文人潦倒時期坎坷的處境與憤懣。呂蒙正（西元九四四至一〇一一年）字聖功，河南洛陽人，北宋太宗及真宗朝宰相，呂龜圖之子，與母劉氏俱被父逐出家門。宋元戲文與雜劇皆有呂蒙正風雪破窰記劇作，謂蒙正貧困時，被富家之女劉月娥相中，拋彩球擇呂為婿。劉父以蒙正貧寒不允，月娥與父決裂，毅然離家偕蒙正棲居破窰。後蒙正應試得中狀元，與岳家恢復和好。事出民間傳說，與宋史本傳不符。

❷ 甘露：當指唐文宗大和九年。唐代無「甘露」年號，惟文宗九年有宰相李訓與王涯、鄭注等文武官員謀誅宦官仇士良等失敗被殺的「甘露事變」，事詳舊唐書文宗紀。此處王涯事當即出此。

行，偶見溝中流水中有白物大如雪片，小如玉屑。近前觀看，乃是上白米飯，王丞相廚下鍋裏、碗裏洗刷下來的。長老合掌念聲：「阿彌陀佛，罪過罪過！」隨口吟詩一首：

春時耕種夏時耘，粒粒顆顆廢力勤。
春去細糠如剖玉，炊成香飯似堆銀。
三餐飽飯無餘事，一口饑時可療貧。
堪嘆溝中狼籍賤，可憐天下有窮人！

長老吟詩已罷，隨喚火工道人，將笊籬笊起溝內殘飯，向清水河中滌去污泥，攤於篩內，日色曬乾，用磁缸收貯，且看幾時滿得一缸。不夠三四個月，其缸已滿。兩年之內，共積得六大缸有餘。那王涯丞相只道千年富貴、萬代奢華，誰知樂極生悲，一朝觸犯了朝廷，闔門待勘，未知生死。其時賓客散盡，僮僕逃亡，倉廩盡為仇家所奪。王丞相至親二十三口，米盡糧絕，擔饑忍餓。啼哭之聲，聞於鄰寺。長老聽得，心懷不忍，只是一牆之隔，除非穴牆可以相通。長老將缸內所積飯乾浸軟，蒸而饋之。王涯丞相喫罷，甚以為美。遣婢子問老僧，他出家之人，何以有此精食？老僧道：「此非貧僧家常之飯，乃府上滌釜洗碗之餘，流出溝中，貧僧可惜有用之物，棄之無用，將清水淘淨，日色曬乾，留為荒年貧丐之食。今日誰知仍濟了尊府之急。正是：一飲一啄，莫非前定。」王涯丞相聽罷歎道：「我平昔暴殄天物如此，安得不敗？今日之禍，必然不免。」其夜，遂伏毒而死。當初富貴時節，怎知道有今日？正是：

貧賤常思富貴，富貴又履危機。此乃福過災生，自取其咎！假如今人貧賤之時，那知後日富貴？即如榮華之日，豈信後來苦楚！如今在下再說個先憂後樂的故事，列位看官們內中倘有胯下忍辱的韓信，妻不下機的蘇秦，聽在下說這段評話，各人回去硬挺著頭頸過日，以待時來，不要先墜了志氣。有詩四句：

秋風衰草定逢春，尺蠖泥中也會伸❸。
畫虎不成君莫笑，安排牙爪始驚人！

話說國朝天順年間，福建延平府將樂縣有個宦家，姓馬名萬群，官拜吏科給事中。因論太監王振專權誤國，削籍為民。夫人早喪，單生一子，名曰馬任，表字德稱。十二歲遊庠，聰明飽學。說起他聰明，就如顏子淵聞一知十❹；論起他飽學，就如虞世南五車腹笥。真個文章蓋世，名譽過人。馬給事愛惜如良金美玉，自不必言。里中那些富家兒郎，一來為他是黃門❺的貴公子，二來道他經解❻之才，早晚飛

---

❸ 尺蠖泥中也會伸：典出周易繫辭：「尺蠖之屈，以求信（按：即『伸』）也。」借喻暫時雖受委屈，必有揚眉吐氣的一天。尺蠖，一種蛾的幼蟲，行動必須先屈而後伸。

❹ 顏子淵聞一知十：典出論語公冶長。顏回，字子淵，孔子的得意弟子，曾贊揚他「聞一以知十」。

❺ 黃門：官署名，此處借指宦官。

❻ 經解：經魁解元的簡稱。明代科舉有以五經取士之制。每經各取一名為首，謂之「經魁」，合成前五名。鄉試中，秀才中舉名列經魁第一位的，例稱「解元」，亦即經魁解元。

黃騰達，無不爭先奉承。其中更有兩個人奉承得要緊！真個是：

冷中送煖，閒裏尋忙。出外必稱弟兄，使錢那問爾我？偶話店中酒美，請飲三杯；纔誇妓館容嬌，代包一月。掇臀捧屁，猶云手有餘香；隨口蹋痰，惟恐人先著腳。說不盡諂笑脅肩，只少個出妻獻子。

一個叫黃勝，綽號黃病鬼；一個叫顧祥，綽號飛天炮杖。他兩個祖上也曾出仕，都是富厚之家，目不識丁，也頂個讀書的虛名。把馬德稱做個大菩薩供養，恐他日後富貴往來。那馬德稱是忠厚君子，彼以禮來，此以禮往，見他慇懃，也遂與之為友。黃勝就把親妹六媖，許與德稱為婚。德稱聞此女才貌雙全，不勝之喜。但從小立個誓願：

若要洞房花燭夜，必須金榜掛名時！

馬給事見他立志高明，也不相強。所以年過二十，尚未完娶。時值鄉試之年。忽一日，黃勝、顧祥邀馬德稱向書鋪中去買書，見書鋪隔壁有個算命店，牌上寫道：

要知命好醜，只問張鐵口。

馬德稱道：「此人名為鐵口，必肯直言。」買完了書，就過間壁與那張先生拱手道：「學生賤造❼，求教。」先生問了八字，將五行生剋之數、五星虛實之理，推算了一回，說道：「尊官若不見怪，小子方敢直言。」馬德稱道：「君子問災不問福，何須隱諱！」黃勝、顧祥兩個在傍，只怕那先生不知好歹，說出話來，衝撞了公子。黃勝便道：「先生仔細看看，不要輕談！」顧祥道：「此位是本縣大名士，你只看他今科發解還是發魁❽？」先生道：「小子只據理直講，不知準否。貴造偏才歸祿，父主崢嶸。論理必生於貴宦之家。」黃、顧二人拍手大笑道：「這就準了！」先生道：「五星中命纏奎壁，文章冠世。」二人又笑道：「好！先生算得準，算得準！」先生道：「只嫌二十二歲交這運不好，官煞❾重重，為禍不小！不但破家，亦防傷命。若過得三十一歲，後來倒有五十年榮華。只怕一丈闊的水缺，雙腳跳不過去。」黃勝就罵起來道：「放屁！那有這話？」顧祥伸出拳來道：「打這廝！打歪他的鐵嘴！」馬德稱雙手攔住道：「命之理微，只說他算不準就罷了，何須計較！」黃、顧二人口中還不乾淨，卻得馬德稱抵死勸回。那先生只求無事，也不想算命錢了。正是：

阿諛人人喜，直言個個嫌。

❼造：此處專指命運，係星相家用於問卜者生辰干支的術語。
❽發魁：指鄉試時中了經魁。
❾官煞：仕途險惡。煞，兇神。

那時連馬德稱也只道自家唾手功名，雖不深怪那先生，卻也不信。誰知三場得意，榜上無名！自十五歲進場，到今二十一歲，三科不中。若論年紀還不多，只為進場屢次了，反覺不利。又過一年，剛剛二十二歲。馬給事一個門生又參了王振一本。王振疑心座主❿指使而然，再理前仇，密唆朝中心腹，尋馬萬群當初做有司時罪過，坐贓萬兩，著本處撫按⓫追解。馬萬群本是個清官，聞知此信，一口氣得病，數日身死。馬德稱哀戚盡禮，此心無窮。卻被有司逢迎上意，逼要萬兩贓銀交納。此時只得變賣家產，但是有稅契可查者，有司徑自估價官賣；只有續置一個小小田莊，未曾起稅，官府不知。馬德稱恃顧祥平昔至交，只說顧家產業，央他暫時承認。又有古玩書籍等項，約數百餘金，寄與黃勝家中。那有司官將馬給事家房產田業盡數變賣，未足其數，兀自吹毛求疵不已。馬德稱扶柩在墳堂屋內暫住。忽一日，顧祥遣人來，言府上餘下田莊，官府已知，瞞不得了。馬德稱無可奈何，只得入官。後來聞得反是顧祥舉首⓬。一則恐後連累，二者博有司的笑臉。德稱知人情奸險，付之一笑。過了歲餘，馬德稱往黃勝家索取寄頓物件，連走數次，俱不相接。結末，遣人送一封帖來。馬德稱拆開看時，沒有書柬，止封帳目一紙。內開某月某日，某事用銀若干。某該合認，某該獨認。如此非一次。隨將古玩書籍等項，估計扣除，不還一件。德稱大怒，當了來人之面，將帳目扯碎，大罵一場：「這般狗彘之輩，再休相見！」從此親事亦不題起。黃勝巴不得杜絕馬家，正中其懷。正合著西漢馮公的四句。道是：

❿ 座主：一作「座師」。舉人、進士對本科主考或總裁官的敬稱。
⓫ 撫按：即明代主管各省軍政大權的巡撫，亦作「巡按」。
⓬ 舉首：檢舉揭發。

一貴一賤，交情乃見。

一死一生，乃見交情。

馬德稱在墳屋中守孝，弄得衣衫藍縷，口食不周。當初父親存日，也曾周濟過別人；今日自己遭困，卻有誰人周濟？守墳的老王，攛掇他把墳上樹木倒賣與人。德稱不肯。老王指著路上幾棵大柏樹道：「這樹不在塚傍，賣之無妨。」德稱依允，講定價錢，先倒一棵下來，中心都是蟲蛀空的，不值錢了。再倒一棵，亦復如此。德稱歎道：「此乃命也！」就教住手。那兩棵樹只當燒柴，賣不多錢，不兩日用完了。身邊只剩得十二歲一個家生小廝⓭，央老王作中，也賣與人，得銀五兩。這小廝過門之後，夜夜小遺起來。主人不要了，退還老王處，索取原價。德稱不得已，情願減退了二兩身價賣了。好奇怪！第二遍去，就不小遺了。這幾夜小遺，分明是打落德稱這二兩銀子。不在話下。

光陰似箭，看看服滿。德稱貧困之極，無門可告。想起有個表叔在浙江杭州府做二府⓮。湖州德清縣知縣，也是父親門生，不如去投奔他。兩人之中，也有一遇。當下將幾件什物傢伙，把老王賣充路費，漿洗了舊衣舊裳，收拾做一個包裹，搭船上路，直至杭州。問那表叔，剛剛十日之前已病故了。隨到德清縣投那個知縣時，又正遇這幾日為錢糧事情，與上司爭論不合，使性要回去，告病關門，無繇通報。

正是：

⓭ 家生小廝：即「家生奴」，家中奴僕所生的子女，人身權屬主人。

⓮ 二府：同知的俗稱，位次知府的副職主管官員。

時來風送滕王閣，運去雷轟薦福碑。

德稱兩處投人不著，想得南京衙門做官的，多有年家⑮。又趁船到京口，欲要渡江。怎奈連日大西風，上水船寸步難行，只得往句容一路步行而去，逕往留都。且數留都那幾個城門：

神策、金川、儀鳳門，懷遠、清涼到石城。
三山、聚寶連通濟，洪武、朝陽定太平。

馬德稱繇通濟門入城，到飯店中宿了一夜。次早，往部科等各衙門打聽。往年多有年家為官的，如今陞的陞了，轉的轉了，死的死了，壞的壞了，一無所遇。乘興而來，卻難興盡而返。流連光景，不覺又是半年有餘，盤纏俱已用盡。雖不學伍大夫⑯吳門乞食，也難免呂蒙正僧院投齋⑰。忽一日，德稱投齋到大報恩寺，遇見個相識鄉親，問其鄉里之事，方知本省宗師按臨歲考⑱。德稱在先服滿時，因無禮

⑮ 年家：因同科及第建立交誼往來的家庭。
⑯ 伍大夫：指由楚國逃亡吳國的伍員。
⑰ 僧院投齋：此事出於傳說，謂呂蒙正落魄階段屢去白馬寺趕趁僧人的齋飯果腹。諸僧厭其常擾，故意到飯後始敲鐘，讓他錯過吃飯時間。
⑱ 宗師按臨歲考：明代各省均設管理儒生的最高長官提學道，即儒生所說的「宗師」，每年都到所屬州縣考查生員的學業，謂之按臨歲考。按原作「投」，據同文堂本改。

物送與學裏⑲師長，不曾動得起服文書⑳及遊學呈子㉑，也不想如此久客於外。如今音信不通，教官㉒逕把他做避考申黜㉓。千里之遙，無繇辨復。真是：

屋漏更遭連夜雨，船遲又遇打頭風。

德稱聞此消息，長歎數聲，無面回鄉，意欲覓個館地，權且教書糊口，再作道理。誰知世人眼淺，不識高低。聞知異鄉公子如此形狀，必是個浪蕩之徒，便有錦心繡腸，誰人信他？誰人請他？又過了幾時，和尚們都怪他蒿惱㉔，語言不遜，不可盡說。幸而天無絕人之路，有個運糧的趙指揮㉕，要請個門館先生同往北京。一則陪話，二則代筆。偶與承恩寺主持商議。德稱聞知，想道：「乘此機會，往北京一行，豈不兩便？」遂央僧舉薦。那俗僧也巴不得遣那窮鬼起身，就在指揮面前稱揚德稱好處，且是束

⑲ 學裏：指府、州、縣各級設置的儒學。

⑳ 起服文書：科舉制度：凡遇父母喪故，考生必須服孝三年，停止參加考試的資格。服孝期滿再行文上報，請求恢復考試資格，謂之起服文書。

㉑ 遊學呈子：士子因事外出，不能參加歲考，請求保留學籍的報告。

㉒ 教官：儒學的管理官員，明代有教授、學正、教諭、訓導等名目。一作「學官」。

㉓ 申黜：申報上司開除學籍。

㉔ 蒿惱：打擾。

㉕ 指揮：即指揮使。明代設於衛所的武官。

修甚少。趙指揮是武官，不管三七二十一，只要省便，約德稱在寺投刺相見，擇日請了下船同行。德稱口如懸河，賓主頗也得合。

不一日，到黃河岸口，德稱偶然上岸登東，忽聽發一聲喊，猶如天崩地裂之形！慌忙起身看時，喫了一驚：原來河口決了。趙指揮所統糧船三分四散，不知去向。但見水勢滔滔，一望無際。德稱舉目無依，仰天號哭，歎道：「此乃天絕我命也！不如死休。」方欲投入河流，遇一老者相救，問其來歷。德稱訴罷，老者惻然憐憫道：「看你青春美質，將來豈無發跡之期？此去短盤至北京，費用亦不多。老夫帶得有三兩荒銀，權為程敬。」說罷，去摸袖裏，卻摸個空，連呼「奇怪！」仔細看時，袖底有一小孔。那老者趕早出門，不知在那裏遇著剪綹㉖的剪去了。老者嗟歎道：「古人云：『得咱心肯日，是你運通時。』今日看起來，就是心肯，也有個天數。非是老夫吝惜，乃足下命運不通所致耳。欲屈足下過舍下，又恐路遠不便。」乃邀德稱到市心裏，向一個相熟的主人家，借銀五錢為贈。德稱深感其意，只得受了，再三稱謝而別。

德稱想：「這五錢銀子，如何盤纏得許多路？」思量一計，買下紙筆，一路賣字。德稱寫作俱佳，爭奈時運未利，不能討得文人墨士賞鑒，不過村坊野店胡亂買幾張糊壁。此輩曉得甚麼好歹？那肯出錢。德稱有一頓沒一頓，半饑半飽，直挨到北京城裏，下了飯店，問店主人借縉紳㉗看，查有兩個相厚的年

㉖ 剪綹：剪破別人衣袋以竊取財物。綹，音ㄌㄧㄡˇ。貯物的絛袋。

㉗ 縉紳：此處指職官錄。

伯，一個是兵部尤侍郎，一個是左卿曹光祿㉘。當下寫了名刺，先去謁曹公。曹公見其衣衫不整，心下不悅。又知是王振的仇家，不敢招架。送下小小程儀㉙，就辭了。再去見尤侍郎，那尤公也是個沒意思的，自家一無所贈，寫一封柬帖薦在邊上陸總兵處。店主人見有這封書，料有際遇，將五兩銀子借為盤纏。誰知正值北虜也先㉚為寇，大掠人畜。陸總兵失機，紐解來京問罪。連尤侍郎都罷官去了。

德稱在塞外，擔擱了三四個月，又無所遇，依舊回到京城旅寓。店主人折了五兩銀子沒處取討，又欠下房錢飯錢若干，索性做個宛轉㉛，倒不好推他出門。想起一個主意來。前面衚衕㉜有個劉千戶，其子八歲，要訪個下路先生教書，乃薦德稱。劉千戶大喜，講過束修二十兩。店主人先支一季束修，自己收受准了所借之數。劉千戶頗盡主道，送一套新衣服，迎接德稱到彼坐館。自此饔餐不缺。且訓誦之暇，重溫經史，再理文章。剛剛坐了三個月，學生出起痘來，太醫下藥不效，十二朝身死。劉千戶單只此子，正在哀痛。又有刻薄小人對他說道：「馬德稱是個降禍的太歲，耗氣的鶴神㉝，所到之處，必有災殃。趙指揮請了他就壞了糧船；尤侍郎薦了他就壞了官職，他是個不吉利的秀才，不該與他親近。」劉千戶不想自兒死生有命，倒抱怨先生帶累了。各處傳說，從此京中起他一個異名叫做「鈍秀才」。凡鈍秀才街

㉘ 光祿：光祿寺卿，職掌朝廷祭宴。正卿為主管，少卿次之。左卿即少卿。
㉙ 程儀：同「程敬」，送給別人的路費。
㉚ 也先：明代蒙古族瓦剌部的首領。
㉛ 宛轉：幫助成全。
㉜ 衚衕：音ㄏㄨˊ ㄊㄨㄥˊ。一作「衙衕」，小巷。
㉝ 鶴神：迷信傳說中太歲部下的兇煞。

上過去，家家閉戶，處處關門。但是早行遇著鈍秀才的，一日沒采㉞。做買賣的折本，尋人的不遇，出官的理輸，討債的不是廝打定是廝罵。就是小學生上學，也被先生打幾下手心。有此數項，把他做妖物相看。倘然狹路相逢，一個個吐口涎沫，叫句吉利方走。可憐馬德稱衣冠之胄，飽學之儒，今日時運不利，弄得日無飽餐，夜無安宿。同時有個浙中吳監生，性甚硬直。聞知鈍秀才之名，不信有此事，特地尋他相會，延至寓所，叩其胸中所學，甚有接待之意。坐席猶未煖，忽得家書，報家中老父病故，踉蹌㉟而別，轉薦與同鄉呂鴻臚㊱。呂公請至寓所，待以盛饌。方纔舉筯，忽然廚房中火起，舉家驚慌逃奔。德稱因腹餒，緩行了幾步，被地方拿他做火頭㊲，解去官司，不繇分說，下了監鋪。幸呂鴻臚是個有天理的人，替他使錢，免其枷責。從此，鈍秀才其名益著，無人招接，仍復賣字為生。

慣與裱家書壽軸，喜逢新歲寫春聯。

夜間常在祖師廟、關聖廟、五顯廟這幾處安身，或與道人代寫疏頭，趁幾文錢度日。

話分兩頭。卻說黃病鬼黃勝，自從馬德稱去後，初時還怕他還鄉。到宗師行黜，不見回家，又有人

㉞ 沒采：沒運氣；倒霉。
㉟ 踉蹌：匆忙行走。踉，音ㄌㄧㄤˋ。
㊱ 鴻臚：此處指在鴻臚寺任職的官員。鴻臚寺主管長官稱為鴻臚寺卿，掌朝會禮儀，下有所屬官員若干。
㊲ 火頭：失火肇災的人。

傳信，道是隨趙指揮糧船上京，被黃河水決。已覆沒矣。心下坦然無慮。朝夕逼勒妹子六媖改聘。六媖以死自誓，決不二天㊳。到天順晚年鄉試，黃勝夤緣賄賂，買中了秋榜。里中奉承者，填門塞戶。聞知六媖年長未嫁，求親者日不離門。六媖堅執不從，黃勝也無可奈何。到冬底打疊行囊，往北京會試。馬德稱見了鄉試錄，已知黃勝得意，必然到京。想起舊恨，羞與相見，預先出京躲避。誰知黃勝不耐功名，若是自家學問上掙來的前程，倒也理之當然，不放在心裏。他原是買來的舉人，小人乘君子之器㊴，不覺手之舞之，足之蹈之。又將銀五十兩買了個勘合，馳驛到京，尋了個大大的下處，且不去溫習經史，終日穿花街過柳巷，在院子裏表子家行樂。常言道「樂極悲生」，鬫出一身廣瘡㊵。科場漸近，將白金百兩送太醫，只求速愈。太醫用輕粉劫藥㊶，數日之內，身體光鮮。草草完場而歸。不夠半年，瘡毒大發，醫治不痊，嗚呼哀哉死了！既無兄弟，又無子息，族間都來搶奪家私。其妻王氏，又沒主張，全賴六媖一身內支喪事，外應親族，按譜立嗣。眾心俱悅服無言。六媖自家也分得一股家私，不下數千金。想起丈夫覆舟消息，未知真假，費了多少盤纏，各處遣人打聽下落。有人自北京來，傳說馬德稱未死，落莫在京，京中都呼為「鈍秀才」。六媖是個女中丈夫，甚有劈著㊷。收拾起輜重銀兩，帶了丫鬟、童僕，僱

㊳ 決不二天：不嫁第二個丈夫。封建社會，女子敬從丈夫，以夫為「天」。

㊴ 乘君子之器：意謂以手段僭占了君子始應享有的位置。

㊵ 廣瘡：一種嚴重的性病，最初由與國外通商的商埠廣州蔓延到內地，故稱廣瘡。

㊶ 輕粉劫藥：輕粉乃是劇烈性毒藥，故稱「劫藥」。

㊷ 劈著：主見；判斷力。

下船隻，一徑來到北京，尋取丈夫。訪知馬德稱在真定府龍興寺大悲閣寫法華經，乃將白金百兩、新衣數套，親筆作書緘封停當，差老家人王安齎去，迎接丈夫。分付道：「我如今便與馬相公援例入監，請馬相公到此讀書應舉，不可遲滯。」王安到龍興寺，見了長老，問：「福建馬相公何在？」長老道：「我這裏只有個鈍秀才，並沒有甚麼馬相公。」王安道：「就是了，煩引相見。」和尚引到大悲閣下，指道：「傍邊桌上寫經的，不是鈍秀才？」王安在家時，曾見過馬德稱幾次。今日雖然藍縷，如何不認得？一見德稱，便跪下磕頭。馬德稱卻在貧賤患難之中，不料有此，一時想不起來。慌忙扶住，問道：「足下何人？」王安道：「小的是將樂縣黃家，奉小姐之命，特來迎接相公。小姐有書在此。」德稱便問：「你小姐嫁歸何宅？」王安道：「小姐守志至今，誓不改適。因家相公近故，小姐新到京中，來訪相公，要與相公援例北雍。請相公早辦行期。」德稱方纔開緘而看，原來是一首詩。詩曰：

何事蕭郎戀遠遊？應知烏帽未籠頭。

圖南自有風雲便，且整雙簫集鳳樓㊸。

德稱看罷，微微而笑。王安獻上衣服、銀兩，且請起程日期。德稱道：「小姐盛情，我豈不知！只是我有言在先：『若要洞房花燭夜，必須金榜掛名時。』向因貧困，學業久荒。今幸有餘資，可供燈火之

㊸且整雙簫集鳳樓：引弄玉與蕭史夫妻成仙的傳說，喻自己堅心期待。

費，且待明年秋試得意之後，方敢與小姐相見。」王安不敢強逼，求賜回書。德稱取寫經餘下的繭絲一幅，答詩四句：

逐逐風塵已厭遊，好音剛喜見伻頭44。
嫦娥夙有攀花約，莫遣簫聲出鳳樓。

德稱封了詩，付與王安。王安星夜歸京回復了。六媖小姐開詩看畢，歎惜不已。其年，天順爺北狩，遇土木之變45。皇太后權請郕王攝位，改元景泰。將奸閹王振全家抄沒。凡參劾王振喫虧的，加官賜蔭。黃小姐在寓中得了這個消息，又遣王安到龍興寺報與馬德稱知道。德稱此時雖然借寓僧房，圖書滿案，鮮衣美食，已不似在先了。和尚們曉得是馬公子、馬相公，無不欽敬。其年是三十二歲，交逢好運，正應張鐵口先生推算之語。可見：

萬般皆是命，半點不繇人。

德稱正在寺中溫集舊業，又得了王安報信，收拾行囊，別了長老，赴京另尋一寓安歇。黃小姐撥家

44 伻頭：對人家奴僕的尊稱。
45 土木之變：指西元一一四九年，明英宗率軍與蒙古的瓦剌部交戰，於土木堡被俘事件。

僮二人伏侍，一應日用供給，絡繹饋送。德稱草成表章，敘先臣馬萬群直言得禍之繇，一則為父親乞恩昭雪，一則為自己辨復前程。聖旨倒下：「准復馬萬群原官，仍加三級。馬任復學復廩㊻。所抄沒田產，有司追給。」德稱差家童報與小姐知道。黃小姐又差王安送銀兩到德稱寓中，叫他廩例入粟㊼。明春就考了監元㊽，至秋發魁。就於寓中整備喜筵，與黃小姐成親。來春又中了第十名會魁㊾，殿試二甲，考選庶吉士㊿。上表給假還鄉，焚黃51謁墓。聖旨准了。夫妻衣錦還鄉，府縣官員出廓迎接，往年抄沒田宅，俱用官價贖還，造冊交割，分毫不少。賓朋一向疏失者，此日奔走其門如市。只有顧祥一人自覺羞慚，遷往他郡去訖。時張鐵口先生尚在，聞知馬公子得第榮歸，特來拜賀。德稱厚贈之而去。後來馬門直做到禮、兵、刑三部尚書，六媖小姐封一品夫人。所生二子，俱中甲科52，簪纓不絕。至今延平府人，

㊻ 復學復廩：恢復秀才及廩生的資格。

㊼ 廩例入粟：以廩生的資格援例納錢換取國子監生的身份，以便參加北京的鄉試。入粟即捐錢。

㊽ 監元：監生考試時的第一名。

㊾ 會魁：會試時，舉人參加五經的考試，每經的第一名稱為會魁。後來因分房閱卷的場所增加，每處都要有第一名，會魁的數量也隨之遞增。此處說馬德稱中第十名會魁，即緣於斯。

㊿ 庶吉士：明初新科進士尚需參加殿試，傑出者授官翰林，其後之成績優異且長於文學者，拔為觀政實習的庶吉士，分屬六科。至永樂年間改屬翰林院，三年後通過考試決定去留，留下的授翰林院編修或檢討。餘者分派到六部或以知縣委用。

51 焚黃：將自己經科舉授官的過程以疏文形式寫在黃紙上，焚化以祭報祖先。

52 甲科：凡經會試得中進士的稱甲科。

說讀書人不得第者，把「鈍秀才」為比。後人有詩歎云：

十年落魄少知音，一日風雲得稱心。
秋菊春桃時各有，何須海浪去淘金。

第二十三卷　蔣興哥重會珍珠衫

仕至千鍾非貴，年過七十常稀。浮名身後有誰知？萬事空花遊戲。　休逞少年狂蕩，莫貪花酒便宜。脫離煩惱是和非，隨分安閒得意。

這首詞名為西江月，是勸人安分守己、隨緣作樂，莫為「酒」、「色」、「財」、「氣」四字損卻精神，虧了行止❶。求快活時非快活，得便宜處失便宜。說起那四字中，總到不得那「色」字利害！眼是情媒，心為慾種，起手時牽腸掛肚，過後去喪魄銷魂。假如牆花路柳，偶然適興，無損於事；若是生心設計，敗俗傷風，只圖自己一時歡樂，卻不顧他人的百年恩義。假如你有嬌妻愛妾，別人調戲上了，你心下如何？古人有四句道得好：

人心不可昧，天道不差移。
我不淫人婦，人不淫我妻。

❶ 行止：此處指品行。

看官，則今日聽我說「珍珠衫」這套詞話❷，可見果報不爽，好教少年子弟做個榜樣。話中單表一人，姓蔣名德，小字興哥。乃湖廣襄陽府棗陽縣人氏。父親叫做蔣世澤，從小走熟廣東做客買賣。因為喪了妻房羅氏，止遺下這興哥，年方九歲，別無男女。這蔣世澤割捨不下，又絕不得廣東的衣食道路，千思百計，無可奈何，只得帶那九歲的孩子同行作伴，就教他學些乖巧。這孩子雖則年小，生得：

眉清目秀，齒白唇紅。行步端莊，言辭敏捷。聰明賽過讀書家，伶俐不輸長大漢。人人喚做粉孩兒，個個羡他無價寶。

蔣世澤怕人妒忌，一路上不說是嫡親兒子，只說是內姪羅小官人。原來羅家也是走廣東的。蔣家只走得一代，羅家倒走過三代了。那邊客店牙行，都與羅家世代相識，如自己親眷一般。這蔣世澤做客，起頭也還是丈人羅公領他走起的。因羅家近來屢次遭了屈官司，家道消乏❸，好幾年不曾走動。這些客店牙行，見了蔣世澤，那一個不動問羅家消息。好生牽掛！今番見蔣世澤帶個孩子到來，問知是羅家小官人，且是生得十分清秀，應對聰明，想著他祖父三輩交情，如今又是第四輩了，那一個不歡喜。

閒話休題。卻說蔣興哥跟隨父親做客，走了幾遍，學得伶俐乖巧，生意行中，百般都會。父親也喜不自勝。何期到一十七歲上，父親一病身亡。且喜剛在家中，還不做客途之鬼。興哥哭了一場，免不得

❷ 詞話：故事中夾雜唱詞的一種講唱文學。

❸ 家道消乏：家產消耗。

揩乾淚眼，整理大事。殯殮之外，做些功德超度，自不必說。七七四十九日內，內外宗親，都來弔孝。本縣有個王公，正是興哥的新岳丈，也來上門祭奠，少不得蔣門親戚陪侍。敘話中間，說起興哥少年老成，這般大事，虧他獨力支持。因話隨話間，就有人攛掇道：「王老親翁，如今令愛也長成了，何不乘凶完配，教他夫婦作伴，也好過日。」王公未肯應承，當日相別去了。眾親戚等安葬事畢，又去攛掇興哥。興哥初時也不肯，卻被攛掇了幾番，自想孤身無伴，只得應允。央原媒人往王家去說。王公只是推辭，說道：「我家也要備些薄薄妝奩，一時如何來得？況且孝未期年❹，於禮有礙。便要成親，且待小祥❺之後再議。」媒人回話，興哥見他說得正理，也不相強。

光陰如箭，不覺週年已到。興哥祭過了父親靈位，換去粗麻衣服，再央媒人王家去說，方纔依允。不隔幾日，六禮完備，娶了新婦進門。有西江月為證：

孝幕翻成紅幕，色衣換去麻衣。畫樓結綵燭光輝，合巹花筵齊備。　卻羨妝奩富盛，難求麗色嬌妻。今宵雲雨足歡娛，來日人稱恭喜。

說這新婦是王公最幼之女，小名喚做三大兒。因他是七月七日生的，又喚做三巧兒。王公先前嫁過的兩個女兒，都是出色標致的。棗陽縣中，人人稱羨，造出四句口號❻。道是：

---

❹ 期年：一年。

❺ 小祥：父母逝世一週年舉行的祭禮。

天下婦人多，王家美色寡。
有人娶著他，勝似為駙馬！

常言道：「做買賣不著只一時，討老婆不著是一世。」若干官宦大戶人家，單揀門戶相當，或是貪他嫁資豐厚，不分皂白，定了親事。後來娶下一房奇醜的媳婦，十親九眷，面前出來相見，做公婆的好沒意思。又且丈夫心下不喜，未免私房走野❼！偏是醜婦極會管老公。若是一般見識的，便要反目；若使顧惜體面，讓他一兩遍，他就做大起來。有此數般不妙，所以蔣世澤聞知王公慣生得好女兒，從小便送過財禮定下他幼女❽與兒子為婚。今日娶過門來，果然嬌姿豔質。說起來比他兩個姐兒加倍標致。正是：

吳宮西子不如，楚國南威❾難賽。
若比水月觀音，一樣燒香禮拜。

---

❻ 口號：此處指「順口溜」。
❼ 私房走野：偷偷地與他人搞不正當的男女關係。
❽ 女：原缺，據同文堂本補。
❾ 南威：南之威的簡稱，春秋時與西施齊名的美女。

蔣興哥人才本自齊整，又娶得這房美色的渾家，分明是一對玉人，良工琢就。男歡女愛，比別個夫妻，更勝一分。三朝之後，依先換了些淺色衣服，只推制中❿，不與外事，專在樓上與渾家成雙捉對，朝暮取樂。真個行坐不離，夢魂作伴。自古苦日難熬，歡時易過。暑往寒來，早已孝服完滿，起靈除孝，不在話下。

興哥一日間，想起父親存日廣東生理。如今擔擱三年有餘了，那邊還放下許多客帳，不曾取得。夜間與渾家商議，欲要去走一遭。渾家初時也答應道：「該去。」後來說到許多路程，恩愛夫妻，何忍分離？不覺兩淚交流。興哥也自割捨不得，兩下悽慘一場，又丟開了。如此已非一次。

光陰荏苒，不覺又捱過了二年。那時興哥決意要行。瞞過了渾家，在外面暗暗收拾行李，揀了個上吉的日期，五日前方對渾家說知。道：「常言坐喫山空。我夫妻兩口也要成家立業，終不然拋了這行衣食道路。如今這二月天氣，不寒不煖，不上路更待何時？」渾家料是留他不住了，只得問道：「丈夫，此去幾時可回？」興哥道：「我這番出外，甚不得已，好歹一年便回。寧可第二遍多去幾時罷了。」渾家指著樓前一棵椿樹道：「明年此樹發芽，便盼著官人回也。」說罷，淚下如雨。興哥把衣袖替他揩拭，不覺自己眼淚也掛下來。兩下裏怨離惜別，分外恩情，一言難盡。

到第五日，夫婦兩個啼啼哭哭，說了一夜的閒話，索性不睡了。五更時分，興哥便起身收拾，將祖遺下的珍珠細軟都交付與渾家收管。自己只帶得本錢銀兩、帳目底本，及隨身衣服鋪陳⓫之類。又有預

❿ 制中：守喪期間。
⓫ 鋪陳：鋪蓋被褥。

備下送禮的人事⑫，都裝疊得停當。原有兩房家人，只帶一個後生些的去，留一個老成的在家，聽渾家使喚，買辦日用。兩個婆娘，專管廚下。又有兩個丫頭，一個叫晴雲，一個叫煖雪，專在樓中伏侍，不許遠離。分付停當，又對渾家說道：「娘子耐心度日。地方輕薄子弟不少，你又生得美貌，莫在門前窺瞰⑬，招風攬火。」渾家道：「官人放心，早去早回。」兩下掩淚而別。正是：

世上萬般哀苦事，無非死別與生離。

興哥上路，心中想著渾家，整日的不偢不倸⑭。不只一日，到了廣東地方，下了客店。這夥舊時相識，都來會面。興哥送了些人事，排家⑮的治酒接風，一連半月二十日不得空閒。興哥在家時，原是淘虛了的身子。一路受些勞碌，到此未免飲食不節，得了個瘧疾。一夏不好，秋間轉成水痢，每日請醫切脈，服藥調治。直延到痢盡，方得安痊，把買賣都擔擱了，眼見得一年回去不成。正是：

只為蠅頭微利，拋卻鴛被良緣。

---

⑫ 人事：此處指禮品。

⑬ 瞰：音ㄎㄢˋ。望。

⑭ 不偢不倸：不關心；不理會。偢，音ㄔㄡˇ。

⑮ 排家：挨家挨戶。

興哥雖然想家，到得日久，索性把念頭放慢了。

不題興哥做客之事，且說這裏渾家王三巧兒，自從那日丈夫分付了，果然數月之內，目不窺戶，足不下樓。光陰似箭，不覺殘年將盡，家家戶戶鬧轟轟的煖火盆⑯、放爆竹、喫合家歡耍子。三巧兒觸景傷情，思想丈夫，這一夜好生淒楚！正合古人的四句詩，道是：

臘盡愁難盡，春歸人未歸。
朝來嗔寂寞，不肯試新衣。

明日正月初一日，是個歲朝⑰。晴雲、煖雪兩個丫頭，一力勸主母在前樓去看看街坊景象。原來蔣家住宅，前後通連的兩帶樓房，第一帶臨著大街，第二帶方做臥室。三巧兒閒常只在第二帶中坐臥。這一日被丫頭們攛掇不過，只得從邊廂裏走過前樓，分付推開窗子，把簾兒放下，三口兒在簾內觀看。這日街坊上好不鬧雜！三巧兒道：「多少東行西走的人，偏沒個賣卦先生在內；若有時，喚他來卜問官人消息也好。」晴雲道：「今日是歲朝，人人要閒耍的，那個出來賣卦？」煖雪叫道：「娘限在我兩個身上，五日內包喚一個來占卦便了。」到初四日早飯過後，煖雪下樓小解，忽聽得街上噹噹的敲響，這件

⑯ 煖火盆：舊時的民間習俗。除夕，各家庭院焚燒架起的松柏樹枝，寓祈興旺。

⑰ 歲朝：農曆元旦。一歲之始。

東西喚做「報君知」⑱，是瞎子賣卦的行頭。煖雪等不及解完，慌忙撿了褲腰跑出門外，叫住了瞎先生，撥轉腳頭，一口氣跑上樓來，報知主母。三巧兒分付喚在樓下坐啟⑲內坐著。討他課錢⑳，通陳㉑過了，走下樓梯，聽他剖斷。那瞎先生占成一卦，問是何用？那時，廚下兩個婆娘聽得熱鬧，也都跑將來了，替主母傳語道：「這卦是問行人的。」瞎先生道：「可是妻問夫麼？」婆娘道：「正是。」先生道：「青龍治世，財爻發動。若是妻問夫，行人在半途。金帛千箱有，風波一點無。青龍屬木，木旺於春，立春前後，已動身了。月盡月初，必然回家，更兼十分財采。」三巧兒叫買辦的把三分銀子打發他去，歡天喜地上樓去了。真所謂「望梅止渴，畫餅充饑」。

大凡人不做指望，倒也不在心上；一做指望，便痴心妄想，時刻難過。三巧兒只為信了賣卦先生之語，一心只想丈夫回來，從此時常走向前樓，在簾內東張西望。直到二月初旬，椿樹發芽，不見些兒動靜。三巧兒思想丈夫臨行之約，愈加心慌，一日幾遍，向外探望。也是合當有事，遇著這個俊俏後生。正是：

有緣千里能相會，無緣對面不相逢。

⑱ 報君知：算命的瞎子為招攬主顧所敲的銅片。
⑲ 坐啟：亦稱「坐起」，簡易接待來人的便廳。
⑳ 課錢：占卜時用作卜具的錢。
㉑ 通陳：一作「通誠」，祝告；祈禱。

這個俊俏後生是誰？原來不是本地，是徽州新安縣人氏，姓陳名商，小名叫做大喜哥，後來改口呼為大郎。年方二十四歲，且是生得一表人物。雖勝不得宋玉㉒、潘安，也不在兩人之下。這大郎也是父母雙亡，湊了二三千金本錢，來走襄陽販糴些米荳之類，每年常走一遍。他下處自在城外，偶然這日進城來，要到大市街汪朝奉㉓典鋪中問個家信。那典鋪正在蔣家對門，因此經過。你道怎生打扮？頭上帶一頂蘇樣的百柱鬃帽，身上一件魚肚白的湖紗道袍，又恰好與蔣興哥平昔穿著相像。三巧兒遠遠瞧見，只道是他丈夫回了，揭開簾子定睛而看。陳大郎抬頭，望見樓上一個年少的美婦人目不轉睛的，只道心上歡喜了他，也對著樓上丟個眼色。誰知兩個都錯認了。三巧兒見不是丈夫，羞得兩頰通紅，忙忙把窗兒拽轉，跑在後樓，靠著床沿上坐地㉔，兀自心頭突突的跳一個不住。誰知陳大郎的一片精魂早被婦人眼光兒攝上去了。回到下處，心心念念的放他不下，肚裏想道：「家中妻子雖是有些顏色，怎比得婦人一半？欲待通個情款，爭奈無門可入。若得謀他一宿，就消花這些本錢，也不枉為人在世。」歎了幾口氣，忽然想起：「大市街東巷，有個賣珠子的薛婆，曾與他做過交易。這婆子能言快語，況且日逐串街走巷，那一家不認得？須是與他商議，定有道理。」

這一夜翻來覆去，勉強過了。次日起個清早，只推有事，討些涼水梳洗，取了一百兩銀子、兩大錠金子，急急的跑進城來。這叫做：

㉒ 宋玉：戰國時代楚頃襄王朝中以才貌出名的大夫。

㉓ 朝奉：此處用作富翁的通稱。

㉔ 坐地：坐著。

欲求生受用，須下死工夫。

陳大郎進城，一徑來到大市街東巷，去敲那薛婆的門。薛婆蓬著頭，正在天井裏揀珠子。聽得敲門，一頭收過珠包，一頭問道：「是誰？」纔聽說出「徽州陳」三字，慌忙開門請進道：「老身未曾梳洗，不敢為禮了。大官人起得好早！有何貴幹？」陳大郎道：「特特而來，若遲時怕不相遇。」薛婆道：「可是作成老身出脫㉕些珍珠首飾麼？」陳大郎道：「珠子也要買，還有大買賣作成你。」薛婆道：「老身除了這一行貨，其餘都不熟慣。」陳大郎道：「這裏可說得話麼？」薛婆便把大門關上，請他到小閣中坐著問道：「大官人有何分付？」大郎見四下無人，便向衣袖裏摸出銀子，解開布包，攤在桌上道：「這一百兩白銀，乾娘收過了，方纔敢說。」婆子不知高低，那裏肯受！大郎道：「莫非嫌少？」慌忙又取出黃燦燦的兩錠金子，也放在桌上道：「這十兩金子，一併奉納。若乾娘再不收時，便是故意推託了。今日是我來尋你，非是你來求我。只為這樁大買賣，不是老娘成不得，所以特地相求。便說做不成時，這金銀你只管受用；終不然我又來取討，日後再沒相會的時節了！我陳商不是恁般小樣㉖的人！」看官，你說從來做牙婆的，那個不貪錢鈔？見了這般黃白之物，如何不動火㉗？薛婆當時滿臉堆下笑來，便道：「大官人休得錯怪，老身一生不曾要別人一厘一毫不明不白的錢財。今日既承大官人分付，老身權且留

㉕ 出脫：拋售。
㉖ 恁般小樣：這麼小器。
㉗ 動火：產生欲念。

下。若是不能效勞，依舊奉納。」說罷，將金錠放銀包內，一齊包起，叫聲：「老身大膽了。」拿向臥房中藏過，忙踅出來道：「大官人，老身且不敢稱謝，你且說甚麼買賣，用著老身之處？」大郎道：「急切要尋一件救命之寶，是處㉘都無，只大市街上一家人家方有，特央乾娘去借借。」婆子笑將起來道：「又是作怪！老身在這條巷住過二十多年，不曾聞大市街有甚救命之寶。大官人你說，有寶的還是誰家？」大郎道：「敝鄉里汪三朝奉典鋪對門高樓子內是何人之宅？」婆子想了一回道：「這是本地蔣興哥家裏。他男子出外做客，一年多了，止有女眷在家。」大郎道：「我這救命之寶，正要問他女眷借借。」便把椅兒掇近了婆子身邊，向他訴出心腹，如此如此。婆子聽罷，連忙搖首道：「此事大難！蔣興哥新娶這房娘子，不上四年。夫妻兩個，如魚似水，寸步不離。如今沒奈何出去了，這小娘子足不下樓，甚是貞節。因興哥做人有些古怪，容易嗔嫌，老身輩從不曾上他的階頭，連這小娘子面長面短，老身還不認得，如何應承得此事？方纔所賜，是老身薄福，受用不成了。」陳大郎聽說，慌忙雙膝跪下。婆子去扯他時，被他兩手拿住衣袖，緊緊按定在椅上，動撣不得，口裏說：「我陳商這條性命，都在乾娘身上，你是必思量個妙計，作成我入馬㉙，救我殘生。事成之日，再有白金百兩相酬；若是推阻，即今便是個死！」慌得婆子沒理會處，連聲應道：「是是！莫要折殺老身。大官人請起，老身有話講。」陳大郎方纔起身拱手道：「有何妙策？作速見教。」薛婆道：「此事須從容圖之，只要成就，莫論歲月。若是限時限日，老身決難奉命。」陳大郎道：「若果然成就，便遲幾日何妨。只是計將安出？」薛婆道：「明日不可太

㉘ 是處：各處。

㉙ 入馬：勾搭上某個女子。馬，代指婦女。

早，不可太遲，早飯後，相約在汪三朝奉典鋪中相會。大官人可多帶銀兩，只說與老身做買賣，其間自有道理。若是老身這兩隻腳跨進得蔣家門時，便是大官人的造化㉚。大官人便可急回下處，莫在他門首盤桓，被人識破，誤了大事。討得三分機會，老身自來回覆。」陳大郎道：「謹依尊命。」唱了個肥喏㉛，欣然開門而去。正是：

未曾滅項興劉，先見築壇拜將。

當日無話。到次日，陳大郎穿了一身齊整衣服，取上三四百兩銀子，放在個大皮匣內，喚小郎㉜背著，跟隨到大市街汪家典鋪來。瞧見對門樓窗緊閉，料是婦人不在，便與管典的㉝拱了手，討個木凳兒坐在門前，向東而望。不多時，只見薛婆抱著一個篾絲箱兒來了。陳大郎喚住問道：「箱內何物？」薛婆道：「珠寶首飾，大官人可用麼？」大郎道：「我正要買。」薛婆進了典鋪，與管典的相見了，叫聲咶噪㉞，便把箱兒打開。內中有十來包珠子，又有幾個小匣兒，都盛著新樣簇花點翠的首飾，奇巧動人，

㉚ 造化：運氣；福份。
㉛ 唱肥喏：禮節形式，作揖的同時，口中贊頌稱謝。
㉜ 小郎：年輕的僕僮。
㉝ 管典的：典當鋪的伙計。
㉞ 咶噪：打擾。

光燦奪目。陳大郎揀幾串極粗極白的珠子，和著些簪珥之類，做一堆兒放著道：「這些我都要了。」婆子便把眼兒瞅著，說道：「大官人要用時儘用，只怕不肯出這樣大價錢。」陳大郎已自會意，開了皮匣，把這些銀兩白華華的攤做一抬，高聲叫道：「有這些銀子，難道買你的貨不起？」此時，鄰舍的閒漢已自走過七八個人，在鋪前站著看了。婆子道：「老身取笑，豈敢小覷大官人！這銀兩須要仔細，請收過了，只要還得價錢公道便好。」兩下一邊的計價多，一邊的還錢少，差得天高地遠。那討價的一口不移，這裏陳大郎拿著東西又不放手，又不增添，故意走出屋簷，件件的翻覆認看，言真道假，掂斤估兩㉟的在日光中炫耀。惹得一市人都來觀看，不住聲的有人喝采。婆子亂嚷道：「買便買，不買便罷！只管擔擱人則甚？」陳大郎道：「怎麼不買？」兩個又論了一番價。正是：

只因酬價爭錢口，驚動如花似玉人。

王三巧兒聽得對門喧嚷，不覺移步前樓，推窗偷看。只見珠光閃爍，寶色輝煌，甚是可愛。又見婆子與客人爭價不定，便分付丫鬟去喚那婆子，借他東西看看。晴雲領命，走過街去，把薛婆衣袂一扯道：「我家娘請你。」婆子故意問道：「是誰家？」晴雲道：「對門蔣家。」婆子把珍珠之類劈手奪將過來，忙忙的包了道：「老身沒有許多空閒與你歪纏。」陳大郎道：「再添些賣了罷。」婆子道：「不賣不賣！像你這樣價錢，老身賣去多時了。」一頭說，一頭放入箱兒裏，依先關鎖了，抱著便走。晴雲道：「我

㉟ 掂斤估兩：估算份量。

替你老人家拿罷。」婆子道：「不消。」頭也不回，徑到對門去了。陳大郎心中暗喜，也收拾銀兩，別了管典的，自回下處。正是：

眼望捷旌旗，耳聽好消息。

晴雲引薛婆上樓，與三巧兒相見了。婆子看那婦人，心下想道：「真天人也！怪不得陳大郎心迷。若我做男子，也要渾㊱了。」當下說道：「老身久聞大娘賢慧，但恨無緣拜識。」三巧兒問道：「你老人家尊姓？」婆子道：「老身姓薛，只在這裏東巷住，與大娘也是個鄰里。」三巧兒道：「你方纔這些東西，如何不賣？」婆子笑道：「若不賣時，老身又拿出來怎的？只笑那下路客人，空自一表人才，不識貨物。」說罷，便去開了箱兒，取出幾件簪珥，遞與那婦人看，叫道：「大娘，你道這樣首飾，便工錢也費多少！他們還得忒不像樣，教老身在主人家面前，如何告得許多消乏㊲？」又把幾串珠子提將起來道：「這般頭號的貨，他們還做夢哩！」三巧兒問了他討價還價，便道：「真個虧你些兒。」婆子道：「還是大家寶眷見多識廣，比男子漢眼力倒勝十倍。」三巧兒喚丫鬟看茶。婆子道：「不擾茶了。老身有件要緊的事，欲往西街走走，遇著這個客人，纏了多時。正是：『買賣不成，擔誤工程。』這箱兒連鎖放在這裏，權煩大娘收拾，老身暫去，少停就來。」說罷便走。三巧兒叫晴雲送他下樓，出門向西去

㊱ 渾：指著迷。

㊲ 消乏：這裏指「虧蝕」。

了。三巧兒心上愛了這幾件東西，專等婆子到來酬價，一連五日不至。到第六日午後，忽然下一場大雨。雨聲未絕，閛閛的敲門聲響。三巧兒喚丫鬟開看，只見薛婆衣衫半濕，提個破傘進來，口裏道：

晴乾不肯走，直待雨淋頭。

把傘兒放在樓梯邊，走上樓來萬福道：「大娘，前晚失信了。」三巧兒慌忙答禮道：「這幾日在那裏去了？」婆子道：「小女託賴，新添了個外甥，老身去看看，留住了幾日，今早方回。半路上下起雨來，在一個相識人家，借得把傘，又是破的，卻不是晦氣！」三巧兒道：「你老人家幾個兒女？」婆子道：「只一個兒子，完婚過了。女兒倒有四個，這是我第四個了，嫁與徽州朱八朝奉做偏房，就在這北門外開鹽店的。」三巧兒道：「你老人家女兒多，不把來當事了。本鄉本土少甚麼一夫一婦的，怎捨得與異鄉人做妾？」婆子道：「大娘不知，倒是異鄉人有情懷。雖則偏房，他大娘子只在家裏。小女自在店中，呼奴使婢，一般受用。老身每過去時，他當個尊長看待，更不怠慢。如今養了個兒子，愈加好了。」三巧兒道：「也是你老人家造化！嫁得著。」說罷，恰好晴雲討茶上來，兩個喫了。婆子道：「今日雨天沒事，老身大膽，敢求大娘的首飾一看，看些巧樣兒在肚裏也好。」三巧兒道：「也只是平常生活，你老人家莫笑話。」就取一把匙鑰開了箱籠，陸續搬出許多釵鈿纓絡之類。薛婆看了，誇美不盡道：「大娘有恁般珍異，把老身這幾件東西看不上眼了。」三巧兒道：「好說！我正要與你老人家請個實價。」婆子道：「娘子是識貨的，何消老身費嘴？」三巧兒把東西撿過，取出薛婆的篋絲箱兒來放在桌上，將鑰匙遞與婆子道：「你老人家開了自看個明白。」婆子道：「大娘忒精細了。」當下開了箱兒，把東西逐件搬出。三巧兒品評價錢，都不甚遠。婆子並不爭論，歡歡喜喜的道：「恁地，便不枉了人，老身就少賺幾貫錢，也是快活的。」三巧兒道：「只是一件，目下湊不起價錢，只好現奉一半。等待我家官人回來，一併清楚。他也只在這幾日回來。」婆子道：「便遲幾日，也不妨事！只是價錢上相讓多了，銀水要足紋的。」三巧兒道：「這也小事。」便把心愛的幾件首飾及珠子收起，喚晴雲取盃見成酒來，與老人家坐坐。婆子道：「造次如何好攪擾？」三巧兒道：「時常清閒，難得你老人家到此作伴扳話。你老人家若不嫌怠慢，時常過來走走。」婆子道：「多謝大娘錯愛。老身家裏當不過嘈雜；像宅上又忒清閒了。」三巧兒道：「你家兒子做甚生意？」婆子道：「也只是接些珠寶客人，每日討酒討漿，刮㊳的人不耐煩。老身虧殺各宅們走動，在家時少還好。若只在六尺地上轉，怕不躁㊴死了人！」三巧兒道：「我家與你相近，不耐煩時，就過來閒話。」婆子道：「只不敢頻頻打攪。」三巧兒道：「老人家說那裏話！」只見兩個丫鬟，輪番的走動，擺了兩副盃筯，兩碗臘雞，兩碗臘肉，兩碗鮮魚，連果碟素菜，共一十六個碗。婆子道：「如何盛設？」三巧兒道：「見成的，休怪怠慢。」說罷，斟酒遞與婆子。婆子將盃回敬，兩下對坐而飲。原來三巧兒酒量儘去得，那婆子又是酒壺酒甕，喫起酒來，一發㊵相投了，只恨會面之晚。那日直喫到傍晚，剛剛雨止。婆子作謝要回，三巧兒又取出大銀鍾來勸了幾鍾，又陪他

㊳ 刮：借作「聒」，嚕嗦之意。

㊴ 躁：煩惱。

㊵ 一發：更加；越發。

喫了晚飯，說道：「你老人家再寬坐一時，我將這一半價錢付你去。」婆子道：「天晚了，大娘請自在，不爭這一夜兒，明日卻來領罷。連這篋絲箱兒，老身也不拿去了，省得路上泥滑滑的不好走。」三巧兒道：「明日專專望你。」婆子作別下樓，取了破傘出門去了。正是：

世間只有虔婆嘴，哄動多多少少人！

卻說陳大郎在下處呆等了幾日，並無音信。見這日天雨，料是婆子在家，拖泥帶水的進城來問個消息，又不相值。自家在酒肆中喫了三盃，用了些點心，又到薛婆門首打聽，只是未回。看看天晚，卻待轉身，只見婆子一臉春色，腳略斜的走入巷來。陳大郎迎著他作了揖，問道：「所言如何？」婆子搖手道：「尚早！如今方下種，還沒有發芽哩。再隔五六年開花結果，纔到得你口。你莫在此探頭探腦！老娘不是管閒事的。」陳大郎見他醉了，只得轉去。

次日，婆子買了些時新果子，鮮雞魚肉之類，喚個廚子安排停當，裝做兩個盒子。又買一甕上好的醲酒，央間壁小二挑了，來到蔣家門首。三巧兒這日不見婆子到來，正教晴雲開門出來探望，恰好相遇。婆子教小二挑在樓下，先打發他去了。晴雲已自報知主母。三巧兒把婆子當個貴客一般，直到樓梯口邊，迎他上去。婆子千恩萬謝的福了一回，便道：「今日老身偶有一盃水酒，將來與大娘消遣。」三巧兒道：「倒要你老人家賠鈔，不當受了。」婆子央兩個丫鬟搬將上來，擺做一桌子。三巧兒道：「你老人家忒迂闊了！恁般大弄起來。」婆子笑道：「小戶人家，備不出甚麼好東西，只當一茶奉獻。」晴雲便去取盃筯，煖雪便吹起水火爐㊶來。霎時酒煖。婆子道：「今日是老身薄意，還請大娘轉坐客位。」三巧兒道：「雖然相擾，在寒舍豈有此理？」兩下謙讓多時，薛婆只得坐了客席。這是第三次相聚，更覺熟分了。

飲酒中間，婆子問道：「官人出外好多時了，還不回，虧他撇得大娘下！」三巧兒道：「便是。說過一年就轉，不知怎地擔擱了。」婆子道：「依老身說，放下了恁般如花似玉的娘子，便博個堆金積玉，也不為罕。」婆子又道：「大凡走江湖的人，把客當家，把家當客。比如我第四個女婿朱八朝奉，有了小女，朝歡暮樂，那裏想家？或三年四年，纔回一遍，住不上一兩個月又來了！家中大娘子替他擔孤受寡，那曉得他外邊之事？」三巧兒道：「我家官人倒不是這樣人。」婆子道：「老身只當閒話講，怎敢將天比地？」當日兩個猜謎擲色㊷，喫得酩酊而別。第三日，同小二來取傢伙，就領這一半價錢。三巧兒又留他喫點心。從此以後，把那一半賒錢為繇，只做問興哥的消息，不時行走。這婆子俐齒伶牙，能言快語，又半痴不顛的慣與丫鬟們打諢㊸，所以上下都歡喜他。三巧兒一日不見他來，便覺寂寞，叫老家人認了薛婆家裏，早晚常去請他，所以一發來得勤了。世間有四種人惹他不得，引起了頭，再不好絕他。是那四種？

㊶ 水火爐：一種熱茶酒的小銅爐。
㊷ 擲色：即「擲骰子」。
㊸ 打諢：開玩笑。

遊方僧道，乞丐，閒漢，牙婆。

上三種人猶可，只有牙婆是穿房入戶的。女眷們怕冷靜時，十個九個倒要扳他來往。今日薛婆本是個不善之人，一般甜言軟語，三巧兒遂與他成了至交，時刻少他不得。正是：

畫虎畫皮難畫骨，知人知面不知心。

陳大郎幾遍討個消息，薛婆只回言尚早。其時五月中旬，天漸炎熱。婆子在三巧兒面前偶然說起家中蝸窄，又是朝西房子，夏月最不相宜，不比這樓上高敞風涼。三巧兒道：「你老人家若撇得家下，到此過夜也好。」婆子道：「好是好，只怕官人回來。」三巧兒道：「他就回，料道不是半夜三更。」婆子道：「大娘不嫌蒿惱，老身慣是挜相知㊹的，只今晚就取鋪陳過來，與大娘作伴何如？」三巧兒道：「鋪陳儘有，也不須拿得。你老人家回覆家裏一聲，索性在此過了一夏家去不好？」婆子真個對家裏兒子媳婦說了，只帶個梳匣兒過來。三巧兒道：「你老人家多事，難道我家油梳子也缺少，你又帶來怎地？」婆子道：「老身一生怕的是同湯洗臉、合具梳頭。大娘怕沒有精緻的梳具，老身如何敢用？其他姐兒們的，老身也怕用得，還是自家帶了便當。只是大娘分付在那一間房安歇？」三巧兒指著床前一個小小藤榻兒道：「我預先排下你的臥處了。我兩個親近些，夜間睡不著，好講些閒話。」說罷，拿出一頂青紗

㊹ 挜相知：強要與別人結交。挜，音ㄧㄚˋ。

帳來，教婆子自家掛了。又同飲了一會酒，方纔歇息。兩個丫鬟原在床前打鋪相伴，因有了婆子，打發他在間壁房裏去睡。從此為始，婆子日間出去串街做買賣，黑夜便到蔣家歇宿，時常攜壺挈盒的殷勤熱鬧，不一而足。床榻是丁字樣鋪下的，雖隔著帳子，卻像是一頭同睡。夜間絮絮叨叨，你問我答。凡街坊穢褻之談，無所不至。這婆子或時裝醉詐瘋起來，倒說起自家少年時偷漢的許多情事，去勾動那婦人的春心。害得那婦人嬌滴滴一副嫩臉，紅了又白，白了又紅。婆子已知婦人心活，只是那話兒不好啟齒。

光陰迅速，又到七月初七日了，正是三巧兒的生日。婆子清早備下兩盒禮與他做生。三巧兒稱謝了，留他喫麪。婆子道：「老身今日有些窮忙，晚上來陪大娘看牛郎織女做親。」說罷自去了。下得階頭不幾步，正遇著陳大郎，路上不好講話，隨到個僻靜巷裏。陳大郎攢著兩眉埋怨婆子道：「乾娘，你好慢心腸！春去夏來，如今又立過秋了。你今日也說尚早，明日也說尚早，卻不知我度日如年。再延捱幾日，他丈夫回來，此事便付東流，卻不活活的害死我也！陰司去少不得與你索命。」婆子道：「你且莫喉急㊺，老身正要相請，來得恰好。事成不成，只在今晚，須依我而行。」如此如此，這般這般，「全要輕輕悄悄，莫帶累人。」陳大郎點頭道：「好計好計！事成之後，定當厚報。」說罷欣然而去。正是：

排成竊玉偷香陣，費盡攜雲握雨心。

卻說薛婆約定陳大郎這晚成事，午後細雨微茫，到晚卻沒有星月。婆子黑暗裏引著陳大郎埋伏在左

㊺ 喉急：發急。

近，自己卻去敲門。晴雲點個紙燈兒，開門出來。婆子故意把衣袖一摸，說道：「失落一條臨清汗巾兒，姐姐勞你大家尋一尋。」哄得晴雲便把燈向街上照去。這裏婆子捉個空，招著陳大郎一溜溜進門了，先引他在樓梯背後空處伏著。婆子便叫道：「有了，不要尋了。」晴雲道：「恰好火也沒了，我再去點個來照你。」婆子道：「走熟的路，不消用火。」兩個黑暗裏關了門摸上樓來。三巧兒問道：「你沒了甚麼東西？」婆子袖裏扯出個小帕兒來道：「就是這個冤家，雖然不值甚錢，是一個北京客人送我的，卻不道禮輕人意重。」三巧兒取笑道：「莫非是你老相交送的表記？」婆子笑道：「也差不多。」當夜兩個耍笑飲酒。婆子道：「酒肴儘多，何不把些賞廚下男女，也教他鬧轟轟像個節夜？」三巧兒真個把四碗菜兩壺酒，分付丫鬟拿下樓去。那兩個婆娘一個漢子喫了一回，各去歇息不題。

再說婆子飲酒中間問道：「官人如何還不回家？」三巧兒道：「便是，算來一年半了。」婆子道：「牛郎織女，也是一年一會。你比他倒多隔了半年。常言道：『一品官，二品客。』做客的那一處沒有風花雪月？只苦得家中娘子。」三巧兒歎了口氣，低頭不語。婆子道：「是老身多嘴了。今夜牛女佳期，只該飲酒作樂，不該說傷情話兒。」說罷，便斟酒去勸那婦人。約莫半酣，婆子又把酒去勸兩個丫鬟說道：「這是牛郎織女的喜酒，勸你多喫幾杯，後日嫁個恩愛的老公，寸步不離。」兩個丫鬟被纏不過，勉強喫了，各不勝酒力，東倒西歪，三巧兒分付關了樓門，發放他先睡。他兩個自在喫酒。

婆子一頭喫，口裏不住的說囉說皂道：「大娘幾歲上嫁的？」三巧兒道：「十七歲。」婆子道：「破得身遲，還不喫虧。我是十三歲上就破了身。」三巧兒道：「嫁得恁般早？」婆子道：「論起嫁，倒是十八歲了。不瞞大娘說，因是在間壁人家學針指，被他家小官人調誘，一時間貪他生得俊俏，就應承與他偷了。初時好不疼痛，兩三遍後，就曉得快活。大娘你可也是這般麼？」三巧兒只是笑。婆子又道：「那話兒倒是不曉得滋味的好，嘗過的便丟不下，心坎裏時時發癢。日裏還好，夜間好難過哩。」三巧兒道：「想你在娘家時閱人多矣！虧你怎先充得黃花女兒嫁去？」婆子道：「我的老娘也曉得些影像㊻，生怕出醜，教我一個童女方：用石榴皮、生礬兩味煎湯洗過，那東西就痾緊了。我只做張做勢的叫疼痛，就遮過了。」三巧兒道：「你做女兒時，夜間也少不得獨睡。」婆子道：「還記得在娘家時節，哥哥出外，我與嫂嫂一頭同睡。兩下輪番在肚子上學男子漢的行事。」三巧兒道：「兩個女人做對，有甚好處？」婆子走過三巧兒那邊，挨肩坐了，說道：「大娘，你不知，只要大家知音，一般有趣，也撒得火。」三巧兒舉手把婆子肩胛上打一下，說道：「我不信，你說謊！」婆子見他慾心已動，有心去挑撥他，又道：「老身今年五十二歲了，夜間常痴性發作，打熬不過；倒虧你少年老成。」三巧兒道：「你老人家打熬不過，終不然還去打漢子？」婆子道：「敗花枯柳，如今那個要我了？不瞞大娘說，我也有個自取其樂救急的法兒。」三巧兒道：「你說謊！又是甚麼法兒？」婆子道：「少停到床上睡了，與你細講。」

說罷，只見一個飛蛾在燈上旋轉。婆子便把扇來一撲，故意撲滅了燈，叫聲：「阿呀！老身自去點個燈來。」便去開樓門。陳大郎已自走上樓梯，伏在門邊多時了。都是婆子預先設下的圈套。婆子道：「忘帶個取燈兒㊼。」去了又走轉來，便引著陳大郎到自己榻上伏著。婆子下樓去了一回，復上來道：「夜深了，廚下火種都熄了，怎麼處？」三巧兒道：「我點燈睡慣了，黑魆魆地好不怕人！」婆子道：

㊻ 影像：指風聲、蹤跡。

㊼ 取燈兒：引火之物，類似今之火柴，係松木削成的薄片，一頭塗有硫黃。

「老身伴你一床睡何如？」三巧兒正要問他救急的法兒，應道：「甚好。」婆子道：「大娘你先去睡，我關了門就來。」三巧兒先脫了衣服，床上去了，叫道：「你老人家快睡罷！」婆子應道：「就來了。」卻在榻上拖陳大郎上來，赤條條的攛在三巧兒床上去。三巧兒摸著身子道：「你老人家許多年紀，身上恁般光滑！」那人並不回言，鑽進被裏，就捧著婦人做嘴。婦人還認是婆子，雙手相抱。那人驀地騰身而上，就幹起事來。那婦人一則多了盃酒，醉眼朦朧；二則被婆子挑撥，春心飄蕩。到此不暇致詳，憑他輕薄。

一個是閨中懷春的少婦，一個是客邸慕色的才郎。一個打熬許久，如文君初遇相如；一個盼望多時，如必正初諧陳女㊽。分明久旱逢甘雨，勝過他鄉遇故知。

陳大郎是走過風月場的人，顛鸞倒鳳，曲盡其趣，弄得婦人魂不附體。雲雨畢後，三巧兒方問道：「你是誰？」陳大郎把樓下相逢、如此相慕、如此苦央薛婆用計，細細說了：「今番得遂平生，便死瞑目。」婆子走到床間說道：「不是老身大膽，一來可憐大娘青春獨宿；二來要救陳郎性命。你兩個也是宿世姻緣，非干老身之事。」三巧兒道：「事已如此，萬一我丈夫知覺怎麼好？」婆子道：「此事你知我知，只要定了晴雲、煖雪兩個丫頭，不許他多嘴，再有誰人漏洩？在老身身上。管成你夜夜歡娛，一

㊽如必正初諧陳女：事見吳敬所編國色天香卷一〇張于湖傳及明人高濂撰寫的傳奇玉簪記。謂宋代書生潘必正在姑母主持的女貞觀與女道士陳妙常相愛，最後結成夫婦。實出傳說。

些事也沒有。只是日後不要忘記了老身。」三巧兒到此也顧不得許多了。兩個又狂蕩起來，直到五更鼓絕，天色將明，兩個兀自不捨。婆子催促陳大郎起身，送他出門去了。

自此無夜不會，或是婆子同來，或是漢子自來。兩個丫鬟被婆子把甜話兒餵他，又把利害話兒嚇他，又教主母賞他幾件衣服。漢子到時，不時把些零碎銀子賞他們買果兒喫，騙得歡歡喜喜，已自做了一路。夜來明去，一出一入，都是兩個丫鬟迎送，全無阻隔。真個是你貪我愛，如膠似漆，勝如夫婦一般。陳大郎有心要結識這婦人，不時的製辦好衣服、好首飾送他，又替他還了欠下婆子的一半價錢，又將一百兩銀子謝了婆子。往來半年有餘，這漢子約有千金之費；三巧兒也有三十多兩銀子東西，送那婆子。婆子只為圖這些不義之財，所以肯做牽頭，這都不在話下。

古人云：「天下無不散的筵席！」

纔過十五元宵夜，又是清明三月天。

陳大郎思想：蹉跎了多時生意，要得還鄉。夜來與婦人說知。兩下恩深義重，各不相捨。婦人倒情願收拾了些細軟，跟隨漢子逃走，去做長久夫妻。陳大郎道：「使不得！我們相交始末，都在薛婆肚裏。就是主人家呂公，見我每夜進城，難道沒有些疑惑？況客船上人多，瞞得那個？兩個丫鬟又帶去不得，你丈夫回來跟究出情繇，怎肯干休？娘子，你且耐心，到明年此時，我到此覓個僻靜下處，悄悄通個信兒與你，那時兩口兒同走，神鬼不覺，卻不安穩？」婦人道：「萬一你明年不來如何？」陳大郎就設起誓來。婦人道：「既然你有真心，奴家也決不相負。你若到了家鄉，倘有便人，託他捎個書來到薛婆處，也教奴家放意㊾。」陳大郎道：「我自用心，不消分付。」

又過幾日，陳大郎僱下船隻，裝載糧食完備，又來與婦人作別。這一夜倍加眷戀，兩下說一會，哭一會，又狂蕩一會，整整的一夜不曾合眼。到五更起身，婦人便去開箱，取出一件寶貝，叫做珍珠衫，遞與陳大郎道：「這件衫兒是蔣門祖傳之物，暑天若穿了他，清涼透骨。此去天道漸熱，正用得著。奴家把與你做個記念，穿了此衫，就如奴家貼體一般。」陳大郎哭得出聲不得，軟做一堆。婦人就把衫兒親手與漢子穿下，叫丫鬟開了門戶，親自送他出門，再三珍重而別。詩曰：

昔年含淚別夫郎，今日悲啼送所歡。
堪恨婦人多水性，招來野鳥勝文鸞。

話分兩頭。卻說陳大郎有了這珍珠衫兒，每日貼體穿著，便夜間脫下，也放在被窩中同睡，寸步不離。一路遇了順風，不兩月，行到蘇州府楓橋地面。那楓橋是柴米牙行聚處，少不得投個主家脫貨，不在話下。

忽一日，赴個同鄉人的酒席，席上遇個襄陽客人，生得風流標致。那人非別，正是蔣興哥。原來興哥在廣東販了些珍珠玳瑁、蘇木㊿沉香之類，搭伴起身。那夥同伴商量，都要到蘇州發賣。興哥久聞得

㊾ 放意：寬心。

「上說天堂，下說蘇杭」，好個大馬頭所在，有心要去走一遍，做這一回買賣，方纔回去，還是去年十月中到蘇州的。因是隱姓為商，都稱為羅小官人，所以陳大郎更不疑慮他。兩個萍水相逢，年相若，貌相似，談笑應對之間，彼此欽慕。即席間問了下處，互相拜望，兩下遂成知己，不時會面。

興哥討完了客帳，欲待起身，走到陳大郎寓所作別。大郎置酒相待，促膝談心，甚是款洽。此時五月下旬，天氣炎熱，兩個解衣飲酒，陳大郎露出珍珠衫來。興哥心中駭異，又不好認他的，只誇獎此衫之美。陳大郎恃了相知，便問道：「貴縣大市街，有個蔣興哥家，羅兄可認得否？」興哥倒也乖巧，回道：「在下出外日多，里中雖曉得有這個人，並不相認。陳兄為何問他？」陳大郎道：「不瞞兄長說，小弟與他有些瓜葛。」便把三巧兒相好之情，告訴一遍，扯著衫兒看了，眼淚汪汪道：「此衫是他所贈。兄長此去，小弟有封書信，奉煩一寄，明日侵早送到貴寓。」興哥口裏便應道：「當得當得。」心下沉吟：「有這等異事！現有珍珠衫為證，不是個虛話了。」當下如針刺肚，推故不飲，急急起身別去。回到下處，想了又惱，惱了又想，恨不得學個縮地法兒，頃刻到家。

連夜收拾，次早便上船要行。只見岸上一個人氣吁吁的趕來，卻是陳大郎。親把書信一大包，遞與興哥，叮囑千萬寄去。氣得興哥面如土色，說不得，話不得，死不得，活不得。只等陳大郎去後，把書看時，面上寫道「此書煩寄大市街東巷薛媽媽家」。興哥拿起三手扯開，卻是六尺多長一條桃紅縐紗汗巾，又有個紙糊長匣兒，內有羊脂玉鳳頭簪一根。書上寫道：「微物二件，煩乾娘轉寄心愛娘子三巧兒親收，聊表記念。相會之期，准在來春。珍重珍重！」興哥大怒，把書扯得粉碎，撇在河中。提起玉簪，在船

50 蘇木：即蘇枋，一種可作紅色染料的珍貴木材。

板上一摜，折做兩段。一念想起道：「我好糊塗！何不留此做個證見也好。」便拾起簪兒和汗巾，做一包收拾，催促開船。急急的趕到家鄉，望見了自家門首，不覺墮下淚來。想起：「當初夫妻何等恩愛！只為我貪著蠅頭微利，撇他少年守寡，弄出場醜來。如今悔之何及？」在路上性急，巴不得趕回；及至到了，心中又苦又恨，行一步，懶一步。進得自家門裏，少不得忍住了氣，勉強相見。興哥並無言語。三巧兒自己心虛，覺得滿臉慚愧，不敢殷勤上前扳話。興哥搬完了行李，只說去看看丈人丈母，依舊到船上住了一夜。

次早回家，向三巧兒說道：「你的爹娘同時害病，勢甚危篤。昨晚我只得住下，看了他一夜。他心中只牽掛著你，欲見一面。我已僱下轎子在門首，你作速些回去，我也隨後就來。」三巧兒見丈夫一夜不回，心裏正在疑慮，聞說爹娘有病，卻認真了，如何不慌？慌忙把箱籠上匙鑰遞與丈夫，喚個婆娘跟了，上轎而去。興哥叫住了婆娘，向袖中摸出一封書來，分付他送與王公：「送過書，你便隨轎回來。」

卻說三巧兒回家，見爹娘雙雙無恙，喫了一驚！王公見女兒不接而回，也自駭然！在婆子手中，接書拆開看時，卻是休書一紙。上寫道：

立休書人蔣德，係襄陽府棗陽縣人，從幼憑媒聘定王氏為妻。豈期過門之後，本婦多有過失，正合七出之條51。因念夫妻之情，不忍明言，情願退還本宗，聽憑改嫁，並無異言。休書是實。

51 七出之條：舊社會男方離逐妻子的七項緣由，無子、淫佚、不事公婆、口舌、盜竊、妒忌、惡疾。有其一項，即可遺棄。

成化二年　月　日　手掌為記。

書中又包著一條桃紅汗巾、一枝打折的羊脂玉鳳頭簪。王公看了大驚，叫過女兒，問其緣故。三巧兒聽說丈夫把他休了，一言不發，啼哭起來。王公氣忿忿的，一徑跑到女婿家來。蔣興哥連忙上前作揖。王公回禮，便問道：「賢婿，我女兒是清清白白嫁到你家的，如今有何過失，你便把他休了？須還我個明白。」蔣興哥道：「小婿不好說得，但問令愛便知。」王公道：「他只是啼哭，不肯開口，教我肚裏好悶。小女從幼聰慧，料不到得52犯了淫盜。若是小小過失，你可也看老夫薄面恕了他罷。你兩個是七八歲上定下的夫妻，完婚後並不曾爭論一遍兩遍，且是和順。你如今做客纔回，又不曾住過三朝五日，有甚麼破綻落在你眼裏？你直如此狠毒！也被人笑話，說你無情無義。」蔣興哥道：「丈人在上，小婿也不敢多講。家下有祖遺下珍珠衫一件，是令愛收藏。只問他如今在否？若在時，半字休題；若不在，只索休怪了！」王公忙轉身回家，問女兒道：「你丈夫只問你討甚麼珍珠衫，你端的53拿與何人去了？」那婦人聽得說著了他緊要的關目54，羞得滿臉通紅開不得口，一發號啕大哭起來，慌得王公沒做理會處。王婆勸道：「你不要只管啼哭，實實的說個真情與爹媽知道，也好與你分剖。」婦人那裏肯說，悲悲咽咽哭一個不住。王公只得把休書和汗巾、簪子都付與王婆，教他慢慢的偎著女兒，問他個明白。王公心

52 不到得：不至於。
53 端的：究竟；確實。
54 關目：一作「關兒」。情節。

中納悶，走在鄰家閒話去了。

王婆見女兒哭得兩眼赤腫，生怕苦壞了他，安慰了幾句言語，便走廚房下去燙酒，要與女兒消愁。三巧兒在房中獨坐，想著珍珠衫洩漏的緣故，好生難解。這汗巾、簪子，又不知那裏來的？沉吟了半晌道：「我曉得了：這折簪是鏡破釵分之意；這條汗巾，分明教我懸梁自盡。他念夫妻之情，不忍明言，是要全我的廉恥。可憐四年恩愛，一旦決絕，是我做的不是，負了丈夫恩情。便活在人間，料沒有個好日，不如縊死倒得乾淨。」說罷，又哭了一回，把個坐杌子55填高，將汗巾兜在梁上，正欲自縊。也是壽數未絕，不曾關上房門。恰好王婆燙得一壺好酒，走進房來，見女兒安排這事，急得他手忙腳亂，不放酒壺，便上前去拖拽。不期一腳踢翻坐杌子，娘兒兩個跌做一團，酒壺都潑翻了！王婆爬起來扶起女兒，說道：「你好短見56！二十多歲的人，一朵花還沒有開足，怎做出沒下梢的事？莫說你丈夫還有回心轉意的日子，便真個休了，恁般容貌，怕沒人要？你少不得別選良姻，圖個下半世受用。你且放心過日子去，休得愁悶。」王公回家，知道女兒尋死，也勸了他一番，又囑付王婆用心提防。過了數日，三巧兒沒奈何，也放下了念頭。正是：

夫妻本是同林鳥，大限來時各自飛。

---

55 杌子：小凳子。

56 短見：缺乏見識。

再說蔣興哥把兩條索子，將晴雲、煖雪捆縛起來，拷問情繇。那丫頭初時抵賴，喫打不過，只得從頭至尾，細細招將出來。已知都是薛婆勾引，不干他人之事。到明朝，興哥領了一夥人，趕到薛婆家裏，打得他雪片相似，只饒他拆了房子。薛婆情知自己不是，躲過一邊，並沒一人敢出頭說話。興哥見他如此，也出了這口氣。回去喚個牙婆，將兩個丫頭都賣了。樓上細軟箱籠，大小共十六隻，寫三十二條封皮，封叉封了，更不開動。這是甚意兒？只因興哥夫婦，本是十二分相愛的。雖則一時休了，心中好生痛切，見物思人，何忍開看。

話分兩頭，卻說南京有個吳傑進士，除授廣東潮陽縣知縣，水路上任，打從襄陽經過，不曾帶家小，有心要擇一美妾。一路看了多少女人，並不中意。聞得棗陽縣王公之女，大有顏色，一縣聞名，出五十金財禮，央媒議親。王公倒也樂從，只怕前婿有言，親到蔣家與興哥說知。興哥並不阻擋，臨嫁之夜，興哥僱了人夫，將樓上十六個箱籠，原封不動，連匙鑰送到吳知縣船上交割，與三巧兒當個賠嫁。婦人心上倒過意不去。傍人曉得這事，也有誇興哥做人忠厚的，也有笑他痴騃的，還有罵他沒志氣的：正是人心不同。

閒話休題。再說陳大郎在蘇州，脫貨完了，回到新安，一心只想著三巧兒。朝暮看了這件珍珠衫，長吁短歎。老婆平氏心知這衫兒來得蹺蹊，等丈夫睡著，悄悄的偷去，藏在天花板上。陳大郎早起要穿時，不見了衫兒，與老婆取討。平氏那裏肯認。急得陳大郎性發，傾箱倒篋的尋個遍，只是不見，便破口罵老婆起來，惹得老婆啼啼哭哭與他爭嚷，鬧吵了兩三日。陳大郎滿懷撩亂，忙忙的收拾銀兩，帶個小郎再望襄陽舊路而進。將近棗陽，不期遇了一夥大盜，將本錢盡皆劫去，小郎也被他殺了。陳商眼快，走向船梢舵上伏著，幸免殘生。思想還鄉不得，且到舊寓住下，待會了三巧兒，與他借些東西，再圖恢復。歎了一口氣，只得離船上岸，走到棗陽城外主人呂公家，告訴其事。又道：「如今要央賣珠子的薛婆，與一個相識人家，借些本錢營運。」呂公道：「大郎不知，那婆子為勾引蔣興哥的渾家，做了些醜事。去年興哥回來，問渾家討甚麼珍珠衫。原來渾家贈與情人去了，無言回答。興哥當時休了渾家回去，如今轉嫁與南京吳進士做第二房夫人了。那婆子被蔣家打得個片瓦不留，婆子安身不牢，也搬在隔縣去了。」陳大郎聽得這話，好似一桶冷水，沒頭淋下，這一驚非小！當夜發寒發熱，害起病來。這病又是鬱症，又是想思症，也帶些怯症57，又有些驚症。床上臥了兩個多月，翻翻覆覆，只是不愈。連累主人家小廝，伏侍得不耐煩。陳大郎心上不安，打熬起精神，寫成家書一封，請主人來商議，要覓個便人捎信往家中取些盤纏，就要個親人來看覷58同回。這幾句正中了主人之意。恰好有個相識的承差59，奉上司公文，要往徽寧一路水陸傳遞，極是快的。呂公接了陳大郎書札，又替他應出五兩銀子，送與承差，央他乘便寄去。果然的「自行繇得我，官差急如火」。不夠幾日，到了新安縣，問著陳商家裏，送了家書。那承差飛馬去了。正是：

只為千金書信，又成一段姻緣。

57 怯症：肺結核病。
58 看覷：照顧。
59 承差：即「承局」，衙門裏的公差。

話說平氏拆開家信，果是丈夫筆跡，寫道：

陳商再拜賢妻平氏見字：別後襄陽遇盜，劫資殺僕。某受驚患病，見臥舊寓呂家，兩月不愈。字到可央一的當⑥⓪親人，多帶盤纏，速來看視。伏枕草草。

平氏看了，半信半疑，想道：「前番回家，虧折了千金貲本，據這件珍珠衫，一定是邪路上來的。今番又推被盜，多討盤纏，怕是假話。」又想道：「他要個的當親人速來看視，必然病勢利害，這話是真也未可知。如今央誰人去好？」左思右想，放心不下，與父親平老朝奉商議，收拾起細軟家私，帶了陳旺夫婦，就請父親作伴，僱了船隻，親往襄陽看丈夫去。到得京口⑥①，平老朝奉痰火病發，央人送回去了。

平氏引著男女，上水前進。不一日，來到棗陽城外，問著了舊主人呂家。原來十日前，陳大郎已故了。呂公賠些錢鈔，將就入殮。平氏哭倒在地，良久方醒。慌忙換了孝服，再三向呂公說，欲待開棺一見，另買副好棺材重新殮過。呂公執意不肯。平氏沒奈何，只得買木做個外棺包裹，請僧設法事超度，多焚冥資。呂公已自索了他二十兩銀子謝儀，隨他鬧吵，並不言語。

過了一月有餘，平氏要選個好日子扶柩而歸。呂公見這婦人年少姿色，料是守寡不終，又且囊中有

⑥⓪ 的當：適當。

⑥① 京口：今江蘇鎮江。

物，思想：「兒子呂二還沒有親事，何不留住了他完其好事，可不兩便？」呂公買酒請了陳旺，央他老婆委曲進言，許以厚謝。陳旺的老婆，是個蠢貨，那曉得甚麼委曲？不顧高低一直的對主母說了。平氏大怒，把他罵了一頓，連打幾個耳光子，連主人家也數落了幾句。呂公一場沒趣，敢怒而不敢言。正是：

羊肉饅頭沒的喫，空教惹得一身騷！

呂公便去攛掇陳旺逃走。陳旺也思量沒甚好處了，與老婆商議，教他做腳，裏應外合，把銀兩首飾偷得罄盡，兩口兒連夜走了。呂公明知其情，反埋怨平氏說：不該帶這樣歹人出來，幸而偷了自家主母的東西；若偷了別家的，可不連累人。又嫌這靈柩礙他生理，教他快些抬去。又道：「後生寡婦在此住居不便。」催促他起身。平氏被逼不過，只得別賃下一間房子住了，僱人把靈柩移來，安頓在內，這淒涼景象，自不必說。

間壁有個張七嫂，為人甚是活動。聽得平氏啼哭，時常走來勸解。平氏又時常央他典賣幾件衣服用度，極感其意。不夠幾月，衣服都典盡了。從小學得一手好針線，思量要到個大戶人家，教習女工度日，再作區處(62)。正與張七嫂商量這話。張七嫂道：「老身不好說得，這大戶人家，不是你少年人走動的。死的沒福死了，活的要做人，你後面日子正長哩！終不然做針線娘了得你下半世？況且名聲不好，被人看得輕了。還有一件：這個靈柩如何處置？也是你身上一件大事。便出賃房錢，終久是不了之局。」平

(62) 區處：處理。

氏道：「奴家也都慮到，只是無計可施了。」張七嫂道：「老身倒有一策，娘子莫怪我說。你千里離鄉，一身孤寡，手中又無半錢，想要搬這靈柩回去，多是虛了。莫說你衣食不周，到底難守；便多守得幾時，亦有何益？依老身愚見，莫若趁此青年美貌，尋個好對頭63，一夫一婦的隨了他去。得些財禮，就買塊土來，葬了丈夫。你的終身又有所託，可不生死無憾？」平氏見他說得近理，沉吟了一會，歎口氣道：「罷罷！奴家賣身葬夫，傍人也笑我不得。」張七嫂道：「娘子若定了主意時，老身現有個主兒在此，年紀與娘子相近，人物齊整，又是大富之家。」平氏道：「他既是富家，怕不要二婚的。」張七嫂道：「他也是續絃了，原對老身說，不拘頭婚二婚，只要人才出眾。似娘子這般丰姿，怕不中意！」原來張七嫂曾受蔣興哥之託，央他訪一頭好親。因是前妻三巧兒出色標致，所以如今只要訪個美貌的。那平氏容貌，雖不及得三巧兒，論起手腳伶俐、胸中涇渭，又勝似他。

張七嫂次日就進城與蔣興哥說了。興哥聞得是下路人，愈加歡喜。這裡平氏分文財禮不要，只要買塊好地，殯葬丈夫要緊。張七嫂往來回覆了幾次，兩相依允。

話休煩絮。卻說平氏送了丈夫靈柩入土，祭奠畢了，大哭一場，免不得起靈除孝。臨期蔣家送衣飾過來，又將他典下的衣服都贖回了。成親之夜，一般大吹大擂，洞房花燭。正是：

規矩熟閒雖舊事，恩情美滿勝新婚。

63 對頭：此處指配偶。

蔣興哥見平氏舉止端莊，甚相敬重。一日，從外而來，平氏正在打疊衣箱，內有珍珠衫一件。興哥認得了，大驚問道：「此衫從何而來？」平氏道：「這衫兒來得蹺蹊。」便把前夫如此張智64，夫妻如此爭嚷，如此賭氣分別，述了一遍。又道：「前日艱難時，幾番欲把他典賣，只愁來歷不明，怕惹出是非，不敢露人眼目。連奴家至今不知這物事那裏來的。」興哥道：「你前夫陳大郎名字，可叫做陳商？可是白淨面皮、沒有鬚，左手長指甲的麼？」平氏道：「正是。」蔣興哥把舌頭一伸，合掌對天道：「如此說來，天理昭彰，好怕人也！」平氏問其緣故。蔣興哥道：「這件珍珠衫，原是我家舊物。你丈夫姦騙了我的妻子，得此衫為表記。我在蘇州相會，見了此衫，始知其情，回來把王氏休了。誰知你丈夫客死。我今續絃，但聞是徽州陳客之妻，誰知就是陳商！卻不是一報還一報？」平氏聽罷，毛骨竦然！從此恩情愈篤。這纔是「蔣興哥重會珍珠衫」的正話。詩曰：

天理昭彰不可欺，兩妻交易孰便宜？
分明欠債償他利，百歲姻緣暫換時。

再說蔣興哥有了管家娘子，一年之後，又往廣東做買賣。也是合當有事，一日，到合浦縣販珠，價都講定。主人家老兒只揀一粒絕大的偷過了，再不承認。興哥不忿65，一把扯他袖子要搜。何期去得勢

64 張智：模樣。
65 不忿：氣忿的反語，即惱怒。

重，將老兒拖翻在地跌下，便不做聲。忙去扶時，氣已斷了！兒女親鄰哭的哭，叫的叫，一陣的簇擁將來，把興哥捉住，不繇分說，痛打一頓，關在空房裏。連夜寫了狀詞，只等天明，縣主早堂(66)連人進狀。縣令准了，因這日有公事，分付把兇身鎖押，次日候審。你道這縣主是誰？姓吳名傑，南畿進士，正是三巧兒的晚老公。初選原任潮陽，上司因見他清廉，調任這合浦縣採珠的所在來做官。是夜，吳傑在燈下，將准過的狀詞細閱。三巧兒正在傍邊閒看，偶見宋福所告人命一詞：兇身羅德，棗陽縣客人。不是蔣興哥是誰？想起舊日恩情，不覺痛酸，哭告丈夫道：「這羅德是賤妾的親哥，出嗣在母舅羅家的，不期客邊犯此大辟(67)。相公可看妾之面，救他一命還鄉。」縣主道：「且看臨審如何？若人命果真，教我也難寬宥。」三巧兒兩眼噙淚，跪下苦苦哀求。縣主道：「你且莫忙，我自有道理。」明早出堂，三巧兒又扯住縣主衣衫哭道：「若哥哥無救，賤妾亦當自盡，不能相見了。」

當日縣主升堂，第一就問這起。只見宋福、宋壽弟兄兩個，哭哭啼啼與父親執命(68)。稟道：「因爭珠懷恨，登時打悶，仆地身死，望爺爺做主。」縣主問眾干證(69)口詞，也有說打倒的，也有說推跌的。蔣興哥辯道：「他父親偷了小人的珠子，小人不忿，與他爭論。他因年老腳跐(70)，自家跌死，不干小人

(66) 早堂：即「早衙」。古代官府早晚兩次升堂辦理公務，早晨的一次稱為早堂。

(67) 大辟：死刑。

(68) 執命：追究兇手要求償命。

(69) 干證：案件發生時在場的證人。

(70) 跐：失誤；踏空。

之事。」縣主問宋福道：「你父親幾歲了？」宋福道：「六十七歲了。」縣主道：「老年人容易昏絕，未必是打。」宋福、宋壽堅執是打死的。縣主道：「有傷無傷，須憑檢驗。既說打死，將尸發在漏澤園❼❶去，俟晚堂聽檢。」原來宋家也是個大戶有體面的，老兒曾當過里長，兒子怎肯把父親在尸場剔骨？兩個雙雙叩頭道：「父親死狀，眾目共見，只求爺爺到小人家去相驗，不願發檢。」縣主道：「若不見貼骨傷痕，兇身怎肯伏罪？沒有尸格❼❷，如何申得上司過？」弟兄兩個只是求告。縣主發怒道：「你既不願檢，我也難問。」慌的他弟兄兩個連連叩頭道：「但憑爺爺明斷。」縣主道：「望七之人，死是本等❼❸。倘或不因打死，屈害了一個年少，反增死者罪過。就是你做兒子的，巴得父親到許多年紀，又把個不得善終的惡名與他，心中何忍？但打死是假，推仆是真，若不重罰羅德，也難出你的氣。我如今教他披麻帶孝，與親兄一般行禮，一應殯殮之費，都要他支持，你可服麼？」弟兄兩個道：「爺爺分付，小人敢不遵依？」興哥見縣主不用刑罰，斷得乾淨，喜出望外。當下原被告都叩頭稱謝。縣主道：「我也不寫審單❼❹，著差人押出，待事完回話，把原詞與你銷訖便了。」正是：

公堂造業真容易，要積陰功亦不難。
試看今朝吳大尹，解冤釋罪兩家歡。

---

❼❶ 漏澤園：典出漢書卷六四吾丘壽王傳，指官設的叢葬地。
❼❷ 尸格：驗屍人經驗查後填寫的驗單。
❼❸ 本等：此處指情理之中的事。
❼❹ 審單：結案文書。

卻說三巧兒自丈夫出堂之後，如坐針氈。一聞得退衙，便迎住問個消息。縣主道：「我……如此如此斷了。看你之面，一板也不曾責他。」三巧兒千恩萬謝，又道：「妾與哥哥久別，渴思一會問取爹娘消息，官人如何做個方便，使妾兄妹相見，此恩不小。」縣主道：「這也容易。」看官們：你道三巧兒被蔣興哥休了，恩斷義絕，如何恁地用情？他夫婦原是十分恩愛的，因三巧兒做下不是，興哥不得已而休之，心中兀自不忍。所以改嫁之夜，把十六隻箱籠完完全全的贈他。只此一件，三巧兒的心腸也不容不軟了。今日他身處富貴，見興哥落難，如何不救他？這叫做知恩報恩。

再說蔣興哥遵了縣主明斷，著實小心盡禮，更不惜費。宋家弟兄，都沒話了。喪葬事畢，差人押到縣中回覆。縣主喚進私衙，賜坐講道：「尊舅這場官司，若非令妹再三哀懇，下官幾乎得罪了。」興哥不解其故，回答不出。少停茶罷，縣主請入內書房，教小夫人出來相見。你道這番意外相逢，不像個夢景麼？他兩個也不行禮，也不講話，緊緊的你我相抱，放聲大哭，就是哭爹哭娘從沒見這般哀慘。連縣主在傍，好生不忍，便道：「你兩人且莫悲傷，我看你不像哥妹，快說真情，下官有處。」兩個哭得半休不休的，那個肯說？卻被縣主盤問不過，三巧兒只得跪下說道：「賤妾罪當萬死！此人乃妾之前夫也。」蔣興哥料瞞不過，也跪下來，將從前恩愛及休妻再嫁之事，一一訴知。說罷，兩人又哭做一團，連吳知縣也墮淚不止，道：「你兩人如此相戀，下官何忍拆開！幸然在此三年，不曾生育，即刻領去完聚。」兩個插燭也似拜謝。縣主即忙討個小轎，送三巧兒出衙。又喚集人夫，把原來賠嫁的十六個箱籠抬去，都教興哥收領。又差典吏[75]一員，護送他夫婦出境。此乃吳知縣之厚德。正是：

75 典吏：據清會典卷七注，清代司、道、府、廳、州、縣的吏員，都叫典吏。明代情況當大致相同。此處當指珠還合浦76重生采，劍合豐城77倍有神。
堪羨吳公存厚道，貪財好色竟何人？

此人向來艱子78，後行取到吏部，在北京納寵，連生二子，科第不絕，人都說陰德之報。這是後話。再說蔣興哥帶了三巧兒回家，與平氏相見。論起初婚，王氏在前，只因休了一番，這平氏倒是明媒正娶，又且平氏年長一歲，讓平氏為正房，王氏反做偏房，兩個姊妹相稱。從此一夫二婦，團圓到老。有詩為證：

恩愛夫妻雖到頭，妻還作妾亦堪羞。
殃祥是報無虛謬，咫尺青天莫遠求。

縣衙門的吏員。

76 珠還合浦：典出後漢書循吏孟嘗傳，謂東漢時，合浦盛產珍珠。宰守極力搜刮，蚌乃遷移他處。孟嘗任太守，清廉自持，力革貪弊，蚌珠感而復還。此處借喻失妻的復得。

77 劍合豐城：典出王嘉拾遺記。謂晉代張華因豐城有紫氣沖天，遂命雷煥為豐城令以訪採。煥掘地得雙劍，持一贈華。張等死後，雙劍俱躍入水潭化為二龍。此處借喻離別後的團聚。

78 艱子：不生兒子。

第二十四卷　陳御史巧勘金釵鈿

世事翻騰似轉輪，眼前凶吉未為真。
請看久久分明應，天道何曾負善人？

聞得老郎❶們相傳的說話，不記得何州甚縣，單說有一人姓金名孝，年長未娶，家中只有個老母，自家賣油為生。一日，挑了油擔出門，中途因裏急，走上茅廁大解，拾得一個布裹肚，內有一包銀子，約莫有三十兩。金孝不勝歡喜，便轉擔回家對老娘說道：「我今日造化，拾得許多銀子。」老娘看見，倒喫了一驚，道：「你莫要做下歹事偷來的麼？」金孝道：「我幾曾偷慣了別人的東西？卻恁般說！早是鄰舍不曾聽得哩。這裹肚其實不知甚麼人遺失在茅坑傍邊？喜得我先看見了，拾取回來。我們做窮經紀的人，容易得這注大財！明日燒個利市，把來做販油的本錢，不強似賒別人的油賣。」老娘道：「我兒，常言道：『貧富皆繇命。』若你命該享用，不生在挑油擔的人家來了。依我看來，這銀子雖非是你設心謀得來的，也不是你辛苦掙來的。只怕無功受祿，反受其殃。這銀子不知是本地人的，遠方客人的？

❶ 老郎：宋元時代說書藝人對前輩使用的敬稱。

又不知可是自家的，或是借貸來的？一時間失脫了，抓尋不見，這一場煩惱非小，連性命都要陷了，也不可知。曾聞古人裴度還帶積德，你今日原到拾銀之處，看有甚人來尋，便引來還他原物，也是一番陰德。皇天必不負你。」

金孝是個本分的人，與老娘教訓了一場，連聲應道：「說得是，說得是！」放下銀包裹肚，跑到那茅廁邊去。只見鬧嚷嚷的一叢人，圍著一個漢子。那漢子氣忿忿叫天叫地。金孝上前問其甚緣故。原來那漢子是他方客人，因登東解脫了裹肚，失了銀子，抓尋不著，只道卸下茅坑，喚幾個潑皮來，正要下去淘摸。街上人都擁著閒看。金孝便問客人道：「你銀子有多少？」客人胡亂應道：「有四五十兩。」金孝老實，便道：「可有個白布裹肚麼？」客人一把扯住金孝道：「正是，正是！是你拾著，還了我，情願出賞錢。」眾人中有快嘴的便道：「理雖有理，平半分也是該的。」金孝道：「真個是我拾得，放在家裏。你只隨我來便有。」眾人都想道：「拾得錢財，巴不得瞞過了人，那曾見這個人倒去尋主兒道他，也是異事。」金孝和客人動身時，這夥人一鬨都跟了去。

金孝到了家中，雙手兒捧出裹肚，交還客人。客人撿出銀包看時，曉得原物不動，只怕金孝要他出賞錢，又怕眾人喬主張他平分，反使欺心，賴著金孝道：「我的銀子，原說有四五十兩，如今只剩得這些，你匿過一半了，可來還我。」金孝道：「我纔拾得回來，就被老娘逼我出門，尋訪原主還他，何曾動你分毫？」那客人賴定短少了他的銀兩。金孝負屈忿恨，一個頭附子撞去。那客人力大，把金孝一把頭髮提起，像隻小雞一般，放在地下，捻著拳頭便要打。引得金孝七十歲的老娘，也奔出門前叫屈。眾人都有些不平，似殺陣般嚷將起來。恰好縣尹相公，在這街上過去，聽得喧嚷嚷的，便分付做公的❷拿來審問。眾人怕事的，四散走開去了。也有幾個大膽的，站在傍邊看縣尹相公怎生斷這公事？

卻說做公的將客人和金孝母子拿到縣尹面前，當街跪下，各訴其情。一邊道：「他拾了小人的銀子，藏過一半不還。」一邊道：「小人聽了母親言語，好意還他，他反來圖賴小人。」縣尹問眾人：「誰做見證？」眾人都上前稟道：「那客人脫了銀子，正在茅廁邊抓尋不著，卻是金孝自走來承認了，引他回去還他。這是小人們眾目共睹。只銀子數目多少，小人不知。」縣令道：「你兩下不須爭嚷，我自有道理。」教做公的帶那一干人到縣來。

縣令升堂，眾人跪在下面。縣尹教取裹肚和銀子來看，分付庫吏把銀子兌准回復。庫吏復道：「有三十兩。」縣主又問客人：「你的銀子是許多？」客人道：「五十兩。」縣主道：「你看見他拾取的，還是他自家承認的？」客人道：「實是他親口承認的。」縣主道：「他若要賴你的銀子，何不全包都拿了去，卻止藏一半，又自家招認出來？他不招認，你如何曉得？可見他沒有賴銀之情了。你失的銀子五十兩，他今拾得三十兩，這銀子不是你的了，必然另是一個人失落的。」客人道：「這銀子實是小人的！小人情願只領這三十兩去罷。」縣尹道：「數目不同，如何冒認得去？這銀兩合斷與金孝領去，奉養母親；你的五十兩，自去抓尋。」金孝得了銀子，千恩萬謝的，扶著老娘去了。那客人已經官斷，如何敢爭？只得含羞噙淚而去。眾人無不稱快！這叫做：

❷ 做公的：衙役；公差。

欲圖他人，翻失自己。
自己羞慚，他人歡喜。

看官，今日聽我說「金釵鈿」這椿奇事。有老婆的翻沒了老婆，沒老婆的翻得了老婆。只如金孝和客人兩個：圖銀子的翻失了銀子，不要銀子的，翻得了銀子。事跡雖異，天理則同。

卻說江西贛州府石城縣，有個魯廉憲❸，一生為官清介，並不要錢，人都稱為「魯白水」。那魯廉憲與同縣顧僉事❹累世通家。魯家一子，雙名學曾；顧家一女，小名阿秀。兩下面約為婚，來往間親家相呼，非止一日。因魯奶奶病故，廉憲同著孩兒在於❺任所，一向遷延，不曾行得大禮。誰知廉憲在任，一病身亡。學曾扶柩回家，守制三年，家事愈加消乏。止存下幾間破屋子，連日食都不周了。

顧僉事見女婿窮得不像樣，遂有悔親之意，與夫人孟氏商議道：「魯家一貧如洗，眼見得六禮❻難備，婚娶無期，不若別求良姻，庶不誤女兒終身之託。」孟夫人道：「魯家雖然窮了，從幼許下的親事，將何辭以絕之？」顧僉事道：「如今只差人去說，男長女大，催他行禮。兩邊都是宦家，各有體面，說

❸ 廉憲：廉訪使的簡稱。

❹ 僉事：官名，宋代制度：各州府幕僚，全稱簽書判官廳公事。至明代，都督、都指揮、按察、宣慰、宣撫，均置僉事掌衙門文牘等事。

❺ 同著孩兒在於：原誤作「在任一病身亡」，據同文堂本改。

❻ 六禮：據儀禮記載，古代婚姻須按納采、問名、納吉、納徵、請期、迎親六項禮節程序辦理，需要一定的財力。

不得『沒有』兩個字，也要出得他的門，入得我的戶。那窮鬼自知無力，必然情願退親。我就要了他休書，卻不一刀兩斷？」孟夫人道：「我家阿秀性子有些古怪，只怕他倒不肯。」顧僉事道：「在家從父，這也由不得他！你只慢慢的勸他便了。」

當下孟夫人走到女兒房中，說知此情。阿秀道：「婦人之義，從一而終。婚姻論財，夷虜之道。爹爹如此欺貧重富，全沒人倫，決難從命！」孟夫人道：「如今爹去催魯家行禮，他若行不起聘，情願退親，你只索罷休。」阿秀道：「說那裏話！若魯家力不能聘，孩兒情願憤志終身，決不改適！當初錢玉蓮投江❼全節，留名萬古。爹爹若是見逼，孩兒就拚卻一命，亦也何難！」孟氏見女兒執性，又苦他又憐他，心生一計：除非瞞過僉事，密地喚魯公子來，助他些東西，教他作速行聘，方成其美。忽一日，顧僉事往東莊收租，有好幾日擔擱。孟夫人與女兒商議停當了，喚園公❽老歐到來。夫人當面分付，教他去請魯公子後門相會，如此如此，「不可洩漏！我自有重賞。」老園公領命，來到魯家。但見：

門如敗寺，屋似破窰。窗槅離披，一任風聲開閉；廚房冷落，絕無煙氣蒸騰。頹牆漏瓦權棲足，只怕雨來；舊椅破床便當柴，也少火力。盡說宦家門戶倒，誰憐清吏子孫貧？

❼ 錢玉蓮投江：出民間傳說，事見戲文荊釵記。謂宋代文人王十朋，未第時生活貧困，其妻錢玉蓮忠於感情。及十朋上京應試，因拒絕丞相的女兒被阻不得還鄉，玉蓮之繼母逼女改嫁富人孫汝權。玉蓮不從，投江自殺。後來被救與夫團圓。

❽ 園公：管園的老僕人。

說不盡魯家窮處。

卻說魯學曾有個姑娘，嫁在梁家，離城將有十里之地。姑夫已死，止存一子梁尚賓，新娶得一房好娘子，三口兒一處過活，家道粗足。這一日，魯公子恰好到他家借米去了，只有個燒火的白髮婆婆在家。老管家只得受了夫人之命，教他作速寄信去請公子回來：「此是夫人美情，趁這幾日老爺不在家中，專等專等，不可失信！」囑罷自去了。這裏老婆子想道：「此事不可遲緩，也不好轉託他人傳話。當初奶奶在日，曾跟到姑娘家去，有些影像在肚裏。」當下囑付鄰人看門，一步一跌的問到梁家。梁媽媽正留著姪兒在房中喫飯，婆子向前相見，把老園公言語細細述了。姑娘道：「此是美事。」攛掇姪兒快去。

魯公子心中不勝歡喜，只是身上藍縷，不好見得岳母，要與表兄梁尚賓借件衣服遮醜。原來梁尚賓是個不守本分的歹人，早打下欺心草稿，便答應道：「衣服自有，只是今日進城，天色已晚了，宦家門牆不知深淺。令岳母夫人雖然有話，眾人未必盡知，去時也須仔細。憑著愚見，還屈賢弟在此草榻，明日只可早往不可晚行。」魯公子道：「哥哥說得是。」梁尚賓道：「愚兄還要到東村一個人家商量一件小事，回家再得奉陪。」又囑付梁媽媽道：「婆子走路辛苦，一發留他過宿，明早去罷。」媽媽也只當孩兒是個好意，真個把兩人都留住了。誰知他是個奸計！只怕婆子回去時，那邊老園公又來相請，露出魯公子不曾回家的消息，自己不好去打脫冒❾了。正是：

欺天行事人難識，立地機關鬼不知！

❾ 脫冒：冒名頂替。

梁尚賓背卻公子換了一套新衣，悄地出門，逕投城中顧僉事家來。

卻說孟夫人是晚教老園公開了園門伺候，看看日落西山，黑影裏只見一個後生，身上穿得齊齊整整，腳兒走得慌慌張張，望著園門欲進不進的。老園公問道：「郎君可是魯公子麼？」梁尚賓連忙鞠個躬應道：「在下正是，因老夫人見召，特地到此，望乞通報。」老園公慌忙請到亭子中暫住，急急的進去報與夫人。孟夫人就差個管家婆出來傳話：「請公子到內室相見。」纔下得亭子，又有兩個丫鬟提著兩碗紗燈來接，彎彎曲曲行過多少房子，忽見朱樓畫閣，方是內室。孟夫人揭起朱簾，秉燭而待⑩。那梁尚賓一來是個小家出身，不曾見恁般富貴樣子；二來是個村郎⑪，不通文墨；三來自己假貨，終是懷著個鬼胎，意氣不甚舒展。上前相見時，跪拜答應，眼見得禮貌粗疏、語言澀滯。孟夫人心下想道：「好怪！全不像宦家子弟。」一念又想道：「常言：『人貧智短。』他恁地貧困，如何怪得他失張失智⑫？」轉了第二個念頭，心下愈加可憐起來。

茶罷，夫人分付忙排夜飯，就請小姐出來相見。阿秀初時不肯，被母親逼了兩三次，想著：「父⑬親有賴婚之意，萬一如此，今宵便是永訣。若得見親夫一面，死亦甘心。」當下離了繡閣，含淚而出。孟夫人道：「我兒過來見了公子，只行小禮罷。」假公子朝上連作兩個揖，阿秀也福了兩福，便要回步。

---

⑩ 待：原誤為「作」，據同文堂本改。

⑪ 村郎：沒有文化的粗人。

⑫ 失張失智：謂慌慌張張、恍恍惚惚。「智」亦作「志」、「致」。

⑬ 父：原作「母」，據同文堂本改。

夫人道：「既是夫妻，何妨同坐？」便教他在自己肩下坐了。假公子兩眼只瞧那小姐，見他生得端麗，骨髓裏都發癢起來。這裏阿秀只道見了真丈夫，低頭無語，滿腹悽惶，只少得哭下一場。正是真假不同，心腸各別。少頃，飲饌已到，夫人教排飲兩桌：上面一桌，請公子坐；打橫一桌，娘兒兩口同坐。夫人道：「今日倉卒奉邀，只欲周旋公子婚事，殊不成禮，休怪休怪。」假公子剛剛謝得個「打攪」二字，面皮都急得通紅了。席間，夫人把女兒守志一事，略敘一敘。假公子應了一句，縮了半句。夫人也只認他害羞，全不為怪。那假公子在席上自覺局促，本是能飲的，只推量窄，夫人也不強他。又坐了一回，夫人分付收拾鋪陳在東廂下，留公子過夜。假公子也假意作別要行。夫人道：「彼此至親，何拘形跡？我母子還有至言相告。」假公子心中暗喜。只見丫鬟來稟：「東廂內鋪設已完，請公子安置。」假公子作揖謝酒。丫鬟掌燈送到東廂去了。

夫人喚女兒進房，趕去侍婢，開了箱籠，取出私房銀子八十兩，又銀盃二對、金首飾一十六件，約直百金，一手交付女兒，說道：「做娘的手中只有這些，你可親去交與公子，助他行聘完婚之費。」阿秀道：「羞答答如何好去？」夫人道：「我兒，禮有經權⓮，事有緩急。如今尷尬之際，不是你親自囑付，把夫妻之情打動他，他如何肯上緊？窮孩子不知世事，倘或與外人商量，被人哄誘，把東西一時花了，不枉了做娘的一片用心，那時悔之何及！這東西也要你袖裏藏去，不可露人眼目。」阿秀聽了這一班道理，只得依允，便道：「娘，我怎好自去？」夫人道：「我教管家婆跟你去。」當下，喚管家婆來到，分付他只等夜深，密地送小姐到東廂與公子敘話。又附耳道：「送到時，你只在門外等候，省得兩

⓮ 經權：經，制度；原則。權，隨情況採取的變通做法。

下礙眼，不好交談。」管家婆已會其意了。

再說假公子獨坐在東廂，明知有個蹺蹊緣故，只是不睡。果然，一更之後，管家婆捱門而進，報道：「小姐自來相會。」假公子慌忙迎接，重新敘禮。有這等事，那假公子在夫人前，一個字也講不出；及至見了小姐，偏會溫存絮話。這裏小姐起初害羞，遮遮掩掩；今番背卻夫人，一般也老落⓯起來。兩個你問我答，敘了半晌。阿秀話出衷腸，不覺兩淚交流。那假公子也裝出捶胸歎氣，揩眼淚，縮鼻涕，許多醜態。又假意解勸小姐，抱摟掉趣⓰，儘他受用。管家婆在房門外，聽見兩下悲泣，連累他也悽惶，墮下幾點淚來。誰知一邊是真，一邊是假。阿秀在袖中摸出銀兩、首飾遞與假公子，再三囑付，自不必說。假公子收過了，便一手抱住小姐，把燈兒吹滅，苦要求歡。阿秀怕聲張起來，被丫鬟們聽見了，壞了大事，只得勉從。有人作如夢令詞云：

可惜名花一朵，繡幙深闈藏護。不遇探花郎，抖被狂蜂殘破。錯誤錯誤！怨殺東風分付。

常言：「事不三思，終有後悔。」孟夫人要私贈公子，玉成親事，這是錦片的一團美意，也是天大的一椿事情，如何不教老園公親見公子一面？及至假公子到來，只合當面囑付一番，把東西贈他，再三教老園公送他回去，看個下落，萬一無虞。千不合萬不合，教女兒出來相見，又教女兒自往東廂敘話。

⓯ 老落：老練。

⓰ 掉趣：逗趣。

這分明放一條路與他，如何不做出事來？莫說是假的，就是真的也使不得，枉做了一世牽攣的話柄。這也算作姑息之愛，反害了女兒的終身。

閒話休題。且說假公子得了便宜，放鬆那小姐去了。五鼓時，夫人教丫鬟催促起身梳洗，用些茶湯點心之類，又囑付道：「拙夫不久便回，賢婿早做準備，休得怠慢。」假公子別了夫人，出了後花園門，一頭走一頭想道：「我白白裏騙了一個宦家閨女，又得了許多財帛，不曾露出馬腳，萬分僥倖。只是今日魯家又來，不為全美。聽得說顧僉事不久便回，我如今再擔擱他一日，待明日纔放他去。若得顧僉事回來，他便不敢去了，這事就十分乾淨了。」計較已定，走到個酒店上自飲三盃，吃飽了肚裏直延捱到午後方纔回家。

魯公子正等得不耐煩，只為沒有衣服，轉身不得。姑娘也焦躁起來，教莊家往⑰東村尋取兒子，並無蹤跡。走向媳婦田氏房前問道：「兒子衣服有麼？」田氏道：「他自己撿在箱裏，不曾留得鑰匙。」原來田氏是東村田貢元的女兒，倒有十分顏色，又且通書達禮。田貢元原是石城縣中有名的一個豪傑，只為一個有司官與他做對頭，要下手害他，卻是梁尚賓的父親與他舅子魯廉憲說了，廉憲也素聞其名，替他極口分辨，得免其禍。因感激梁家之恩，把女兒許他為媳。那田氏像了父親，也帶三分俠氣。見丈夫是個蠢貨，又且不幹好事，心下每每不悅，開口只叫做村郎，以此夫婦兩下不和。就連衣服之類，都是那村郎自家收拾，老婆不去管他。

卻說姑姪兩個可在心焦，只見梁尚賓滿面春色回家。老娘便罵道：「兄弟在此專等你的衣服，你卻

⑰ 往：原作「得」，據同文堂本改。

在那裡噇⑱酒，整夜不歸？又沒尋你去處。」梁尚賓不回娘語，一徑走到自己房中，把袖中東西都藏了，纔出來對魯公子道：「偶為小事纏住身子，擔擱了表弟一日，休怪休怪！今日天色又晚了，明日回宅罷。」老娘又罵道：「你只把件衣服借與做兄弟的，等他自己幹正務，管他今日明日！」魯公子道：「不但衣服，連鞋襪都要告借。」梁尚賓道：「有一雙青段子鞋，在間壁皮匠家㕸底⑲，今晚催來，明日早奉穿去。」魯公子沒奈何，只得又住了一宿。到明朝，梁尚賓只推頭疼，又睡個日高三丈。早飯都喫過了，方纔起身，把道袍鞋襪慢慢的逐件搬將出來，無非要延捱時刻，等顧僉事回家。魯公子不敢就穿，又借個包袱兒包好，付與老婆子拿了。姑娘收拾一包白米和些瓜菜之類，喚個莊客送公子回去。又囑付道：「若親事就緒，可來回覆我一聲，省得我牽掛。」魯公子作揖轉身。梁尚賓相送一步，又說道：「兄弟，你此去須是仔細，不知他意兒好歹，真假如何？依我說，不如只往前門，硬挺著身子進去，怕不是他親女婿，趕你出來？又且他家差老園公請你，有憑有據，又不是你自輕自重。他有好意，自然相請；若是翻轉臉來，你拚著與他訴落⑳一場，也教街坊上人曉得。倘到後花園曠野之地，彼若暗算，你卻沒有個退步。」魯公子又道：「哥哥說得是。」正是：

背後害他當面好，有心人對無心人。

---

⑱ 噇：音ㄔㄨㄤˊ。沒有節制的吃喝。

⑲ 㕸底：上底。㕸，音ㄓㄤˇ。

⑳ 訴落：即「數落」，責備。

魯公子回到家裏，將衣服鞋襪妝扮起來，只有頭巾分寸不對，不曾借得，把舊的脫將下來，用清水擺淨，教婆子在鄰舍家借個熨斗，吹些火來，熨得直直的。有些磨壞的去處，再把些飯兒粘得硬硬的，墨兒塗得黑黑的。只是這頂巾也弄了一個多時辰，左戴右戴，只怕不正，教婆子看得件件停當了，方纔移步，逕投顧僉事家來。門公認是生客，回道：「老爺東莊去了。」魯公子終是宦家的子弟，不慌不忙的說道：「可通報老夫人，說道魯某在此。」門公方知是魯公子，卻不知道來情，便道：「老爺不在家中，小人不敢亂傳。」魯公子道：「夫人有命，喚我到來。你去通報自知，須不連累你們。」門公傳話進去，稟說：「魯公子在外要見，還是留他進來，還是辭他？」孟夫人聽說，喫了一驚！想：「他前日去得，如何又到？」且請到正所坐下，先教管家婆出去，問他有何話說？管家婆出來瞧了一瞧，慌忙轉身進去，對老夫人道：「這公子是假的，不是前夜的臉兒。前日是胖胖兒的，黑黑兒的；今日是白白兒的，瘦瘦兒的。」夫人不信道：「有這等事？」親到堂前簾內張看，果然不是了。孟夫人心上委決不下，教管家婆出去，細細的把家事盤問，他答來一字無差。孟夫人初見假公子之時，心中原有些疑惑。今番的人才清秀，語言文雅，倒像真公子的模樣。再問他今日為何而來？答道：「前蒙老園公傳語呼喚，因魯某羈滯鄉間，今早纔回，特來參謁，望恕遲誤之罪。」夫人道：「這是真情無疑了！只不知前夜打脫冒的冤家又是那裏來的？」慌忙轉身進房，與女兒說其緣故。又道：「這都是做爹的不存天理，害你如此，悔之不及！幸而沒人知道，往事不須題起了。如今女婿在外，是我特地請來的，無物相贈，如之奈何？」正是：

只因一著錯，滿盤都是空。

阿秀聽罷，呆了半晌，那時一肚子情懷，好難描寫：說慌又不是慌，說羞又不是羞，說惱又不是惱，說苦又不是苦，分明似亂針刺體，痛癢難言。喜得他志氣過人，早有了三分主意，便道：「母親且與他相見，我自有道理。」孟夫人依了女兒言語，出廳來相見公子。公子撥一把校椅朝上放下：「請岳母夫人上坐，待小婿魯某拜見。」孟夫人謙讓了一回，從傍站立，受了兩拜，便教管家婆扶起，看坐。公子道：「魯某只為家貧，有缺禮數。蒙岳母夫人不棄，此恩生死不忘！」夫人自覺惶愧，無言可答，忙教管家婆把廳門掩上，請小姐出來相見。阿秀站住簾內，如何肯移步？只教管家婆傳語道：「公子不該擔擱鄉間，負了我母親一片美意。」公子推命道：「某因患病鄉間，有失奔趨，今方踐約，如何便說相負？」阿秀在簾內回道：「三日以前，此身是公子之身；今遲了三日，不堪伏侍巾櫛，有玷清門。便是金帛之類，亦不能相助了。所存金釵二股，金鈿一對，聊表寸意。公子宜別選良姻，休得以妾為念。」管家婆將兩股首飾，遞與公子。公子還疑是悔親的說話，那肯收下？阿秀又道：「公子但留下，不久自有分曉。公子請快轉身，留此無益。」說罷，只聽得哽哽咽咽的哭了進去。

魯學曾愈加疑惑，向夫人發作道：「小婿雖貧，非為這兩件首飾而來。今日小姐似有決絕之意，老夫人如何不出一語？既如此相待，又呼喚魯某則甚？」夫人道：「我母子並無異心。只為公子來遲，不將姻事為重，所以小女心中憤怨，公子休得多疑。」魯學曾只是不信，敘起父親存日許多情分：「如今一死一生，一貧一富，就忍得改變了？魯某只靠得岳母一人做主，如何三日後也生退悔之心？」勞勞叨叨的說個不休。孟夫人有口難辯，倒被他纏住身子，不好動身。

忽聽得裏面亂將起來！丫鬟氣喘喘的奔來，報道：「夫人，不好了！快來救小姐！」嚇得孟夫人一身冷汗，巴不得再添兩隻腳在肚下。管家婆扶著左腋，跑到繡閣，只見女兒將羅帕一幅，縊死在床上。急急解時，氣已絕了，喚叫不醒。滿房人都哭起來了。魯公子聽見小姐縊死，還道是做成圈套，撚㉑他出門，兀自在廳中嚷刮㉒。孟夫人忍著疼痛，傳語請公子進來。公子入到繡閣，只見牙床錦被上，直挺挺躺著個死小姐。夫人哭道：「賢婿，你今番認一認妻子。」公子當下如萬箭攢心，放聲大哭。夫人道：「賢婿，此處非你久停之所，怕惹出是非，貽累不小！快請回罷。」教管家婆將兩般首飾，納在公子袖中，送他出去。魯公子無可奈何，只得揾淚出門去了。這裏孟夫人一面安排入殮，一面東莊去報顧僉事回來，只說女兒不願停婚，自縊身死。顧僉事懊悔不迭，哭了一場，安排成喪出殯不題。後人有詩贊阿秀云：

死生一諾重千金，誰料奸謀禍穽深？
三尺紅羅報夫主，始知污體不污心。

卻說魯公子回去，看了金釵鈿，哭一回，歎一回，疑一回，又解一回，正不知甚麼緣故，也知是自

㉑ 撚：音ㄋㄧㄢˇ。通「攆」，趕逐。
㉒ 嚷刮：吵鬧。

家命薄所致耳。過了一晚，次日把借來的衣服鞋襪，依舊包好，親到姑娘家去送還。梁尚賓曉得公子到來，倒躲了出去。公子見了姑娘，說起小姐縊死一事，梁媽媽連聲感歎，留公子酒飯去了。梁尚賓回來問道：「方纔表弟到此，說曾到顧家去不曾？」梁媽媽道：「昨日去的，不知甚麼緣故，那小姐嗔怪他來遲三日，自縊而死。」梁尚賓不覺失口叫聲：「呵呀！可惜好個標致小姐！」梁媽媽道：「你那裏見來？」梁尚賓遮掩不來，只得把自己打脫冒事述了一遍。梁媽媽大驚，罵道：「沒天理的禽獸！做出這樣勾當，你這房親事，還是母舅作成你的。你今日恩將仇報，反去破壞了做兄弟的姻緣，又害了顧小姐一命，汝心何安？」千禽獸，萬禽獸，罵得梁尚賓開口不得。走到自己房中，田氏閉了房門，在裏面罵道：「你這樣不義之人，不久自有天報，休想善終！從今你自你，我自我，休得來連累人！」梁尚賓一肚氣正沒出處，又被老婆訴說。一腳踢開房門，揪了老婆頭髮便打。又是梁媽媽走來，喝了兒子出去。田氏搥胸大哭，要死要活。梁媽媽勸他不住，喚個小轎，抬回娘家去了。梁媽媽又氣又苦，又受了驚，又愁事跡敗露，當晚一夜不睡，發寒發熱，病了七日，嗚呼哀哉。田氏聞得婆婆死了，特來奔喪戴孝。梁尚賓舊憤不息，便罵道：「賊潑婦！只道你住在娘家一世，如何又有回家的日子？」兩下又爭鬧起來。田氏道：「你幹了虧心的事，氣死了老娘，又來消遣㉓我！我今日若不是婆死，永不見你村郎之面！」梁尚賓道：「怕斷了老婆種？要你這潑婦見我！只今日便休了你去，再莫上門。」田氏道：「我寧可終身守寡，也不願隨你這樣不義之徒！若是休了，倒得乾淨，回去燒個利市。」梁尚賓一向夫妻無緣，到此說了盡頭話，憋一口氣㉔，真個就寫了離書，手印付與田氏。田氏拜別婆婆靈位，哭了一場，出門而

㉓ 消遣：捉弄。

去。正是：

有心去調他人婦，無福難招自己妻。
可惜田家賢慧女，一場相罵便分離。

話分兩頭。再說孟夫人追思女兒，無日不哭。想道：「信是老歐寄去的，那黑胖漢子，又是老歐引來的，若不是通同作弊，也必然漏洩他人了。」等丈夫出門拜客，喚老歐到中堂，再三訊問。卻說老歐傳命之時，其實不曾洩漏；是魯學曾自家不合借衣，惹出來的奸計。當夜來的是假公子，三日後來的是真公子。孟夫人肚裏，明明曉得有兩個人。那老歐肚裏還只認做一個人，隨他分辨，如何得明白？夫人大怒，喝叫手下把他拖翻在地，重責三十板子，打得皮開血噴。顧僉事一日偶到園中，叫老園公掃地，聽說被夫人打壞，動撣不得，教人扶來，問其緣故。老歐將夫人差去約魯公子來家，及夜間房中相會之事，一一說了。顧僉事大怒道：「原來如此！」便叫打轎，親到縣中，與知縣訴知其事，要將魯學曾抵償女兒之命。知縣教補了狀詞，差人拿魯學曾到來，當堂審問。魯公子是老實人，就把實情細細說了，見有金釵鈿兩股，是他所贈。其後園私會之事，其實沒有。知縣就喚園公老歐對證。這老人家兩眼糢糊，前番黑夜裏認假公子的面目不真，又且今日家主分付了說話，一口咬定魯公子，再不鬆放。知縣又徇了顧僉事人情，著實用刑拷打。魯公子吃苦不過，只得招道：「顧奶奶好意相喚，將金釵鈿助為聘資。偶

㉔ 憋一口氣：賭氣；負氣。

見阿秀美貌，不合輒起淫心，強逼行奸。到第三日不合又往，致阿秀羞憤自縊。」知縣錄了口詞：「審得魯學曾與阿秀，空言議婚，尚未行聘過門，難以夫妻而論。既因奸致死，合依威逼律問絞。」一面發在死囚牢裏，一面備文書申詳上司。孟夫人聞知此信大驚！又訪得他家只有一個老婆子，也嚇得病倒，無人送飯。想起：「這事與魯公子全沒相干，倒是我害了他。」私下處些銀兩，分付管家婆央人替他牢中使用，又屢次勸丈夫保全公子性命。顧僉事愈加忿怒。石城縣把這件事當做新聞，沿街傳說。正是：

好事不出門，惡事行千里。

顧僉事為這聲名不好，必欲置魯學曾於死地。

再說有個陳濂御史，湖廣籍貫。父親與顧僉事是同榜進士，以此顧僉事叫他是年姪。此人年少聰察，專好辨冤析枉。其時正奉差巡按江西。未入境時，顧僉事先去囑託此事。陳御史口雖領命，心下不以為然。蒞任三日，便發牌按臨贛州，嚇得那一府官吏，尿流屁滾。審錄日期，各縣將犯人解進。陳御史審到魯學曾一起，閱了招詞，又把金釵鈿看了，叫魯學曾問道：「這金釵鈿是初次與你的麼？」魯學曾道：「小人只去得一次，並無二次。」御史道：「招上說，三日後又去，是怎麼說？」魯學曾口稱冤枉，訴道：「小人的父親，存日定下顧家親事。因父親是個清官，死後家道消乏，小人無力行聘。岳父顧僉事欲要㉕悔親，是岳母不肯，私下差老園公來喚小人去，許贈金帛。小人羈身在鄉，三日後方去，那日只

㉕ 要：原作「有」，據同文堂本改。

見得岳母，並不曾見小姐之面，這奸情是屈招的。」御史道：「既不曾見小姐，這金釵鈿何人贈你？」魯學曾道：「小姐立在簾內，只責備小人來遲誤事，莫說婚姻，連金帛也不能相贈了，這金釵鈿權留個憶念。小人還只認做悔親的語，與岳母爭辯。不期小姐房中縊死，小人至今不知其故。」御史道：「恁般說，當夜你不曾到後園去了？」魯學曾道：「實不曾去。」御史想了一回：「若特地喚去，豈止贈他釵鈿二物。詳阿秀抱怨口氣，必然先有人冒去東西，連姦騙都是有的，以致羞憤而死。」便叫老歐問道：「你到魯家時，可曾看見魯學曾麼？」老歐道：「小人不曾面見。」御史道：「既不面見，夜間來的，你如何就認得是他？」老歐道：「他自稱魯公子，特來赴約，小人奉主母之命，引他進去的，怎賴得沒有？」御史道：「相見後幾時去的？」老歐道：「聞得裏面夫人留酒，又贈他許多東西，五更時去的。」魯學曾又叫屈起來。御史喝住了，又問老歐：「那魯學曾第二遍來，可是你引進的？」老歐道：「他第二遍是前門來的，小人並不知。」御史道：「他第一次如何不到前門，又到後園來尋你？」老歐道：「我家主母差小人寄信，原教他在後園來的。」御史喚魯學曾問道：「你岳母原教你到後園來，你卻如何往前門去？」魯學曾道：「他雖然相喚，小人不知意兒真假，只怕園中曠野之處，被他暗算，所以逕走前門，不曾到後園去。」御史想來：「魯學曾與園公，分明是兩樣說話，其中必有情弊。」御史又指著魯學曾問老歐道：「那後園來的，可是這個嘴臉？你可認得真麼？不要胡亂答應。」老歐道：「黑夜中小人認得不十分真，像是這個臉兒。」御史道：「魯學曾既不在家，你的信卻寄與何人的？」老歐道：「他家只有個老婆婆，小人對他說的，並無閒人在旁。」御史道：「畢竟還對何人說來？」老歐道：「並沒第二人知覺。」御史沉吟半晌，自想道：「不究出根由，如何定罪？怎好回復老年伯？」又問魯學曾道：

「你說在鄉，離城多少？家中幾時寄到得信？」魯學曾道：「離北門外只十里，是本日得信的。」御史拍案叫道：「魯學曾，你說三日後方到顧家，是虛情了！既知此信有恁般好事，路又不遠，怎麼遲延三日？理上也說不去。」魯學曾道：「爺爺息怒，小人細稟。小人因家貧，往鄉間姑娘家借米。聞得此信，便欲進城。怎奈衣衫藍縷，與表兄借件遮醜，已蒙許下。怎奈這日他有事出去，直到明晚方歸，小人等著衣服，所以遲了兩日。」御史道：「你表兄曉得你借衣服的緣故不曾？」學曾道：「曉得的。」御史道：「你表兄何等人？叫甚名字？」魯學曾道：「名喚梁尚賓，莊戶人家。」御史聽罷，喝散眾人，明日再審。正是：

如山巨筆難輕判，似佛慈心待細參。
公案見成翻老少，覆盆何處不冤含？

次日，案院㉖小開門，掛一面憲牌㉗出來。牌上寫道：

本院偶染微疾，各官一應公務，俱候另示施行。
本月　日

㉖案院：此處指御史出巡時料理案件事務的臨時官署。
㉗憲牌：衙門頒布的告示。

府縣官朝暮問安，自不必說。

話分兩頭。再說梁尚賓自聞魯公子問成死罪，心下倒寬了八分。一日，聽得門前喧嚷。在壁縫張看時，只見一個賣布的客人，頭上戴一頂新孝頭巾，身穿舊白布道袍，口內打江西鄉談，說是南昌府人，在此販布買賣。聞得家中老子身故，星夜要趕回，存下幾百疋布，不曾發脫㉘，急切要投個主兒，情願讓些價錢。眾人中有要買一疋的，有要兩疋、三疋的，客人都不肯，道：「恁地零星賣時，再挨幾日，還不得動身。那個財主家一總脫去，多讓他些也罷了。」梁尚賓聽了多時，便走出門來，問道：「你那客人，存下多少布？值多少本錢？」客人道：「有四百餘疋，本錢二百兩。」梁尚賓道：「一時間那得個主兒？須是肯折些，方有人貪你。」客人道：「便折十來兩，也說不得。只要快當㉙，輕鬆了身子好走路。」梁尚賓看了布樣，又到布船上去翻復細看，口裏嫌醜道歉。客人道：「你又不像個要買的，只管翻亂了我的布包，擔擱人的生意。」梁尚賓道：「怎見得我不像個買的？」客人道：「你要買時，借銀子來看。」梁尚賓道：「你若肯加二折，我將八十兩銀子，替你出脫了一半。」客人道：「我說是獃話，做經紀的，那裏折得起加二？況且只用一半，這一半我又去投誰？一般樣擔擱了。我說不像要買的！」又冷笑道：「這北門外許多人家，就沒個財主！四百疋布便買不起。罷罷！搖到東門尋主兒去。」梁尚賓聽說，心中不忿，又見價錢相應㉚，有些出息，放他不下，便道：「你這客人好欺負人！我偏要都買

㉘發脫：賣掉。
㉙快當：迅速。
㉚相應：相當；合算。

了你的，看如何？」客人道：「你真個都買我的，我便讓你二十兩。」梁尚賓定要折四十兩，客人不肯。眾人道：「客人，你要緊脫貨，這位梁大官又是貪便宜的。依我們說，從中酌處，一百七十兩成了交易罷。」客人初時也不肯，被眾人勸不過，道：「罷！這十兩銀子，奉承列位面上。快些把銀子兌過，我還要連夜趕路。」梁尚賓道：「銀子湊不及許多，有幾件首飾，可用得著麼？」客人初時不肯，想了一回，叫聲：「沒奈何！只要公道作價。」梁尚賓邀入客坐，將銀子和兩對銀鍾，共兌准了一百兩。又將金首飾盡數搬來。眾人公同估價，夠了七十兩之數，與客收訖，交割了布疋。梁尚賓看這場交易，儘有便宜，歡喜無限。正是：

貪癡無底蛇吞象，禍福難明螳捕蟬。

原來這販布的客人，正是陳御史裝的。他託病關門，密密分付中軍官聶千戶安排下這些布疋，先僱下小船，在石城縣伺候。他悄地帶個門子，私行到此。聶千戶就扮做小郎跟隨，門子只做看船的小廝，並無人識破。這是做官的妙用。

卻說陳御史下了小船，取出見成寫就的憲牌，填出梁尚賓名字，就著聶千戶密拿。又寫書一封，請顧僉事到府中相會。比及御史回到察院，說病好開門，梁尚賓已解到了，顧僉事也來了。御史忙教擺酒後堂，留顧僉事小飯。坐間，顧僉事又提起魯學曾一事。御史笑道：「今日奉屈老年伯到此，正為這場公案，要剖個明白。」便教門子開了護書匣㉛，取出銀鍾二對，及許多首飾，送與顧僉事看。顧僉事認得是家中之物，大驚問道：「那裏來的？」御史道：「令愛小姐致死之繇，只在這幾件東西上。老年伯請寬坐，容小姪出堂，問這起數與老年伯看，釋此不決之疑。」

御史分付開門，乃喚魯學曾一起覆審。御史且教帶在一邊，喚梁尚賓當面㉜。御史喝道：「梁尚賓！你在顧僉事家幹得好事！」梁尚賓聽得這句「好事」，青天裏聞了個大雷，正要硬著嘴分辯。只見御史教門子，把銀鍾首飾與他認贓，問道：「這些東西那裏來的？」梁尚賓抬頭一望，那御史正是賣布的客人！唬得頓口無言，只叫：「小人該死！」御史道：「我也不動夾棍，你只將實情寫供狀來。」梁尚賓料賴不過，一一招稱了。你說招詞怎麼寫？有詞名鎖南枝一隻為證：

寫供狀，梁尚賓。只因表弟魯學曾，岳母念他貧，約他助行聘。為借衣服知此情，不合使欺心，緩他行。乘昏黑，假學曾，園公引入內室門。見了孟夫人，把金銀厚相贈。因留宿，有了奸騙情。三日後，學曾來，將小姐送一命。

御史取了招詞，喚園公老歐上來：「你仔細認一認，那夜間園上假裝魯公子的，可是這個人？」老歐睜開兩眼看了道：「爺爺，正是他。」御史喝教皂隸：「把梁尚賓重責八十！」將魯學曾枷杻打開，

㉛ 護書匣：陳放文書的長方木匣。

㉜ 當面：即「過堂」，上堂見官。

就套在梁尚賓身上。合依強姦論斬，發本縣監候處決。布四百疋，追出，仍給鋪戶取價還庫。其銀兩首飾，給與老歐領回。金釵、金鈿，斷還魯學曾。俱釋放寧家。魯學曾拜謝活命之恩。正是：

姧如明鏡照，恩喜㉝覆盆開。
生死俱無憾，神明御史臺。

卻說顧僉事在後堂，聽了這番審錄，驚駭不已。候御史退堂，再三稱謝道：「若非老公祖神明燭照，小女之冤幾無所伸矣！但不知銀兩首飾，老公祖何繇取到？」御史附耳道：「小姪……如此如此。」顧僉事道㉞：「妙哉！只是一件，梁尚賓妻子必知此情，寒家之首飾，定然還有幾件在彼，再望老公祖一併逮問。」御史道：「容易！」便行文書仰石城縣提梁尚賓妻嚴審，仍追餘贓回報。顧僉事別了御史自回。

卻說石城縣知縣，見了察院文書，監中取出梁尚賓問道：「你妻子姓甚？這一事曾否知情？」梁尚賓正懷恨老婆，答應道：「妻田氏，因貪財物，其實同謀的。」知縣當時僉票差人，提田氏到官。話分兩頭。卻說田氏父母雙亡，只在哥嫂身傍，針指度日。這一日哥哥田重文正在縣前聞知此信，慌忙奔回，報與田氏知道。田氏道：「哥哥休慌，妹子自有道理。」當時帶了休書上轎，逕抬到顧僉事

㉝ 喜：原作「善」，據同文堂本改。
㉞ 道：原缺，據同文堂本補。

家來，見了孟夫人。夫人發了個眼花，分明看見女兒阿秀進來；及至近前，卻是驀生㉟標緻婦人，吃了一驚！問道：「是誰？」田氏拜倒在地，說道：「妾乃梁尚賓之妻田氏，因惡夫所為不義，只恐連累了，預先離異。貴宅老爺不知，求夫人救命！」說罷，就取出休書呈上。夫人正在觀看，田氏忽然扯住夫人衫袖，大哭道：「母親！俺爹害得我好苦也！」夫人聽得是阿秀的聲音，也哭起來，便叫道：「我兒有甚話說？」只見田氏雙眸緊閉，哀哀哭道：「孩兒一時錯誤了，失身匪人，羞見公子之面，自縊身亡，以完貞性。何期爹爹不行細訪，險些反害了公子性命，幸得暴白了。只是他無家無室，終是我母子擔誤了他。母親若念孩兒，替爹爹說聲，周全其事，休絕一脈姻親，孩兒在九泉之下，亦無所恨矣！」說罷，就跌倒在地。夫人也哭昏了。管家婆和丫鬟、養娘都團聚將來，一齊喚醒。那田氏還呆呆的坐地，問他時全然不省。夫人看了田氏，想起女兒，重覆哭起。眾丫鬟勸住了。夫人悲傷不已，問田氏可有父母？田氏回道：「沒有。」夫人道：「我舉眼無親，見了你，如見我女兒一般。你肯做我的義女麼？」田氏拜道：「若得伏侍夫人，賤妾有幸。」夫人歡喜，就留在身邊了。顧僉事回家，聞說田氏先期離異，與他無干。寫了一封書帖，和休書送與縣官，求他免提㊱，轉回察院。又見田氏賢而有智，好生敬重，依了夫人，收為義女。夫人又說起女兒阿秀負魂㊲一事：「他千叮萬囑，休絕了魯家一脈姻親。如今田氏少艾，何不就招魯公子為婿，以續前姻。」顧僉事見魯學曾無辜受苦，甚是懊悔。今番夫人說話有理，

㉟ 驀生：陌生。

㊱ 提：原作「回」，據同文堂本改。

㊲ 負魂：即迷信所云死者魂魄附體，亦作「附魂」。

無有不依，只怕魯公子生疑，親到其家謝罪過了，又說續親一事。魯公子再三推辭不過，只得允從。就把金釵鈿為聘，擇日過門成親。

原來顧僉事在魯公子㊳面前，只說是過繼的遠房姪女。孟夫人在田氏面前，也只說贅個秀才，並不說真名真姓。到完婚以後，田氏方纔曉得就是魯公子；公子方纔曉得就是梁尚賓的前妻田氏。自此夫妻兩口和睦，且是十分孝順。顧僉事無子，魯公子承受了他的家私，發憤攻書。顧僉事見他三場通透，送入國子監，連科及第。所生二子，一姓魯，一姓顧，以奉兩家宗祀。梁尚賓子孫遂絕。詩曰：

一夜歡娛害自身，百年姻眷屬他人。
世間用計行奸者，請看當時梁尚賓。

㊳ 子：原缺，據同文堂本補。

第二十五卷　徐老僕義憤成家

犬馬猶然知戀主，況於列在生人！為奴一日主人身，情恩同父子，名分等君臣。　主若虐奴非正道，奴如欺主傷倫。能為義僕是良民，盛衰無改節，史冊可傳神。

說這唐玄宗時，有一官人，姓蕭名穎士，字茂挺，蘭陵人氏。自幼聰明好學，該博❶三教九流，貫串諸子百家。上自天文，下至地理，無所不通，無有不曉。真個胸中書富五車，筆下句高千古。年方一十九歲，高掇巍科，名傾朝野，是一個廣學的才子。家中有個僕人，名喚杜亮。那杜亮自蕭穎士數齡時，就在書房中服事起來，若有驅使，奮勇直前，水火不避。身邊並無半文私蓄。陪伴蕭穎士讀書時，不待分付，自去千方百計，預先尋覓下果品飲饌供奉。有時或烹甌茶兒，助他清思；或燙盃酒兒，接他辛苦。整夜直服事到天明，從不曾打個瞌睡。如見蕭穎士讀到得意之處，他在傍也十分歡喜。那蕭穎士般般皆好，件件俱全，只有兩樁兒毛病。你道是那兩樁？第一件：乃是恃才傲物，不把人看在眼內。纔登仕籍，便去衝撞了當朝宰相。那宰相若是個有度量的，還恕罪他過；又正衝撞了第一個忌才的李林甫❷。那李

❶ 該博：學識廣博。該，具備。

林甫混名叫做李貓兒，平昔不知壞了多少大臣，乃是殺人不見血的劊子手！卻去惹他，可肯輕輕放過？被他略施小計，險些連性命都送了。又虧著座主搭救，止削了官職，坐在家裏。第二件：是性子嚴急，卻像一團烈火。片語不投，即暴躁如雷，兩太陽火星直爆！奴僕稍有差誤，便加捶撻。他的打法，又與別人不同。有甚不同？別人治責家奴，定然計其過犯大小，討個板子，教人行杖，或打一十，或打二十，分個輕重。惟有蕭穎士，不論事情大小，略觸著他的性子，便連聲喝罵，也不用甚麼板子，也不要人行杖，親自跳起身來，一把揪翻，隨分❸掣著一件傢伙，沒頭沒腦亂打。憑你甚麼人勸解，他也全不作准，直要打個氣息。若不像意，還要咬上幾口，方纔罷手。因是恁般利害，奴僕們懼怕，都四散逃去，單單存得一個杜亮。論起蕭穎士，只存得這個家人種兒，每事只該將就些纔是。誰知他是天生的性兒，使慣的氣兒，打溜的手兒，竟沒絲毫更改，依然照舊施行。起先奴僕眾多，還打了那個，空了這個。到得禿裏獨有杜亮時，反覺打得勤些。論起杜亮，遇著這般難理會❹的家主，也該學眾人逃去罷了，偏又寸步不離，甘心受他的責罰。常常打得皮開肉綻、頭破血淋，也再無一點退悔之念，一句怨恨之言。打罷起來，整一整衣裳，忍著疼痛，依原在傍答應。說話的，據你說，杜亮這等奴僕，莫說千中選一，就是走盡天下，也尋不出個對兒！這蕭穎士又非黑漆皮燈、泥塞竹管，是那一竅不通的蠢物；他須是身登黃

❷ 李林甫：生年不詳，卒於西元七五二年。唐宗室，小字哥奴，借武惠妃及武三思援引，擢禮部尚書、宰相，封晉國公。敗壞政事，勾結宦官，傾害異己，表面佯示友好，人稱「口蜜腹劍」。

❸ 隨分：隨便。

❹ 難理會：不明白；不講理。

甲、位列朝班、讀破萬卷明理的才人，難道恁般不知好歹，一味蠻打，沒一點仁慈改悔之念不成？看官有所不知，常言道得好：「江山易改，稟性難移。」那蕭穎士平昔原愛杜亮小心，訓誨打過之後，深自懊悔道：「此奴隨我多年，並無十分過失，如何只管將他只般毒打？今後斷然不可！」到得性發之時，不覺拳腳又輕輕的生在他身上去了。這也不要單怪蕭穎士性子急躁，誰教杜亮剛聞得叱喝一聲，恰如小鬼見了鍾馗一般，撲禿的兩條腿就跪倒在地。蕭穎士本來是個好打人的，見他做成這個要打局面，少不得奉承幾下。

杜亮有個遠族兄弟杜明，就住在蕭家左邊。因見他常打得這個模樣，心下倒氣不過，攛掇杜亮道：「凡做奴僕的，皆因家貧力薄，自難成立，故此投靠人家。一來貪圖現成衣食，二來指望家主有個發跡日子，帶挈風光，摸得些東西，做個小小家業，快活下半世。像阿哥如今隨了這措大，早晚辛勤服事，竭力盡心，並不見一些好處，只落得常受他凌辱痛楚。恁般不知好歹的人，跟他有何出息？他家許多人都存住不得，各自四散去了；你何不也別了他，另尋頭路？有多少不如你的，投了大官府人家，喫好穿好，還要作成趁一貫兩貫。走出衙門前，誰不奉承？那邊纔叫：『某大叔，有些小事相煩。』還未答應時，這邊又叫：『某大叔，我也有件事兒勞動。』真個迎接不暇，何等興頭！若是阿哥這樣，肚裏又明白，筆下又來得，做人且又溫存小心，走到勢要人家，怕道不是重用？你那措大雖然中個進士，發利市就與李丞相作對，被他弄來坐在家中，料道也沒個起官的日子，有何撇不下，定要與他纏帳❺？」杜亮道：「這些事我豈不曉得？若有此念，早已去得多年了，何待吾弟今日勸諭。古語云：『良臣擇主而事，

❺纏帳：一作「纏障」，謂糾纏。

良禽擇木而棲。』奴僕雖是下賤，也要擇個好使頭。像我主人，止是性子躁急；除此之外，只怕捨了他，沒處再尋得第二個出來。」杜明道：「滿天下無數官員宰相、貴戚豪家，豈有反不如你主人這個窮官？」杜亮道：「他們有的不過是爵位、金銀二事。」杜明道：「只這兩樁儘夠了，還要怎樣？」杜亮道：「那爵位乃虛花之事，金銀乃臭污之物，有甚希罕？如何及得我主人這般高才絕學！拈起筆來，頃刻萬言，不要打個稿兒。真個雲煙繚繞，華彩繽紛。我所戀戀不捨者，單愛他這一件耳。」杜明聽得說出愛他的才學，不覺呵呵大笑道：「且問阿哥，你即愛他的才學，到饑時可將來當得飯喫？冷時可作得衣穿麼？」杜亮道：「你又說笑話！才學在他胸中，如何濟得我的飢寒？」杜明道：「卻原來又救不得你的飢，又遮不得你的寒，愛他何用？當今有爵位的尚然只喜趨權附勢，沒一個肯憐才惜學。你我是個下人，但得飽食煖衣，尋覓些錢鈔做家，乃是本等；卻這般迂闊，愛甚麼才學，情願受其打罵，可不是個呆子？」杜亮笑道：「金銀我命裏不曾帶來，不做這個指望，還只是守舊。」杜明道：「想是打得你不爽利？故此尚要捱他的棍棒！」杜亮道：「多承賢弟好情，可憐我做兄的。但我主這般博奧才學，總然打死，也甘心服事他。」遂不聽杜明之言，仍舊跟隨蕭穎士。不想今日一頓拳頭，明日一頓棍子，打不上幾年，把杜亮打得漸漸遍身疼痛，口內吐血，成了個傷癆症候。初時還勉強趨承，次後打熬不過，半眠半起。又過幾時，便久臥床席。那蕭穎士見他嘔血，明知是打上來的，心下十分懊悔，還指望有好的日子，請醫調治，親自煎湯送藥。捱了兩月，嗚呼哀哉！蕭穎士想起他平日的好處，只管涕泣，備辦衣棺埋葬。蕭穎士日常虧杜亮服事慣了，到得死後，十分不便，央人四處尋覓僕從。因他打人的名頭出了，那個肯來跟隨？就有個肯跟他的，也不中其意。有時讀書到忘懷之處，還認做杜亮在傍；抬頭不見，便掩卷而泣。後來蕭穎士知得了杜亮當日不從杜明這班說話，不覺氣咽胸中，淚如泉湧。大叫一聲：「杜亮！我讀了一世的書，不曾遇著個憐才之人，終身淪落。誰想你倒是我的知己！卻又有眼無珠，枉送了你性命，我之罪也！」言還未畢，口中的鮮血，往外直噴。自此也成了個嘔血之疾，將書籍盡皆焚化，口中不住的喊叫「杜亮」。病了數月，也歸大夢。遺命教遷杜亮與他同葬。有詩為證：

納賄趨權步步先，高才曾見幾人憐？
當路若能如杜亮，草萊安得有遺賢！

說話的，這杜亮愛才戀主，果是千古奇人。然看起來，畢竟還帶些腐氣，未為全美；若有別樁希奇故事、異樣話文，再講回出來。列位看官穩坐著，莫要性急。適來小子這段小小故事，原是入話❻，還未曾說到正傳。那正傳卻也是個僕人，他比杜亮更是不同，曾獨力與孤孀主母掙起個天大家事，替主母嫁三個女兒，與小主人娶兩房娘子。到得死後，並無半文私蓄，至今名垂史冊。待小子慢慢的道來，勸諭那世間為奴僕的，也學這般盡心盡力，幫家做活，傳個美名。莫學那樣背恩反噬、尾大不掉的，被人唾罵。你道這般話文，出在那個朝代？甚麼地方？原來就在本朝嘉靖爺年間，浙江嚴州府淳安縣，離城數里，有個鄉村，名曰「錦沙村」。村上有一姓徐的，莊家恰是弟兄三個：大的名徐言，次的名徐召，各生得一子。第三個名徐哲，渾家顏氏，倒生得二男三女。他弟兄三人，奉著父親遺命，合鍋兒喫飯，併

❻ 入話：說書人引入正文之前所說的一段與話本有關的小故事，一稱「得勝頭回」。

力的耕田，掙了一頭牛兒、一騎馬兒。又有一個老僕，名叫阿寄，年五十來歲了，夫妻兩口，也生下一個兒子，還只有十多歲。那阿寄也就是本村生長，當先因父母喪了，無力殯葬，故此賣身在徐家。為人忠謹小心，朝起晏眠，勤於種作。徐言的父親大得其力，每事優待。到得徐言輩掌家，見他年已有了，便有些厭惡之意。那阿寄又不達時務，遇著徐言弟兄行事有不到處，便苦口規諫。徐哲尚肯服善，聽他一兩句；那徐言、徐召，是個自作自用的性子，反怪他多嘴擦舌，高聲叱喝，有時還要奉承幾下消食拳頭。阿寄的老婆勸道：「你一把年紀的人了，諸事只宜退縮，算他們是後生家世界，時時新，局局變，繇他自去主張罷了，何苦定要多口，常討恁樣凌辱？」阿寄道：「我受老主之恩，故此不得不說。」婆子道：「累說不聽，這也怪不得你了。」自此，阿寄聽了老婆言語，緘口結舌，再不預其事，也省了好些恥辱。正合著古人兩句言語，道是：

閉口深藏舌，安身處處牢。

不則一日，徐哲忽然患一個傷寒症候，七日之間，即變了帳！那時就哭殺了顏氏母子，少不得衣棺盛殮，做些功果追荐。過了兩月，徐言與徐召商議道：「我與你各只一子，三兄弟倒有兩男三女，一分就抵著我們兩分。便是三弟在時，一樣耕種，那還算計不就，何況他已死了？我們日夜喫辛喫苦掙來，卻養他一窩子喫死飯的。如今還是小事，到了長大之時，你我兒子婚配了，難道不與他婚男嫁女？豈不與你我多去四分了？意欲即今三股分開，撇脫了這條爛死蛇，繇他們有的喫，沒得喫！可❼不與你我沒干涉了？只是當初老官人遺命教道莫分開過，今若違了他言語，被人談論，卻怎地處？」那時徐召若是個有仁心的，便該勸徐言休了這念纔是。誰知他的念頭，一發起得久了！聽見哥子說出這話，正合其意，乃答道：「老官人雖有遺囑，不過是死人說話了，須不是聖旨，違背不得的。況且我們的家事，那個外人敢來談論！」徐言連稱有理。即將田產家私，暗地配合停當，只揀不好的留與姪子。徐言又道：「這牛馬卻怎地分？」徐召沉吟半晌，乃道：「不難，那阿寄夫妻年紀已老，漸漸做不動了。活時倒有三個喫死飯的，死了又要賠兩口棺木。把他當作一股，派與三房裏，卸了這干係，可不是好麼？」計議已定，到次日備些酒肴，請過幾個親鄰坐下，又請出顏氏並兩個姪子。那兩個孩子，大的纔得七歲，喚做福兒，小的五歲，叫做壽兒，隨著母親直到堂前，連顏氏也不知為甚緣故？只見徐言弟兄立起身來道：「列位高親在上，有一言相告：昔年先父原沒甚所遺，多虧我兄弟掙得些小產業，只望弟兄相守，到老傳至子姪這輩分析。不幸三舍弟近日有此大變，弟婦又是個女道家，不知產業多少。況且人家消長不一，到後邊多掙得，分與舍姪便好。萬一消乏了，那時倒說我們有甚私弊，欺他孤兒寡婦，反傷骨肉情義了。故此我兄弟商量，不如趁此完美之時，分作三股，各自領去營運，省得後來爭多競少。特請列位高親來作眼。」遂向袖中摸出三張分書來，說道：「總是一樣配搭，至公無私，只勞列位著個花押。」顏氏聽說要分開自做人家，眼中撲簌簌珠淚交流，哭道：「二位伯伯，我是個孤孀婦人，兒女又小，就是沒腳蟹一般！如何撐持的門戶？昔日公公原分付莫要分開，還是二位伯伯總管在那裏，扶持兒女大了，但憑胡

❼ 可：原作「也」，據同文堂本改。

亂分些便罷，決不敢爭多競少。」徐召道：「三娘子，天下無有不散筵席！就合上一千年，少不得有個分開日子。公公乃過世的人了，他說的話，那裏作得準？大伯昨日要把牛馬分與你，我想姪兒又小，那個去看著？故分阿寄來幫扶。他年紀雖老，筋力還健，賽過一個後生家種作哩！那婆子績麻紡線，也不是喫死飯的，這孩子再耐他兩年，就可下得田了，你不消愁得。」顏氏見他弟兄如此，明知已是做就，料得拗他不過，一味啼哭。那些親鄰看了分書，雖曉得分得不公道，都要做好好先生，那個肯做閒冤家出尖說話？一齊著了花押，勸慰顏氏收了進去，入席飲酒。有詩為證：

分書三紙語從容，人畜均分稟至公。
老僕不如牛馬力，擁孤孀婦泣西風。

卻說阿寄，那一早差他買東買西，請張請李，也不曉得又做甚事體？恰好在南村去請個親戚回來時，裏邊事已停妥。剛至門口，正遇見老婆。那婆子恐他曉得了這事，又去多言多語，扯到半邊分付道：「今日是大官人分撥家私，你休得又去閒管，討他的怠慢！」阿寄聞言，喫了一驚，說道：「當先老主人遺囑不要分開，如何見三官人死了，就撇開這孤兒寡婦，教他如何過活？我若不說，再有何人肯說？」轉身就走。婆子又扯住道：「清官也斷不得家務事，適來許多親鄰，都不開口；你是他人手下，又非甚麼高年族長，怎好張主？」阿寄道：「話雖有理，但他們分得公道，便不開口，若有欺心，就死也說不得也要講他個明白。」又問道：「你曉得分我在那一房？」婆子道：「這倒不曉得。」阿寄走到堂前，見眾人喫酒，正在高興，不好遽然問得，站在傍邊。間壁一個鄰家，抬頭看見，便道：「徐老官，你如今分住三房裏了，便是孤孀娘子，須是竭力幫助便好。」阿寄隨口答道：「我年紀已老，做不動了。」口中便說，心下暗轉道：「原來撥我在三房裏，一定他們道我沒用了，借手推出的意思；我偏要爭口氣，掙個事業起來，也不被人恥笑！」遂不問他們分析的事，一徑又到顏氏房門口，聽得在內啼哭。阿寄立住腳聽時，顏氏哭道：「天阿！只道與你一竹竿到底，白頭相守，那裏說起半路上就抛撇了！遺下許多兒女，無依無靠。還指望倚仗做伯伯的扶養長大；誰知你骨肉才寒，便分撥開來。如今教我沒投沒奔，怎生過日？」又哭道：「就是分的田產，他們通是亮裏，我是暗中憑他們分派，那裏知得好歹？只一件上，已見他們的腸子狠了！那牛兒可以耕種，馬兒可僱倩❽與人，只揀兩件有利息的拿了去，卻推兩個老頭兒與我，反要費我的衣食。」

那老頭聽見這話，猛然揭起門帘，叫道：「三娘！你道老奴單費你的衣食，不及牛馬的力麼？」顏氏魆地❾裏被他鑽進來，說這句話，倒驚了一跳，收淚問道：「你怎地說？」阿寄道：「那牛馬每年耕種，僱倩不過有得數兩利息，還要賠個人去餵養跟隨。若講老奴，年紀雖有，精力未衰，路還去得，苦也受得。那經商道業雖不曾做，也都明白。三娘急急收拾些本錢，待老奴出去做些生意，一年幾轉其利，豈不勝似牛馬數倍！就是我的婆子平昔又勤於紡織，亦可少助薪水之用。將田產莫管好歹，把來放租，與人討幾擔穀子，做了堆主。三娘同姐兒們，也做些活計，將就度日，不要動那貲本。營運數年，怕不

❽ 僱倩：租借。

❾ 魆地：暗地。魆，音ㄒㄩˋ。

掙起個事業，何消愁悶？」顏氏見他說得有些來歷，乃道：「若得你如此出力，可不好哩！但恐你有了年紀，受不得辛苦。」阿寄道：「不瞞三娘說，老便老，健還好，眠得遲，起得早。只怕後生家還趕我不上哩，這般不消慮得。」顏氏道：「你打帳⑩做甚生意？」阿寄道：「大凡經商，本錢多便大做，本錢少便小做。須到外邊去看，臨期著便，見景生情，只揀有利息的就做，不是在家論得定的。」顏氏道：「說得不好，我計較起來。」阿寄又待討出分書，將分下的傢伙，照單逐一點明，搬在一處。然後走至堂前答應。諸親鄰直飲至晚方散。

次日，徐言即喚個匠人，把房子兩下夾斷，教顏氏另自開個門戶出入。顏氏一面整頓家中事體，自不必說。一面將簪物衣飾，悄悄教阿寄去變賣，共湊了十二兩銀子。顏氏把來交與阿寄道：「這些小東西，乃我盡命之資，一家大小俱在此上。今日交付與你。大利息原不指望，但得微細之利，也就夠了。臨事務要斟酌，路途亦要小心，切莫有始無終，反被大伯們恥笑。」口中便說，不覺淚隨言下。阿寄道：「但請放心，老奴自有見識在此，管情不負所託。」顏氏又問道：「還是幾時起身？」阿寄道：「本錢已有了，明早就行。」顏氏道：「可要揀個好日？」阿寄道：「我出去做生意，便是好日子，何必又揀？」即把銀子藏在兜肚之中，走到自己房裏，向婆子道：「我明早要出門去做生意，可將舊衣舊裳打疊在一處。」原來阿寄止與主母計議，連老婆也不通他知得。這婆子見驀地說出那句話，也覺駭然！問道：「你往何處去？做甚生意？」阿寄方把前事說與。那婆子道：「阿呀！這是那裏說起？你雖然一把年紀，那生意行中，從不曾著腳。卻去弄虛頭、說天話，兜攬這帳！孤孀娘子的銀子，是苦惱東西，莫要把去弄

⑩ 打帳：打算。

出個話靶，連累他沒得過用，豈不終身抱怨？不若依著我，快快送還三娘。拚得早起晏眠，多喫些苦兒，照舊耕種幫扶，彼此倒得安逸。」阿寄道：「婆子家曉得甚麼？只管胡言亂語！那得見我不會做生意，弄壞了事，要你未風先雨！」遂不聽老婆，自去收拾了衣服被窩，卻沒個被囊，只得打個包兒。又做起一個纏袋⓫，準備些乾糧。又到市上買了一頂雨傘、一雙麻鞋，打點完備。

次日，先到徐言、徐召二家，說道：「老奴今日要往遠處去做生意，家中無人照管。雖則各分門戶，還要二位官人，早晚看顧。」徐言二人聽了，不覺暗笑，答道：「這倒不消你叮囑，只要賺了銀子回來，送些人事與我們。」阿寄道：「這個自然。」轉到家中，喫了飯食，作別了主母，穿上麻鞋，背著包裹、雨傘，又分付老婆早晚須是小心。臨出門，顏氏又再三叮嚀。阿寄點頭答應，大踏步去了。

且說徐言弟兄，等阿寄轉身後，都笑道：「可笑那三娘子好沒⓬見識！有銀子做生意，卻不與你我商量，倒聽這阿寄老奴才的話兒。我想他生長已來⓭，何曾做慣生意？哄那孤孀婦人的東西，自去快活，這本錢可不白白送落！」徐召道：「便是當初合家時，卻不把出來營運，如今纔分得，即教阿寄做客經商。我想，三娘子又沒甚妝奩，這銀兩定然是老官兒存日，三兄弟剋剝下的，今日方纔出豁。總之，三娘子瞞著你我做事，若說他不該如此，反道我們妬忌了，且待阿寄折本回來，那時去笑他。」正是：

⓫ 纏袋：即「搭膊」，纏在腰部的長帶，中間的口袋可藏錢物。
⓬ 沒：原作「不」，據同文堂本改。
⓭ 來：原作「大」，據同文堂本改。

雲端看廝殺，畢竟孰輸贏？
路遙知馬力，日久見人心。

再說阿寄離了家中，一路思想：「做甚生理便好？」忽地轉著道：「聞得販漆這項道路，頗有利息，況又在近處，何不去試他一試？」定了主意，一徑直至慶雲山中。原來採漆之處，原有個牙行⓮。阿寄就行家住下。那販漆的客人，卻也甚多，都是挨次兒打發。阿寄想道：「若慢慢的挨去，可不擔擱了日子，又費去盤纏。」心生一計，捉個空，扯主人家到一村店中，買三盃請他，說道：「我是個小販子，本錢短少，守日子不起的。望主人家看鄉里分上，怎地設法先打發我去。那一次來，大大再整個東道請你。」也是理合當然，那主人家卻正撞著是個貪盃的，喫了他的軟口湯⓯，不好回得，一口應承。當晚就往各村戶湊足其數，裝裹停當。恐怕客人們知得嗔怪，倒寄在鄰家放下。次日起個五更，打發阿寄起身。那阿寄發利市就得了便宜，好不喜歡！教腳夫挑出新安江口。又想道：「杭州離此不遠，定賣不起價錢。」遂僱船直到蘇州。正遇在缺漆之時，見他的貨到，猶如寶貝一般。不夠三日，賣個乾淨，一色都是見⓰銀，並無一毫賒帳。除去盤纏使用，足足賺個對合⓱有餘。暗暗感謝天地。即忙收拾起身。又

⓮ 牙行：為買賣雙方介紹說合，從中收取佣金的商行。

⓯ 軟口湯：指無法拒絕對方要求的賄賂。

⓰ 見：通「現」。

⓱ 對合：利錢與本錢相等。

想道：「我今空身回去，須是趁船。這銀兩在身邊，反擔干係，何不再販些別樣貨去，多少尋些利息也好。」打聽得楓橋秈米，到得甚多，登時落了幾分行錢。乃道：「這販米生意，量來必不喫虧。」遂糴了六十多擔秈米，載到杭州出脫。那時乃七月中旬，杭州有一個月不下雨，稻苗都乾壞了，米價騰湧。阿寄這載米，又值在巧裏，每一擔長了二錢，又賺十多兩銀子。自言自語道：「且喜做來生意，頗頗順溜，想是我三娘福分到了。」卻又想道：「既在此間，何不去問問漆價？若與蘇州相去不遠，也省好些盤纏。」細細訪問時，比蘇州反勝。你道為何？原來販漆的，都道杭州路近價賤，俱往遠處去了。杭州倒時常短缺。常言道：「貨無大小，缺者便貴。」故此比別處反勝。阿寄得了這個消息，喜之不勝，星夜趕到慶雲山，已備下些小人事送與主人家，依舊又買三盃相請。那主人家得了些小便宜，喜逐顏開，一如前番，悄悄先打發他轉身。到杭州也不消三兩日，就都賣完。計算本利，果然比起先這一帳，又多幾兩，只是少了那回頭貨的利息。乃道：「下次還到遠處去。」與牙人算清了帳目，收拾起程，想道：「出門好幾時了，三娘必然掛念，且回去回覆一聲，也教他放心。」又想道：「總是收漆要等候兩日，何不先到山中，將銀子教主人家一面先收，然後回家，豈不兩便？」定了主意，到山中把銀兩付與牙人，自己趕回家去。正是：

先收漆貨兩番利，初出茅廬第一功。

且說顏氏自阿寄去後，朝夕懸掛，常恐他消折了這些本錢，懷著鬼胎。耳根邊又聽得徐言弟兄在背後擷唇簸嘴⑱，愈加煩惱。一日正在房中悶坐，忽見兩個兒子亂喊進來道：「阿寄回家了！」顏氏聞言，急走出房。阿寄早已在面前。他的老婆也隨在背後。阿寄上前深深唱個大喏。顏氏見了他，反增著一個蹬心拳頭⑲，胸前突突的亂跳，誠恐說出句掃興話來。便問道：「你做的是甚麼生意？可有些利息？」那阿寄又手不離方寸，不慌不忙的說道：「一來感謝天地保祐，二來託賴三娘洪福，做的卻是販漆生意，賺得五六倍利息。」如此如此，這般這般。「恐怕三娘放不下心，特歸來回覆一聲。」顏氏聽罷，喜從天降，問道：「如今銀子在那裏？」阿寄道：「已留與主人家收漆，不曾帶回。我明早就要去的。」那時，合家歡天喜地。阿寄住了一晚，次日清早起身，別了顏氏，又往慶雲山去了。

再說徐言弟兄，那晚在鄰家喫社酒醉倒，故此阿寄回家，全不曉得。到次日齊走過來，問道：「阿寄做生意歸來，趁了多少銀子？」顏氏道：「好教二位伯伯知得：他一向販漆營生，倒覓得五六倍利息。」徐言道：「好造化！恁樣賺錢時，不夠幾年，便做財主哩！」顏氏道：「伯伯休要笑話，免得飢寒便夠了。」徐召道：「他如今在那裏？出去了幾多時，怎麼也不來見我？這樣沒禮！」顏氏道：「今早原就去了。」徐召道：「如何去得恁般急速？」徐召又問道：「那銀兩你可曾見見數麼？」顏氏道：「他說俱留在行家買貨，沒有帶回。」徐言呵呵笑道：「我只道本利已到手了？原來還是空口說白話，眼飽肚中饑！耳邊倒說得熱烘烘，還不知本在那裏？利在何處？便信以為真。做經紀的人，左手不托右手，豈有自己回家，銀子反留在外人？據我看起來，多分這本錢弄折了，把這鬼話哄你。」徐召也道：「三娘

⑱ 擷唇簸嘴：說三道四，搬弄是非。

⑲ 蹬心拳頭：這裏指觸動擔憂的心事。

子，論起你家做事，不該我們多口。但你終是女眷家，不知外邊世務。既有銀兩，也該與我二人商量，買幾畝田地，還是長策。那阿寄曉得做甚生意？卻瞞著我們，將銀子與他出去瞎撞。我想，那銀子不是你的妝奩，也是三兄弟的私蓄，須不是偷來的，怎看得恁般輕易！」二人一吹一唱，說得顏氏啞口無言，心下也生疑惑，委決不下。把一天歡喜，又變為萬般愁悶。按下此處不題。

再說阿寄這老兒，急急趕到慶雲山中，那行家已與他收完，點明交付。阿寄此番不在蘇杭發賣，徑到興化地方，利息比這兩處又好。賣完了貨，卻聽得那邊米價，一兩三擔，斗斛又大。想起杭州早今慌歉，前次糴客販的去，尚賺了錢，今在出處販去，怕不有一兩個對合！遂裝上一大載米，至杭州准准糶了一兩二錢一石，斗斛上多來，恰好頂著船錢使用。那時到山中收漆，便是大客人了，主人家好不奉承。一來是顏氏命中合該造化，二來也虧阿寄經營伶俐，凡販的貨物，定獲厚利。一連做了幾帳，約有二千餘金。看看捱著殘年，算計道：「我一個孤身老兒，帶著許多財物，不是耍處。倘有差失，前功盡棄！況且年近歲逼，家中必然懸望，不如回去，商議置買些田產，做了根本，將餘下的，再出來運算。」此時他出路行頭⑳，諸色畫備；把銀兩逐封緊緊包裹，藏在順袋㉑中。水路用舟，陸路用馬，晏行早歇，十分小心。非止一日，已到家中，把行李馱入。婆子見老公回了，便去報知顏氏。那顏氏一則以喜，一則以懼。所喜者，阿寄回來；所懼者，未知生意長短若何？因向日被徐言弟兄奚落㉒了一場，這番心裏，

⑳ 出路行頭：出門時必備的衣物用品。
㉑ 順袋：掛在腰上的小袋。
㉒ 奚落：譏誚；嘲諷。

比前更是著急。三步併作兩步，奔至外廂，望見了這堆行李，料道不像個折本的，心上就安了一半。終是忍不住，便問道：「這一向生意如何？銀兩可曾帶回？」阿寄近前見了個禮，說道：「三娘不要性急，待我慢慢的細說。」教老婆頂上了門，把行李盡搬至顏氏房打開，將銀子逐封交與顏氏。顏氏見著那許多銀子，喜出望外，連忙開箱啟籠收藏。阿寄方把往來經營的事說出。顏氏因怕惹是非，徐言當日的話，一句也不說與他知道，但連稱：「都虧你老人家氣力了，且去歇息則個。」又分付：「那伯們倘來問起，不要與他講真話。」阿寄道：「老奴理會得。」正話間，外面鬧鬧聲叩門，原來卻是徐言弟兄，聽見阿寄歸了，特來打探消耗。阿寄上前作了兩個揖。徐言道：「前日聞得你生意十分旺相，今番又趁若干利息？」阿寄道：「老奴託賴二位官人洪福，除了本錢盤費，乾淨趁得四五十兩。」徐召道：「阿呀！前次便說有五六倍利了，怎地又去了幾多時，反少起來？」徐言道：「且不要問他趁多趁少，只是銀子今次可曾帶回？」阿寄道：「已交與三娘了。」二人便不言語，轉身出去。

再說阿寄與顏氏商議，要置買田產，悄地央人尋覓。大抵出一個財主，生一個敗子。那錦沙村有個晏大戶，家私豪富，田產廣多。單生一子，名為世保，取世守其業的意思。誰知這晏世保專於闞賭，把那老頭兒活活氣死。合村的人，道他是個敗子，將「晏世保」三字，順口改為「獻世寶」。那獻世寶同著一班無藉㉓，朝歡暮樂，弄完了家中財物，漸漸搖動產業。道是零星賣來不夠用，索性賣一千畝，討價三千餘兩，又要一注兒交銀。那村中富者雖有，一時湊不起許多銀子，無人上樁㉔。延至歲底，獻世寶

㉓ 無藉：無業游民；幫閒光棍。

㉔ 上樁：聯繫；鉤搭。樁，音ㄓㄨㄤ。

手中越覺乾逼，情願連一所莊房，只要半價。阿寄偶然聞得這個消息，即尋中人去討個經帳㉕，恐怕有人先成了去，就約次日成交。獻世寶聽得有了售主，好不歡喜。平日一刻也不著家的，偏這日足跡不敢出門，呆呆的等候中人同往。

且說阿寄料道獻世寶是愛喫東西的，清早便去買下佳肴美醞，喚個廚夫安排。又向顏氏道：「今日這場交易，非同小可！三娘是個女眷家，兩位小官人又幼，老奴又是下人，只好在傍說話，難好與他抗禮；須請間壁大官人弟兄來作眼，方是正理。」顏氏道：「你就過去請說聲。」阿寄即到徐言門首，弟兄正在那裏說話。阿寄道：「今日三娘買幾畝田地，特請二位官人做主張。」二人口中雖然答應，心中又怪顏氏不託他尋覓，好生不樂。徐言說道：「即要買田，如何不託你我？又教阿寄張主。直至成交，方纔來說。只是這村中，沒有甚麼零星田賣。」徐召道：「不必猜疑，少頃便見著落了。」二人坐於門首，等至午前光景，只見獻世寶同著幾個中人、兩個小廝，拿著拜匣，一路拍手拍腳的笑來，望著間壁門內齊走進去。徐言弟兄看了，倒喫一驚，都道：「咦！好作怪！聞得獻世寶要賣一千畝田，實價三千餘兩。不信他家有許多銀子！難道獻世寶又零賣一二十畝？」疑惑不定。隨後跟入，相見已後㉖，分賓而坐。阿寄向前說道：「晏官人田價，昨日已是言定，一依分付，不敢短少。晏官人也莫要節外生枝，又更㉗他說。」獻世寶亂嚷道：「大丈夫做事，一言已出，駟馬難追！若又有他說，便不是人養的了！」

㉕ 經帳：出賣田產時所開列的細目，上面載明畝數、經界與價格。

㉖ 後：原作「從」，據同文堂本改。

㉗ 更：原誤作「對」，據同文堂本改。

阿寄道：「既如此，先立了文契，然後兌銀。」那紙墨筆硯，整備得停停當當，拿過來就是。獻世寶拈起筆，盡情寫了一紙絕契，又道：「省得你不放心，先畫了花押何如？」阿寄道：「如此便好。」徐言弟兄看那契上，果是一千畝田、一所莊房，實價一千五百兩。嚇得二人面面相覷，伸出了舌頭，半日也縮不上去。都暗想道：「阿寄做生意，總是趁錢㉘，也趁不得這些！莫不做強盜打劫的？或是掘著了藏？好生難猜。」中人著完花押，阿寄收進去交與顏氏。他已先借下一副天秤法碼，提來放在桌上，與顏氏取出銀子來兌，一色都是粉塊細絲。徐言、徐召眼內出火，就是喉間煙也直冒，恨不得推開眾人，通搶回去。不一時兌完，擺出酒肴，飲至更深方散。

次日，阿寄又向顏氏道：「那莊房甚是寬大，何不搬在那邊居住？收下的稻子也好照管。」顏氏曉得徐言弟兄妬忌，也巴不能遠開一步，便依他說話，選了新正初六，遷入新房。阿寄又請個先生，教兩位小官人讀書，大的取名徐寬，次的名徐宏。家中收拾得十分次第㉙。那些村中人，見顏氏田有一千多畝，都傳說掘了藏，銀子不計其數，連坑廁說來都是銀的，誰個不來奉承！

再說阿寄，將家中整備停當，依舊又出去經營。這番不專於販漆，但聞有利息的便做。家中收下米穀，又將來騰那㉚。十年之外，家私巨富。那獻世寶的田宅，盡歸於徐氏。門庭熱鬧，牛馬成群。婢僕僱工人等，也有整百，好不興頭！正是：

㉘ 趁錢：賺錢。

㉙ 次第：此處作齊整。

㉚ 騰那：此處指變賣後移作經商資金。

富貴本無根，盡從勤裏得。
請觀懶惰者，面帶饑寒色。

那顏氏的三個女兒，都嫁與一般富戶。徐寬、徐宏，也各婚配。一應婚嫁㉛禮物，盡是阿寄支持，不費顏氏絲毫氣力。他又見田產廣多，差役煩重，與徐寬弟兄都納個監生，優免若干田役㉜。顏氏也與阿寄兒子完了婚事，又見那老兒年紀衰邁，留在家中照管，不肯放他出去，又派個馬兒與他乘坐。那老兒自經營以來，從不曾私喫一些好飲食，也不曾私做一件好衣服。寸絲尺帛，必稟命顏氏，方纔敢用。且又有禮數，不論族中老幼，見了必然站起。或乘馬在途中遇著，便要下馬，閃在路傍讓過去，然後又行。因此遠近親鄰，沒一個人不把他敬重。就是顏氏母子，也如尊長看承。那徐言、徐召，雖也掙起些田產，比著顏氏，尚有天淵㉝之隔，終日眼紅頸赤。那老兒揣知二人意思，勸顏氏各助百金之物。又築起一座新墳，連徐哲父母一齊安葬。那老兒整整活到八十，患起病來，顏氏要請醫人調治，那老兒道：「人年八十，死乃分內之事，何必又費錢鈔？」執意不肯服藥。顏氏母子，不住在床前看視，一面準備衣衾棺槨。病了數日，勢漸危篤，乃請顏氏母子到房中坐下，說道：「老奴牛馬力已少盡，死已無恨；只有一事，越分張主，不要見怪。」顏氏垂淚道：「我母子全虧你氣力，方有今日，有甚事體，一憑分

㉛ 婚嫁：原作「嫁事」，據同文堂本改。

㉜ 優免若干田役：明制凡秀才、監生，可享受免除某些賦稅差役的優待。

㉝ 淵：原誤作「顏」，據同文堂本改。

付，決不違拗。」那老兒向枕邊摸出兩紙文書，遞與顏氏道：「二位官人，他年紀已長，日後少不得要分析。倘那時嫌多道少，便傷了手足之情。故此老奴久已將一應田房財物等件，均分停當，今日付與二位小官人，各自去管家業。」又叮囑道：「那奴僕中，難得好人，諸事需要自己經心，切莫可重託。」顏氏母子，含淚領命。他的老婆兒子，都在床前啼啼哭哭，也囑付了幾句。忽地又道：「只有大官人、二官人不曾面別，終是欠事㉞，可與我去請來。」顏氏即差個家人去請。徐言、徐召說道：「好時不直得幫扶我們，臨死就來思想，可不扯淡！不去不去！」那家人無法，只得轉身。卻見徐宏親自奔來相請。二人滅不過㉟姪兒面皮，勉強隨來。那老兒已說話不出，把眼看了兩看，點點頭兒，奄然而逝。他的老婆、兒媳啼哭，自不必說。只這顏氏母子，俱放聲號慟；便是家中大小男女，念他平日做人好處，也無不下淚。惟有徐言、徐召，反有喜色。可憐那老兒：

辛勤好似蠶成繭，繭老成絲蠶命休。
又似採花蜂釀蜜，甜頭到底被人收。

顏氏母子哭了一回出去，支持殯殮之事。徐言、徐召看見棺木堅固，衣衾整齊，扯徐寬弟兄到一邊，說道：「他是我家家人，將就些罷了，如何要這般好斷送？就是當初你家公公與你父親，也沒恁般齊整。」

㉞ 欠事：牽記的事情。

㉟ 滅不個：拂不過；撇不開。

徐寬道：「我家全虧他掙起這些事業，若薄了他，肉心上也打不過去。」徐召道：「你老大的人，還是呆子！這是你母子命中合該有些造化，豈真是他親身本事掙來的哩。還有一件：他做了許多年數，克剝的私房，必然也有好些，怕道沒得結果？你卻挖出肉裏錢來，與他備後事。」徐宏道：「不要冤枉壞人！我看他平日一厘一毫，都清清白白，交與母親；並不見有甚麼私房。」徐召又道：「做的私房藏在那裏，難道把與你看不成？若不信時，如今將他房中一撿，極少也有整千銀子。」徐寬道：「總有，也是他掙下的，好道拿他的不成？」徐言道：「雖不拿他的，見個明白也好。」徐寬弟兄被二人說得疑疑惑惑，遂聽了他，也不通顏氏知道，一齊走至阿寄房中，把婆子們哄了出去，閉上房門，開箱倒籠遍處㊱一搜，只有幾件舊衣舊裳，那有分文錢鈔！徐召道：「一定藏在兒子房裏！也去一搜。」尋出一包銀子，不上二兩。包中有個帳兒。徐寬仔細看時，還是他兒子娶妻時，顏氏助他三兩銀子，用剩下的。徐宏道：「我說他沒有甚麼私房，卻定要來看，還不快收拾好了。倘被人撞見，反道我們器量小了。」徐言、徐召自覺乏趣，也不別顏氏，徑自去了。徐寬又把這事，覺向母親，倍加傷感。令合家掛孝，開喪受弔，多修功課追薦。七終㊲之後，即安葬於新墳傍邊。祭葬之禮，每事從厚。顏氏主張將家產分一股與他兒子，自去成家立業，奉養其母；又教兒子們以叔姪相稱，此亦見顏氏不泯阿寄恩義的好處。那合村的人，將

㊱ 處：原作「出」，據同文堂本改。

㊲ 七終：俗稱「斷七」。舊俗人死後每七天為一「七」，七七四十九天，共是七「七」。逢七倩僧道誦經以超度亡靈至第四十九日為七終。

阿寄生平行誼㊳，具呈府縣，要求府縣旌獎，以勸後人。府縣查個明白，申報上司，具疏奏聞於朝廷，旌表其閭。至今徐氏子孫繁衍，富冠淳安。詩云：

年老筋衰遜馬牛，千金至產出人頭。

托孤寄命真無愧，羞殺蒼頭不義侯㊴！

㊳ 行誼：行為品德。

㊴ 蒼頭不義侯：事見後漢書光武帝紀，東漢初年，彭寵叛劉秀，自立為燕王，蒼頭（僕人）子密趁寵熟睡殺寵，盜其寶物，以彭寵首級獻給劉秀。秀封子密為「不義侯」。

第二十六卷　蔡小姐忍辱報仇

酒可陶情適性，兼能解悶消愁。三盃玉盞樂悠悠，痛飲翻能損壽。　謹厚化成凶險，精明變作昏迷。禹疏儀狄❶豈無由？狂藥使人多咎。

這首詞名為西江月，是勸人節飲之語。今日說一位官員，只因貪盃上，受了非常之禍。話說那宣德❷年間，南直隸淮安府淮安衛，有個指揮姓蔡，名武，家資富厚，婢僕頗多。平昔別無所好，偏愛的是盃中之物。若一見了酒，連性命也不相顧，人都叫他蔡酒鬼。因這件上，罷官在家。不但蔡指揮會飲酒，就是夫人田氏，卻也一般善酌。二人也不像個夫婦，倒像兩個酒友。偏生奇怪！蔡指揮夫妻都會飲酒，生得三個兒女，卻又滴酒不聞。那大兒蔡韜，次兒蔡略，年紀尚小。女兒倒有一十五歲，生時因見天上有一條虹霓，五色燦爛，正環在他家屋上，蔡武以為祥瑞，遂取名叫做瑞虹。那女子生得有十二分顏色，

❶ 禹疏儀狄：典出戰國策魏二，謂儀狄進酒於夏禹，禹以酒能荒政亡國，拒而疏遠。儀狄，傳說中發明釀酒的人。

❷ 宣德：明宣宗朱瞻基年號，西元一四二六至一四三五年。

善能描龍畫鳳，刺繡拈花。不獨女工伶俐，且有智識才能，家中大小事體，倒是他掌管，因見父母日夕沉湎，時常規諫。蔡指揮那裏肯依？

話分兩頭。且說那時有個兵部尚書趙貴，當年未達時，住在淮安衛間壁，家道甚貧，勤苦讀書，夜夜直讀到雞鳴方臥。蔡武的父親老蔡指揮，愛他苦學，時常送柴送米資助。趙貴後來連科及第，直做到兵部尚書。思念老蔡指揮昔年之情，將蔡武特陞了湖廣荊襄等處游擊將軍❸，是一個上好的美缺，特地差人將文憑送與蔡武。蔡武心中歡喜，與夫人商議，打點擇日赴任。瑞虹道：「爹爹，依孩兒看起來，此官莫去做罷。」蔡武道：「卻是為何？」瑞虹道：「做官的一來圖名，二來圖利，故此千鄉萬里遠去。如今爹爹在家，日日只是喫酒，並不管一毫別事。倘若到任上，也是如此，那個把銀子送來？豈不白白裏乾折了盤纏辛苦，路上還要擔驚受怕。就是沒得銀子趁，也只算是小事，還有別樣要緊事體擔干係哩。」蔡武道：「除了沒銀子趁罷了，還有甚麼干係？」瑞虹道：「爹爹，你一向做官時，不知見過多少了，難道這樣事，倒不曉得？那游擊官兒，在武職裏，便算做美任；在文官上司裏，不過是個守令官，不時衙門伺候，東迎西接，都要早起晏眠。我想，你平日在家，單管喫酒，自在慣了，倘到那裏，依原如此，豈不受上司責罰？這也還不算利害。或是信地❹盜賊生發，差撥去捕獲；或者別處地方有警，調遣去出征，那時不是馬上，定是舟中，身披甲冑，手執戈矛，在生死關係之際，倘若終日一般喫酒，豈不把性命送了？不如在家安閒自在，快活過了日子，卻去討這樣煩惱喫！」蔡武道：「常言說得好，酒在心頭，

❸ 游擊將軍：明代鎮守要地的武官職稱。位在總兵、參將之下，守備、把總之上，掌防守應援。
❹ 信地：應作「汛地」，軍隊駐防和管轄的地區。

事在肚裏，難道我真個單喫酒，不管正事不成？只為家中有你掌管，我落得快活。到了任上，你替我不得時，自然著急，不消你擔隔夜憂。況且這樣美缺，別人用銀子謀幹，尚不能夠；如今承趙尚書一片好念，特地差人送上大門，我若不去做，反拂了這一段來意。我自有主意在此，你不要阻擋。」瑞虹見父親立意要去，便道：「爹爹既要去，把酒來戒了，孩兒方纔放心。」蔡武道：「你曉得我是酒養命的，如何全戒得住？只是少吃幾盃罷了。」遂說下幾句口號道：

老夫性與命，全靠水邊酉。寧可不喫飯，不可日無酒。今聽汝忠言，節飲知謹守。每常十遍飲，今番一加九。每常飲十升，今番只一斗。每常一氣吞，今番分兩口。每常床上飲，今番下地嘔。每常到三更，今番二更後。再要裁減時，性命不值狗！

且說蔡武，次日即教家人蔡勇，在淮關寫了一隻民座船，將衣飾細軟，都打疊帶去。粗重傢伙，封鎖好了，留一房家人看守。其餘童僕，盡隨往任所。又買了許多好酒，帶路上去喫。擇了吉日，備豬羊祭河，作別親戚，起身下船。艄公扯起篷，由揚州一路進發。你道艄公是何等樣人？那艄公叫做陳小四，也是淮安府人，年紀三十已外，僱著一班水手，共有七人，喚做白滿、李鬍子、沈鐵甏、秦小圓、何蠻二、余蛤蚆、淩歪嘴。這班人，都是兇惡之徒，專在河路上謀劫客商。不想今日蔡武晦氣，下了他的船隻。陳小四起初見發下許多行李，眼中已是放出火來。及至家小下船，又一眼瞧著瑞虹美豔，心中愈加著魂，暗暗算計，且遠一步兒下手，省得在近處容易露人眼目。

不一日，將到黃州，乃道：「此去正好行事了！且與眾兄弟們說知。」走到艄上，對眾水手道：「艙中一注大財鄉，不可錯過，趁今晚取了罷！」眾人笑道：「我們有心多日了，因見阿哥不說起，只道讓同鄉分上不要了。」陳小四道：「因一路來沒有個好下手處，造化他多活了幾日。」眾人道：「他是個武官出身，從人又眾，不比其他，倒要用心。」陳小四道：「他出名的蔡酒鬼，有甚麼用？少停，等他喫酒到分際，放開手砍他娘罷了！只饒了這小姐，我要留他做個押艙娘子。」商議停當，少頃到黃州江口泊住，買了酒肉，安排起來。眾水手喫個醉飽，揚起滿帆，那舟如箭發。那一日正是十五，剛到黃昏，一輪明月，如同白晝。至一空闊之處，陳小四道：「眾兄弟，就此處罷，莫向前了。」霎時間，下篷拋錨，各執器械，先向前艙而來。迎頭遇著一個家人，那家人見勢頭來得兇險，叫聲：「老爺不好了！」說時遲，那時快，叫聲未絕，頂門上已遭一斧，翻身跌倒。那些家人，一個個都抖衣而戰，那裏動撣得！被眾強盜刀砍斧切，連排價殺去。那蔡武自從下船之後，初時幾日，酒還少喫；以後覺道無聊，夫妻依先大酌，瑞虹勸諫不止。那一晚，與夫人開懷暢飲，酒量已喫到九分，忽聽得前艙發喊。瑞虹急叫丫鬟來看，那丫鬟嚇得寸步難移，叫道：「老爺，前艙殺人哩！」蔡奶奶驚得魂不附體，剛剛立起身來，眾兇徒已趕進艙。蔡武兀自朦朧醉眼，喝道：「我老爺在此，那個敢？」沈鐵甏早把蔡武一斧砍倒。眾男女一齊跪下道：「金銀任憑取去，但求饒命。」眾人道：「兩件都是要的。」陳小四道：「也罷，看鄉里情上，饒他砍頭，與他個全屍罷了。」即叫快取索子。兩個奔向後艄，取出索子，將蔡武夫妻二子一齊綁起，止空瑞虹。蔡武哭對瑞虹道：「不聽你言，致有今日。」聲猶未絕，都攛向江中去了。其餘丫鬟等輩，一刀一個，殺個乾淨。有詩為證：

金印將軍酒量高，綠林豪客氣雄豪。
無情波浪兼天湧，疑是胥江起怒濤❺。

瑞虹見合家都殺，獨不害他，料然必來污辱。奔出艙門，望江中便跳。陳小四放下斧頭，雙手抱住道：「小姐不要驚恐，還你快活。」瑞虹大怒，罵道：「你這班強盜，害了我全家，尚敢污辱我麼？快快放我自盡！」陳小四道：「你這般花容月貌，叫我如何捨得？」一頭說，一頭抱入後艙。瑞虹口中千強盜、萬強盜，罵不絕口。眾人大怒道：「阿哥，那裏不尋了一個妻子？卻受這賤人之辱！」便要趕進來殺。陳小四攔住道：「眾兄弟，看我分上饒他罷，明日與你陪情。」又對瑞虹道：「快些住口！你若再罵時，連我也不能相救。」瑞虹一頭哭，心中暗想：「我若死了，一家之仇，那個去報？且含羞忍辱，待報仇之後，死亦未遲。」方纔住口，跌足又哭。陳小四安慰一番。眾人已把屍首盡抛入江中，把船揩抹乾淨，扯起滿篷，又使到一個沙洲邊，將箱籠取出，要把東西分派。陳小四道：「眾兄弟，且不要忙，趁今日十五團圓之夜，待我做了親，眾弟兄喫過慶喜筵席，然後自由自在均分，豈不美哉！」眾人道：「也說得是。」連忙將蔡武帶來的好酒，打開幾罈，將那些衣物東西，都安排起來，團團坐在艙中，點得燈燭輝煌，取出蔡武許多銀酒器，大家痛飲。陳小四又抱出瑞虹坐在傍邊道：「小姐，我與你郎才女

❺ 胥江起怒濤：典出吳越春秋夫差內傳，伍員（子胥）見吳王夫差寵西施，放鬆了對越王句踐的警惕，親信奸臣，遂直言進諫，因而觸怒夫差，逼令自殺，以革囊盛其屍投之於江。子胥忠而獲罪，心不能平，英魂掀波逐浪，沖擊江堤。此處借喻波濤洶湧。

貌，做對夫妻也不辱抹了你！今夜與我成親，圖個白頭到老。」瑞虹掩著面只是哭。眾人道：「我眾兄弟各人敬阿嫂一盃酒。」便篩過一盃，送在面前。陳小四接在手中，拿向瑞虹口邊道：「多謝眾弟兄之情，你略略沾些兒。」瑞虹那裏採他，把手推開。陳小四笑道：「多謝列位美情，待我替娘子飲罷。」拿起來一飲而盡。秦小圓道：「哥不要喫單盃，喫個雙雙到老。」又送過一盃。陳小四又接來喫了。也篩過酒，逐個荅還。喫了一會，陳小四被眾人勸送，喫到八九分醉了。眾人道：「我們暢飲，不要難為新人，哥先請安置罷。」陳小四道：「既如此，列位再請寬坐，我不陪了。」抱起瑞虹，取了燈火，竟入後艙。放下瑞虹，閉上艙門，便來與他解衣。那時瑞虹身不由主，被他解脫乾淨，抱向床中，任情取樂。可惜千金小姐，落在強徒之手！

暴雨摧殘嬌蕊，狂風吹損柔芽。
那是一宵恩愛？分明夙世冤家！

不題陳小四。且說眾人在艙中喫酒，自滿道：「陳四哥此時正在樂境了。」沈鐵甏道：「他便樂，我們卻有些不樂。」秦小圓道：「我們有甚不樂？」沈鐵甏道：「同樣做事，他倒獨占了第一件便宜，明日分東西時，可肯讓一些麼？」李鬍子道：「你道是樂，我想這一件正是不樂之處哩。」眾人道：「為何不樂？」李鬍子道：「常言說得好：斬草不除根，萌芽依舊生。殺了他一家，恨不得把我們吞在肚裏，方纔快活，豈肯安心與陳四哥做夫妻？倘到人煙湊聚所在，叫喊起來，眾人性命可不都送在他的手裏？」

眾人盡道：「說得是，明日與陳四哥說明，一發殺卻，豈不乾淨？」答道：「陳四哥今夜得了甜頭，怎肯殺他？」白滿道：「不要與陳四哥說知，悄悄竟行罷。」李鬍子道：「若瞞著他殺了，弟兄情上就倒不好開交。我有個兩得其便的計兒在此：趁陳四哥睡著，打開箱籠，將東西均分，四散去快活。陳四哥已受用了一個妙人，多少留幾件與他。後邊露出事來，止他自去受累，與我眾人無干，或者不出醜，也是他的造化！恁樣，又不傷了弟兄情分，又連累我們不著，可不好麼？」眾人齊稱道好，立起身把箱籠打開，將出黃白之資，衣飾酒器，都均分了；只揀用不著的，留下幾件。各自收拾，打了包裹，把艙門關閉，將船使到一個通官路所在泊住，一齊上岸，四散而去。

篋中黃白皆公器，被底紅香偏得意。
蜜房割去別人甜，狂風猶抱花心睡。

且說陳小四專意在瑞虹身上，外邊眾人算計，全然不知。直至次日巳牌時分，方纔起身來看，一人不見，還只道夜來中酒睡著。走至艄上，卻又不在。再到前艙去看，那裏有個人的影兒！驚駭道：「他們通往何處去了？」心內疑惑，復走入艙中，看那箱籠俱已打開；逐隻檢看，並無一物，止一隻內，存著些東西並書帖之類，方明白眾人分去，敢怒而不敢言。想道：「是了！他們見我留著這小姐，恐後事露，故都悄然散去。」又想道：「我如今獨自個又行不得這船，住在此又非長策，倒是進退兩難。欲待上涯，村中覓個人兒幫行，到有人煙之處，恐怕這小姐喊叫出來，這性命便休了。勢在騎虎，留他不得了，不如斬草除根罷！」提起一柄板斧，搶入後艙。瑞虹還在床上啼哭，雖則淚痕滿面，愈覺千嬌百媚。那賊徒看了，神蕩魂迷，臂垂手軟，把殺人腸子，頓時銷化。一柄板斧，撲禿的落在地下。又騰身上去，捧著瑞虹淫媾。可憐嫩蕊嬌花，怎當得狂風雨驟？那賊徒恣意輕薄了一回，說道：「娘子，我曉得你勞碌了，待我去收拾些飲食與你將息。」跳起身往艄上打火煮飯，忽地又想起道：「我若迷戀這女子，性命定然斷送。欲要殺他，又不忍下手。罷罷！只算我晦氣，棄了這船，也向別處去過日。倘有采頭❻，再覓注錢財，原掙個船兒，依舊快活。那女子留在船中，有命時便遇人救了，也算我一點陰騭。」卻又想道：「不好，不好！如不除他，終久是個禍根。只饒他一刀，與個全屍罷。」煮些飯食喫飽，將平日所積囊資，並留下的些小東西，疊成一個大包，放在一邊。尋了一條索子，打個圈兒，趕入艙來。這時，瑞虹恐又來淫污，已是穿起衣服，向著裏床垂淚，思算報仇之策，不隄防這賊來謀害。說時遲，那時快！這賊徒奔近前，左手托起頭兒，右手就將索子套上。瑞虹方待喊叫，被他隨手扣緊，盡力一收，瑞虹疼痛難忍，手足亂動，撲的跳了幾跳，直挺挺橫在床上，便不動了。那賊徒料是已死，即放了手，到外艙拿起包裹，提著一根短棍，登跳上涯，大踏步而去。正是：

雖無並枕歡娛，落得一身乾淨。

原來瑞虹命不該絕，喜得那賊打的是個單結，雖然被這一收時，氣斷昏迷；纔放下手，結就鬆開，

❻ 采頭：利益。

不比那弔死的越墜越緊。咽喉間有了一線之隙，這點氣回復透出，便不致於死。漸漸甦醒，只是遍體酥軟，動撣不得，倒像被按摩的捏了個醉楊妃❼光景。喘了一回，覺道頸下難過，勉強掙起手扯開，心內苦楚，暗哭道：「爹啊！當時若聽了我的言語，那有今日？只不知與這夥賊徒，前世有甚冤業，合家遭此慘禍！」又哭道：「我指望忍辱偷生，還圖個報仇雪恥；不道這賊原放我不過。我死也罷了，但是冤沉海底，安能瞑目？」轉思轉哭，愈想愈哀。

正哭之間，忽然艄上「撲通」的一聲響亮，撞得這船幌上幾幌，睡的床鋪，險些攧翻。瑞虹被這一驚，哭也倒止住了。側耳聽時，但聞得隔船人聲，諠鬧打號撐篙，本船不見一些聲息，疑惑道：「這班強盜為何被人撞了船，卻不開口，莫非那船也是同夥？」又想道：「或者是捕盜船兒，不敢與他爭論。」便欲喊叫，又恐不能了事；方在惶惑之際，船艙中忽地有人大驚小怪，又齊擁入後艙。瑞虹還道是這班強盜，暗道：「此番性命定然休矣！」只見眾人說道：「不知何處官府，打劫得如此乾淨？人樣也不留一個！」瑞虹聽了這語，已知不是強盜了，掙扎起身，高喊：「救命！」眾人趕向前看時，見是個美貌女子，扶持下床，問他被劫情繇。瑞虹未曾開言，兩眼淚珠先下。遂將父親官爵、籍貫，並被難始末，一一細說。又道：「列位大哥，可憐我受屈無伸，乞引到官司告理，擒獲強徒正法，也是一點陰騭。」眾人道：「原來是位小姐，可惱受著苦了。但我們都做主不得，須請老爹來與你計較。」內中一個，便跑去相請。不多時，一人跨進艙中。眾人齊道：「老爹來也！」瑞虹舉目看：那人面貌魁梧，服飾齊整，見眾人稱他老爹，料必是個有身家的，哭拜在地。那人慌忙扶住道：「小姐何消行此大禮？有話請起來

❼楊妃：即唐玄宗時的貴妃楊太真。

說。」瑞虹又將前事細說一遍，又道：「求老爹慨發慈悲，救護我難中之人，生死不忘大德。」那人道：「小姐不消煩惱。我想這班強盜，去還未遠。即今便同你到官司呈告，差人四處追尋，自然逃走不脫。」瑞虹含淚而謝。那人分付手下道：「事不宜遲，快扶蔡小姐過船去罷。」眾人便來挽扶。瑞虹尋過鞋兒穿起，走出艙門觀看，乃是一隻雙開篷頂號貨船。過得船來，請入艙中安息。眾水手把賊船上傢伙東西，盡情搬個乾淨，方纔起篷開船。

你道那人是誰？原來姓卞名福，漢陽府人氏，專在江湖經商，掙起一個老大家業，打造這隻大船。眾水手俱是家人。這番在下路脫了糧食，裝回頭貨歸家，正趁著順風行走，忽一陣大風，直打向到那岸邊去。艄公把舵，務命推揮，全然不應，徑向賊船上當艄一撞！見是座船❽，恐怕拿住費嘴，好生著急。合船人手忙腳亂，要撐開去，不道又擱在淺處，牽扯不動，故此打號用力。因見座船上沒個人影，卞福以為怪異，叫眾水手過船來看，已後聞報止有一個美女子，如此如此，要求搭救。卞福即懷下不良之念，用一片假情，哄得過船，便是買賣了。那裏是真心肯替他申冤理枉？那瑞虹起初因受了這場慘毒，正無門伸訴，所以一見卞福，猶如見了親人一般，求他救濟。又見說出那班言語，便信以為真，更不疑惑。到得過船心定，想起道：「此❾來差矣！我與這客人非親非故，如何指望他出力，跟著同走？雖承他一力擔當，又未知是真是假？倘有別樣歹念，怎生是好？」方在疑慮，只見卞福自去安排著佳殽美醞，奉承瑞虹，說道：「小姐，你一定餓了，且喫些酒食則個。」瑞虹想著父母，那裏下得咽喉。卞福坐在傍

❽ 座船：官員乘用的船。

❾ 此：原誤作「立」，據同文堂本改。

邊，甜言蜜語，勸了兩小盃，開言道：「小子有一言商議，不知小姐可肯聽否？」瑞虹道：「老客有甚見諭？」卞福道：「適來小子一時義憤，許小姐同到官司告理，卻不曾算到自己這一船貨物。我想：那衙門之事，原論不定日子的。倘或牽纏半年六月，事體還不能安妥，貨物又不能脫去，豈不兩下擔擱？不如小姐且隨我回去，先脫了貨物，然後另換個小船，與你一齊下來，理論這事，就盤桓幾年，也不妨得。更有一件：你我是個孤男寡女，往來行走，必惹外人談議。總然彼此清白，誰人肯信？可不是無絲有線❿？況且小姐舉目無親，身無所歸；小子雖然是個商賈，家裏頗可得過，若不棄嫌，就此結為夫婦，那時報仇之事，水裏水去，火裏火去！包在我身上，一個個緝獲，來與你出氣，但未知尊意若何？」瑞虹聽了這片言語，暗自心傷，簌簌的淚下，想道：「我這般命苦！又遇著不良之人。只是落在他套中，料難擺脫。」乃歎口氣道：「罷！罷！父母冤仇事大，辱身事小。況已被賊人玷污，總今就死，也算不得貞節了。且待報仇之後，尋個自盡，以洗污名可也。」躊躕已定，含淚答道：「官人果然真心肯替奴家報仇雪恥，情願相從。只要設個誓願，方纔相信。」卞福得了這句言語，喜不自勝，連忙跪下設誓道：「卞福若不與小姐報仇雪恥，翻江而死。」道罷起來，分付水手：「就前途村鎮停泊，買辦魚肉酒果之類，合船喫盃喜酒。」到晚成就好事。

不則一日，已至漢陽。誰想卞福老婆是個拈酸的領袖，喫醋的班頭！卞福平昔極懼怕的，不敢引瑞虹到家，另尋所在安下。叮囑手下人，不許洩漏。內中又有個請風光博笑臉⓫的，早去報知。那婆娘怒

❿ 無絲有線：原作「無緣有緣」，據同文堂本改。

⓫ 請風光博笑臉：奉承拍馬。

氣衝天，要與老公廝鬧。卻又算計，沒有許多工夫淘氣，倒一字不題。暗地叫人尋下掠販的⑫，期定了日子，一手交錢，一手交人。到了是日，那婆娘把卞福灌得爛醉，反鎖在房。一乘轎子，抬至瑞虹住處。掠販的已先在彼等候，隨那婆娘進去。叫人報知瑞虹說：「大娘來了！」瑞虹無奈，只得出來相迎。掠販的在傍，細細一覷，見有十二分顏色，好生歡喜。那婆娘滿臉堆笑，對瑞虹道：「好笑官人，作事顛倒！既娶你來家，如何又撇在此，成何體面？外人知得，只道我有甚緣故。適來把他埋怨一場，特地自來接你回去。有甚衣飾，快些收拾。」瑞虹不見卞福，心內疑惑，推辭不去，那婆娘道：「既不願同住，且去閒玩幾日，也見得我親來相接之意。」瑞虹見這句話，說得有理，便不好推託，進房整飾。那婆娘一等他轉身，即與掠販的議定身價，叫家人在外兌了銀兩，喚乘轎子，哄瑞虹坐下。轎夫抬起，飛也似走直至江邊一個無人所在。掠販的引到船邊歇下。瑞虹情知中了奸計，放聲號哭，要跳向江中，怎當掠販的兩邊扶挾，不容轉動。推入艙中，打發了中人轎夫⑬，急忙解纜開船，揚著滿帆而去。

且說那婆娘賣了瑞虹，將屋中什物收拾歸去，把門鎖上。回到家中，卞福正還酣睡。那婆娘三四個巴掌打醒，數說一回，打罵一回，整整鬧了數日，卞福腳影不敢出門。一日，捉空踅到瑞虹住處，看見鎖著門戶，喫了一驚。詢問家人，方知被老婆賣去久矣，只氣得發昏章第十一。那卞福只因不曾與瑞虹報仇，後來果然翻江而死，應了向日之誓。那婆娘原是個不成才的爛貨，自丈夫死後，越發恣意，把家私貼完，又被姦夫拐去，賣與煙花門戶。可見天道好還，絲毫不爽。有詩為證：

⑫ 掠販的：搶劫或拐騙販賣人口的人販子。

⑬ 轎夫：原誤作「滿天」，據同文堂本改。

忍恥偷生為父仇，誰知奸計覓風流？
勸君莫設虛言誓，湛湛青天在上頭。

再說瑞虹被掠販的納在船中，一味悲號。掠販人勸慰道：「不消啼泣，還你此去豐衣足食，自在快活，強如在卞家受那大老婆的氣。」瑞虹也不理他，心內暗想：「欲待自盡，怎奈大仇未報，將為不死，便成浮蕩之人。」躊躕千百萬遍，終是報仇心切，只得寧耐⓮，看個居止下落，再作區處。行不多路，已是天晚泊船。掠販的逼他同睡，瑞虹不從，和衣縮在一邊。掠販的便來摟抱，瑞虹亂喊救人。掠販的恐被鄰船聽得，弄出事來，放手不迭，再不敢去纏他，竟載到武昌府，轉賣與樂戶⓯王家。那樂戶家裏，先有三四個粉頭了，個個打扮得喬喬畫畫，傅粉塗脂，倚門賣俏。瑞虹到了他家，看見這般做作，轉加苦楚，又想道：「我今落在煙花地面，報仇之事，已是絕望，還有何顏在世？」遂立意要尋死路，不肯接客。偏又作怪，但是瑞虹走這條門路，就有人解救，不致傷身。樂戶與鴇子商議道：「他既不肯接客，留之何益？倘若三不知做出把戲，倒是老大利害！不如轉貨與人，另尋個罷。」常言道：「事有湊巧，物有偶然。」恰好有一紹興人，姓胡名悅，因武昌太守是他的親戚，特來打抽豐，倒也作成尋覓了一大注錢財。那人原是貪花戀酒之徒，做的寓所近著妓家，閒時便去串走，也曾見過瑞虹是個絕色麗人，心內著迷。幾遍要來入馬，因是瑞虹尋死覓活，不能到手。今番聽得樂戶有出脫的消息，情願重價娶為偏

⓮ 寧耐：安心忍耐。

⓯ 樂戶：此處指妓院。

房。也是有分姻緣，一說就成。

胡悅娶瑞虹到了寓所，當晚整備著酒殽，與瑞虹敘情。那瑞虹只是啼哭，不容親近。胡悅再三勸慰不止，倒沒了主意，說道：「小娘子，你在娼家，或者道是賤事，不肯接客；今日與我成了夫婦，萬分好了，還有甚苦情，只管悲慟？你且說來，若有疑難事體，我可以替你分憂解悶。倘事情重大，這府中太爺，是我舍親，就轉託他與你料理，何必自苦如此。」瑞虹見他說話有些來歷，方將前事一一告訴，又道：「官人若能與奴家尋覓仇人，報冤雪恥，莫說得為夫婦，便做奴婢，亦自甘心！」說罷又哭。胡悅聞言答道：「原來你是好人家子女，遭此大難，可憐，可憐！但這事非一時可畢，待我先叫舍親出個廣捕，到處挨緝；一面同你到淮安告官，拿眾盜家屬追比，自然有個下落。」瑞虹拜倒在地道：「若得官人肯如此用心，生生世世銜結報效！」胡悅扶起道：「既為夫婦，事同一體，何出此言！」遂攜手入寢。那知胡悅也是一片假情，哄騙過了幾日，只說已託太守出廣捕緝獲去了。瑞虹信以為實，千恩萬謝。又住了數日，僱下船隻，打疊起身，正遇著順風順水，那消十日，早至鎮江，另僱小船回家，把瑞虹的事擱過一邊，毫不題起。瑞虹大失所望，但到此地位，無可奈何，遂喫了長齋，日夜暗禱天地，要求報冤。在路非止一日，已到家中。胡悅老婆見娶個美人回來，好生妬忌，時常廝鬧。瑞虹總不與他爭論，也不要胡悅進房，這婆娘方纔少解。

原來紹興地方慣做一項生意，凡有錢能幹的，都到京中買個三考吏⓰名色，鑽謀好地方，選一個佐

⓰ 三考吏：依明代制度凡吏員每三年進行一次考績，分別等第。九年三次考滿，再由吏部主持考試，合格者授官職。

貳官⑰出來，俗名喚做「飛過海」。怎麼叫做「飛過海」？大凡吏員考滿，依次選去，不知等上幾年。若用了錢，空選在別人前面，指日便得做官，這謂之「飛過海」。還有獨自無力，四五個合做夥計，一人出名做官，其餘坐地分贓。到了任上，先備厚禮，結好堂官，叨攬事管。些小事體，經他衙裏，少不得要詐一兩五錢。到後覺道聲息不好，立腳不住，就悄地「逃之夭夭」。十個裏邊，難得一兩個來去明白，完名全節。所以天下衙官，大半都出紹興。那胡悅在家住了年餘，也思量到京幹這樁事體；更兼有個相知，見在當道，寫書相約，有扶持他的意思，一發喜之不勝！即便處置了銀兩，打點起程。單慮妻妾在家不睦，與瑞虹計議，要帶他同往，許他謀選彼處地方，訪覓強盜蹤跡。瑞虹已被騙過一之，雖然不信，也還希冀出外行走，或者有個機會，情願同去。胡悅老婆知得，翻天作地，與老公相打相罵，胡悅全不作准。擇了吉日，僱倩船隻，同瑞虹竟自起身。一路無話，直至京師，尋寓所安頓了瑞虹，次日整備禮物，去拜那相知官員。誰想這官人，一月前暴病身亡，合家慌亂，打點扶柩歸鄉。胡悅沒了這個倚靠，身子就酥了半邊，思想：「銀子帶得甚少，相知又死，這官職怎能弄得到手？」欲待原復歸去，又恐被人笑恥，事在兩難，狐疑不決，尋訪同鄉一個相識商議。這人也是走那道兒的，正少了銀兩，不得完成。遂設計哄騙胡悅，包攬替他圖個小就，設或短少，尋人借債。胡悅合該晦氣，被他花言巧語，說得熱鬧，將所帶銀兩，一包兒遞與。那人把來完成了自己官職，悄地一溜煙，徑赴任去了。胡悅止剩得一雙空手，日逐所需，漸漸欠缺。寄書回家取索盤纏，老婆正惱著他，那肯應付分文？自此流落京師，逐日東奔西

⑰ 佐貳官：明清時代，凡知府、知州、知縣的輔佐官員，如通判、州同、縣丞等，統稱佐貳。雖非屬員，但低於主管。

撞，與一班京花子合了夥計，騙人財物。一日商議要大大尋一注東西，但沒甚為由，卻想到瑞虹身上，要把他認作妹子，做個美人局。算計停當，胡悅又恐瑞虹不肯，生出一段說話哄他道：「我向日指望到此，選得個官職，與你去尋訪仇人。不道時運乖蹇，相知已死，又被那天殺的騙去銀兩，淪落在此，進退兩難。欲待回去，又無處設法盤纏。昨日與朋友們議得個計策，倒也儘通。」瑞虹道：「是甚計策？」胡悅道：「只說你是我的妹子，要與人為妾。倘有人來相看，你便見他一面。等哄得銀兩到手，連夜悄然起身，他們那裏來尋覓？順路先到淮安，送你到家，訪問強徒，也了我心上一件未完。」瑞虹初時本不欲得，次後聽說順路送歸家去，方纔許允。胡悅討了瑞虹一個肯字，歡喜無限，叫眾光棍四處去尋主顧。正是：

安排地網天羅計，專待落坑墮塹人。

話分兩頭。卻說浙江溫州府，有一秀士，姓朱名源，年紀四旬以外，尚無子嗣。娘子幾遍勸他娶個偏房，朱源道：「我功名淹蹇⑱，無意於此。」其年秋榜高登，到京會試，誰想文福未齊，春闈不第，羞歸故里，與幾個同年相約，就在京中讀書，以待下科。那同年中曉得朱源還沒有兒子，也苦勸他娶妾。朱源聽了眾人說話，叫人尋覓。剛有了這句口風，那些媒人互相傳說，幾日內便尋下若干頭腦，請朱源逐一相看揀擇，沒有個中得意的。眾光棍緝著那個消息，即來上椿，誇稱得瑞虹姿色絕世無雙，古今罕

⑱ 功名淹蹇：科舉場中失利，未能及早做官。

有。哄動朱源，期下日子，親去相看。此時瑞虹身上衣服，也不十分整齊。胡悅叫眾光棍借來，妝飾停當。眾光棍引著朱源到來，胡悅向前迎迓，禮畢就坐，獻了一盃茶，方請出瑞虹，站在遮堂門邊。朱源走上一步，瑞虹側著身子，道個萬福。朱源即忙還禮，用目仔細一覷，端的嬌艷非常，暗暗喝采道：「真好個美貌女子！」瑞虹也見朱源人材出眾，舉止閒雅，暗道：「這官人倒好個儀表，果是個斯文人物；但不知甚麼晦氣，投在網中。」心下存了個懊悔之念，略站片時，轉身進去。眾光棍從傍襯道：「相公何如？可是我們不說謊麼！」朱源點頭微笑道：「果然不謬，可到小寓議定財禮，擇日行聘便了。」道罷起身。眾人接腳隨去，議了一百兩財禮。朱源也聞得京師騙局甚多，恐怕也落了套兒，講過早上行禮，到晚即要過門。眾光棍又去與胡悅商議。胡悅沉吟半晌，生出一計，只恐瑞虹不肯，叫眾人坐下，先來與他計較道：「適來這舉人已肯上樁，只是當日便要過門，難做手腳。如今只得將計就計，依著他送你過去。少不得備下酒殽，你慢慢的飲至五更時分，我同眾人便打入來，叫破地方，只說強占有夫婦女，就引了你回來，聲言要往各衙門呈告。他是個舉人，怕干礙前程，自然反來求伏。那時和你從容回去，豈不美哉！」瑞虹聞言，愀然不樂，答道：「我前生不知作下甚業，以至今世遭許多磨難，如何又做恁般沒天理的事害人？這個斷然不去！」胡悅道：「娘子，我原不欲如此，但出於無奈，方走這條苦肉計，千萬不要推託。」瑞虹執意不從，胡悅就雙膝跪下道：「娘子，沒奈何，將就做這一遭，下次再不敢相煩了。」瑞虹被逼不過，只得應允。胡悅急急跑向外邊，對眾人說知就理。眾人齊稱妙計，回覆朱源，選起好日，將銀兩兌足，送與胡悅收了。眾光棍就要把銀兩分用。胡悅道：「且慢著，等待事妥，分也未遲。」到了晚間，朱源叫家人僱乘轎子，去迎瑞虹，一面分付安排下酒饌等候。不一時，已是娶到，兩下見過了禮，邀入房中，叫家人管待媒人酒飯，自不必說。

單講朱源同瑞虹到了房中，瑞虹看時，室中燈燭輝煌，設下酒席。朱源在燈下細觀其貌，比前倍加美麗，欣欣自得，道聲：「娘子請坐。」瑞虹羞澀，不敢答應，側身坐下。朱源教小廝斟過一盃酒，恭恭敬敬，遞至面前放下，說道：「小娘子請酒。」瑞虹也不敢開言，也不回敬。朱源知道他是怕羞，微微而笑，自己斟上一杯，對席相陪。又道：「小娘子，我與你已為夫婦，何必害羞？請少沾一盞兒，小生候乾。」瑞虹只是低頭不應。朱源想道：「他是個女兒家，一定見小廝們在此，所以怕羞。」即打發出門外，掩上門兒，走至身邊道：「想是酒寒了，可換熱的飲一盃，不要拂了我的敬意。」遂另斟一盃，遞與瑞虹。瑞虹看了這個局面，轉覺羞慚，驀然傷感。想起幼時父母何等珍惜！今日流落至此，身子已被玷污，大仇又不能報，又強逼做這醜態騙人，可不辱沒祖宗？柔腸一轉，淚珠簌簌亂下。朱源看見流淚，低低道：「小娘子，你我千里相逢，天緣會合，有甚不足，這般愁悶？莫不宅上還有甚不堪之事，小娘子記掛麼？」連叩數次，並不答應，覺得其容轉戚。朱源又道：「細觀小娘子之意，必有不得已事，何不與我知？倘可效力，決不推故。」瑞虹又不則聲。朱源倒沒做理會，只得自斟自飲。喫夠半酣，聽譙樓已打二更。朱源道：「夜深了，請歇息罷。」瑞虹也全然不采。朱源又不好催逼，倒走去書桌上，取過一本書兒觀看，陪他同坐。瑞虹見朱源殷勤相慰，不去理他，並無一毫慍怒之色，轉過一念道：「看這舉人，倒是個盛德君子。我當初若遇得此等人，冤仇申雪久矣！」又想道：「我看胡悅這人，一味花言巧語。若專靠在他身上，此仇安能得報？他今明明受過這舉人之聘，送我到此，何不將計就計，就跟著他，這冤仇或者倒有報雪之期。」左思右想，疑惑不定。朱源又道：「小娘子，請睡罷。」瑞虹故意又不答應。朱源依然將書觀看。看看三鼓將絕，瑞虹主意已定，朱源又催他去睡。瑞虹纔道：「我如今方纔是你家的人了。」朱源笑道：「難道起初還是別家的人麼？」瑞虹道：「相公那知就裏。我本是胡悅之妾，只因流落京師，與一班光棍生出這計，哄你銀子。少頃即打入來，搶我回去，告你強占良人妻女。你怕干礙前程，還要買靜求安。」朱源聞言，大驚道：「有恁般異事！若非小娘子說出，險些落在套中。但說既是胡悅之妾，如何又洩漏與我？」瑞虹道：「妾有大仇未報，觀君盛德長者，自必能為妾伸雪，故願以此身相託。」朱源道：「小娘子有何冤抑？可細細說來，定當竭力為你圖之。」瑞虹乃將前後事泣訴，連朱源亦自慘然下淚。正說之間，已打四更。瑞虹道：「那一班光棍不久便到，相公若不早避，必受其累。」朱源道：「不要著忙，有同年寓所，離此不遠。他房屋儘自深邃，且到那邊，暫避過一夜，明日另尋所在，遠遠搬去，有何患哉！」當下開門，悄地喚家人點起燈火，徑到同年寓所，敲開門戶。那同年見夜半而來，又帶著個麗人，只道是來歷不明的，甚以為怪。朱源一一道出。那同年即移到外邊去睡，讓朱源住於內廂；一面叫家人們相幫，把行李等件，盡皆搬來，止存兩間空房，不在話下。

且說眾光棍一等瑞虹上轎，便逼胡悅將出銀兩分開，買些酒肉。喫到五更時候，一齊趕至朱源寓所，發聲喊打將入去！但見兩間空屋，那有一個人影？胡悅倒喫了一驚，說道：「他如何曉得？預先走了！」對眾光棍道：「一定是你們勾結來捉弄我的，你快快把銀兩還了便罷！」眾光棍大怒，也翻轉臉皮說道：「你把妻子賣了，又要來打搶，反說我們有甚勾當，須與你干休不得！」將胡悅攢盤打個半死。恰好五城兵馬⑲經過，結扭到官，審出騙局實情，一概三十，銀兩追出入官。胡悅短遞⑳回籍。有詩為證：

牢籠巧設美人局，美人原不是心腹。
賠了夫人又打嚳，手中依舊光陸禿。

且說朱源自娶了瑞虹，彼此相敬相愛，如魚似水。半年之後，即懷六甲，到得十月滿足，生下一個孩子。朱源好不喜歡，寫書報知妻子。光陰迅速，那孩子早又週歲，其年又值會試。瑞虹日夜向天禱告，願得丈夫登榜題名，早報蔡門之仇。場後開榜，朱源果中了六十五名進士，殿試三甲，該選知縣。恰好武昌縣缺了縣官，朱源就討了這個缺，對瑞虹道：「此去仇人不遠，只怕他先死了，便出不得你的氣；若還在時，一個個拿來瀝血祭獻你的父母，不怕他走上天去！」瑞虹道：「若得相公如此用心，奴家死亦瞑目。」朱源一面先差人回家，接取家小在揚州伺候，一同赴任；一面候吏部領憑。不一日，領了憑限，辭朝出京。原來大凡吳楚之地，作宦的都在臨清張家灣僱船，從水路而行。或徑赴任所，或從家鄉而轉，但從其便。那一路都是下水，又快又穩，況帶著家小，若沒有勘合腳力㉑，陸路一發不便了。每常有下路糧船運糧到京，交納過後，那空船回去，就攬這行生意，假充座船。請得個官員坐艙，那船頭便去包攬他人貨物，圖個免稅之利，這也是個舊規。

⑲五城兵馬：明代置京城東、西、南、北、中五區掌治安火禁、疏理街道溝渠等事務的官署五城兵馬司，設正副指揮統率。
⑳短遞：短程押送。
㉑腳力：載物代步的牲口。

卻說朱源同了小奶奶到臨清僱船，看了幾個艙口，都不稱懷；只有一隻整齊，中了朱源之意。船頭遞了姓名手本㉒，磕頭相見。管家搬行李安頓艙內，請老爺奶奶下船，燒了神福。船頭指揮眾人開船。瑞虹在艙中，聽得船頭說話，是淮安聲音，與賊頭陳小四一般無二。問丈夫甚麼名字？朱源查那手本，寫著「船頭吳金叩首」，名姓都不相同，可知沒相干了。再聽他聲音，越聽越像，轉展生疑，放心不下，對丈夫說了。假託分付說話，喚他進艙，瑞虹閃於背後廝認，其面貌又與陳小四無異，只是姓名不同，好生奇怪。欲待盤問，又沒個因繇。偶然這一日，朱源的座師船到，過船去拜訪，那船頭的婆娘，進艙來拜見奶奶，送茶為敬。瑞虹看那婦人：

雖無十分顏色，也有一段風流。

瑞虹有心問那婦人道：「你幾歲了？」那婦人答道：「二十九歲了。」又問：「那裏人氏？」答道：「池陽人氏。」瑞虹道：「你丈夫不像個池陽人。」那婦人道：「這是小婦人的後夫。」瑞虹道：「你幾歲死過丈夫的？」那婦人道：「小婦人夫婦為運糧到此，丈夫一病身亡。如今這丈夫是武昌人氏，原在船上做幫手，喪事中虧他一力相助，小婦人孤身無倚，只得就從了他，頂著前夫名字，完這場差使。」瑞虹問在肚裏暗暗點頭，將香帕賞他。那婦人千恩萬謝的去了。瑞虹等朱源下船，將這話述與他聽了：「眼見吳金即是陳小四，正是賊頭！」朱源道：「路途之間，不可造次㉓，且忍耐他到地方上施行。還

㉒ 手本：下屬謁見上司時呈交的名帖。

要在他身上，追究餘黨。」瑞虹道：「相公所見極明，只是仇人相見，分外眼睜，這幾日如何好過？」恨不得借滕王閣的順風，一陣吹到武昌。

飲恨親冤已數年，枕戈思報歎無緣。
同舟敵國今相遇，又隔江山路幾千。

卻說朱源舟至揚州，那接取大夫人的，還未曾到，只得停泊馬頭等候。瑞虹心上一發氣悶。等到第三日，忽聽得岸上鼎沸起來。朱源教人問時，卻是船頭與岸上兩個漢子扭做一團廝打。只聽得口口聲聲說道：「你幹得好事！」朱源見小奶奶氣悶，正沒奈何，今番且借這個機會，敲那賊頭幾個板子，權發利市。當下喝叫水手：「與我都拿過來！」原來這班水手，與船頭面和意不和，也有個緣故。當初陳小四縊死了瑞虹，棄船而逃，沒處投奔，流落到池陽地面。偶值吳金這隻糧船起運，少個幫手，陳小四就上了他的船。見吳金老婆像個愛喫棗兒湯㉔的，豈不正中下懷？一路行奸賣俏，搭識上手。兩個如膠似漆，反多那老公礙眼。船過黃河，吳金害了個寒症。陳小四假意殷勤，取藥調治。那藥不按君臣㉕，一

㉓ 造次：輕率急躁。

㉔ 愛喫棗兒湯：喜歡與人勾搭。

㉕ 不按君臣：指違背常規的配藥，乃至使病人一命嗚呼。君臣，此處指中醫藥方中的主藥與輔藥，二者須按一定的比例以調和牽制，否則即有危害。

服見效㉖，吳金死了。婦人身邊取出私財，把與陳小四，只說借他的東西，歸送老公。過了一兩個七，又推說欠債無償，就將身子白白裏嫁了他。雖然備些酒食，煖住了眾人，卻也中心不伏。為這緣故，所以面和意不和。聽得艙裏叫一聲：「都拿過來！」蜂擁的上岸，將三個人一齊扣下船來，跪於將軍柱邊。朱源問道：「為何廝打？」船頭稟道：「這兩個人原是小人合本撐船夥計，因盜了資本，背地逃走，兩三年不見面。今日天遣相逢，小人與他取討，他倒圖賴小人，兩個來打一個，望老爺與小人做主。」朱源道：「你二人怎麼說？」兩個漢子道：「小人並沒此事，都是一派胡言！」那朱源道：「難道一些影兒也沒有，平地就廝打起來？」那兩個漢子道：「有個緣故。當初小的們雖曾與他合本撐船，只為他迷戀了個婦女，小的們恐誤了生意，把自己本錢收起，各自營運，並不曾欠他分毫。」朱源道：「你兩個叫甚麼名字？」那兩個漢子還不曾開口，倒是陳小四先說道：「一個叫沈鐵甏，一個叫秦小圓。」朱源卻待再問，只見背後有人扯拽。回頭看時，卻是丫鬟，悄悄傳言說道：「小奶奶請老爺說話。」朱源走進後艙，見瑞虹雙行流淚，扯住丈夫衣袖，低聲說道：「那兩個漢子的名字，正是賊頭一夥同謀打劫的人，不可放他走了！」那朱源道：「原來如此，事到如今，等不得到武昌了。」慌忙寫了名帖，分付打轎，喝叫地方，將三人一串兒縛了，自去拜揚州太守，告訴其事。太守問了備細，且叫把三個賊徒收監，次日面審。朱源回到船中，眾水手已知陳小四是個強盜，也把謀害吳金的情節，細細稟知。朱源又把這些緣繇，備寫一封書帖，送與太守，並求究問餘黨。太守看了，忙出飛籤，差人拘拿婦人，一併聽審。揚州城裏傳遍了這件新聞，又是強盜，又是姦淫事情，有婦人在內，那一個不來觀看？臨審之時，府前

㉖ 一服見效：此處係反語，實指毒殺。

好不熱鬧。正是：

好事不出門，惡事傳千里。

卻說太守坐堂，調出三個賊徒，那婦人也提到了，跪於階下。陳小四看見那婆娘也到，好生驚怪道：「這廝打小事，如何連累家屬？」只見太守卻不叫吳金名字，竟叫陳小四。喫這一驚非小！凡事逃那實不過，叫一聲不應，再叫一聲，不得不答應了。太守相公冷笑一聲道：「你可記得三年前蔡指揮的事麼？天網恢恢，疏而不漏。今日有何理說？」三個人面面相覷，卻似魚膠粘口，一字難開。太守又問：「那時同謀還有李鬍子、白滿、胡蠻二、凌歪嘴、余蛤蚆，如今在那裏？」陳小四道：「小的其時雖在那裏，一些財帛也不曾分受，都是他這幾個席捲而去。只問他兩個便知。」沈鐵甏、秦小圓道：「小的雖然分得些金帛，卻不像陳小四強姦了他家小姐。」太守已知就裡，恐礙了朱源體面，便喝住道：「不許閒話！只問你那幾個賊徒現住何處？」秦小圓道：「當時分了金帛，四散去了。聞得李鬍子、白滿，隨著山西客人販買羢貨；胡蠻二、凌歪嘴、余蛤蚆三人，逃在黃州撐船過活。小的們也不曾相會。」太守相公又叫婦人上前，問道：「你與陳小四姦密，毒殺親夫，遂為夫婦，這也是沒得說了。」婦人方欲抵賴，只見階下一班水手，都上前稟話：如此如此，這般這般，說得那婦人頓口無言。太守相公大怒，喝叫選上號毛板，不論男婦，每人且打四十，打得皮開肉綻、鮮血迸流！當下錄了口詞，三個強盜通問斬罪，那婦人問了凌遲㉗，齊上刑具，發下死囚牢裏。一面出捕文，挨獲白滿、李鬍子等。太守問了這椿公事，親到船上，答拜朱源，就送審詞與看。朱源感謝不盡。瑞虹聞說，也把愁顏放下七分。

又過幾日，大奶奶已是接到。瑞虹相見，一妻一妾，甚是和睦。大奶奶又見兒子生得清秀，愈加歡喜。不一日，朱源於武昌上任。管事三日，便差的當捕役緝訪賊黨胡蠻二、凌歪嘴在黃州江口撐船，手到拿來。招稱：「余蛤蚆一年前病死；白滿、李鬍子見跟陝西客人在省城開鋪。」朱源權且收監，待拿到餘黨，一併問罪。省城與武昌縣，相去不遠，捕役去不多日，把白滿、李鬍子二人一索子捆來，解到武昌縣。朱源取了口詞，每人也打四十，備了文書，差的當公人解往揚州府裏，以結前卷。朱源做了三年縣宰，治得那武昌縣，道不拾遺，犬不夜吠。行取御史，就出差淮揚地方。瑞虹囑付道：「這般強盜在揚州獄中，連歲停刑，想未曾決。相公到彼，可了此一事，就與奴家瀝血祭奠父親並兩個兄弟，一以表奴家之誠，二以全相公之信。還有一事：我父親當初曾收用一婢，名喚碧蓮，曾有六個月孕。因母親不容，就嫁出與本處一個朱裁為妻。後來聞得碧蓮所生，是個男兒。相公可與奴家用心訪問。若這個兒子還在，可主張他復姓，以續蔡門宗祀，此乃相公萬代陰功！」說罷，放聲大哭，拜倒在地。朱源慌忙扶起道：「你方纔所說二件，都是我的心事。我若到彼，定然不負所託，就寫書信報你得知。」瑞虹再拜稱謝。再說朱源赴任淮揚，這是代天子巡狩㉘，又與知縣到任不同。真個：

號令出時霜雪凜，威風到處鬼神驚！

㉗ 凌遲：割肉的死刑。五代時開始設立，用以處置罪大惡極的犯人。

㉘ 巡狩：一作「巡守」，巡視各地。

是時七月中旬，未是決囚之際。朱源先出巡淮安，就託本處府縣訪緝朱裁及碧蓮消息，果然訪著。那兒子已八歲了，生得堂堂一貌。府縣奉了御史之命，好不奉承！即日香湯沐浴，換了衣履，送在軍衛供給，申文報知察院。朱源取名蔡續，特為起奏一本，將蔡武被禍事情，備細達於聖聰：「蔡氏當先有汗馬功勞，不可令其無後。今有幼子蔡續，合當歸宗，俟其出幼承襲。其兇徒陳小四等，秋後處決。」聖旨准奏了。其年冬月，朱源親自按臨揚州，監中取出陳小四與吳金的老婆，共是八個，一齊綁赴法場，剮的剮，斬的斬，乾乾淨淨。正是：

善有善報，惡有惡報。
不是不報，時辰未到。

朱源分付劊子手將那幾個賊徒之首，用漆盤盛了，就在城隍廟裏設下蔡指揮一門的靈位，香花燈燭，三牲祭禮，把幾顆人頭一字兒擺開。朱源親製祭文拜奠。又於本處選高僧做七七功德，超度亡魂。又替蔡續整頓個家事㉙，囑咐府縣青目。其母碧蓮，一同居住，以奉蔡指揮歲時香火。朱裁另給銀兩別娶。諸事俱已停妥，備細寫下一封家書，差個得力承舍㉚，齎回家中，報知瑞虹。瑞虹見了書中之字，已知蔡氏有後，諸賊盡已受刑，瀝血奠祭，舉手加額，感謝天地不盡。是夜，瑞虹沐浴更衣，寫下一封書信，

㉙ 家事：家私；家產。
㉚ 承舍：衙役。

寄謝丈夫；去拜謝了大奶奶，回房把門拴上，將剪刀自刺其喉而死。其書云：

賤妾瑞虹百拜相公臺下：虹身出武家，心嫻閨訓。男德在義，女德在節；女而不節，禽行何別！虹父韜鈐不戒㉛，麴糵㉜迷神，誨盜㉝亡身，禍及母弟，一時並命。妾心膽俱裂，浴淚彌年。然而隱忍不死者，以為一人之廉恥小，闔門之仇怨大。昔李將軍忍恥降虜㉞，欲得當以報漢；妾雖女流，志竊類此。不幸歷遭強暴，衷懷未申。幸遇相公，拔我於風波之中，諧我以琴瑟之好㉟。識荊之日，便許復仇。皇天見憐，宦遊早遂。諸奸貫滿，相次就縛，而且明正典刑，瀝血設饗。蔡氏已絕之宗，復蒙披根見本，世祿復延。相公之為德於衰宗者，天高地厚，何以喻茲！妾之仇已雪而志已遂矣。失節貪生，貽玷閥閱，妾且就死以謝蔡氏之宗於地下。兒子年已六歲，嫡母憐愛，必能成立。妾雖死之日，猶生之年。姻緣有限，不獲面別，聊寄一箋，以表衷曲。

大奶奶知得瑞虹死了，痛惜不已，殯殮悉從其厚。將他遺筆封固，付承舍寄往任上。朱源看了，哭

㉛ 韜鈐不戒：雖諳兵法卻疏於戒備。韜鈐，兵法的代稱，源於古代兵書有六韜、玉鈐篇。鈐，音ㄑㄧㄢˊ。

㉜ 麴糵：一作「麯糵」，此處代指酒，原係釀酒時所用的藥麯。糵，音ㄋㄧㄝˋ。

㉝ 誨盜：語出周易繫辭「慢藏誨盜」，意謂暴露財物而招致盜賊行劫。

㉞ 昔李將軍句：此處引漢代李陵迫於形勢暫降匈奴事，借喻自己忍辱以俟報仇機會。李陵事見史記李將軍列傳。

㉟ 琴瑟之好：典出詩經關雎「窈窕淑女，琴瑟友之」。以琴瑟同彈時音色的和諧借喻夫妻感情的融洽。

倒在地，昏迷半晌方醒。自此患病，閉門者數日。府縣都來候問。朱源哭訴情由，人人墮淚，俱誇瑞虹節孝，今古無比，不在話下。後來朱源差滿回京，歷官至三邊總制㊱。瑞虹所生之子，名曰朱懋，少年登第，上疏表陳生母蔡瑞虹一生之苦，乞賜旌表。聖旨准奏，特建節孝坊，至今猶在。有詩讚云：

報仇雪恥是男兒，誰道裙釵有執持！
堪笑硜硜㊲真小諒，不成一事枉嗟咨。

㊱ 三邊總制：官名。邊防地區最高軍事長官。
㊲ 硜硜：固執於狹隘短淺的見識。

第二十七卷　錢秀才錯占鳳凰儔

漁船載酒日相隨，短笛蘆花深處吹。
湖面風收雲影散，水天光照碧琉璃。

這首詩，是宋時楊備❶游太湖所作。這太湖在吳郡西南三十餘里之外，你道有多少大？東西二百里，南北一百二十里。周圍五百里，廣三萬六千頃。中有山七十二峰，襟帶三州。那三州？

蘇州，湖州，常州。

東南諸水皆歸，一名震澤，一名具區，一名笠澤，一名五湖。何以謂之五湖？東通長洲松江，南通烏程霅溪，西通義興荊溪，北通晉陵滆湖，東通嘉興韭溪，水凡五道，故謂之五湖。那五湖之水，總是震澤分流，所以謂之太湖。就太湖中亦有五湖名色：曰菱湖、游湖、莫湖、貢湖、胥湖。五湖之外，又

❶楊備：北宋時人，仁宗慶曆（西元一〇四一至一〇四八年）年間尚書虞部員外郎。

有三小湖：扶椒山東，曰梅梁湖；杜圻之西、魚查之東，曰金鼎湖；林屋之東，曰東皋里湖。吳人總稱做太湖。那太湖中七十二峰，惟有洞庭兩山最大。東洞庭曰東山，西洞庭曰西山，兩山分峙湖中。其餘諸山，或遠或近，若浮若沉，隱見出沒於波濤之間。有元人許謙❷詩為證：

周迴萬水入，遠近數州環。
南極疑無地，西浮直際山。
三江歸海表，一徑界河間。
白浪秋風疾，漁舟意尚閑。

那東西兩山在太湖中間，四面皆水車馬不通。欲遊兩山者，必假舟楫，往往有風波之險。昔宋時宰相范成大❸在湖中遇風，曾作詩一首：

白霧漫空白浪深，舟如竹葉信浮沉。
科頭❹宴起吾何敢？自有山川印此心。

❷許謙：字益之，號白雲山人，浙江金華人。隱居不仕，曾聚生徒講學。有傳名物抄、白雲集等詩集。

❸范成大：字致能，號石湖居士，吳郡人。南宋愛國士大夫，高宗紹興年間進士，官至參知政事。晚年退隱故鄉石湖，有石湖居士詩集、石湖詞等著作多種。

話說兩山之人，善於貨殖❺，八方四路去為商為賈。所以江湖上有個口號，叫做「鑽天洞庭」。內中單表西洞庭有個富家，姓高名贊，少年慣走湖廣，販賣糧食。後來家道殷實了，開起兩個解庫，托著四個夥計掌管，自己只在家中受用。渾家金氏，生下男女二人，男名高標，女名秋芳，年長高標二歲。高贊請個積年老教授在家館穀❻，教著兩個兒女讀書。那秋芳資性聰明，自七歲讀書，至十二歲，書史皆通，寫作俱妙。交十三歲，就不進學堂，只在房中習學女工，描鸞刺鳳。看看長成一十六歲，出落❼得好個女兒，美艷非常！有西江月為證：

面似桃花含露，體如白雪團成。眼橫秋水黛眉青，十指尖尖春筍。　嬝娜休言西子，風流不讓崔鶯❽。金蓮窄窄瓣兒輕，行動一天平韻。

高贊見女兒人物整齊，且又聰明，不肯將他配個平等之人❾，定要揀個讀書君子、才貌兼全的配他。聘禮厚薄倒也不論。若對頭好時，就賠些妝奩嫁去，也自情願。有多少家門富室，日來求親。高贊訪得

❹科頭：不戴帽子。自不戴頭盔引申。
❺貨殖：經商。
❻館穀：教書授徒，由東家提供宿食。
❼出落：一作「出挑」，發育長成。
❽崔鶯：即崔鶯鶯，元代愛情喜劇西廂記中的女主人公。
❾平等之人：普通平民百姓。

他子弟才不壓眾，貌不超群，所以不曾許允。雖則洞庭在大水中央，乃三州通道，況高贊又是個富家，這些做媒的四處傳揚，說高家女子美貌聰明，情願賠錢出嫁，只要擇個風流佳婿。但有一二分才貌的，那一個不挨風緝縫，央媒說合。說時誇獎得潘安般貌，子建般才；及至訪實，都只平常。高贊被這夥做媒的哄得不耐煩了，對那些媒人說道：「今後不須言三語四！若果有人才出眾的，便與他同來見我。合得我意，一言兩決，可不快當！」自高贊出了這句言語，那些媒人就不敢輕易上門。正是：

眼見方為的，傳言未必真。
試金今有石，驚破假銀人。

話分兩頭。卻說蘇州府吳江縣平望地方，有一秀士，姓錢名青，字萬選。此人飽讀詩書，廣知今古，更兼一表人才。也有西江月為證：

出落唇紅齒白，生成眼秀眉清。風流不用著衣新，俊俏行中首領。　下筆千言立就，揮毫四坐皆驚。青錢萬選好聲名，一見人人起敬。

錢生家世書香，產微業薄，不幸父母早喪，愈加零替❿。所以年當弱冠，無力娶妻，止與老僕錢興

❿ 零替：一作「陵替」，衰敗；零落。

相依同住。錢興逐日做些小經紀，供給家主，每每不敷，一饑兩飽。幸得其年遊庠，同縣有個表兄，住在北門之外，家道頗富，就延他在家讀書。那表兄姓顏名俊，字伯雅，與錢生同庚生，都是一十八歲。顏俊只長得三個月，以此錢生呼之為兄。父親已逝，止有老母在堂，亦未曾定親。說話的，那錢青因家貧未娶，顏俊是富家之子，如何一十八歲，還沒老婆？其中有個緣故。那顏俊有個好高之疾，立誓要揀個絕美的女子，方與他締姻，所以急切不能成就。況且顏俊自己又生得十分醜陋，怎見得？亦有西江月為證：

面黑渾如鍋底，眼圓卻似銅鈴。痘疤密擺泡頭釘，黃髮鬔鬆兩鬢。　牙齒真金鑲就，身軀頑鐵敲成。楂開五指鼓垂能，枉了名呼顏俊。

那顏俊雖則醜陋，最好妝扮，穿紅著綠，低聲強笑，自以為美。更兼他腹中全無滴墨，紙上難成片語，偏好攀今掉古，賣弄才學。錢青雖知不是同調⓫，卻也藉他館地，為讀書之資，每事左湊⓬著他。故此顏俊甚是喜歡，事事商議而行，甚說得著。

話休絮煩。一日，正是十月初旬天氣，顏俊有個門房遠親，姓尤名辰，號少梅，為人生意行中，頗頗伶俐。領借顏俊些本錢，在家開個果子店，營運⓭過活。其日，在洞庭山販了幾擔橙橘回來，送一盤

⓫ 同調：志趣相合。

⓬ 左湊：忍讓；遷就。

到顏家獻新。他在山上，聞得高家選婿之事，說話中間偶然對顏俊敘述，也是無心之談。誰知顏俊倒有意了，想道：「我一向要覓一頭好親事，都不中意，不想這段姻緣，卻落在那裏。憑著我恁般才貌，又有家私，若央媒去說，再增添幾句好話，怕道不成！」那日一夜睡不著，天明起來，急急梳洗了，到尤辰家裏。尤辰剛剛開門出來，見了顏俊，便道：「大官人為何今日起得恁早？」顏俊道：「便是有些正事，欲待相煩；恐老兄出去了，特特早來。」尤辰道：「不知大官人有何事見委，請裏面坐了領教。」顏俊到坐啟下作了揖，分賓而坐。尤辰又道：「大官人但有所委，必當效力。只怕用小子不著。」顏俊道：「此來非為別事，特求少梅作伐⓮。」尤辰道：「大官人作成小子賺花紅錢，最感厚意。不知說的是那一頭親事？」顏俊道：「就是老兄昨日說的洞庭西山高家這頭親事，於家下甚是相宜，求老兄作成小子則個。」尤辰「格」的笑了一聲道：「大官人莫怪小子直言。若是別家，小子也就與你去說了；那個高家，大官人作成別人做媒罷。」顏俊道：「老兄為何推託？這是你說起的，怎麼又叫我去尋別人？」尤辰道：「不是小子推託，只為高老有些古怪，不容易說話，所以遲疑。」顏俊道：「別件事或者有些東扯西拽，東掩西遮，不容易說話。這做媒乃是冰人⓯撮合，一天好事。除非他女兒不要嫁人便罷休；

⓭ 營運：經營。

⓮ 作伐：典出詩經豳風伐柯：「伐柯如何？匪斧不克。取妻如何？匪媒不得。」後人就把作媒稱作「作伐」或「執柯」。

⓯ 冰人：典出晉書索耽傳。令狐策夢見自己站在冰上和冰下的人說話，求解於索耽。索耽說：冰上為陽，冰下為陰，陰陽的事，和婚姻有關，陽語陰，那是媒介的象徵，您大約要替人作媒了。後人就稱媒人為冰人。

不然，少不得男媒女妁，隨他古怪煞，須知媒人不可怠慢，你怕他怎的？還是你故意作難，不肯總成⑯我這樁美事？這也不難，我就央別人去說，說成了時，休想喫我的喜酒！」說罷，連忙起身。那尤辰領借顏俊家本錢，平日奉承他的，見他有咈然不悅之意，即忙回船轉舵道：「大官人莫要性急，且請坐了，再細細商議。」顏俊道：「肯去說便去，不肯就罷了，有甚話商量得？」口裏雖則是恁般說，身子卻又轉來坐下。尤辰道：「不是我故意作難，那老兒真個古怪。別家相媳婦，他偏要相女婿！但得他當面看得中意，纔將女兒許他。有這些難處，只怕勞而無功，故此不敢把這個難題目包攬在身上。」顏俊道：「依你說，也極容易！他要當面看我時，就等他看個眼飽。我又不殘疾，怕他怎的？」尤辰不覺呵呵大笑道：「大官人，不是衝撞你。說大官人雖則不醜，更有比大官人勝過幾倍的，他還看不上眼哩！大官人若是不把與他見面，這事縱沒一分二分，還有一厘二厘。若是當面一看，便萬分難成了。」顏俊道：「常言無謊不成媒。你與我包荒⑰，只說十二分人才，或者該是我的姻緣。一說一就，不要面看，也不可知。」尤辰道：「倘若要看時，卻怎地？」顏俊道：「且到那時，再有商量。只求老兄速去一言。」尤辰道：「既蒙分付，小子好歹去走一遭便了。」顏俊臨起身，又叮嚀道：「千萬，千萬！說得成時，謝銀二十兩。這紙借契，先奉還了。媒禮花紅⑱在外。」尤辰道：「當得當得。」

顏俊別去。不多時，就教人封上五錢銀子，送與尤辰為明日買舟之費。顏俊那一夜，又在床上睡不

---

⑯ 總成：成全；作成。

⑰ 包荒：掩飾；遮蓋。

⑱ 花紅：這裏指辦喜事時賞贈的獎金。

著，想道：「倘他去時不盡其心，葫蘆提⑲回覆了我，可不枉走一遭！再差一個伶俐家人跟隨他去，聽他講甚言語，好計，好計！」等待天明，便喚家童小乙來，跟隨尤辰往山上去說親。小乙去了，顏俊心中牽掛，即忙梳洗往近處一個關聖廟中求籤，卜其事之成否。當下焚香再拜，把籤筒搖了幾搖，撲的跳出一籤，拾起看時，卻是第七十三籤，壁上寫得有籤訣四句云：

憶昔蘭房分半釵，而今忽把信音乖。
痴心指望成連理，到底誰知事不諧。

顏俊才學雖然不濟，這幾句籤訣文義顯淺，難道好歹不知？求得此籤，心中大怒，連聲道：「不準！不準！」撒袖出廟門而去。回家中坐了一會，想道：「此事有甚不諧？難道真個嫌我醜陋，不中其意？男子漢須比不得婦人，只是出得人前罷了。一定要選個陳平⑳、潘安不成！」一頭想，一頭取鏡子自照，側頭側腦的看了一回。良心不昧，自己也看不過了，把鏡子向桌上一撇，歎了一口寡氣，呆呆而坐，准准的悶了一日不題。

且說尤辰是日同小乙駕了一隻三櫓快船，趁著無風靜浪，咿呀欸乃的搖到西山高家門首停船，剛剛

---

⑲ 葫蘆提：隨隨便便；含混。

⑳ 陳平：秦末至西漢初的謀士，先佐項羽，後歸劉邦。惠帝時官丞相，曾與周勃設謀合誅呂產、呂祿等外戚以安漢室。青年時代有美男子的稱譽。

是未牌時分。小乙將名帖遞了，高公出迎，問其來意。說是：「與令愛作伐。」高贊問是何宅？尤辰道：「就是敝縣一個舍親，家業也不薄，與宅上門戶相當。此子方年十八，讀書飽學。」高贊道：「人品生得如何？老漢有言在前，定要當面看過，方敢應承。」尤辰見小乙緊緊靠在椅子後邊，只得不老實扯個大謊，便道：「若論人品，更不必言。堂堂一軀，十全之相。況且一肚文才，十四歲出去考童生，縣裏就高高取上一名。這幾年為丁了父憂，不曾進院，所以未得遊庠。有幾個老學看了舍親的文字，都許他京解之才。就是在下，也非慣於為媒的，因年常在貴山買果，偶聞令愛才貌雙全，老翁又慎於擇婿。因思舍親正合其選，故此斗膽輕造。」高贊聞言，心中甚喜，便道：「令親果然有才有貌，老漢敢不從命？但老漢未曾經目，終不放心，若得足下引令親過寒家一會，更無別說。」尤辰道：「小子並非謬言，老翁他日自知。只是舍親是個不出書房的小官人，或者未必肯到宅上。就是小子攛掇來時，若成得親事還好，萬一不成，舍親何面目回轉！小子必然討他報怨了。」高贊道：「既然人品十全，豈有不成之理？老夫生性是這般小心過度的人，所以必要著眼。若是令親不屑下顧，待老漢到宅，足下不意之中引令親來一觀，卻不妥貼？」尤辰恐怕高贊身到吳江訪出顏俊之醜，即忙轉口道：「既然尊意必要會面，小子還同舍親奉拜，不敢煩尊駕動履。」說罷告別。高公那裏肯放，忙教整酒肴相款，喫到更餘，高公留宿。尤辰道：「小舟帶有鋪陳，明日要早行。即今奉別，等舍親登門，卻又相擾。」高公取舟金一封相送。尤辰作謝下船。次早順風，拽起飽帆，不夠大半日，就到了吳江。顏俊正呆呆的站在門前望信，一見尤辰回家，便迎住問道：「有勞老兄往返，事體如何？」尤辰把問答之言，細述一遍：「他必要面會，大官人如何處置？」顏俊嘿然無言。尤辰便道：「暫別再會。」自回家去了。顏俊到裏面喚過小乙來，問其備細㉑，只恐尤辰所言不實。小乙說來，果是一般。顏俊沉吟了半晌，心生一計，再走到尤辰家，與他商議。不知說的是甚麼計策？正是：

為思佳偶情如火，索盡枯腸夜不眠。
自古姻緣皆分定，紅絲豈是有心牽。

顏俊對尤辰道：「適纔老兄所言，我有一計在此，也不打緊。」尤辰道：「有何好計？」顏俊道：「表弟錢萬選，向在舍下同窗讀書。他的才貌，比我勝幾分兒。明日我央及他同你去走一遭，把他只說是我，哄過一時，待行過了聘，不怕他賴我的姻事。」尤辰道：「若看了錢官人，萬無不成之理，只怕錢官人不肯。」顏俊道：「他與我至親，又相處得極好，只央他點一遍名兒，有甚虧他處！料他決然無辭。」說罷，作別回家。其夜，就到書房中，陪錢萬選夜飲，酒肴比常分外整齊。錢萬選愕然道：「日日相擾，今日何勞盛設？」顏俊道：「且喫三杯，有小事相煩賢弟則個，只是莫要推故。」錢萬選道：「小弟但可效勞之處，無不從命。只不知甚麼樣事？」顏俊道：「不瞞賢弟說，對門開果子店的尤少梅，與我作伐，說的女家，是洞庭西山高家。一時間誇了大口，說我十分才貌，不想說得忒高興了，那高老定要先請我去面會一會，然後行聘。昨日商議：若我自去，恐怕不應了前言，一來少梅沒趣，二來這親

㉑ 備細：詳細。

事就難成了。故此要勞賢弟認了我的名色㉒同少梅一行，瞞過那高老，玉成這頭親事，感恩不淺。愚兄自當重報！」錢萬選想了一想，道：「別事猶可，這事只怕行不得！一時便哄過了，後來知道，你我都不好看相。」顏俊道：「原只要哄過這一時，若行聘過了，就曉得也何怕他！他又不認得你是甚麼人，就怪也只怪得媒人，與你甚麼相干？況且他家在洞庭西山，百里之隔，一時也未必知道。你但放心前去，倒不要畏縮。」錢萬選聽了，沉吟不語。欲待從他，不是君子所為；欲待不從，必然取怪，這館就處不成了！事在兩難。顏俊見他沉吟不決，便道：「賢弟，常言道：天攤下來，自有長的撐住。凡事有愚兄在前，賢弟休得過慮。」錢萬選道：「雖然如此，只是愚弟衣衫襤褸，不稱仁兄之相。」顏俊道：「此事愚兄早已辦下了。」是夜無話。

次日，顏俊早起，便到書房中，喚家童取出一皮箱衣服，都是綾羅紬絹、時新花樣的翠顏色，時常用龍涎慶真餅㉓燻得撲鼻之香，交付錢青行時更換。下面淨襪絲鞋，只有頭巾不對㉔，即時與他製了一頂新頭巾。封著二兩銀子，送與錢青道：「薄意權充紙筆之用，後來還有相酬。這一套衣服，就送與賢弟穿了。日後只求賢弟休向人說洩漏其事。今日約定了尤少梅，明日早行。」錢青道：「一依尊命。這衣服，小弟暫時借穿，回時依舊納還。這銀子一發不敢領了。」顏俊道：「古人車馬輕裘，與朋友共㉕。

㉒ 名色：名義。

㉓ 龍涎慶真餅：用抹香鯨腸內分泌的香液製成的香餅。

㉔ 頭巾不對：指顏俊不是秀才，所用的頭巾和錢青按秀才身份使用的垂帶的軟巾不同。

㉕ 車馬二句：語出論語公冶長。實係對利用別人的顏俊的諷刺。

就沒有此事相勞，那幾件粗衣，奉與賢弟穿了，不為大事。這些須薄意，不過表情，辭時反教愚兄慚愧。」錢青道：「既承仁兄盛情，衣服便勉強領下，那銀子斷然不敢。」顏俊道：「若是賢弟固辭，便是推託了。」錢青方纔受了。顏俊是日約會尤少梅。尤辰本不肯擔這干紀，只為不敢得罪於顏俊，勉強應承。顏俊預先備下船隻，及船中供應食物和鋪陳之類。又撥兩個安童㉖伏侍，連前番跟去的小乙，共是三人。絹衫氈包，極其華整，隔夜俱已停當。又分付小乙和安童：到彼只當自家大官人稱呼，不許露出個「錢」字。過了一夜，侵早就起來，催促錢青梳洗打扮。錢青貼裏貼外都換了時新華麗衣服，行動香風拂拂，比前更覺風雅。

分明荀令留香㉗去，疑是潘郎擲果回。

顏俊請尤辰到家，同錢青喫了早飯。小乙和安童俱隨下船。又遇了順風，片帆直吹到洞庭西山。天色已晚，舟中過宿。次日早飯過後，約莫高贊起身，錢青全柬寫顏俊名字拜帖㉘，謙讓些，加個「晚」字。小乙捧帖，到高家門首投下，說：「尤大舍引顏宅小官人特來拜見。」高家僕人認得小乙的，慌忙

㉖ 安童：隨身伺候的童僕。

㉗ 荀令留香：典出晉代習鑿齒襄陽記、太平御覽卷七〇三轉引，東漢時，荀彧為尚書令，衣用香薰。所到之處，香氣經日不散，人稱「令君香」。

㉘ 拜帖：拜見時先行呈遞的名帖，相當於今之名片。

通報。高贊傳言快請。假顏俊在前，尤辰在後，步入中堂。高贊一眼看見那個小後生，人物軒昂㉙，衣冠濟楚㉚，心下已自三分歡喜。敘禮已畢，高贊看椅上坐。錢青自謙幼輩，再三不肯。只得東西昭穆㉛坐下，高贊肚裏暗暗歡喜：「果然是個謙謙君子。」坐定，先是尤辰開口，稱謝前日相擾。高翁答言多慢，接口就問道：「此位就是令親顏大官人？前日不曾問得貴表㉜。」錢青道：「年幼無表。」尤辰代言：「舍親表字伯雅，伯仲之伯，雅俗之雅。」高贊道：「尊名尊字，俱稱其實。」錢青道：「不敢。」高贊又問他家世。錢青一一對答，出詞吐氣，十分溫雅。高贊想道：「外才已是美了，不知他學問何如？且請先生和兒子出來相見，盤他一盤，便見有學無學。」獻茶二道，分付家人：「書館中請先生和小舍出來見客。」去不多時，只見五十多歲一個儒者，引著一個垂髫㉝學生出來。眾人一齊起身作揖。高贊一一通名：「這位是小兒的業師，姓陳，見在府庠；這就是小兒高標。」錢青看那學生，生得眉清目秀，十分俊雅。心中想道：「此子如此，其姊可知，顏兄好造化㉞哩！」又獻了一道茶，高贊便對先生道：「此位尊客是吳江顏伯雅，年少高才。」那陳先生已會了主人之意，便道：「吳江是人才之地，見高識

㉙ 軒昂：氣度不凡。

㉚ 濟楚：整齊清楚。

㉛ 昭穆：左右的別稱。古之宗廟始祖居中，以次按長幼輩份分列左右，左列為尊謂之「昭」，右列謂之「穆」。

㉜ 表：即表字，表達取名之義的號。

㉝ 垂髫：垂髮不束。髫，音ㄊㄧㄠˊ。

㉞ 造化：運道；福氣。

廣，定然不同。請問貴邑有三高祠，還是那三個？」錢青答言：「范蠡、張翰㉟、陸龜蒙㊱。」又問：「此三人何以見得他高處？」錢青一一分疏出來。兩個遂互相盤問了一回。錢青見那先生學問平常，故意談天說地，講古論今，驚得先生一字俱無，連稱道：「奇才！奇才！」把一個高贊就喜得手舞足蹈，忙喚家人悄悄分付備飯，要齊整些。家人聞言，即時拽開桌子，排下五色果品。高贊取盃筯安席。錢青答敬，謙讓了一回，照前昭穆坐下。三湯十菜，添案㊲小喫，頃刻間擺滿了桌子，真個咄嗟㊳而辦。你道為何如此便當？原來高贊的媽媽金氏，最愛其女。聞得媒人引顏小官人到來，也伏在遮堂㊴背後張看。看見一表人才，語言響亮，自家先中意，料高老必然同心，故此預先準備筵席。一等分付，流水的就搬出來。賓主共是五位。酒後飯，飯後酒，直喫到紅日銜山。錢青和尤辰起身告辭。高贊心中甚不忍別，意欲攀留幾日。錢青那裏肯住！高贊留了幾次，只得放他起身。錢青先別了陳先生，口稱承教；次與高公作謝道：「明日早行，不得再來告別。」高贊道：「倉卒怠慢，勿得見罪。」小學生也作揖過了。金氏已備下幾色嗄程㊵相送，無非是酒米魚肉之類。又有一封舟金。高贊扯尤辰在背處說道：「顏小官人

㉟ 張翰：晉代詩人，字季鷹，吳郡人。曾被齊王司馬冏任命為大司馬曹掾，後以留戀家鄉蒓菜、鱸魚味美辭官歸里。

㊱ 陸龜蒙：晚唐詩人，字魯望，江蘇吳縣（蘇州）人。舉進士不第，就任蘇、湖二郡從事，後隱居松江甫里。朝廷以高士徵召，不應。

㊲ 添案：下酒的小菜。

㊳ 咄嗟：如同呼吸之間那麼短暫迅速。咄，音ㄉㄨㄛˋ。

㊴ 遮堂：屏門。

才貌，更無他說。若得少梅居間成就，萬分之幸。」尤辰道：「小子領命。」高贊直送上船，方纔分別。當夜夫妻兩口說了顏小官人一夜，正是：

不須玉杵千金聘，已許紅繩兩足纏。

再說錢青和尤辰，次日開船，風水不順，直到更深，方纔抵家。顏俊兀自秉燭夜坐，專聽好音。二人叩門而入，備述昨朝之事。顏俊見親事已成，不勝之喜，忙忙的就本月中擇個吉日行聘。果然把那二十兩借契，送還了尤辰，以為謝禮。就揀了十二月初三日成親。高贊得意了女婿，況且妝奩久已完備，並不推阻。日往月來，不覺十一月下旬，吉期將近。原來江南地方娶親，不行古時親迎之禮，都是女親家和阿舅自送上門。女親家謂之「送娘」，阿舅謂之「抱嫁」。高贊為選中了乘龍佳婿㊶，到處誇揚，今日定要女婿上門親迎，準備大開筵宴，遍請遠近親鄰喫喜酒。先遣人對尤辰說知。尤辰喫了一驚！忙來對顏俊說了。顏俊道：「這番親迎，少不得我自去走遭。」尤辰跌足道：「前日女婿上門，他舉家都看個飽，行樂圖也畫得出在那裏；今番又換了一個面貌，教做媒的如何措辭？好事定然中變，連累小子必然受辱。」顏俊聽說，反抱怨起媒人來，道：「當初我原說過來，該是我姻緣，自然成就。若第一次上

㊵ 嗄程：一作「下程」，送行的禮物。

㊶ 乘龍佳婿：典出楚國先賢傳。東漢時，孫儁、李膺娶太尉桓焉的二女為妻。時人以孫、李俱上選人物，稱桓氏二女俱乘龍，即得到了好女婿。

門時自家去了，那見得今日進退兩難！都是你捉弄我，故意說得高老十分古怪，不要我去，教錢家表弟替了。誰知高老甚是好情，一說就成，並不作難。這是我命中注定，該做他家的女婿，豈因見了錢表弟，方纔肯成？況且他家已受了聘禮，他的女兒就是我的人了，敢道個不字麼？你看我今番自去，他怎生發付㊷我？難道賴我的親事不成！」尤辰搖著頭道：「成不得！人也還在他家，你狠到那裏去？若不肯把人送上轎，你也沒奈何他。」顏俊道：「多帶些從人去，肯便肯，不肯時，打進去搶將回來！便告到官司，有生辰吉帖為證，只是賴婚的不是我，並沒差處。」尤辰道：「大官人休說滿話㊸。常言道：『惡龍不鬥地頭蛇。』你的從人雖多，怎比得坐地的有增無減？萬一弄出事來，纏到官司，那老兒訴說求親的是一個，娶親的又是一個，官府免不得喚媒人詰問。刑罰之下，小子只得實說，連錢大官人前程干係，不是耍處！」顏俊想了一想，道：「既如此，索性不去了，勞你明日去回他一聲，只說前日已曾會過了，敝縣沒有親迎的常規，還是從俗送親罷。」尤辰道：「一發成不得！高老因看上了佳婿，到處誇其才貌。那些親鄰專等親迎之時，都要來廝認，這是斷然要去的。」顏俊道：「如此怎麼好？」尤辰道：「依小子愚見，更無別策，只得再央令表弟錢大官人走遭，索性哄他到底。哄得新人進門，你就靠家大了，不怕他又奪了去。結姻之後，縱然有話，也不怕他了。」顏俊頓了一頓，只道：「話倒有理，只是我的親事，倒作成別人去風光。央及他時，還有許多作難哩！」尤辰道：「事到其間，不得不如此了。風光只在一時，怎及得大官人終身受用！」顏俊又喜又惱，當下別了尤辰，回到書房，對錢青說道：「賢弟，

㊷ 發付：打發。

㊸ 滿話：過份自信的話。

又要相煩一事。」錢青道：「不知兄又有何事？」顏俊道：「出月初三，是愚兄畢姻之期。初二日就要去親迎。原要勞賢弟一行，方纔妥當。」錢青道：「前日代勞，不過泛然之事；今番親迎，是個大禮，豈是小弟代得的？這個斷然不可！」顏俊道：「賢弟所言雖當，但因初番會面，他家已認得了；如今忽換我去，必然疑心。此事恐有變卦，不但親事不成，只恐還要成訟。那時連賢弟也有干係，卻不是為小妨大，把一天好事自家弄壞了？若得賢弟親迎回來，成就之後，不怕他閒言閒語。這是個權宜之術，賢弟須知塔尖上功德㊹，休得固辭。」錢青見他說得情辭懇切，只索依允。顏俊又喚過吹手及一應接親人從，都分付了說話，不許漏洩風聲。娶得親回，都有重賞。眾人誰敢不依。

到了初二日侵晨，尤辰便到顏家相幫，安排親迎禮物，及上門各項賞賜，都封停當。其錢青所用，及儒巾圓領、絲縧皂靴，並皆齊備。又分派各船食用，大船二隻，一隻坐新人，一隻媒人共新郎同坐。中船四隻，散載眾人。小船四隻，一者護送，二者以備雜差。十餘隻船，篩鑼掌號，一齊開出湖去。一路流星炮杖，好不興頭！正是：

門闌多喜氣，女婿近乘龍。

船到西山，已是下午，約莫離高家半里停泊。尤辰先到高家報信，一面安排親迎禮物，及新人乘坐百花綵轎、燈籠火把，共有數百。錢青打扮整齊。另有青絹煖轎，四抬四綽，笙簫鼓樂，徑望高家而來。

㊹ 塔尖上功德：比喻事情已近完成，只欠最後一步。

那山中遠近人家，都曉得高家新女婿才貌雙全，竟來觀看。挨肩並足，如看神會故事的一般鬧熱！錢青端坐轎中，美如冠玉，無不喝采。有婦女曾見過秋芳的，便道：「這般一對夫妻，真個郎才女貌。高家揀了許多女婿，今日果然被他揀著了。」不題眾人，且說高贊家中大排筵席，親朋滿坐。未及天晚，堂中點得畫燭通紅。只聽得樂聲聒耳，船上人報道：「嬌客㊺轎子到門了！」儐相㊻披紅插花，忙到廳前作揖。念了詩賦，請出轎來。眾人謙恭揖讓，延至中堂，奠雁㊼行禮已畢，然後諸親一一相見。眾人見新郎俊美，一個個暗暗稱羨。獻茶後，喫了茶果點心，然後定席安位。此日新女婿與尋常不同，面南專席，諸親友環坐相陪，大吹大擂的飲酒。隨從人等，外廂另有款待。

且說錢青坐於席上，只聽得眾人不住聲的贊他才貌，賀高老選婿得人。錢青肚裏暗笑道：「他們好似見鬼一般，我好像做夢一般。做夢的醒了，也只扯淡㊽。那些見神見鬼的，不知如何結果哩！」又想道：「我今日做替身，擔了虛名，不知實受還在幾時？料想不能如此富貴。」轉了這一念，覺得沒興起來，酒也懶喫了。高贊父子輪流敬酒，甚是慇懃。錢青怕擔誤了表兄的正事，急欲抽身。高贊固留，又坐了一回。用了湯飯，僕從的酒都喫完了。約莫四鼓，小乙走在錢青席邊，催促起身。錢青教小乙把賞封㊾給散，起身作別。高贊量度已是五鼓時分，賠嫁妝奩俱已撿點下船，只待收拾新人上轎。只見船上

㊺嬌客：對女婿的愛稱。
㊻儐相：結婚時掌儀式的贊禮人。
㊼奠雁：即獻雁。古時婚禮新郎至新娘家迎親，須先進雁為禮。
㊽扯淡：胡說。

人都走來說：「外邊大風，難以行船。且消停一時，等風頭緩了好走。」原來半夜裏便發了大風，那風刮得好利害！只見：

山間拔木揚塵，湖內騰波起浪。

只為堂中鼓樂喧闐，全不覺得。高贊叫樂人住了吹打，聽時，一片風聲，吹得怪響。眾皆愕然。急得尤辰只把腳跳。高贊心中大是不樂，只得重請入席，一面差人在外專看風色。看看天曉，那風越狂起來，刮得彤雲密布，雪花飛舞。眾人都起身看著天，做一塊兒商議。一個道：「這風還不像就住的。」一個道：「半夜起的風，原要半夜裏住。」又一個道：「這等雪天，就是沒風，也怕行不得！」又一個道：「只怕這雪還要大哩！」又一個道：「風太急了，住了風，只怕湖膠㊿。」又一個道：「這太湖不愁他膠斷，還怕的是風雪。」眾人是恁般閒講，高老和尤辰好生氣悶。又捱一會，喫了早飯，風愈狂，雪愈大，料想今日過湖不成，錯過了吉日良時，殘冬臘月，未必有好日了。況且笙簫鼓樂乘興而來，怎好教他空去？事在千難萬難之際，坐間有個老者，喚做周全，是高贊老鄰，平日最善處分鄉里之事。見高贊沉吟無計。便道：「依老漢愚見，這事一些不難。」高贊道：「足下計將安在？」周全道：「既是選定日期，豈可錯過！令婿既已到宅，何不就此結親，趁這筵席，做了花燭。等風息從容回去，豈非全

㊾ 賞封：賞給僕人的紅包。

㊿ 湖膠：冰封了湖面。

美？」眾人齊聲道：「最好！」高贊正有此念，卻喜得周老說話投機，當下便分付家人準備洞房花燭之事。卻說錢青，雖然身子在此，本是個局外之人。起初風大風小，都還不在他心上。忽見周全發此議論，暗暗心驚，還道高老未必聽他；不想高老欣然應允，老大著忙，暗暗叫苦。欲央尤少梅代言，誰想尤辰平昔好酒，一來天氣寒冷，二來心緒不佳，斟著大杯只顧喫，喫得爛醉如泥，在一壁廂空椅子上打鼾去了。錢青只得自家開口道：「此百年大事，不可草草。不妨另擇個日子，再來奉迎。」高贊那裏肯依，便道：「翁婿一家，何分彼此？況賢婿尊人已不在堂，可以自專。」說罷，高贊入內去了。錢青又對各位親鄰再三央及，不願在此結親。眾人都是奉承高老的，那一個不極口贊成。錢青此時無可奈何，只推出恭，到外面時，卻叫顏小乙與他商議。小乙心上也道不該，只教錢秀才推辭，此外別無良策。錢青道：「我已辭之再四，其奈高老不從。若執意推辭，反起其疑。我只要委曲周全你家主一樁大事，並無欺心。若有苟且，天地不容！」主僕二人正在講話，眾人都攢攏來道：「此是美事，令岳意已決矣！大官人不須疑慮。」錢青嘿然無語。眾人揖錢青請進。午飯已畢，重排喜筵。儐相披紅喝禮，兩位新人打扮登堂，照依常規行禮，結了花燭。正是：

百年姻眷今宵就，一對夫妻此夜新。
得意事成失意事，有心人遇沒心人。

其夜酒闌人散，高贊老夫婦親送新郎進房。伴娘替新娘卸了頭面，幾遍催新郎安置，錢青只不答應。

正不知甚麼意故？只得伏侍新娘先睡，自己出房去了。丫鬟將房門掩上，又催促官人上床。錢青心上，如小鹿亂撞，勉強答應一句道：「你們先睡。」丫鬟們亂了一夜，各自倒東歪西去打瞌睡。錢青本待秉燭達旦，一時不曾討得幾枝蠟燭。到燭盡時，又不好聲喚。忍著一肚子悶氣，和衣在床外，側身而臥，也不知女孩兒頭東頭西。次早清清天亮，便起身出外，到舅子書館中去梳洗。高贊夫婦只道他少年害羞，亦不為怪。是日雪雖住了，風尚不息。高贊且做慶賀筵席。錢青喫得酩酊大醉，坐到更深進房。女孩兒又先睡了。錢青打熬不過，依舊和衣而睡，連小娘子的被窩兒也不敢觸著。又過一晚，早起時見風勢稍緩，便要起身。高贊定要留過三朝，方纔肯放。錢青拗不過，只得又喫了一日酒。坐間背地裏和尤辰說起夜間和衣而臥之事。尤辰口雖答應，心下未必準信。事已如此，只索由他。

卻說女孩兒秋芳，自結親之後，偷眼看那新郎，生得果然齊整，心中暗暗歡喜。一連兩夜，都則衣不解帶，不解其故：「莫非怪我先睡了，不曾等待得他？」此是第三夜了，女孩兒預先分付丫鬟：「只等官人進房，先請他安息。」丫鬟奉命，只等新郎進來，便替他解衣科帽。錢青見不是頭，除了頭巾，急急的跳上床去，貼著床裏自睡，仍不脫衣。女孩兒滿懷不樂，只得也和衣睡了，又不好告訴爹娘。到第四日，天氣晴和。高贊預先備下送親船隻，自己和老婆親送女孩兒過湖。娘女共是一船，高贊與錢青、尤辰又是一船。船頭俱掛了雜綵，鼓樂振天，好不鬧熱！只有小乙受了家主之託，心中甚不快意，駕個小小快船，趕路先行。

話分兩頭。且說顏俊，自從打發眾人迎親去後，懸懸而望。至初二日半夜，聽得刮起大風大雪，心上好不著忙。也只道風雪中船行得遲，只怕錯了時辰。那想道過不得湖，一應花燭筵席準備十全，等了一夜，不見動靜，心下好悶。想道：「這等大風，倒是不曾下船還好；若在湖中行動，老大擔憂哩！」又想道：「若是不曾下船，我岳丈知道錯過吉期，豈肯胡亂把女兒送來；定然要另選個日子，又不知幾時吉利？可不悶殺了人！」又想道：「若是尤少梅能事時，在岳丈前攛掇，權且迎來，那時我那管時日利與不利，且落得早些受用。」如此胡思亂想，坐不安席，不住的在門前張望。到第四日風息，料道決有佳音。等到午後，只見小乙先回報道：「新娘已娶來了，不過十里之遙。」顏俊問道：「吉期錯過，他家如何肯放新人下船？」小乙道：「高家只怕錯過好日，定要結親。錢大官人已替東人權做新郎三日了。」顏俊道：「既結了親，這三夜錢大官人難道竟在新人房裏睡的？」小乙道：「睡是同睡的，卻不曾動彈。那錢大官人是看得熟鴨蛋，伴得小娘睡的(51)。」顏俊罵道：「放屁！那有此理？我託你何事！你如何不叫他推辭，卻做下這等勾當？」小乙道：「家人也說過來。錢大官人道：『我只要周全你家之事，若有半點欺心，天神鑒察。』」顏俊此時：

怒從心上起，惡向膽邊生！

一把掌將小乙打在一邊，氣忿忿的奔出門外，專等錢青來廝鬧。恰好船已攏岸。錢青終有細膩，預先囑付尤辰伴住高老，自己先跳上岸，只為自反無愧(52)，理直氣壯，昂昂的步到顏家門首。望見顏俊，笑嘻

(51) 看得二句：比喻不好食與色，謂錢青和新娘沒有發生關係。

(52) 自反無愧：問心無愧。

嘻的正要上前作揖，告訴衷情。誰知顏俊以小人之心，度君子之腹。此際便是仇人相見，分外眼睜！不等開言，便撲的一頭撞去，咬定牙齦，狠狠的罵道：「天殺的！你好快活！」說聲未畢，查開五指，將錢青和巾和髮，扯做一把，亂踢亂打。口裏不絕聲的道：「天殺的！好欺心！別人費了錢財，把與你見成受用！」錢青口中也自分辨。顏俊打罵忙了，那裏聽他半個字兒。家人也不敢上前相勸。錢青喫打慌了，但呼救命。船上人聽得鬧吵，齊上岸來看。只見一個醜漢，將新郎痛打，正不知甚麼意故？都趕近前解勸，那裏勸得他開。高贊盤問他家人。那家人料瞞不過，只得實說了。高贊不聞猶可，一聞之時，心頭火起，大罵尤辰無理，做這等欺三欺四的媒人，說騙人家女兒。即扭著尤辰，亂打起來。高家送親的人，也自心懷不平，一齊動手，要打那醜漢。顏家的家人，回護家主，就與高家從人對打。先前顏俊和錢青，是一對廝打。以後高贊和尤辰，是兩對廝打。結末兩家家人，扭做一團廝打。看的人重重疊疊，越發多了。街道擁塞難行，卻似：

九里山前擺陣勢[53]，昆陽城下賭輸贏[54]。

事有湊巧：其時本縣大尹，恰好送了上司回轎，至於北門。見街上震天喧嚷，卻是廝打的。停了轎子，喝教拿下。眾人見知縣相公拿人，都則散了。只有顏俊，兀自扭住錢青，高贊兀自扭住尤辰，紛紛

[53] 九里山前擺陣勢：指秦末楚漢相爭，漢將韓信設伏兵於九里山圍困項羽故事。

[54] 昆陽城下賭輸贏：指西漢末，王莽篡位，劉秀率眾與王莽的主力決戰於昆陽，並將其擊潰的故事。

告訴，一時不得其詳。大尹都教帶到公庭，逐一細審，不許攙口。見高贊年長，先叫他上堂詰問。高贊道：「小人是洞庭山百姓，叫做高贊。為女擇婿，相中了女婿才貌，將女許配。初三日女婿上門親迎，因被風雪所阻，小人留女婿在家，完了親事。今日送女到此，不期遇了這個醜漢，將小人的女婿毒打。小人問其緣故，卻是那醜漢買囑媒人，要哄騙小人的女兒為婚。卻將那姓錢的後生，冒名到小人家裏。老爺只問媒人，便知奸弊。」大尹道：「媒人叫甚名字？可在這裏麼？」高贊道：「叫做尤辰，見在臺下。」大尹喝退高贊，喚尤辰上來，罵道：「弄假成真，以非為是，都是你弄出這個伎倆！你可實實供出，免受重刑。」尤辰初時，還只含糊抵賴。大尹發怒，喝教取夾棍伺候。尤辰雖然市井，從未熬刑，只得實說：起初顏俊如何央小人去說親；高贊如何作難，要選才貌；後來如何央錢秀才冒名去拜望；直到結親始末，細細述了一遍。大尹點頭道：「這是實情了。顏俊這廝費了許多事，卻被別人奪了頭籌㊿，也怪不得發惱。只是起先設心哄騙的不是。」便教顏俊，審其口詞。顏俊已聽得尤辰說了實話，又見知縣相公詞氣溫和，只得也敘了一遍。兩口相同。大尹結末喚錢青上來。一見錢青青年美貌，且被打傷，便有幾分愛憐之意。問道：「你是個秀才，讀孔子之書，達周公之禮，如何替人去拜望迎親、同謀哄騙？有乖行止。」錢青道：「此事原非生員所願。只為顏俊是生員表兄。生員家貧，又館穀於他家，被表兄再四央求不過，勉強應承。只道一時權宜，玉成其事。」大尹道：「住了！你既為親情而往，就不該與那女兒結親了。」錢青道：「生員原只代他親迎，只為一連三日大風，太湖之隔，不能行舟，故此高贊怕誤了婚期，要生員就彼花燭。」大尹道：「你自知替身，就該推辭了。」顏俊從旁磕頭道：「青天老

---

55 奪了頭籌：搶先獲得。

爺，只看他應承花燭，便是欺心。」大尹喝道：「不要多嘴！左右扯他下去！」再問錢青：「你那時應承做親，難道沒有個私心？」錢青道：「只問高贊便知。生員再三推辭，高贊不允。生員若再辭時，恐彼生疑，誤了表兄的大事，故此權成大禮。雖則三夜同床，生員和衣而睡，並不相犯。」大尹呵呵大笑道：「自古以來，只有一個柳下惠❺❻坐懷不亂。那魯男子❺❼就自知不及，風雪之中，就不肯放婦人進門了。你少年子弟，血氣未定，豈有三夜同床，並不相犯之理？這話哄得那一個！」錢青道：「生員今日自陳心跡，父母老爺未必相信，只教高贊去問自己的女兒，便知真假。」大尹想道：「那女兒若有私情，如何肯說實話？」當下想出個主意來，便教左右喚到老實穩婆❺❽一名，到舟中試驗。高氏是否處女，速來回話。不一時，穩婆來覆知縣相公：「那高氏果是處女，未曾破身。」顏俊在階下聽說高氏還是處子，便叫喊道：「既是小的妻子不曾破壞，小的情願成就。」大尹又道：「不許多嘴！」再叫高贊道：「你心下願將女兒配那一個？」高贊道：「小人初時原看中了錢秀才。後來女兒又與他做過花燭。雖然錢秀才不欺暗室❺❾，與小女即無夫婦之情，已定了夫婦之義。若教女兒另嫁顏俊，不惟小人不願，就是女兒也不願。」大尹道：「此言正合吾意。」錢青心下倒不肯，便道：「生員此行，實是為公不為私。若將

❺❻ 柳下惠：即春秋時魯國大夫展禽。因食邑封於柳下，死後謚「惠」是有柳下惠的別稱。據荀子大略記敘：展禽曾夜宿城門遇受凍之女。禽以夜間寒冷，遂以衣擁該女以溫之而不及於亂。

❺❼ 魯男子：典出漢毛亨為詩經小雅巷伯「哆兮哆兮，成是南其」寫的傳，謂說的是一位魯國單身的男人，鄰居是一個寡婦。夜間風雨摧毀了寡婦的房屋，男子為避嫌拒絕了寡婦入室的要求。

❺❽ 穩婆：接生的婦女。

❺❾ 不欺暗室：指在別人看不到的地方也不做見不得人的事。

此女歸了生員，把生員三夜衣不解帶之意，全然沒了。寧可令此女別嫁，生員決不敢冒此嫌疑，惹人談論。」大尹道：「此女若歸他人，你過湖這兩番，替人誆騙，便是行止有虧、干礙前程了。今日與你成就親事，乃是遮掩你的過失。況你的心跡，已自洞然。女家兩相情願，有何嫌疑？休得過讓，我自有明斷。」遂舉筆判云：

高贊相女配夫，乃其常理；顏俊借人飾己，實出奇聞。東床60已招佳選，何知以羊易牛61；西鄰縱有責言62，終難指鹿為馬63。兩番渡湖，不讓傳書柳毅64；三宵隔被，何慚秉燭雲長65！風伯為媒，天公作合。佳男配了佳婦，兩得其宜；求妻到底無妻，自作之孽！高氏斷歸錢青，不須另

60 東床：典出晉書王羲之傳，女婿的代稱。太尉郗鑒為女擇婿，王家諸子弟聽到消息後，紛紛裝模作樣以引起來人的注意，只有羲之坦腹睡在東床上進食，如若不聞。郗鑒很滿意，就挑選了他。

61 以羊易牛：典出孟子梁惠王上，謂惠王不忍牛被殺，命人以羊換牛。這裏借指錢青代顏俊相親的事。

62 西鄰縱有責言：語出左傳：「西鄰責言，不可償也。」此處指親戚家雖然有責備的話。

63 指鹿為馬：典出史記秦始皇本紀趙高倚仗權勢欺壓秦二世的事，後人用以喻說有意顛倒是非，混淆黑白。

64 傳書柳毅：出神話傳說，唐人李朝威寫成傳奇小說柳毅傳，謂書生柳毅偶遇被丈夫虐待的龍王之女，並為她帶信到龍宮助她獲得解救，最後與龍女結成夫婦。故事在民間流傳極廣。

65 秉燭雲長：傳說劉備在徐州戰敗，關羽為保護劉備的妻子被迫降曹。曹操故意安排關羽和劉備的妻子同居一室，關羽乃秉燭立於門外通宵看書，以保持禮節和避嫌。三國志平話及戲曲中多有此情節。此處用以贊美錢青的人品道德。

作花燭。顏俊既不合設騙局於前，又不合奪老拳於後，事已不諧，姑免罪責。所費聘儀，合助錢青，以贖一擊之罪。尤辰往來煽誘，實啟釁端，重懲示警。

判訖，喝教左右將尤辰重責三十板，免其畫供，竟行逐出，蓋不欲使錢青冒名一事，彰聞於人也。高贊和錢青拜謝，一干人出了縣門。顏俊滿面羞慚，敢怒而不敢言，抱頭鼠竄而去，有好幾月不敢出門。尤辰自回家將息棒瘡不題。

卻說高贊邀錢青到舟中，反殷勤致謝道：「若非賢婿才行俱全，上官起敬，小女幾乎錯配匪人。今日倒要屈賢婿同小女到舍下，少住幾時，不知賢婿府上還有何人？」錢青道：「小婿父母俱亡，別無親人在家。」高贊道：「既如此，一發該在舍下住了。老夫供給讀書。賢婿意下如何？」錢青道：「若得岳父扶持，足感盛德。」是夜，開船離了吳江，隨路歇宿。次日早到西山。一山之人，聞知此事，皆當新聞傳說。又知錢青存心忠厚，無不欽仰。後來錢青一舉成名，夫妻偕老。有詩為證：

醜臉如何騙美妻？作成表弟得便宜。
可憐一片吳江月，冷照鴛鴦湖上飛。

第二十八卷　喬太守亂點鴛鴦譜

自古姻緣天定，不繇人力謀求。有緣千里也相投，對面無緣不偶。　仙境桃花出水❶，宮中紅葉傳溝❷。三生❸簿上注風流，何用冰人開口。

這首西江月詞，大抵說人的婚姻，乃前生註定，非人力可以勉強。今日聽在下說一樁意外姻緣的故事，喚做「喬太守亂點鴛鴦譜」。這故事出在那個朝代？何處地方？那故事出在大宋景祐❹年間，杭州府

❶ 仙境桃花出水：典出南朝劉義慶幽明錄，謂東漢永平年間，浙江剡縣人劉晨、阮肇上天台山採藥迷路，摘桃充飢，遇二仙女邀至其家。半年後下山，始知人間已歷七代，重入山中訪仙，未得再見。

❷ 宮中紅葉傳溝：典出唐人范攄雲谿友議，謂唐宣宗朝，書生盧渥在皇宮與外界相通的御溝中拾得上題詩句的紅葉一片，取藏箱內。其後宣宗發放宮女，盧渥所擇之妻，恰是題詩的宮人。御溝流紅葉故事，在王銍侍兒小名錄中作唐德宗朝宮女鳳兒與進士賈全虛；在劉斧青瑣高議中作唐僖宗朝宮女韓氏與書生于祐。時代與人物雖不同，故事情節大體相近。

❸ 三生：指前世、今生、來世。

❹ 景祐：宋仁宗朝年號之一，自西元一〇三四至一〇三八年。

有一人，姓劉名秉義，是個醫家出身。媽媽談氏，生得一對兒女。兒子喚做劉璞，年當弱冠，一表非俗，已聘下孫寡婦的女兒珠姨為妻。那劉璞自幼攻書，學業已就，到十六歲上，劉秉義欲令他棄了書本，習學醫業；劉璞立志大就，不肯改業，不在話下。女兒小名慧娘，年方一十五歲，已受了鄰近開生藥舖裴九老家之聘。那慧娘生得姿容艷麗，意態妖嬈，非常標致。怎見得？但見：

蛾眉帶秀，鳳眼含情。腰如弱柳迎風，面似嬌花拂水。體態輕盈，漢家飛燕同稱；性格風流，吳國西施並美。蘂宮仙子謫人間，月殿姮娥臨下界。

不題慧娘貌美。且說劉公見兒子長大，同媽媽商議，要與他完姻。方待教媒人到孫家去說，恰好裴九老也教媒人來言，要娶慧娘。劉公對媒人道：「多多上覆裴親家，小女年紀尚幼，一些妝奩未備，須再過幾時，待小兒完姻過了，方及小女之事。目下斷然不能從命。」媒人得了言語，回覆裴家。那裴九老因是老年得子，愛惜如珍寶一般，恨不能風吹得大，早些兒與他畢了姻事，生男育女。今日見劉公推託，好生不喜。又央媒人到劉家說道：「令愛今年一十五歲，也不算做小了。到我家來時，即如女兒一般看待，決不難為就是。妝奩厚薄，但憑親家，並不計論。萬望親家曲允則個。」劉公立意先要與兒子完親，然後嫁女。媒人往返了幾次，終是不允。裴九老無奈，只得忍耐。當時若是劉公允了，卻不省好些事體？止因執意不從，到後生出一段新聞，傳說至今。正是：

只因一著錯，滿盤俱是空。

卻說劉公回脫了裴家，央媒人張六嫂到孫家去說兒子的姻事。原來孫寡婦母家姓胡，嫁的丈夫孫恆，原是舊家子弟。自十六歲做親，十七歲就生下一個女兒，喚名珠姨。纔隔一歲，又生個兒子，取名孫潤，小字玉郎。兩個兒女，方在襁褓❺中，孫恆就亡過了。虧孫寡婦有些節氣，同著養娘守這兩個兒女，不肯改嫁。因此人都喚他是孫寡婦。光陰迅速，兩個兒女漸漸長成。珠姨便許了劉家，玉郎從小聘定善丹青❻徐雅的女兒文哥為婦。那珠姨、玉郎都生得一般美貌，就如良玉碾成，白粉團就一般。加添資性聰明，男善讀書，女工針指。還有一件：不但才貌雙美，且又孝悌兼全。閒話休題。

且說張六嫂到孫家，傳達劉公之意，要擇吉娶小娘子過門。孫寡婦母子相依，滿意欲要再停幾時，因想男婚女嫁，乃是大事，只得應承，對張六嫂道：「上覆親翁、親母，我家是孤兒寡婦，沒甚大妝奩嫁送，不過隨常粗布衣裳，凡事不要見責。」張六嫂覆了劉公。劉公備了八盒羹果禮物，並吉期送到孫家。孫寡婦受了吉期，忙忙的製辦出嫁東西。看看日子已近，母女不忍相離，終日啼啼哭哭。誰想劉璞因冒風之後，出汗虛了，變為寒症，人事不省，十分危篤。喫的藥就如潑在石上，一毫沒用。求神問卜，俱說無救。嚇得劉公夫妻魂魄都喪！守在床邊，吞聲對泣。劉公與媽媽商量道：「孩兒病勢恁樣沉重，料必做親不得。不如且回了孫家，等待病痊，再擇日子。」劉媽媽道：「老官兒，你許多年紀了，這樣

❺ 襁褓：音ㄑㄧㄤˇ ㄅㄠˇ。包嬰兒的被和布。

❻ 丹青：繪畫。

事難道還不曉得？大凡病人勢凶，得喜事一沖就好了。未曾說起的，還要去相求；如今現成事體，怎麼反要回他！」劉公道：「我看孩兒病體，凶多吉少。若娶來家沖得好時，此是萬千之喜，不必講了。倘或不好，可不害了人家子女有個晚嫁❼的名頭？」劉媽媽道：「老官，你但顧了別人，都不顧自己。你我費了許多心機，定得一房媳婦，誰知孩兒命薄，臨做親卻又患病起來。今若回了孫家，孩兒無事，不消說起；萬一有些山高水低，有甚把臂❽，那原聘還了一半，也算是他們忠厚了。卻不是人財兩失！」劉公道：「依你便怎樣？」劉媽媽道：「依著我，分付了張六嫂，不要題起孩兒有病，竟娶來家，就如養媳婦一般。若孩兒病好，另擇吉結親。倘然不起，媳婦轉嫁時，我家原聘並各項使費，少不得班足❾了放他出門，卻不是個萬全之策！」劉公耳朵原是棉花做的，就依著老婆，忙去叮囑張六嫂不要洩漏。自古道：「若要不知，除非莫為。」劉公便瞞著孫家，那知他緊隔壁的鄰家姓李名榮，曾在人家管過解庫，人都叫他做李都管，為人極是刁鑽，專一要打聽人家的細事，喜談樂道。因做主管時，得了些不義之財，手中有錢，所居與劉家基址相連，意欲強買劉公房子。劉公不肯，為此兩下面和意不和，巴不能劉家有些事故，幸災樂禍。曉得劉璞有病危急，滿心歡喜，連忙去報知孫家。孫寡婦聽見女婿病凶，恐防誤了女兒，即使養娘去叫張六嫂來問。張六嫂欲待不說，恐怕劉璞有變，孫寡婦後來埋怨。欲要說了，又怕劉家見怪。事在兩難，欲言又止。孫寡婦見他半吞半吐，越發盤問得急了。張六嫂隱瞞不過，乃說：

❼ 晚嫁：再婚。

❽ 把臂：把柄。

❾ 班足：全部還回。班，還回。

「偶然傷風，原不是十分大病。將息❿到做親時，料必也好了。」孫寡婦道：「聞得他病勢十分沉重，你怎說得這般輕易！這事不是當耍的。我受了千辛萬苦，守得這兩個兒女成人，如珍寶一般。你若含糊賺了我女兒時，少不得和你性命相搏！那時不要見怪。」又道：「你去對劉家說，若果然病重，何不待好了另擇日子？況且兒女年紀尚小，何必這樣忙迫。問明白了，快來回報一聲。」張六嫂領了言語，方欲出門，孫寡婦又叫轉道：「我曉得你決無實話回我的。我令養娘同你去走看，便知端的。」張六嫂見說叫養娘同去，心中著忙道：「不消得！好歹不誤大娘之事。」孫寡婦那裏肯聽，教了養娘些言語，隨張六嫂同去。張六嫂攦脫⓫不得，只得同到劉家。恰好劉公走出門來。張六嫂欺養娘不認得，便道：「小娘子少待，等我問句話來。」急走上前，拉劉公到一邊，將孫寡婦適纔言語細說。又道：「他因放心不下，特叫養娘同來，討個實信，卻怎樣回答？」劉公聽見養娘來看，手足無措，埋怨道：「你怎不阻擋住了，卻與他同來？」張六嫂道：「再三攔阻，如何肯聽！叫我也沒奈何。如今且留他進去坐了，你們再去從長計較回他，不要連累我後日受氣。」說還未畢，養娘已走過來。張六嫂就道：「此間便是劉老爹。」養娘深深道個萬福。劉公還了禮道：「小娘子請裏面坐。」一齊進了大門，到客坐內。劉公道：「六嫂，你陪小娘子坐著，待我教老荊⓬出來。」張六嫂道：「老爹自便。」劉公急急走到裏面，一五一十，學於媽媽。又說：「如今養娘在外，怎地回他？倘要進來探看孩兒，卻又如何掩飾？不如改了日

❿ 將息：調護保養。

⓫ 攦脫：擺脫。攦，音ㄌㄧˋ。

⓬ 老荊：即老妻。

子罷。」媽媽道：「你真是個死貨！他受了我家的聘，便是我家的人了，怕他怎的？不要著忙，自有道理。」便叫女兒慧娘：「你去將新房中收拾整齊，留孫家婦女喫點心。」慧娘答應自去。劉媽媽即走向外邊與養娘相見畢，問道：「小娘子下顧，不知親母有甚話說？」養娘道：「俺大娘聞得大官人有恙，放心不下，特教男女⓭來問候。二來上覆老爹、大娘，若大官人病體初痊，恐未可做親。不如再停幾時，等大官人身子健旺，另揀日罷。」劉媽媽道：「多承親母過念。大官人雖是有些身子不快，也是偶然傷風，原非大病。若要另擇日子，這斷不能夠的！我們小人家的買賣，千難萬難。方纔支持得停當，如錯過了，卻不又費一番手腳？況且有病的人，正要得喜事來沖，他病也易好。常見人家要省事時，還借這病來見喜；何況我家吉期送已多日，親戚都下了帖兒請喫喜筵，如今忽地換了日子，他們不道你家不肯，必認做我們討媳婦不起。傳說開去，卻不被人笑恥，壞了我家名頭？煩小娘子回去上覆親母，不消擔憂。我家干係大哩！」養娘道：「大娘話雖說得是，請問大官人睡在何處？待我去問候一聲，好家去回報大娘，也教他放心。」劉媽媽道：「適纔服了發汗的藥，正熟睡在那裏。我與小娘子代言罷。事體總在剛纔所言了，更無別說。」張六嫂道：「我原說偶然傷風，不是大病。你們大娘不肯相信，又要你來。如今方見老身⓮不是說謊的了。」養娘道：「既如此，告辭罷。」便要起身。劉媽媽道：「那有此理！說話忙了，茶也還沒有喫，如何便去？」即邀到裏邊，又道：「我房裏腌腌臢臢⓯，倒在新房裏坐罷。」

⓭ 男女：古代奴僕對主人、平民對官長的自稱。類近「小的」。

⓮ 老身：老婦人的自稱。

⓯ 腌腌臢臢：不乾淨。同「骯髒」。

引入房中。養娘舉目看時，擺設得十分齊整。劉媽媽又道：「你看我家，諸事齊備，如何肯又改日子？就是做了親，大官人倒還要留在我房中歇宿，等身子全愈了，然後同房哩。」養娘見他整備得停當，信以為實。當下劉媽媽教丫鬟將出點心茶來擺上，又教慧娘也來相陪。養娘心中想道：「我家珠娘是極標致的了，不想這女娘也恁般出色！」喫了茶，作別出門。臨行，劉媽媽又再三囑付張六嫂：「是必來覆我一聲。」

養娘同著張六嫂回到家中，將上項事說與主母。孫寡婦聽了，心中倒沒了主意，想道：「欲待允了，恐怕女婿真個病重，變出些不好來，害了女兒；將欲不允，又恐女婿果是小病已愈，誤了吉期。」疑惑不定，乃對張六嫂道：「六嫂，待我酌量定了，明早來取回信罷。」張六嫂道：「正是，大娘從容計較計較，老身明早來也。」說罷自去。

且說孫寡婦與兒子玉郎，商議這事怎生計較。玉郎道：「想起來還是病重，故不要養娘相見。如今必要回他另擇日子，他家也沒奈何，只得罷休。但是空費他這番東西，見得我家沒有情義。倘後來病好，相見之間，覺道沒趣。若依了他們時，又恐果然有變，那時進退兩難，懊悔卻便遲了。依著孩兒，有個兩全之策在此，不知母親可聽？」孫寡婦道：「你且說是甚兩全之策？」玉郎道：「明早叫張六嫂去說，日子便依著他家。妝奩一毫不帶，見喜過了，到第三朝就要接回。等待病好，連妝奩送去。是恁樣，縱有變故，也不受他們籠絡，這卻不是兩全之美！」孫寡婦道：「你真是個孩子家見識！他們一時假意應承，娶去過了三朝，不肯放回，卻怎麼處？」玉郎道：「如此怎好？」孫寡婦又想了一想，道：「除非明日叫張六嫂依此去說，臨期教姐姐閃過一邊，把你假扮了送去。皮箱內原帶一副道袍鞋襪預防，到三朝容你回來，不消說起；倘若不容，且住在那裏，看個下落。倘有三長兩短，你取出道袍穿了，竟自走回，那個扯得你住！」玉郎道：「別事便可，這件卻使不得！後來被人曉得，教孩兒怎生做人？」孫寡婦見兒子推卻，心中大怒，道：「縱別人曉得，不過是耍笑之事，有甚大害！」玉郎平昔孝順，見母親發怒，連忙道：「待孩兒去便了。只不會梳頭，卻怎麼好？」孫寡婦道：「我叫養娘伏侍你去便了。」計較已定，次早張六嫂來討回音，孫寡婦與他說如此如此，恁般恁般。「若依得，便娶過去；依不得，便另擇日罷。」張六嫂覆了劉家，一一依從。你道他為何就肯了？只因劉璞病勢愈重，恐防不妥，單要哄媳婦到了家裏，便是買賣了。故此將錯就錯，更不爭長競短。那知孫寡婦已先參透機關⑯，將個假貨送來。劉媽媽反做了：

周郎妙計高天下，賠了夫人又折兵！

話休煩絮。到了吉期，孫寡婦把玉郎妝扮起來，果然與女兒無二，連自己也看不出真假。又教習些女人禮數⑰。諸色好了，只有兩件難以遮掩，恐怕露出事來。那兩件？第一件是足與女子不同。那女子的尖尖趫趫，鳳頭一對，露在湘裙之下，蓮步輕移，如花枝招展一般。玉郎是個男子漢，一隻腳比女子的有三四隻大，雖然把掃地長裙遮了，教他緩行細步，終是有些蹊蹺。這也還在下邊，無人來揭起裙兒

⑯ 參透機關：看穿了對方的打算。
⑰ 禮數：禮儀的等級與形式。

觀看，還隱藏得過。第二件是耳上的環兒。此乃女子平常時所戴。愛輕巧的，也少不得戴對丁香兒。那極貧小戶人家，沒有金的銀的，就是銅錫的，也要買對兒戴著。今日玉郎扮做新人，滿頭珠翠，若耳上沒有環兒，可成模樣麼？他左耳還有個環眼，乃是幼時恐防難養穿過的。那右耳卻沒眼兒，怎生戴得？孫寡婦左思右想，想出一個計策來。你道是甚計策？他教養娘討個小小膏藥貼在右耳。若問時，只說環眼生著疳瘡，戴不得環子。露出左耳上眼兒掩飾。打點停當，將珠姨藏過一間房裏，專候迎親人來。到了黃昏時候，只聽得鼓樂喧天，迎親轎子已到門首。張六嫂先入來，看見新人打扮得如天神一般，好不歡喜！眼前不見玉郎，問道：「小官人怎地不見？」孫寡婦道：「今日忽然身子有些不健，睡在那裏，起來不得。」那婆子不知就裏，不來再問。孫寡婦將酒飯犒賞了來人。儐相念起詩賦，請新人上轎。玉郎兜上方巾⑱，向母親作別。孫寡婦一路假哭，送出門來。上了轎子，教養娘跟著，隨身只有一隻皮箱，更無一毫妝奩。孫寡婦又叮囑張六嫂道：「與你說過，三朝就要送回的，不可失信。」張六嫂連聲答應道：「這個自然。」

不題孫寡婦。且說迎親的，一路笙簫聒耳，燈燭輝煌，到了劉家門首。儐相進來說道：「新人將已出轎，沒新郎迎接，難道叫他獨自拜堂不成？」劉公道：「這卻怎好？不要拜罷。」劉媽媽道：「我有道理。叫女兒陪拜便了。」即令慧娘出來相迎。儐相念了闌門詩賦⑲，請新人出了轎子。養娘和張六嫂

---

⑱ 方巾：此處指女子出嫁時蒙蓋頭臉的紅巾。一稱「蓋頭」。

⑲ 闌門詩賦：古代婚俗新娘到夫家門前，須由男方陳列香案，並讓儐相引新郎行禮，儐相誦吉慶詩句，新娘始可進門。

兩邊扶著。慧娘相迎，進了中堂，先拜了天地，次及公姑親戚，雙雙卻是兩個女人同拜。隨從人沒一個不掩口而笑。都相見過了，然後姑嫂對拜。劉媽媽道：「如今到房中去與我兒沖喜。」樂人吹打，引新人進房，來至臥床前。劉媽媽揭起帳子，叫道：「我的兒，今日娶你媳婦來家沖喜，你須掙扎精神則個⑳。」連叫三四次，並不則聲㉑。劉公將燈照時，只見頭兒歪在半邊，昏迷去了。原來劉璞病得身子虛弱，被鼓樂一震，故此昏迷。當下老夫妻手忙腳亂，掐住人中㉒，即叫取過熱湯，灌了幾口，出了一身冷汗，方纔甦醒。劉媽媽叫劉公看著兒子，自己引新人到新房中去。揭起方巾，打一看時，美麗如畫。親戚無不喝采。只有劉媽媽心中反覺苦楚。他想：「媳婦恁般美貌，與兒子正是一對兒，若得雙雙奉侍老夫妻的暮年，也不枉一生辛苦。誰想他沒福，臨做親卻染此大病，十分中倒有九分不妙。倘有一差二誤，媳婦少不得歸於別姓，豈不目前空喜？」不題劉媽媽心中之事。且說玉郎也舉目看時，許多親戚中，只有姑娘生得風流標致。想道：「好個女子！我孫潤可惜已定了妻子；若早知此女恁般出色，一定要求他為婦。」這裏玉郎方在贊羨，誰知慧娘心中也想道：「一向張六嫂說他美貌，我還未信，不想話不虛傳。只可惜哥哥沒福受用，今夜教他孤眠獨宿。若我丈夫像得他這樣美貌，便稱我的生平了，只怕不能夠哩！」不題二人彼此欣羨。劉媽媽請眾親戚赴過花燭筵席，各自分頭歇息。儐相、樂人，俱已打發去了。張六嫂沒有睡處，也自歸家。玉郎在房，養娘與他卸了首飾，秉燭而坐，不敢便寢。劉媽媽與劉公商議道：

⑳ 則個：語助詞，雖無具體意義，卻能起加強語氣的作用。

㉑ 則聲：作聲。

㉒ 人中：人中穴的簡稱，在上唇正中的凹痕之下。

「媳婦初到，如何叫他獨宿。可叫女兒去陪伴。」劉公道：「只怕不穩便，繇他自睡罷。」劉媽媽不聽，對慧娘道：「你今夜相伴嫂嫂在新房中去睡，省得他怕冷靜。」慧娘正愛著嫂嫂，見說叫他相伴，恰中其意。劉媽媽引慧娘到新房中道：「娘子，只因你官人有些小恙，不能同房，特令小女來陪你同睡。」玉郎恐露出馬腳，回道：「奴家自來最怕生人，倒不消罷。」劉媽媽道：「呀！你們姑嫂年紀相彷，即如姊妹一般，正好相處，怕怎的！你若嫌不穩時，各自蓋著條被兒，便不妨了。」對慧娘道：「你去收拾了被窩過來。」慧娘答應而去。玉郎此時，又驚又喜。喜的是心中正愛著姑娘美貌，不想天與其便，劉媽媽令來陪臥，這事便有幾分了。驚的是恐他不允，一時叫喊起來，反壞了自己之事。又想道：「此番挫過，後會難逢。看這姑娘年紀，已在當時，情竇料也開了。須用計緩緩撩撥熱了，不怕不上我鉤。」心下正想，慧娘叫丫鬟拿了被，同進房來，放在床上。劉媽媽起身，同了丫鬟自去。慧娘將房門閉上，走到玉郎身邊，笑容可掬，乃道：「嫂嫂，適來見你一些東西不喫，莫不餓了？」玉郎道：「倒還未餓。」慧娘又道：「嫂嫂，今後要甚東西，可對奴家說知，自去拿來，不要害羞不說。」玉郎見他意兒殷勤，心下暗喜。答道：「多謝姑娘美情。」慧娘見燈上結著一個大大花兒，笑道：「嫂嫂，好個燈花兒，正對著嫂嫂，可知喜也。」玉郎也笑道：「姑娘休得取笑！還是姑娘的喜信。」慧娘道：「嫂嫂話兒倒會耍人。」兩個閒話一回。慧娘道：「嫂嫂，夜深了，請睡罷。」玉郎道：「姑娘先請。」慧娘道：「嫂嫂是客，奴家是主，怎敢僭先？」玉郎道：「這個房中，還是姑娘是客。」慧娘笑道：「恁樣占先了。」便解衣先睡。養娘見兩下取笑，覺道玉郎不懷好意，低低說道：「官人，你須要斟酌，此事不是當耍的。倘大娘知了，連我也不好。」玉郎道：「不消囑付，我自曉得。你自去睡。」養娘便去傍邊打個鋪兒睡下。玉郎起身攜著燈兒，走到床邊，揭起帳子照看。只見慧娘捲著被兒，睡在裏床。見玉郎將燈來照，笑嘻嘻的道：「嫂嫂睡罷了，照怎的？」玉郎也笑道：「我看姑娘睡在那一頭，方好來睡。」把燈放在床前一隻小桌兒上，解衣入帳。對慧娘道：「姑娘我與你一頭睡了，好講話耍子。」慧娘道：「如此最好。」玉郎鑽下被來，卸了身上衣服，下體小衣卻穿著，問道：「姑娘，今年青春了？」慧娘道：「一十五歲。」又問：「姑娘許的是那一家？」慧娘怕羞，不肯回言。玉郎把頭捱到他枕上，附耳道：「我與你一般是女兒家，何必害羞。」慧娘方纔答道：「是開生藥鋪的裴家。」又問道：「可見說佳期還在何日？」慧娘低低道：「近日曾教媒人再三來說，爹道，奴年紀尚小，回他們再緩幾時哩。」玉郎笑道：「回了他家，你心下可不氣惱麼？」慧娘伸手把玉郎的頭推下枕來，道：「你不是個好人！哄了我的話，便來耍人。我若氣惱時，你今夜心裏還不知怎地惱著哩。」玉郎依舊又捱到枕上道：「你且說我有甚惱？」慧娘道：「今夜做親沒有個對兒，怎地不惱？」玉郎道：「如今有姑娘在此，便是個對兒了，又有甚惱！」慧娘笑道：「恁樣說，你是我的娘子了。」玉郎道：「我年紀長似你，丈夫還是我。」慧娘道：「我今夜替哥哥拜堂，就是哥哥一般，還該是我。」玉郎道：「大家不要爭，只做個女夫妻罷。」兩個說風話耍子，愈加親熱。

玉郎料想沒事，乃道：「既做了夫妻，如何不合被兒睡？」口中便說，兩手即掀開他的被兒，捱過身來。伸手便去摸他身上，膩滑如酥；下體卻也穿著小衣。慧娘此時已被玉郎調動春心，忘其所以，任玉郎摩弄，全然不拒。玉郎摸至胸前時，一對小乳，豐隆突起，溫軟如綿。乳頭卻像雞頭肉一般，甚是可愛。慧娘也把手來將玉郎渾身一摸，道：「嫂嫂好個軟滑身子！」摸他乳頭，剛剛只有兩個小小乳頭，心中想道：「嫂嫂長似我，怎麼乳兒倒小？」玉郎摩弄了一回，便雙手摟抱過來，嘴對嘴將舌尖度向慧娘口中。慧娘只認做姑嫂戲耍，也將雙手抱住，含了一回，也把舌兒吐在玉郎口裏。被玉郎含住著實咂吮，咂得慧娘遍體酥麻，便道：「嫂嫂，如今不像女夫妻，竟是真夫妻一般了。」玉郎見他情動，便道：「有心頑了，何不把小衣一發去了，親親熱熱睡一回也好。」慧娘道：「羞人答答，脫了不好。」玉郎道：「縱是取笑，有甚麼羞？」便解開他的小衣褪下，伸手去摸他不便處。慧娘雙手即來遮掩，道：「嫂嫂休得囉唣！」玉郎捧過面來，親個嘴道：「何妨得！你也摸我的便了。」慧娘真個也去解了他的裩子摸時，只見一條玉莖，鐵硬的挺著。喫了一驚，縮手不迭，乃道：「你是何人？卻假裝著嫂嫂來此！」玉郎道：「我便是你的丈夫了，又問怎的。」一頭即便騰身上去，將手啟他雙股。慧娘雙手推開半邊道：「你若不說真話，我便叫喊起來！叫你了不得！」玉郎著了急，連忙道：「娘子不消性急！待我說便了。我是你嫂嫂的兄弟玉郎。聞得你哥哥病勢沉重，未知怎地？我母親不捨得姐姐出門，又恐誤了你家吉期，故把我假裝嫁來。等你哥哥病好，然後送姐姐過門。不想天付良緣，倒與娘子成了夫婦。此情只許你我曉得，不可洩漏！」說罷，又翻上身來。慧娘初時，只道是真女人，尚然心愛。如今卻是個男子，豈不歡喜？況且已被玉郎先引得神魂飄蕩，又驚又喜，半推半就，道：「原來你們恁樣欺心！」玉郎那有心情回答，雙手緊緊抱住，即便恣意風流。正是：

一個是青年孩子，初嘗滋味；一個是黃花女兒，乍得甜頭。一個說今宵花燭，倒成就了你我姻緣；一個說此夜衾裯，便試發了夫妻恩愛。一個說前生有分，不須月老冰人；一個道異日休忘，說盡山盟海誓。各燥自家脾胃，管甚麼姐姐哥哥！且圖眼下歡娛，全不想有夫有婦。雙雙蝴蝶花間舞，兩兩鴛鴦水上遊。

雲雨已畢，緊緊偎抱而睡。且說養娘恐怕玉郎弄出事來，臥在傍邊鋪上，眼也不合。聽著他們初時還說話笑耍，次後只聽得床稜搖戛，氣喘吁吁，已知二人成了那事，暗暗叫苦。次早起來，慧娘自向母親房中梳洗。養娘替玉郎梳妝了，低低說道：「官人，你昨夜恁般說了，卻又口不應心，做下那事。倘被他們曉得，卻怎處？」玉郎道：「又不是我去尋他，他自送上門來，叫我怎生推卻？」養娘道：「你須拿住主意便好。」玉郎道：「你想，恁樣花一般的美人，同床而臥，便是鐵石人也打熬不住！叫我如何忍耐得過？你若不洩漏時，更有何人曉得？」妝扮已畢，到劉媽媽房裏相見。劉媽媽道：「耳環子也忘戴了？」養娘道：「不是忘了，因右耳上環眼生了痯瘡，戴不得，還貼著膏藥哩。」劉媽媽道：「原來如此。」玉郎依舊來至房中坐下。親戚女眷都來相見。張六嫂也到。慧娘梳裏罷，也到房中，彼此相視而笑。是日，劉公請內外親戚喫慶喜筵席，大吹大擂，直飲到晚，各自辭別回家。慧娘依舊來伴玉郎。這一夜顛鸞倒鳳，海誓山盟，比昨倍加恩愛。看看過了三朝，二人行坐不離。倒是養娘捏著兩把汗，催玉郎道：「如今已過三朝，可對劉大娘說回去罷。」玉郎與慧娘正火一般熱，那想回去，假意道：「我怎好啟齒說要回去，須是母親叫張六嫂來說便好。」養娘道：「也說得是。」即便回家。

卻說孫寡婦雖將兒子假裝嫁去，心中卻懷著鬼胎。急切不見張六嫂來回覆，眼巴巴望到第四日，養娘回家，連忙來問。養娘將女婿病凶，姑娘陪拜，夜間同睡相好之事，細細說知。孫寡婦跌足叫苦道：

「這事必然做出來也！你快去尋張六嫂來。」養娘去不多時，同張六嫂來家。孫寡婦道：「六嫂，前日講定的，三朝便送回來。今已過了，勞你去說，快些送我女兒回來。」張六嫂得了言語，同養娘來至劉家。恰好劉媽媽在玉郎房中閒話。張六嫂將孫家要接新人的話說知。玉郎、慧娘不忍割捨，倒暗暗道：「但願不允便好。」誰想劉媽媽真個說道：「六嫂，你媒也做老了，難道恁樣事還不曉得？從來可有三朝媳婦便歸去的理麼？前日他不肯嫁來，這也沒奈何。今既到我家，便是我家的人了，還像得他意！我千難萬難，娶得個媳婦，到三朝便要回去，說也不當人子。既如此不捨得，何不當初莫許人家。他也有兒子，少不得也要娶媳婦。到三朝可肯放回家去？聞得親母是個知禮之人，虧他怎樣說了出來！」一番言語，說得張六嫂啞口無言，不敢回覆孫家。那養娘恐怕有人闖進房裏，衝破二人之事，倒緊緊守著房門，也不敢回家。

且說劉璞自從結親這夜驚出那身汗來，漸漸痊可。曉得妻子已娶來家，人物十分齊整，心中歡喜。這病愈覺好得快了。過了數日，掙扎起來，半眠半坐，日漸健旺，即能梳裹，要到房中來看渾家。劉媽媽恐他初愈，不耐行動，叫丫鬟扶著，自己也隨在後，慢騰騰的走到新房門口。養娘正坐在門檻之上。丫鬟道：「讓大官人進去。」養娘立起身來，高聲叫道：「大官人進來了！」玉郎正摟著慧娘調笑，聽得有人進來，連忙走開。劉璞掀開門帘，跨進房來。慧娘道：「哥哥，且喜梳洗了。只怕還不宜勞動。」劉璞道：「不打緊！我也暫時走走，就去睡的。」便向玉郎作揖。玉郎背轉身，道了個萬福。劉媽媽道：「我的兒，你且慢作揖麼。」又見玉郎背立，便道：「娘子，這便是你官人。如今病好了，特來見你，怎麼倒背轉身子？」走向前，扯近兒子身邊，道：「我的兒，與你恰好正是個對兒。」劉璞見妻子美貌非常，甚是快樂。真個是「人逢喜事精神爽」，那病頓去了幾分。劉媽媽道：「兒去睡了罷！不要難為身子。」原叫丫鬟扶著。慧娘也同進去。玉郎見劉璞雖然是個病容，卻也人材齊整，暗想道：「姐姐得配此人，也不辱抹了。」又想道：「如今姐夫病好，倘然要來同臥，這事便要決撒㉓。快些回去罷！」到晚上，對慧娘道：「你哥哥病已好了，我須住身不得。你可攛掇母親送我回家，換姐姐過來，這事便隱過了。若再住時，事必敗露。」慧娘道：「你要歸家，也是易事。我的終身卻怎麼處？」玉郎道：「此事我已千思萬想。但你已許人，我已聘婦，沒甚計策挽回，如之奈何？」慧娘道：「君若無計娶我，誓以魂魄相隨，決然無顏更事他人！」說罷，嗚嗚咽咽哭將起來。玉郎與他拭了眼淚，道：「你且勿煩惱，容我再想。」自此兩相留戀，把回家之事，倒擱起一邊。一日，午飯已過，養娘向後邊去了。二人將房門閉上，商議那事，長算短算，沒個計策，心下苦楚，彼此相抱暗泣。

且說劉媽媽自從媳婦到家之後，女兒終日行坐不離。剛剛晚便閉上房門去睡，直至日上三竿，方纔起身。劉媽媽好生不樂。初時認做姑嫂相愛，不在其意。已後日日如此，心中老大疑惑。也還道是後生家貪眠懶惰，幾遍要說。因想媳婦初來，尚未與兒子同床，還是個嬌客，只得耐住。那日也是合當有事，偶在新房前走過，忽聽得裏邊有哭泣之聲。向壁縫中張時，只見媳婦共女兒互相摟抱，低低而哭。劉媽媽見如此做作，料道這事有些蹺蹊。欲待發作，又想兒子纔好，若知得必然氣惱，權且耐住。便掀門帘進來，門卻閉著，叫道：「快些開門！」二人聽見是媽媽聲音，拭乾眼淚，忙來開門。劉媽媽走將進去，便道：「為甚青天白日，把門閉上，在內摟抱啼哭？」二人被問，驚得滿面通紅，無言可答。劉媽媽見

㉓ 決撒：此處指敗露、拆穿。

二人無言，一發可疑，氣得手足痲木。一手扯著慧娘，道：「做得好事！且進來和你說話。」扯到後邊一間空屋中來。丫鬟看見，不知為甚，閃在一邊。劉媽媽扯進了屋裏，將門閂上。丫鬟伏在門上張時，那媽媽尋了一根木棒，罵道：「賤人！快快實說，便饒你打罵。若一句含糊，打下你這下半截來！」慧娘初時抵賴。媽媽道：「賤人！我且問你：他來得幾時？有甚恩愛？割捨不得，閉著房門，摟抱啼哭。」慧娘對答不來。媽媽拿起棒子要打，心中卻又不捨得。慧娘料是隱瞞不過，想道：「事已至此，索性說個明白，求爹媽辭了裴家，配與玉郎。若不允時，拚個自盡便了。」乃道：「前日孫家曉得哥哥有病，恐誤了女兒，要看下落。叫爹媽另自擇日。因爹媽執意不從，故把兒子玉郎假裝嫁來。不想母親教孩兒陪伴，遂成了夫婦，恩深義重，誓必圖百年諧老。今見哥哥病好，玉郎恐怕事露，要回去換姐姐過來。孩兒思想：一女無嫁二夫之理！叫玉郎尋門路娶我為妻。因無良策，又不忍分離，故此啼哭。不想被母親看見。只此便是實話。」劉媽媽聽罷，怒氣填胸。把棒撇在一邊，雙足亂跳罵道：「原來這老乞婆恁般欺心！將男作女哄我！怪道三朝便要接回。如今害了我女兒，要與他干休不得，拼這老性命，結識這小殺才罷！」開了門，便趁出來。慧娘見母親去打玉郎，心中著忙，不顧羞恥，上前扯住。被媽媽將手一推，跌在地上。爬起時，媽媽已趕向外邊去了。慧娘隨後也趕將來。丫鬟亦跟在後面。

且說玉郎見劉媽媽扯去慧娘，情知事露，正在房中著急。只見養娘進來道：「官人不好了！弄出事來了！我在後邊來，聽得空屋中亂鬧。張看時，見劉大娘拿大棒子拷打姑娘，逼問這事哩！」玉郎聽說打著慧娘，心如刀割，眼中落下淚來，沒了主意。養娘道：「今若不走，少頃便禍到了。」玉郎即忙除下簪釵，挽了一個角兒。皮箱內開出道袍、鞋襪，穿起走出房來，撐門帶上。離了劉家，帶跌奔回家裏。

正是：

劈破玉籠飛彩鳳，頓開金鎖走蛟龍。

孫寡婦見兒子回來，恁般慌急，又驚又喜。便道：「如何這般模樣？」養娘將上項事說知。孫寡婦埋怨道：「我叫你去，不過權宜之計，如何卻做出這般沒天理事體？你若三朝便回，隱惡揚善，也不見得事敗。可恨張六嫂這老虔婆，自從那日去了，竟不來覆我。養娘你也不回家走遭，叫我日夜擔愁。今日弄出事來，害這姑娘，卻怎麼處？要你不肖子何用！」玉郎被母親嗔責，驚愧無地。養娘道：「小官人也自要回的；怎奈劉大娘不肯。我因恐他們做出事來，日日守著房門，不敢回家。今日暫走到後邊，便被劉大娘撞破，幸喜得急奔回來，還不曾喫虧。如今且叫小官人躲過兩日，他家沒甚話說，便是萬千之喜了。」孫寡婦真個叫玉郎閃過，且候他家消息。

且說劉媽媽走到新房門口，見門閉著，只道玉郎還在裏面。在外面道：「天殺的賊賤才！你家老乞婆弄出這樣奸計，來弄空頭害我的女兒。今日和你性命相博！方是老娘手段。快些走出來！若不走出來，我便進來了。」正罵著，慧娘已到，便去扯母親後面去。劉媽媽道：「賤人，虧你羞也不羞！還要勸我。」盡力一推，不想用力猛了，將門靠開。母子兩個，都跌進房門內地下。劉媽媽罵道：「好天殺的賊賤才！倒放老娘這一跌。」慌忙爬起尋時，那裏見個影兒！那婆子尋不見玉郎，罵道：「天殺的好見識！走得好！你便走上天去，少不得也要拿下來。」對著慧娘道：「如今做下這等醜事，倘被裴家曉得，卻怎地做人？」慧娘哭道：「是孩兒一時不是，做差這事。但求母親憐念孩兒，勸爹爹怎生回了裴家，嫁著玉郎，猶可挽回前失。倘若不允，有死而已。」說罷，哭倒在地。劉媽媽道：「你說得好自在話兒！他家下財納聘，定著媳婦。今日平白地要休這親事，那個肯麼？倘然問因甚事故要休這親，叫你爹怎生對答？難道說：我女兒自尋了一個漢子不成？」慧娘被母親說得滿面羞慚，將袖掩著痛哭。劉媽媽終是禽犢之愛㉔，見女兒恁般啼哭，卻又恐哭傷了身子。便道：「我的兒，這也不干你事；都是那老虔婆㉕設這沒天理的詭計，將那殺才喬裝嫁來。我一時不知，叫你陪伴，落了他圈套。如今總是無人知，把來擱過一邊，全你的體面，這纔是個長策。你若說要休了裴家，嫁那殺才，這是斷然不能！」慧娘見母親不允，愈加啼哭。劉媽媽又憐又惱，倒沒了主意。

正鬧間，劉公正在人家看病回來，打房門口經過。聽得房中啼哭，乃是女兒聲音，又聽得媽媽話響，正不知為著甚的，心中疑惑。忍耐不住，揭開門簾，問道：「你們為甚恁般模樣？」劉媽媽將前項事，一一細說。氣得劉公半晌說不出話來，想了一想，倒把媽媽埋怨道：「都是你這老乞婆害了女兒！起初兒子病重時，我原要另擇日子；你便說長道短，生出許多話來，執意要那一日。次後孫家叫養娘來說，我也罷了；又是你弄嘴弄舌，哄著他家。及至娶來家中，我說待他自睡罷；你又偏生推女兒伴他。如今伴得好麼？」劉媽媽因玉郎走了，又不捨得女兒難為，一肚子氣正沒發脫，見老公倒前倒後，數說埋怨，急得暴躁如雷，罵道：「老亡八！依你說起來，我的孩兒應該與這殺才騙的！」一頭撞個滿懷。劉公也

㉔ 禽犢之愛：原指牛對小牛的母愛，即世之所謂「舐犢情深」，這裏引喻父母對兒女的感情。

㉕ 虔婆：賊婆娘。

在氣惱之時，揪過來便打。慧娘便來解勸。三人攪做一團，滾做一塊，分拆不開。丫鬟著了忙，奔到房中，報與劉璞道：「大官人，不好了！大爺大娘在新房中相打哩。」劉璞在榻上爬起來，走至新房，向前分解。老夫妻見兒子來勸，因惜他病體初愈，恐勞碌了他，方纔罷手。猶兀自「老亡八」、「老乞婆」相罵。劉璞把父親勸出外邊，乃問妹子：「為甚在這房中廝鬧？娘子怎又不見？」慧娘被問，心下惶愧，掩面而哭，不敢則聲。劉璞焦躁道：「且說為著甚的？」劉婆方把那事細說，將劉璞氣得面如土色。停了半晌，方道：「家醜不可外揚。倘若傳到外邊，被人恥笑。事已至此，且再作區處。」劉媽媽方纔住口，走出房來。慧娘掙住不行。劉媽媽一手扯著便走，取把鎖將門鎖上。來到房裏，慧娘自覺無顏，坐在一個壁角邊哭泣。正是：

饒君掬盡湘江水，難洗今朝滿面羞。

且說李都管聽得劉家喧嚷，伏在壁上打聽。雖然曉得些風聲，卻不知其中細底。次早，劉家丫鬟走出門前。李都管招到家中問他。那丫鬟初時不肯說。李都管取出四五十錢來與他道：「你若說了，送這錢與你買東西喫。」丫鬟見了銅錢，心中動火，接過來藏在身邊，便從頭至尾盡與李都管說知。李都管暗喜道：「我把這醜事報與裴家，攛掇來鬧吵一場。他定無顏在此居住。這房子可不歸於我了！」忙忙的走至裴家。一五一十報知，又添些言語激怒裴九老。那九老夫妻因前日娶親不允，心中正惱著劉公。今日聽見媳婦做下醜事，如何不氣？一徑趕到劉家，喚出劉公來發話道：「當初我央媒來說要娶親時，千推萬阻，道女兒年紀尚小，不肯應承。護在家中，私養漢子。若早依了我，也不見得做出事來。我是清清白白的人家，決不要這樣敗壞門風的好東西。快還了我昔年聘禮，另自去對親，不要誤我孩兒的大事。」將劉公嚷得面上一回紅，一回白。想道：「我家昨夜之事，他如何今早便曉得了？這也怪異。」又不好承認，只得賴道：「親家，這是那裏說起？造恁般言語污辱我家。倘被外人聽見，只道真有這事，你我體面何在！」裴九老便罵道：「打你賤才！真個是老亡八。女兒現做著恁樣醜事，那個不曉得了？虧你還張著鳥嘴，在我面前遮掩。」趕近前，把手向劉公臉上一搇㉖道：「老亡八！羞也不羞？待我送個鬼臉兒與你戴了見人！」劉公被他羞辱不過，罵道：「老殺才！今日為甚趕上門來欺我？」便一頭撞去，把裴九老撞倒在地。兩下相打起來。裏邊劉媽媽與劉璞聽得外面喧嚷，出來看時，卻是裴九老與劉公廝打，急向前拆開。裴九老指著罵道：「老亡八！打得好！我與你到府裏去說話。」一路罵出門去了。

劉璞便問父親：「裴九因甚清早來廝鬧？」劉公把他言語學了一遍。劉璞道：「他家如何便曉得了？此甚可怪。」又道：「如今事已彰揚，卻怎麼處？」劉公又想起裴九老恁般恥辱，心中轉惱，頓足道：「都是孫家老乞婆害我家壞了門風，受這樣惡氣。若不告他，怎出得這氣？」劉璞勸解不住。劉公央人寫了狀詞，望著府前奔來。正值喬太守早堂放告。這喬太守雖則關西人，又正直，又聰明。憐才愛民，斷獄如神。府中都稱為喬青天。

卻說劉公剛到府前，劈面又遇著裴九老。九老見劉公手執狀詞，認做告他，便罵道：「老亡八！縱女做了醜事，倒要告我。我同你去見太爺！」上前一把扭住，兩下又打將起來。兩張狀詞都打失了。二

㉖ 搇：音ㄑㄧㄣˋ。同「撳」，用手按。

人結做一團，直至堂上。喬太守看見，喝叫各跪一邊。問道：「你二人叫甚名字？為何結扭相打？」二人一齊亂嚷。喬太守道：「不許攙越！那老兒先上來說。」裴九老跪上去訴道：「小人叫做裴九，有個兒子裴政，從幼聘下那劉秉義的女兒慧娘為妻。今年都已十五歲了。小人因是老年愛子，要早與他完姻。幾次央媒去說要娶媳婦，那劉秉義只推女兒年紀尚小，勒掯㉗不許。誰想他縱女賣姦，戀著孫潤，暗招在家，要圖賴親事。今早到他家裏說，反把小人毆辱。情極了，來爺爺臺下投生。他又趕來扭打。求爺爺作主，救小人則個！」喬太守聽了，道：「且下去。」喚劉秉義上去問道：「你怎麼說？」劉公道：「小人有一子一女。兒子劉璞，聘孫寡婦女兒珠姨為婦；女兒便許裴九的兒子。向日裴九要娶時，一來女兒尚幼，未曾整備妝奩；二來正與兒子完姻，故此不允。不想兒子臨婚時，忽地患起病來，不敢教與媳婦同床，令女兒陪伴嫂子。那知孫寡婦欺心，藏過女兒，卻將兒子孫潤假裝過來，倒強姦了小人女兒。正要告官，這裴九知得了，登門打罵。小人氣忿不過，與他爭嚷，實不是圖賴他的婚姻。」喬太守見說男扮為女，甚以為奇，乃道：「男扮女裝，自然有異，難道你認他不出？」劉公道：「婚嫁乃是常事，那曾有男子假扮之理！卻去辨其真假？況孫潤面貌，美如女子。小人夫妻見了，已是萬分歡喜，有甚疑惑。」喬太守道：「孫家既以女許你為媳，因甚卻又把兒子假裝？其中必有緣故。」又道：「孫潤還在你家麼？」劉公道：「已逃回去了。」喬太守即差人去拿孫寡婦母子三人，又差人去喚劉璞、慧娘兄妹俱來聽審。不多時，都已拿到。

㉗勒掯：此處指阻擋。掯，音ㄎㄣˋ。

喬太守舉目看時：玉郎姊弟，果然一般美貌，面龐無二。劉璞卻也人物俊秀，慧娘艷麗非常。暗暗欣羨道：「好兩對青年兒女！」心中便有成全之意。乃問孫寡婦：「因甚將男作女，哄騙劉家，害他女兒？」孫寡婦乃將女婿病重，劉秉義不肯更改吉期，恐怕誤了女兒終身，故把兒子裝去沖喜，三朝便回。是一時權宜之策。不想劉秉義卻叫女兒陪臥，做出這事。喬太守道：「原來如此。」問劉公道：「當初你兒子既是病重，自然該另換吉期。你執意不肯，卻主何意？假若此時依了孫家，那見得女兒有此醜事？這都是你自起釁端，連累女兒。」劉公道：「小人一時不合聽了妻子說話，如今悔之無及。」喬太守道：「胡說！你是一家之主，卻聽婦人言語。」又喚玉郎、慧娘上去道：「孫潤，你以男假女，已是不該。卻又姦騙處女，當得何罪？」玉郎叩頭道：「小人雖然有罪，但非設意謀求，乃是劉親母自遣其女，陪伴小人。」喬太守道：「他因不知你是男子，故令他來陪伴，乃是美意。你怎不推卻？」玉郎道：「小人也曾苦辭，怎奈堅執不從。」喬太守道：「論起法來，本該打一頓板子纔是。姑念你年紀幼小，又係兩家父母釀成，權且饒恕。」玉郎叩頭泣謝。喬太守又問慧娘：「你事已做錯，不必說起。如今還是要歸裴氏？要歸孫潤？實說上來。」慧娘哭道：「賤妾無媒茍合，節行已虧，豈可更事他人？況與孫潤恩義已深，誓不再嫁！若爺爺必欲判離，賤妾即當自盡，決無顏茍活，貽笑他人。」說罷，放聲大哭。喬太守見他情詞真懇，甚是憐惜，且喝過一邊。喚裴九老分付道：「慧娘本該斷歸你家，但已失身孫潤，節義已虧。你若娶回去，反傷門風，被人恥笑，他又當二夫之名，各不相安。今判與孫潤為妻，全其體面。令孫潤還你昔年聘禮，你兒子另自聘婦罷。」裴九老道：「媳婦已為醜事，小人自然不要；但孫潤破壞我家婚姻，今原歸於他，反周全了姦夫淫婦，小人怎得甘心！情願一毫原聘不要，求老爺斷媳婦另嫁別人。小人這口氣，也還消得一半。」喬太守道：「你既已不願娶他，何苦又作此冤家！」劉公亦稟上：「爺爺，孫潤已有妻子。小人女兒豈可與他為妾？」喬太守初時只道孫潤尚無妻子，故此斡旋㉘。見劉公說已有妻，乃道：「這卻怎麼處？」對孫潤道：「你既有妻子，一發不該害人閨女了！如今置此女於何地？」玉郎不敢答應。喬太守又道：「你妻子是何等人家？可曾過門麼？」孫潤道：「小人妻子是徐雅女兒，尚未過門。」喬太守道：「這等易處了！」叫道：「裴九，孫潤原有妻未娶。如今他既得了你媳婦，我將他妻子斷償你的兒子，消你之忿。」裴九老道：「老爺明斷，小人怎敢違逆？但恐徐雅不肯。」喬太守道：「我作了主，誰敢不肯？你快回家引兒子過來。我差人去喚徐雅帶女兒來，當堂匹配。」裴九老即忙歸家，將兒子裴政領到府中。徐雅同女兒也喚到了。喬太守看時，兩家男女卻也相貌端正，是個對兒。乃對徐雅道：「孫潤因誘了劉秉義女兒，今已判為夫婦。我今作主，將你女兒配與裴九兒子裴政，限即日三家俱便婚配回報。如有不服者，定行重治！」徐雅見太守作主，怎敢不依？俱各甘服。喬太守援筆判道：

弟代姊嫁，姑伴嫂眠。愛女愛子情在理中，一雌一雄變出意外。移乾柴近烈火，無怪其然；以美玉配明珠，適獲其偶。孫氏子因子而得婦，摟處子不用踰牆㉙；劉氏女因嫂而得夫，懷吉士初非

㉘ 斡旋：居中調停。斡，音ㄨㄛˋ。

㉙ 摟處子不用踰牆：典出孟子告子下：「踰東家牆而摟其處子，則得妻。」處子，處女。

衒玉㉚。相悅為婚，禮以義起。所厚者薄，事可權宜。使徐雅別婿裴九之兒，許裴政改娶孫郎之配。奪人婦人亦奪其婦，兩家恩怨，總息風波；獨樂樂不若與人樂，三對夫妻，各諧魚水。人雖兌換，十六兩原只一斤；親是交門，五百年曾經匹配。以愛及愛，伊父母自作冰人；非親是親㉛，我官府權為月老。已經明斷，各赴良期。

喬太守寫畢，叫押司㉜當堂朗讀與眾人聽了。眾人無不心服，各各叩頭稱謝。喬太守在庫上支取花紅六段，叫三對夫妻披掛齊整，喚三起樂人，三頂花花轎兒抬了三位新人，當下命眾人各自隨轎而出。此事鬧動了杭州府，都說好個善方便的太守！人人誦德，個個稱賢。自此各家完娶，彼此都無說話。李都管本欲唆孫寡婦、裴九老兩下和劉秉義講嘴，鷸蚌相持，自己漁人得利。不期太守如此處分，反作成了孫玉郎一段良姻。街坊上當做一件美事傳說，不以為醜。他心中甚是不樂。未及一年，喬太守又取劉璞、孫潤都做了秀才，起送科舉。李都管自知慚愧，安身不牢，遂躲避鄉居。後來劉璞、孫潤同榜登科，俱任京職，仕途有名，扶持裴政亦得了官職。一門親眷，富貴非常。劉璞官直至龍圖閣學士。連李都管家宅一歸並於劉氏。刁鑽小人，亦何益哉！後人有詩單道李都管為人不善，以為後戒。詩云：

㉚ 懷吉士初非衒玉：典出詩經召南野有死麕：「有女懷春，吉士誘之。」謂少女有談戀愛的願望，男子就主動接近她。吉士，男子的美稱。衒，音ㄒㄩㄢˋ。

㉛ 親：原誤作「說」，據同文堂本改。

㉜ 押司：地方衙門掌文書訟案的吏員。

為人忠厚為根本，何苦刁鑽欲害人！
不見古人卜居者，千錢只為買鄉鄰。

又有一詩，單誇喬太守此事斷得甚好。

鴛鴦錯配本前緣，全賴風流太守賢。
錦被一床遮盡醜，喬公不枉叫青天。

第二十九卷　懷私怨狠僕告主

杳杳冥冥地，非非是是天。
害人終自害，狠計總徒然！

話說那殺人償命，是人世間最大的事，非同小可。所以是真難假，是假難真。真的時節，縱然有錢可以通神，目下脫逃憲網❶，到底天理不容，無心之中，自然敗露。假的時節，縱然嚴刑拷掠，誣伏莫伸，到底有個辨白的日子。假饒誤出誤入，那有罪的老死牖下，無罪的卻命絕於囹圄刀鋸之間，難道頭頂上這個老翁❷是沒有眼睛的麼？所以古人說得好，道是：

湛湛青天不可欺，未曾舉意已先知。
善惡到頭終有報，只爭來早與來遲。

❶憲網：法網。
❷頭頂句：老天爺；皇天。

說話的，你差了！這等說起來，不信死囚牢裏再沒有個含冤負屈之人，那陰間地府也不須設得枉死城了。看官不知，那冤屈死的與那殺人逃脫的，大概都是前世的事；若不是前世緣故，殺人竟不償命，不殺人倒要償命！死者、生者怨氣衝天，縱然官府不明，皇天自然鑒察，千奇百怪的巧生出機會來，了此公案。所以說道：「人惡人怕天不怕，人善人欺天不欺。」又道是：「天網恢恢，疏而不漏。」❸古來清官察吏不止一人，既得人命關天，又且世情不測。儘有極難信的事，偏是真的；極易信的事，偏是假的。所以就是情真罪實的，還要細細體訪幾番，方能夠獄無冤鬼。如今為官做吏的人，貪愛的是錢財，奉承的是富貴，把那「正直公平」四字❹，撇卻東洋大海。明知這事無可寬容，也將來輕輕放過。明知這事有些尷尬，也將來草草問成：竟不想殺人可恕，情理難容！那親動手的奸徒，若不明正其罪，被害冤魂何時瞑目？至於扳誣冤枉的，卻又六問三推❺、千般鍛煉。嚴刑之下，就是淩遲碎剮的罪，急忙裏只得輕易招成，攪得他家破人亡。害他一人，便❻是害他一家了。只做自己的官，毫不管別人的苦。我不知他肚腸閣落❼裏邊也思想積些陰德與兒孫麼？如今所以說這一篇，專一責勸世上廉明長者，一草一木，都是上天生命，何況祖宗赤子！須要慈悲為本，寬猛兼行，護正誅邪，不失為民父母之意。不但萬

---

❸ 天網二句：語出老子第七十三章，惟「漏」字作「失」。謂天網雖似稀疏，作惡者卻斷然逃不脫報應。恢恢，廣大貌。

❹ 平四字：原作「一用二」，據拍案驚奇改。

❺ 六問三推：詳細審訊。

❻ 便：原作「侵」，據拍案驚奇改。

❼ 閣落：即角落。

民感戴，皇天亦當佑之。

且說國朝有個富人王甲，是蘇州府人氏，與同府李乙是個世讐。王甲百計思量害他，未得其便。忽一日，大風大雨，鼓打三更。李乙與妻子喫過晚飯，熟睡多時，只見十餘個強人，將紅硃黑墨搽了臉，一擁的打將入來。蔣氏驚慌，急往床下躲避。只見一個長鬚大面的，把李乙頭髮揪住，一刀砍死，竟不搶東西，登時散了。蔣氏卻在床下看見親切，戰抖抖的走將出來，穿了衣服，向丈夫屍首嚎啕大哭。此時鄰人已都來看了，各各悲傷，勸慰了一番。蔣氏道：「殺奴丈夫的，是讐人王甲。」眾人道：「怎見得？」蔣氏道：「奴在床下，看得明白。那王甲原是讐人，又且長鬚大面，雖然搽墨，卻是認得出的。若是別的強盜，何苦殺我丈夫，東西一毫不動？這兇身不是他是誰？有煩列位與奴做主。」眾人道：「他與你丈夫有讐，我們都是曉得的。況且地方盜發，我們該報官。明早你寫紙狀詞，同我們到官首告便是。今日且散。」眾人去了。蔣氏關了房門，又哽咽了一會，那裏有心去睡？苦啾啾的捱到天明，央鄰人買狀式寫了，取路投長洲縣來。正值知縣升堂放告，蔣氏直至階前，大聲叫屈。知縣看了狀子，問了來歷，見是人命盜情重事，即時批准。地方也來遞失狀。知縣委捕官相驗，隨即差了應捕❽擒捉兇身。

卻說那王甲自從殺了李乙，自恃搽臉，無人看破，揚揚得意，毫不隄防。不期一夥應捕擁入家來，正是疾雷不及掩耳，一時無處躲避。當下被眾人索了，登時押到縣堂。知縣問道：「你如何殺了李乙？」王甲道：「李乙自是強盜殺了，與小人何干？」知縣問蔣氏道：「你如何告道是他？」蔣氏道：「小婦人躲在床底看見，認得他的。」知縣道：「夜晚間如何認得這樣真？」蔣氏道：「不但認得模樣，還有

❽ 應捕：專事緝捕盜賊的衙役。

一件真情可推：若是強盜，如何只殺了人便散了，不搶東西？此不是平日有讎的，卻是那個？」知縣便叫地鄰來問他道：「那王甲與李乙果有讎否？」地鄰盡說：「果然有讎。那不搶東西，只殺了人，也是真的。」知縣便喝叫：「把王甲夾起！」那王甲是個富家出身，忍不得痛苦，只得招道：「與李乙有讎，假裝強盜殺死是實。」知縣取了親筆供招，下在死囚牢中。

王甲一時招承，心裏還想辯脫。思量無計，自忖道：「這裏有個訟師，叫做鄒老人，極是奸滑，與我相好。隨你十惡大罪❾，與他商量，便有生路。何不等兒子送飯時，叫他去與鄒老人商量。」少頃，兒子王小二送飯來了。王甲說知備細，又分付道：「儻有使用處，不可吝惜錢財，誤我性命。」小二一一應諾，竟投鄒老人家來。說知父親事體，求他計策謀脫。老人道：「令尊之事，親口供招。知縣又是新到任的，自手問成，隨你那裏告辯，出不得縣令初案，他也不肯認錯翻招。你將二三百兩與我，待我往南京走走，尋個機會，定要設法出來。」小二道：「如何設法？」老人道：「你不要管我，只交銀子與我了，日後便見手段，而今不好先說得。」小二回去，當下湊了三百兩銀子，到鄒老人家，交付停當，隨即催他起程。鄒老人道：「有了許多白物，好歹要尋出一個機會來。且寬心等待等待。」小二謝別而回。老人連夜收拾行李，往南京進發。不一日，來到南京，往刑部衙門細細打聽。說有個浙江司郎中❿徐公，甚是通融，抑且好客。當下就央了一封先容⓫的薦書，備了一副盛禮去謁徐公。徐公接見了，見

---

❾ 十惡大罪：指謀反、謀大逆、謀叛、惡逆、不道、大不敬、不孝、不睦、不義、內亂十大罪狀，自隋代開皇間創設。

❿ 浙江司郎中：刑部中，分司浙江地區案件的主管官員。

他會說會笑，頗覺相得。自此頻頻去見，漸漸廝熟。

正無個機會處，忽一日，捕盜衙門附押海盜二十餘人，解到刑部定罪。老人上前打聽，知有兩個蘇州人在內。老人點頭大喜！自言自語道：「計在此了。」次日，整備筵席，寫帖請徐公飲酒。不踰時，酒筵完備。徐公乘轎而來。老人笑臉相迎，定席以後，說些閒話。飲至更深時分，老人屏去眾人，便將百兩銀子託出，獻與徐公。徐公喫了一驚，問其緣故。老人道：「今有舍親王某，被陷在本縣獄中，伏乞周旋。」徐公道：「苟可效力，敢不從命。只是事在彼處，難以為謀。」老人道：「不難，不難！王某只為與李乙有讐。今李乙被殺，未獲兇身，故此遭誣下獄。昨見解到貴部海盜二十餘人，內二人蘇州人也。今但逼勒二盜，要他自認做殺李乙的，則二盜總是一死，未嘗加罪；舍親王某已沐再生之恩了。」徐公許諾，輕輕收過銀子，親放在扶手匣裏面。喚進從人，謝酒乘轎而去。

老人又密訪著二盜的家屬，許他重謝，先送過一百兩銀子。二盜也應允了。到得會審之時，徐公喚二盜近前，開口問道：「你們曾殺過多少人？」二盜即招某時某處殺某人，某月某日夜間到李家殺李乙。徐公寫了口詞，把諸盜收監，隨即疊成文案。鄒老人便使用書房行文書抄招到長洲縣知會⑫。就是他帶了文案⑬，別了徐公，竟回蘇州，到長洲縣當堂投了。知縣拆開看，見殺李乙的已有了主名，便道：「王

⑪ 先容：自史記魯仲連鄒陽列傳「蟠木根柢，輪囷離詭，而為萬乘器者何？則以左右先為之容也」引申，意謂託人先行引薦介紹。原指先加修飾。

⑫ 知會：通知；照會。

⑬ 文案：衙門中專理文字的幕友。

甲果然屈招。」正要取監犯查放，忽見王小二進來叫喊訴冤。知縣信之不疑，喝叫監中取出王甲，登時釋放。蔣氏聞知這一番說話，沒做理會處，也只道前日夜間果然自己錯認了，只得罷手。

卻說王甲，得放還家，歡歡喜喜，搖擺進門。方纔到得門首，忽然一陣冷風，大叫一聲道：「不好了！李乙哥在這裏了！」驀然倒地，叫喚不醒，霎時氣絕，嗚呼哀哉！有詩為證：

鬍臉閻王本認真，殺人償命在當身。
暗中假換天難騙，堪笑多謀鄒老人。

前邊說的人命，是將真作假的了；如今再說一個將假作真的。只為些些的小事，被奸人暗算，弄出天大一場禍來。若非天道昭昭，險些兒死於非命！正是：

福善禍淫，昭彰天理。
欲害他人，先傷自己。

話說國朝成化⓮年間，浙江溫州府永嘉縣，有個王生名杰，字文豪，娶妻劉氏。家中止有夫妻二人，生一女兒，年方二歲。內外安童、養娘數口，家道亦不甚豐富。王生雖是業儒，尚不曾入泮，只在家中

⓮成化：明憲宗朝年號，西元一四六五至一四八七年。

誦習，也有時出外結友論文。那劉氏勤儉作家，甚是賢慧，夫妻彼此相安。忽一日，正遇暮春天氣，二三友人拉了王生，往郊外踏青遊賞。但見：

遲遲麗日，拂拂和風。紫燕黃鶯，綠柳叢中尋對偶；狂蜂浪蝶，夭桃隊裏覓相知。王孫公子興高時，無日不來尋酒肆；艷質嬌姿心動處，此時未免露閨容。須叫殘醉可重扶，幸喜落花猶未掃。

王生看了春景融和，心中歡暢，喫個薄醉，取路回家裏來。只見兩個家僮，正和一個人門首喧嚷。原來那人是湖州客人，姓呂，提著竹籃賣薑。只為家僮要少他的薑價，故此爭執不已。王生問了緣故，便對那客人道：「如此價錢，也好賣了。如何只管在我家門首喧嚷，好不曉事！」那客人是個戇直的人，便回話道：「我們小本經紀，如何要打短我的？相公須放寬洪大量些，不該如此小家子相！」王生乘著酒興，大怒起來，罵道：「那裏來這老賊驢？輒敢如此放肆，把言語衝撞我！」走近前來，連打了幾拳，一手推將去。不想那客人是中年的人，有痰火病的，就這一推裏，一交跌去，一時悶倒在地。正是：

身如五鼓銜山月，命似三更油盡燈。

大抵為人，最不可使性，況且這小人買賣，不過爭得一二個錢，有何大事？常見大人家強梁僮僕，每每借著勢力，動不動欺打小民。到得做出事來，又是家主失了體面。所以有正經的，必然嚴行懲戒。

只因王生不該自己使性，動手打他，所以到底為此受累。話休煩絮。

且說王生，當下見客人悶倒，喫了一大驚，把酒意都驚散了。連忙喝叫扶進廳來眠了，將茶湯灌將下去。不踰時，甦醒轉來。王生對客人謝了個不是，討些酒飯與他喫了。又拿出白絹一疋與他，權為調理之資。那客人回嗔作喜，稱謝一聲，望著渡口去了。若是王生有未卜先知的法術，慌忙向前攔腰抱住，扯將轉來，就養他在家半年兩個月，也是情願。不到得惹出飛來橫禍！只因這一去，有分教正是：

雙手撒開金線網，從中⑮釣出是非來。

那王生見客人已去，心頭尚自跳一個不住。走進房中，與妻子說了，道：「幾乎做出一場大事來，僥倖僥倖！」此時，天已晚了。劉氏便叫丫鬟擺上幾樣菜蔬，盪熱酒與王生壓驚。飲過數盃，只聞得外邊叩門聲甚急，王生又喫一驚。掌燈出來看時，卻是渡頭船家周四，手中拿了白絹竹籃，倉倉皇皇對王生說道：「相公，你的禍事到了！如何做出這人命來？」唬得王生面如土色，只得再問緣由。周四道：「相公可認得白絹、竹籃麼？」王生看了道：「今日有個湖州的賣薑客人到我家來。這白絹是我送他的。這竹籃正是他盛薑之物，如何卻在你處？」周四道：「下晝⑯時節，是有一個湖州姓呂的客人，叫我的船過渡。到得船中，痰火病大發，將次⑰危了。告訴我道被相公打壞了。他就把白絹、竹籃交付與我做

⑮ 從中：二字原缺，據同文堂本補。
⑯ 下晝：下午。吳語。

個證據，要我替他告官，又要我到湖州去報他家屬，前來伸冤討命。說罷，瞑目死了！如今屍骸尚在船中，船已撐在門首河頭了。且請相公自到船中看看，憑相公如何區處。」王生聽了，驚得目睜口呆，手麻腳軟，心頭恰像有個小鹿兒撞來撞去的。口裏還只得硬著膽道：「那有此話！」背地叫人走到船裏看時，果然有一個死屍骸。王生是虛心病的，慌了手腳，跑進房中，與劉氏說知。劉氏道：「如何是好？」

王生道：「如今事到頭來，說不得了。只是買求船家，要他乘此暮夜，將屍首設法過了，方可無事。」

王生便將碎銀一包，約有二十多兩，袖在手中，出來對船家說道：「家長⑱不要聲張。我與你從長計議。事體是我自做得不是了，卻是出於無心的。你我同是溫州人，也須有些鄉里之情，何苦倒為著別處人報讐？況且報得讐來，與你何益？不如不要提起，待我出些財禮與你，求你把此屍載到別處拋棄了。黑夜裏誰人知道？」船家道：「拋棄在那裏？倘若明日有人認出來，追究根原，連我也不得乾淨。」王生道：「離此不數里，就是我先父的墳塋，極是僻靜。你也是認得的。乘此暮夜無人，就煩你船載到那裏，悄悄地埋了。人不知，鬼不覺。」周四道：「相公的說話，甚是有理。卻怎麼樣謝我？」王生將手中之物，出來與他。船家嫌少道：「一條人命，雖道值得這些些銀子？今日湊巧死在我船中，也是天與我的一場小富貴！一百兩銀子須是少不得的。」王生只要完事，不敢違拗，點點頭進去了一會，將著些現銀及衣裳首飾之類，取出來遞與周四道：「這些東西，約莫有六十金了。家下貧寒，望你將就包容罷了。」周四見有許多東西，便自口軟了道：「罷了，罷了！相公是讀書之人，只要時常看覷我就是。不敢計較。」

⑰ 將次：將近。

⑱ 家長：當是「駕長」的轉化，對駕船人的敬稱。

王生此時是情急的，正是：

得他心肯日，是我運通時。

心中已自放下幾分。又擺出酒飯與船家喫了。隨即喚過兩個家人，分付他尋了鋤頭鐵鈀之類。內中一個家人，姓胡。因他為人兇狠，有些力氣，都稱他做「胡阿虎」！當下一一都完備了，一同下船到墳上來。揀一塊空地，掘開泥土，將屍首埋藏已畢，又一同上船回家裏來。整整弄了一夜，漸漸東方已發動了。隨即又請船家喫了早飯，作別而去。王生教家人關了大門，各自散訖。

王生獨自回進房來，對劉氏說道：「我也是個故家⑲子弟，好模好樣的，不想遭這一場，反被那小人逼勒。」說罷，淚如雨下。劉氏勸道：「官人，這也是命裏所招，應得受些驚恐，破此財物，不須煩惱。今幸得靠天，太平無事，便是十分僥倖了！辛苦了一夜，且自將息將息。」當時又討些茶飯與王生喫了，各各安息不題。過了數日，王生見事體平靜，又買些三牲福物之類，拜獻了神明祖宗。那周四不時的來假做探望。王生殷殷勤勤待他，不敢衝撞些小。借掇勉強應承。周四已自從容了，賣了渡船，開著一個店鋪，自此無話。

看官聽說，王生到底是個書生，沒甚見識。當日既然買囑船家，將屍首載到墳上，只該聚起乾柴，一把火焚了，無影無蹤，卻不乾淨？只為一時沒有主意，將來埋在地中，這便是斬草不除根，萌芽春再

⑲ 故家：世家大族。

發。又過了一年光景，真個「濃霜偏打無根草，禍來只奔福輕人」！那三歲的女兒，出起極重的痘子來。求神問卜，請醫調治，百無一靈。王生只有這個女兒，夫妻鍾愛，十分不捨。終日守在床邊啼哭，束手待斃。忽有人傳說：本縣有個小兒科，姓徐，有起死回生手段。王生便與劉氏商議，寫下請帖，連夜喚將胡阿虎來分付道：「你可五鼓動身，拿此請帖去請徐先生早來看痘。我家裏一面擺著午飯，立等，立等！」胡阿虎應諾去了。當夜無話。

次日，王生整備了午飯，直等至未申時，杳不見來。不覺的又過了一日。到床前看女兒時，只是有增無減。捱至三更時分，那女兒只有出的氣，沒有入的氣，告辭父母，往閻家裏去了。正是：

金風吹柳蟬先覺，暗送無常死不知。

王生夫妻就如失了活寶一般，各各哭得發昏。當時盛殮已畢，天明以後，將屍焚化。到得午牌時分，只見胡阿虎來家，回覆道：「徐先生不在家裏，又守了大半日，故此到今日方回。」王生垂淚道：「可見我家女兒命該如此，這般不湊巧。」直到數日之後，奴伴中說出實話來，卻是胡阿虎路上飲酒沉醉，失去請帖，故此直挨至次日方回，造此一場大謊。王生聞知，思念女兒，勃然大怒。頓時喚進胡阿虎，取出竹片要打。胡阿虎道：「我又不曾打殺了人，何須如此？」王生聞得這話，一發怒從心上起，惡向膽邊生，連忙叫家僮扯將下去，一氣打了五十多板，方纔住手，自進去了。胡阿虎打得皮開肉綻，拐呀拐的走到自己房裏來，恨恨的道：「為甚的受這般鳥氣？你女兒痘子本是沒救的了，難道是我不接得郎中⑳斷送了他？不值得將我這般毒打。可恨！可恨！」又想了一回，道：「不妨事！大頭在我手裏。且待我將息棒瘡好了，也叫他看我的手段！不知還是井落在吊桶裏，吊桶落在井裏。如今且不要露風聲，等他先做了整備。」正是：

勢敗奴欺主，時衰鬼弄人。

不說胡阿虎暗生奸計。再說王生自女兒死後，不覺一月有餘。親眷朋友每每備了酒餚與他釋淚，他也漸不在心上了。忽一日，正在廳前閒步，只見一班應捕擁將進來，帶了麻繩鐵索，不管三七二十一，望王生頸上便套。王生喫一驚，問道：「我是個儒家子弟，怎把我這樣淩辱，卻是為何？」應捕呸了一呸，道：「好個殺人害命的儒家子弟！官差吏差，來人不差。你自到太爺面前去講。」當時，劉氏與家僮婦女聽得，正不知甚麼事情發了，只好立著呆看，不敢向前。此時，不繇王生做主。那一夥如狼似虎的人，前拖後扯，帶進永嘉縣來，跪在堂下。右邊卻有個原告跪在左邊。王生抬頭看時，不是別人，正是家人胡阿虎。已曉得是他懷恨在心，出首的了。那知縣明時佐開口問道：「今有胡阿虎，首你打死湖州客人姓呂的，怎麼說？」王生道：「青天老爺，不要聽他說謊。念王杰弱怯怯的一個書生，如何會得打死人？那胡虎原是小的家人，只為前日有過，將家法痛治一番，為此懷恨，搆此大難，望爺臺洞察。」胡阿虎叩頭道：「青天爺爺，不要聽這一面之詞。家主打人，自是常事，如何懷得許多恨？如今屍首現

⑳郎中：宋代以來醫生的俗稱。

在墳塋左側，萬乞老爺差人前去掘取。只看有屍是真，無屍是假。若無屍時，小人情願認個誣告的罪。」

知縣依言，即便差人押去起屍。胡阿虎又指點了地方尺寸。不踰時，果然抬個屍首到縣裏來。知縣親自起身相驗，說道：「有屍是真，再有何說？」正要將王生用刑，王生道：「老爺聽我分訴。那屍骸已是腐爛的了，須不是日前打死的。若是打死多時，何不當時就來首告，直待今日？分明是胡虎那裏尋這屍首，霹空誣陷小人的。」知縣道：「也說得是。」胡阿虎道：「這屍首實是一年前打死的。因為主僕之情，有所不忍。況且以僕首主，先有一款罪名，故此含藏不發。如今不想家主行兇不改，小的恐怕再做出事來，以致受累，只得重將前情首告。老爺若不信時，只須喚那四鄰八舍到來，問去年某月日間果然曾打死人否？即此便知真偽了。」

知縣又依言。不多時，鄰舍喚到。知縣逐一動問，果然說去年某月日間，有個薑客被王家打死，暫時救醒，以後不知何如。王生此時，被眾人指實，顏色都變了。把言語來左支右吾。知縣道：「情真罪當，再有何言？這廝不打，如何肯招？」疾忙抽出籤來，喝一聲：「打！」兩邊皂隸吆喝一聲，將王生拖翻著力打了二十板。可憐瘦弱書生，受此痛棒拷掠。王生受苦不過，只得一一招成。知縣錄了口詞，說道：「這人雖是他打死的，只是沒有屍親執命，未可成獄。且一面收監，待有了認屍的，定罪發落。」隨即將王生監禁獄中，屍首依舊抬出埋藏，不得輕易燒毀，聽後檢償。發放眾人散訖，退堂回衙。那胡阿虎道是私恨已洩，甚是得意。不敢回王家見主母，自搬在別處住了。

卻說王家家僮們在縣裏打聽消息，得知家主已在監中，唬得兩耳雪白，奔回來報與主母。劉氏一聞此信，便如失去了三魂，大哭一聲，望後便倒。

未知性命何如？先是四肢不動。

丫鬟們慌了手腳，急急叫喚。那劉氏漸漸醒將轉來，叫聲：「官人！」放聲大哭。足有兩個時辰，方纔歇了。疾忙收拾些零碎銀子，帶在身邊。換了一身青衣，叫一個丫鬟隨了，分付家僮在前引路，竟投永嘉縣門首來。夫妻相見了，痛哭失聲。王生又哭道：「卻是阿虎這奴才，害得我至此！」劉氏咬牙切齒，恨恨的罵了一番，便在身邊取出碎銀，付與王生道：「可將此散與牢頭獄卒，叫他好好看覷，免致受苦。」王生接了。天色昏黑，劉氏只得相別，一頭啼哭，取路回家。胡亂用些晚飯，悶悶上床。思量：「昨夜與官人同宿，不想今日遭此禍事，兩地分離。」不覺又哭一場，悽悽慘慘睡了不題。

卻說王生，自從到獄之後，雖則牢頭禁子受了財錢，不受鞭箠之苦，卻是相與的都是那些蓬頭垢面的囚徒，心中好不苦楚。況且大獄未決，不知死活如何？雖則有人殷勤送衣送飯，到底不免受些飢寒之苦，身體日漸羸瘠㉑了。劉氏又將銀來買上買下，思量保他出去。又道是人命重事，不輕易放，只得在監中耐守。光陰似箭，日月如梭。王生在獄中，又早懨懨的挨過了半年光景。勞苦憂愁，染成大病。劉氏求醫送藥，百般無效，看看待死。

一日，家僮來送早飯。王生望著監門分付道：「你可回去對主母說，我病勢沉重不好，旦夕必要死了。叫主母可作急來一看，我從此要永訣了。」家僮回家說道。劉氏心慌膽戰，不敢遲延，疾忙顧了一乘轎，飛也似抬到縣前來。離縣數步下了轎，走到獄門首，與王生相見了，淚如湧泉，自不必說。王生

㉑ 羸瘠：瘦弱。

道：「愚夫不肖，誤傷人命，以致身陷縲絏㉒，辱我賢妻。今病勢有增無減了，得見賢妻一面，死也甘心。但只是胡阿虎這個逆奴，我就到陰司地府，決不饒過他的！」劉氏含淚道：「官人不要說這不祥的話，且請寬心調養。人命既是誤傷，又無苦主㉓。奴家匡㉔得賣盡田產，救取官人出來，夫妻完聚。阿虎逆奴，天理不容！到底有個報讎日子，也不要在心。」王生道：「若得賢妻如此用心，使我重見天日，我病體也就減幾分了。但恐弱質懨懨，不能久待。」劉氏又勸慰了一番，哭別回家，坐在房中納悶。僮僕們自在廳前鬥牌耍子，只見一個半老的人，挑了兩個盒子，竟進王家裏來。放下扁擔，對家僮問道：「相公在家麼？」只因這個人來，有分教：負屈寒儒，得遇秦庭朗鏡㉕；行兇詭計，難逃蕭相明條㉖。

有詩為證：

> 湖商自是隔天涯，舟子無端起禍胎。
> 指日王生冤可白，災星換做福星來。

㉒ 縲絏：音ㄌㄟˊ ㄒㄧㄝˋ。牢獄。自綑綁犯人的繩索引申。

㉓ 苦主：命案中被害人的家屬。

㉔ 匡：此處作虧損。

㉕ 秦庭朗鏡：典出晉葛洪西京雜記，謂秦始皇咸陽宮有寶鏡，能照見五臟，辨察心靈。此處用喻官吏賢明，能公正斷案，平冤決獄。

㉖ 蕭相明條：指漢初丞相蕭何制定的條文法令。

那些家僮見了那人，仔細看了一看，大叫道：「有鬼！有鬼！」東逃西竄。你道那人是誰？正是一年前來賣薑的，是湖州呂客人！那客人忙扯住一個家僮問道：「我來拜你家主，如何說我是鬼？」劉氏聽得廳前喧鬧，走將出來。呂客人上前唱了個喏，說道：「大娘聽禀：老漢湖州薑客呂大是也。前日承相公酒飯，又贈我白絹，感激不盡。別後到了湖州；這一年半裏邊，又到別處做些生意。如今重到貴府走走，特地辦些土宜㉗來探望你家相公。不知你家阿官們如何說我是鬼？」傍邊一個家僮嚷道：「大娘不要聽他！一定得知道大娘要救官人，故此出來現形索命。」劉氏喝退了，對客人說道：「這等說起來，你真不是鬼了。你害得我家丈夫好苦！」呂客人喫了一驚，道：「你家相公在那裏？怎的是我害了他？」劉氏便將周四如何撐屍到門，說留絹籃為證，丈夫如何買囑船家，將屍首埋藏，胡阿虎如何首告丈夫招承下獄的情由，細細說了一遍。

呂客人聽罷，捶著胸膛道：「可憐！可憐！天下有這等冤屈的事。去年別去，下得渡船，那船家見我的白絹，問及來由，我不合將相公打我垂危，留酒贈絹的事情備細說了一番。他就要買我白絹。我見價錢相應即時賣了。他又要我的竹籃兒。我就與他作了渡錢。不想他賺得我這兩件東西，下這般狠毒之計。老漢不早到溫州，以致相公受苦。果然是老漢之罪了！」劉氏道：「今日不是老客人來，連我也不知丈夫是冤枉的。那絹兒、籃兒是他騙去的了。這死屍卻是那裏來的？」呂客人想了一回道：「是了！是了！前日正在船中說這事時節，只見水面上一個屍骸浮在岸邊。我見他注目而視，也只道出於無心，誰知因此就生奸計了。好狠！好狠！如今事不宜遲，請大娘收進了土宜，與老漢同到永嘉縣訴冤，救相

㉗ 土宜：土產。

公出獄，此為上著。」劉氏依言，收進盤盒，擺飯請名客人。他本是儒家之女，精通文墨，不必假借訟師，就自己寫了一紙訴狀，僱乘女轎，同呂客人及僮僕等，取路投永嘉縣來。

等了一會，知縣升晚堂了。劉氏與呂大大聲叫屈，遞上訴詞。知縣接上，從頭看過。先叫劉氏起來問。劉氏便將丈夫爭價誤毆、船家撐屍得財、家人懷恨出首的事，從頭至尾，一一分剖。又說：「直至今日，薑客重來，纔知受枉。」知縣又叫呂大起來問。呂大也將被毆始末、賣絹根由，一一說了。知縣道：「莫非你是劉氏買出來的？」呂大叩頭道：「爺爺！小的雖是湖州人，在此為客多年，也多有相識的在這裏。如何瞞得老爺過？當時若果然將死，何不央船家尋個相識來見一見，託他報信復讐，卻將來託與一個船家？這也還道是臨危時節，無暇及此了。身死之後，難道湖州再沒有個骨肉親戚？見我久出不歸，也該有人來問個消息。若查出被毆傷命，就該到府縣告理；如何直待一年之後，反是王家家人首告？小人今日纔到此地，見有此一場屈事。那王杰雖不是小人陷他，其禍都因小人而起，實是不忍他含冤負屈，故此來到臺前控訴。乞老爺筆下超生！」知縣道：「你既有相識在此，可報名來。」呂大將指頭說出十數個。知縣一一將來記了。卻倒把後邊的點出四名，喚兩個應捕上來，分付道：「你可悄悄地喚他，同做證見的鄰舍來。」應捕隨應命去了。

不踰時，兩夥人齊喚了來。只見那相識的四人，遠遠地望見呂大，便一齊道：「這是湖州呂大哥！如何在這裏？一定前日原不曾死。」知縣又叫鄰舍人近前細認，都駭然道：「我們莫非眼花了？這分明是被王家打死的薑客！不知還是到底救醒了，還是面龐廝像的？」內中一個道：「天下那有這般相像的理？我的眼睛一看過，再不忘記！委實是他，沒有差錯。」此時，知縣心裏已有幾分明白了。即便批准訴狀，叫起這一干人分付道：「你們出去，切不可張揚。若違我言，拿來重責！」眾人唯唯而退。知縣隨即喚幾個應捕分付道：「你們可密訪著船家周四，用甘言美語喚他到此，不可說出實情。那原首人胡虎，自有保家，俱到明日午後，帶齊聽審。」應捕應諾，分頭而去。知縣又發付劉氏、呂大回去，到次日晚堂伺候。二人叩頭同去。劉氏引呂大到監門前見了王生，把上項事情盡說了。王生聞得，滿心歡喜，卻似醍醐灌頂㉘，甘露㉙灑心，病體已減去六七分了。說道：「我初時只怪阿虎，卻不知船家如此狠毒。今日不是老客人來，連我也不知自己是冤枉的。」正是：

雪隱鷺鷥飛始見，柳藏鸚鵡語方知。

劉氏別了王生，出縣回家，款待呂大，自不必說。次日午前，便同呂大到縣裏來伺候。知縣升了堂。不多時，只見兩個應捕將周四帶到。原來那周四自得了王生銀子，在本縣開個布店。應捕得了知縣的令，對他說本縣大爺要買布，即時哄到縣堂上來。也是天理合當敗露！不意之中，猛抬頭見了呂大，不覺兩耳通紅。呂大叫道：「家長哥！自從買我白絹、竹籃，一別直到今日。這幾時生意好麼？」周四頓口無言，面如槁木㉚。少頃，胡阿虎也取到了。原來胡阿虎搬在他方，近日偶回縣中探親，不期應捕正遇著

㉘醍醐灌頂：佛家語，謂以智慧灌輸於人，使致醒悟。醍醐，音ㄊㄧˊ ㄏㄨˊ。自牛奶中提煉出的精華。

㉙甘露：此處用指佛教中如來的教法如降甘雨。

㉚槁木：語出莊子齊物論：「形固可使如槁木，而心固可使如死灰乎？」謂面無人色，有如枯木。

他，便上前搗個鬼道：「你家家主人命事，已有苦主了，只待原首人來，即便審決。我們那一處不尋得到？」胡阿虎認真，歡歡喜喜，隨著公人，直至縣堂跪下。知縣指著呂大問道：「你可認得那人？」胡阿虎仔細一看，喫了一驚！心下好生躊躇委決不下㉛，一時不能回答。

知縣將兩人光景一一看在肚裏了。指著胡阿虎大罵道：「你這個狼心狗行的奴才！家主有何負你？直得便與船家同謀，覓這假屍誣陷人命。」胡阿虎道：「其實是家主打死的，小人並無虛謬。」知縣怒道：「還要口強！呂大既是死了，那堂下跪的是甚麼人？」喝叫左右：「夾將起來！快快招出奸謀便罷。」胡阿虎被夾，大喊道：「爺爺！若說小人不該懷恨在心，首告家主，小人情願認罪；若要小人招做同謀，便死也不甘的！當時家主不合打倒了呂大，即刻將湯救醒與了酒飯，贈了白絹，自往渡口去了。是夜二更天氣，只見周四撐屍到門，又有白絹竹籃為證，合家人都信了。家主卻將錢財買住了船家，與小人同載至墳塋埋訖。以後因家主毒打小人，挾了私讐，到爺爺臺下首告，委實不知這屍真假。今日不是呂客人來，連小人也不知是家主冤枉的。那死屍根由，都在船家身上。」

知縣錄了口語，喝退胡阿虎，便叫周四上前來問。初時也將言語支吾，卻被呂大在傍邊面對，知縣又用起刑來，只得一一招承道：「去年某月某日，呂大懷著白絹下船，偶然問起緣由，始知被毆詳細。恰好渡口原有這個死屍在岸邊浮著，小的因此生心，要詐騙王家。特地買他白絹，又哄他竹籃，就把水裏屍首撈在船上了。前到王家，誰想他一說便信。以後得了王生銀子，將來埋在墳頭。只此是真，並無虛話。」知縣道：「是便是了。其中也還有些含糊。那裏水面上恰好有個流屍，又恰好與呂大廝像，畢

㉛ 委決不下：打不定主意。

竟又從別處謀害來詐騙王生的。」周四大叫道：「爺爺，冤枉！小人若要謀害別人，何不就謀害了呂大？前日因見流屍，故此生出買絹籃的計策。心中也道面龐不像，未必哄得信。小人欺得王生一來是虛心病的，二來與呂大只見得一面，況且當日天色昏了，燈光之下，一般的死屍，誰能細辨明白？三來白絹、竹籃又是王生及薑客的東西，定然不疑，故此大膽哄他一哄。不想果被小人瞞過，並無一個人認得出真假。那屍首的來歷，想是失腳落水的。小人委實不知。」呂大跪上前稟道：「小人前日過渡時節，果然有個流屍。這話實是真情了。」知縣也錄了口語。周四道：「小人本意，只要詐取王生財物，不曾有心害他。乞老爺從輕擬罪。」知縣大喝道：「你這沒天理的狠賊！你自己貪他銀子，便幾乎害得他家破人亡。似此詭計兇謀，不知陷過多少了！我今日也為永嘉縣中除了一害。那胡阿虎身為王家奴，拿著影響之事，背恩噬主，情實可恨！合當重行責罰。」當時喝叫：「把兩人扯下！」胡阿虎重打四十，周四不計其數，以氣絕為止。不想那阿虎前日傷寒病未痊，受刑不起。也只為奴才背主，天理難容！打不上四十，死於堂前。周四直至七十板後，方才昏絕。可憐二惡兇殘，今日斃於杖下。

知縣見二人死了，責令屍親前來領屍。監中取出王生，當堂釋放。又抄取周四店中布疋，估價一百金，原是王生被詐之物，倒該入官。因王生是個書生，屈陷多時，憐他無端，改贓物做了給主，也是知縣好處。墳傍屍首，掘起驗時，手爪有沙，是個失水的。無有屍親，責令仵作埋之義塚。

王生等三人，謝了知縣出來。到得家中，與劉氏相持，痛哭了一場。又到廳前，與呂客人重新見禮。那呂大見王生為他受屈，王生見呂大為他辨誣，俱各致個不安，互想感激。這叫做不打不成相識。以後遂不絕往來。王生自此戒了好些氣性，就是遇著乞兒，也只是一團和氣。感憤前情，思想榮身雪恥，閉戶讀書，不交賓客。十年之中，遂成進士。

所以說：為官做吏的人，千萬不可草菅人命，視同兒戲。假如王生這一樁公案，惟有船家心裏明白。不是薑客重到溫州，家人也不知家主受屈，妻子也不知道丈夫受屈，本人也不知自己受屈。何況公庭之上，豈能盡照覆盆32？慈祥君子，須當以此為戒。

囹圄刑措號仁君，吉網羅鉗33最枉人！
寄語昏污諸酷吏，遠在兒孫近在身。

32 覆盆：謂不白之冤。晉葛洪抱朴子有「三光不照覆盆之內」語。

33 吉網羅鉗：典出舊唐書羅希奭傳，謂李林甫為相時，屢興大獄陷害忠直之士，御史羅希奭、吉溫每承李林甫之意動以酷刑，受害者無一免禍。世稱「羅鉗吉網」。

第三十卷　念親恩孝女藏兒

子息❶從來天數，原非人力能為。
最是無中生有，堪令耳目新奇。

話說元朝時，都下有個李總管❷，官居三品，家業巨富。年過五十，不曾有子。聞得樞密院東，有個算命的，開個鋪面，談人禍福，無不奇中。總管試往一算。於時衣冠滿座，多在那裏候他挨次推講。總管對他道：「我之祿壽，已不必言。最要緊的，只看我有子無子。」算命的推了一回，笑道：「公已有子了，如何哄我？」總管道：「我實不曾有子，所以求算；豈有哄汝之理！」算命的把手輪了一輪道：「公年四十，即已有子。今年五十六了，尚說無子，豈非哄我？」一個爭道：「實不曾有！」一個爭道：「決已有過！」遞相爭執。同座的人，多驚訝起來，道：「這怎麼說？」算命的道：「在下不曾差待，此公自去想。」只見總管沉吟了好一會，拍手道：「是了！是了！我年四十時，一婢有娠，我以職事赴

❶ 子息：子孫。
❷ 總管：官名。此處當指中央管理某項事務的長官，與鎮守地方的總管不同。

上都❸。到得歸家，我妻已把來賣了。今不知他去向。若說四十上該有子，除非這個緣故。」算命的道：「我說不差。公命不孤，此子仍當歸公。」總管把錢相謝了，作別而出。

只見適間同在座上，問命的一個千戶，也姓李，邀總管入茶坊坐下，說道：「適間聞公與算命的所說之話，小子有一件疑心，敢問個明白。」總管道：「有何見教？」千戶道：「小可❹是南陽人。十五年前，也不曾有子，因到都下買得一婢，卻已先有孕的。帶得到家，吾妻適也有孕。前後一兩月間，各生一男，今皆十五六歲了。適間聽公所言，莫非是公的令嗣麼？」總管就把婢子容貌、年齒之類，兩相質問，無一不合。因而兩邊各通了姓名、住址，大家說個：「容拜。」各散去了。總管歸來，對妻說知其事。妻當日悍妬，做了這事。而今見夫無嗣，也有些懊悔哀憐，巴不得是真。

次日，邀千戶到家，敘了同姓，認為宗譜❺，盛設款待。約定日期到他家裏去認看。千戶先歸南陽，總管給假前往，帶了許多東西去餽送與千戶。並他妻子、僕妾，多有禮物。坐定了，千戶道：「小可歸家問明，此婢果是宅上出來的。」因命二子出拜。只見兩個十五六的小官人，一齊走出來，一樣打扮，氣度也差不多。總管看了，不知那一個是他兒子？請問千戶，求說明白。千戶笑道：「公自認看，何必我說。」總管仔細相了一回，天性感通，自然識認。前抱著一個道：「此吾子也。」千戶點頭笑道：「果

---

❸上都：地名。本蒙古汗國開平府，中統五年（西元一二六四年）加號上都，至元五年（西元一二六八年）置上都路總管府，見元史地理志一。治所在今內蒙古正藍旗兆乃曼蘇默。

❹小可：自己的謙稱。

❺認為宗譜：認作同族，即「通譜」。

然不差！」於是父子相持而哭。傍觀之人，無不墮淚。千戶設宴與總管賀喜，大醉而散。

次日，總管答席，就借設在千戶廳上。酒間，千戶對總管道：「小可既還公令郎了，豈可使令郎母子分離？並令其母奉公同還何如？」總管喜出望外，稱謝不已。就攜了母子，同回都下。後來通籍❻承廕，官也至三品，與千戶家往來不絕。可見人有子無子，多是命裏注定的。李總管自己已信道無兒了，豈知被算命的看出有子，到底得以團圓。可知是逃那命裏不過。

小子為何說此一段話？只因一個富翁，也犯著無兒的病症，豈知也係有兒，被人藏過。後來一旦識認，喜出非常，關了許多骨肉親疏的關目在裏頭。聽小子從容表白出來。正是：

越親越熱，不親不熱。附葛攀藤，總非枝葉。奠酒澆漿❼，終須骨血。如何妬婦，忍將嗣絕！必是前生，非常冤業。

話說婦人心性，最是妬忌。情願看丈夫無子絕後，說著買妾置婢，抵死也不肯的。就有個把被人勸化，勉強依從，到底心中只是有些嫌忌，不甘伏的。就是生下了兒子，是親丈夫一點骨血，又本等他做大娘，還道是「隔重肚皮隔重山」，不肯便認做親兒一般。更有一等狠毒的，偏要算計了絕，方纔快活的。及至女兒嫁得個女婿，分明是個異姓，無關宗支的，他偏要認做親的，足見偏心。為他倒勝如丈夫親子

❻ 通籍：此處當指把姓名、年齡、籍貫及與官員的血緣關係呈報朝廷審驗。

❼ 奠酒澆漿：上墳祭奠。

姪，豈知女生外向，雖係吾所生，到底是別家的人。至於女婿，當時就有二心，轉得背便另搭架子了。自然親一支、熱一支，女婿不如姪兒，姪兒又不如兒子。縱是前妻晚後，偏生庶養，歸根結果的親瓜葛，終久是一派，好似別人多哩！不知這些婦人們為何再不明白這個道理？

話說元朝東平府❽有個富人，姓劉名從善，年六十歲，人皆以員外呼之。媽媽李氏，年五十八歲。他有潑天也似家私，不曾生得兒子；止有一個女兒，小名叫做引姐，入贅一個女婿，姓張，叫張郎。其時張郎有三十歲，引姐二十七歲了。那個張郎極是貪小好利、刻剝之人！只因劉員外家富無子，他起心央媒入舍為婿，便道這家私久後多是他的了！好不誇張得意。卻是劉員外自己把定家私在手，沒有得放寬與他。亦且劉員外另有一個肚腸，一來他有個兄弟劉從道，同妻甯氏，亡逝已過。遺下一個姪兒，小名叫做引孫。年二十五歲，讀書知事。只是自小父母雙亡，家私蕩敗，靠著伯父度日。劉員外道是自家骨肉，另眼覷他。怎當得李氏媽媽一心只護著女兒、女婿，又且念他母親存日，妯娌不和，到底結怨在他身上，見了一似眼中之釘。虧得劉員外暗地保全，卻是畢竟礙著媽媽、女婿，不能十分周濟他，心中長懷不忍。二來員外有個丫頭，叫做小梅。媽媽見他精細，叫他近身伏侍，員外就收拾來做了偏房，已有了身孕，指望生出兒子來。有此兩件心事，員外心中不肯輕易把家私與了女婿。怎當得張郎憊賴❾，專一使心用腹❿，搬是造非。挑撥得丈母與引孫舅子日逐吵鬧。引孫當不起激聒⓫，劉員外也怕淘氣，

---

❽ 東平府：地名，轄今山東東平、平陽、陽谷、汶上、東阿諸縣。

❾ 憊賴：潑皮無賴。

❿ 使心用腹：想方法設計。

私下周給些錢鈔，叫引孫自尋個住處做營生去。引孫是個讀書之人，雖是尋得間破房子住下，不曉得別做生理，只靠伯父把得這些東西，且逐漸用去度日。眼見得一個引孫是趕去了。張郎心裏懷著鬼胎，只怕小梅生下兒女來。若生個小姨，也還只分得一半；若生個小舅，這家私就一些沒他分了！要與渾家引姐相商量，暗算那小梅。

引姐卻是個孝順的人，但是女眷家見識。若把家私分與堂弟引孫，他自道是親生女兒，有些氣不甘分⓬；若是父親生下小兄弟來，他自是喜歡的。況見父親十分指望，他也要安慰父親的心。這個念頭是真。曉得張郎不懷良心，母親又不明道理，只護著女婿，恐怕不能夠保全小梅生產，時常心下打算。恰好張郎趕逐了引孫出去，心裏得意，在渾家面前露出那要算計小梅的意思來。引姐想道：「若兩三人做了一路，算計他一人，有何難處？不爭⓭你們使嫉妬心腸，卻不把我父親的後代絕了，這怎使得？我若不在裏頭使些見識，保護這事，做了父親的罪人，留下萬代的罵名。卻是丈夫見我不肯做一路，怕他每背地自做出來，不若將機就計，暗地周全罷了。」

你道怎生暗地用計？原來引姐有個堂分姑娘⓮，嫁在東莊，是與引姐極相厚的，每事心腹相託。引姐要把小梅寄在他家裏去分娩，只當是託孤與他。當下來與小梅商議道：「我家裏自趕了引孫官人出去，

⓫ 激聒：嘮叨吵鬧。
⓬ 氣不甘分：心有不甘。
⓭ 不爭：此處當作「只為」。
⓮ 堂分姑娘：堂房姑母。

張郎心裏要獨占家私。姨姨，你身懷有孕，他好生嫉妬。母親又護著他。姨姨，你自己也要放精細⓯些。」小梅道：「姑娘肯如此說，足見看員外面上，十分恩德。奈我獨自一身，怎隄防得許多。只望姑娘凡百照顧則個。」引姐道：「我怕⓰不要周全？只是關著財利上事，連夫妻兩個，心肝不托著五臟的。他早晚私下弄了些手腳，我如何知道？」小梅垂淚道：「這等卻怎麼好？不如與員外說個明白，看他怎地做主。」引姐道：「員外老年之人，他也周庇得你有數⓱。況且說破了，落得大家面上不好看，越結下冤家了。你怎當得起？我倒有一計在此，須與姨姨熟商量。」小梅道：「姑娘有何高見？」引姐道：「東莊裏姑娘與我最厚。我要把你寄在他莊上，在他那裏分娩，託他一應照顧。生了兒女，就託他撫養著。衣食盤費之類，多在我身上。這邊哄著母親與丈夫，說姨姨不像意走了。他們巴不得你去的，自然不尋究。且等他把這一點要擺佈你的肚腸放寬了，後來看個機會，等我母親有些轉頭，你所養兒女已長大了，然後對員外一一說明，取你歸來。那時須奈何你不得了。除非如此，可保十全。」小梅道：「足見姑娘厚情，殺身難報！」引姐道：「我也只為不忍見員外無後，恐怕你遭了別人毒手，沒奈何背了母親與丈夫，私下和你計較⓲。你日後生了兒子，有了好處，須記得今日。」小梅道：「姑娘大恩，經板兒印在心上⓳，怎敢有忘？」兩下商議停當，看著機會，還未及行。

⓯精細：當心在意。
⓰怕：難道；何嘗。
⓱有數：有限。
⓲計較：計劃。

員外一日要到莊上收割，因為小梅有身孕，恐怕女婿生嫉妒，女兒有外心，索性把家私都託女兒、女婿管了。又怕媽媽難為小梅，請將媽媽過來，對他說道：「媽媽，你曉得借甕釀酒麼？」媽媽道：「怎地說？」員外道：「假如別人家甕兒，借將來家裏做酒。酒熟了時，就把那甕兒送還他本主去了，這不是只借得他傢伙一番？如今小梅這妮子，腹懷有孕，明日或兒或女，得一個只當是你的。那其間將這妮子或典或賣，要不要多憑得你。我只要借他肚裏生下的要緊。這不當是借甕釀酒？」媽媽見如此說，也應道：「我曉得，你說的是。我覷著他便了。你放心莊上去。」

員外叫張郎取過那遠年近歲欠他錢鈔的文書，都搬出來。便叫小梅點個燈，一把火燒了。張郎伸手火裏去搶，被火一逼，燒壞了指頭叫疼。員外笑道：「錢這般好使？」媽媽道：「借與人家錢鈔，多是幼年到今積攢下的家私，如何把這些文書燒掉了？」員外道：「我沒有這幾貫業錢，安知不已有了兒子？就是今日有得些些根芽⑳，若沒有這幾貫業錢，我也不消擔得這許多干係，別人也不來算計我了。我想財是甚麼好東西？苦苦盤算別人的做甚？不如積些陰德，燒掉了些，家裏須用不了。或者天可憐見，不絕我後，得個小廝兒也不見得。」說罷，自往莊上去了。

張郎聽見適纔丈人所言，道是暗暗裏有些侵著他，一發不像意道：「他明明疑心我要暗算小梅。我枉做好人也沒幹，何不趁他在莊上，便當真做一做？也絕了後慮。」又來與渾家商量。引姐見事體已急了，他日前已與東莊姑娘說知就裏，當下指點了小梅，竟叫他到那裏藏過，來哄丈夫道：「小梅這丫頭，

⑲ 經板兒印在心上：銘刻在心。

⑳ 些些根芽：喻指小梅懷的身孕。

看見我們意思不善，今早叫他配絨線去，不見回來，想是懷空㉑走了。這怎麼好？」張郎道：「逃走是丫頭的常事。走了也倒乾淨，省得我們費氣力。」引姐道：「只是父親知道，須要煩惱。」張郎道：「我們又不打他，不罵他，不衝撞他，他自己走了的，父親也抱怨我們不得。我們且告訴媽媽，大家商量去。」

夫妻兩個來對媽媽說了。媽媽道：「你兩個說來沒半句㉒。員外偌大年紀，見有這些兒指望，喜歡不盡，在莊兒上專等報喜哩！怎麼有這等的事？莫不你兩個做出了些甚麼歹勾當來？」引姐道：「今日絕早自家走了的，實不干我們事！」媽媽心裏也疑心道別有緣故，卻是護著女兒、女婿，也巴不得將沒作有，便認做走了也乾淨，那裏還來查著？只怕員外煩惱，又怕員外疑心，三口兒都趕到莊上與員外說。

員外見他們齊來，只道報他生兒的喜信，心下鶻突㉓。見說出這話來，驚得木呆，心裏想道：「家裏難為他不過，逼走了他，這是有的。只可惜帶了胎去。」又歎口氣道：「看起一家這等光景，就是生下兒子來，未必能夠保全。便等小梅自去尋個好處也罷了，何苦累他母子性命？」淚汪汪的，忍著氣恨命。又轉了一念，道：「他們如此算計我，則為著這些浮財。我何苦空積攢著做守財虜，倒與他們受用。我總是沒後代，趁我手裏施捨了些去也好！」懷著一天忿氣，大張著榜子，約著明日到開元寺裏，散錢與那貧難的人。張郎好生心裏不捨得，只為見丈人心下煩惱，不敢拗他。到了明日，只得帶了好些錢，一家同到開元寺裏散去。

㉑ 懷空：鑽個空子；趁機。

㉒ 說來沒半句：話說得輕鬆。

㉓ 鶻突：「胡塗」的音轉，此處含驚疑之意。鶻，音ㄏㄨˊ。

到得寺裏，那貧難的紛紛的來了。但見：

連肩搭背，絡手包頭。瘋癱的氈裹臀行，喑啞的鈴當口說。磕頭撞腦，拿差了拄拐互喧嘩；摸壁扶牆，踹錯了陰溝相怨悵。鬧熱熱攜兒帶女，苦悽悽單夫隻妻。都念道明中捨去暗中來，真叫做今朝那管明朝事。

那劉員外分付：「大乞兒一貫，小乞兒五百文。」乞兒中有個劉九兒，有一個小孩子。他與大都子商量著道：「我帶了這孩子去，只支得一貫。我叫孩子自認做了一戶，多落他五百文。你在傍做個證見，幫襯一聲。騙得錢來，我兩個分了買酒喫。」果然去報了名，認做兩戶。張郎問道：「這小的另是一家麼？」大都子傍邊答應道：「另是一家。」就分與他五百錢。劉九兒都拿著去了。大都子要來分他的，劉九兒道：「這孩子是我的，怎生分得我錢？你須學不得我有兒子！」大都子道：「我和你說定的，你怎生多要了？你有兒的便這般強橫！」兩個打將起來。劉員外問知緣故，叫張郎勸他。怎當得劉九兒不識風色，指著大都子千絕戶萬絕戶的罵道：「我有兒子，是請得錢，干你這絕戶的甚事？」張郎臉兒掙得通紅，止不住他的口。劉員外已聽得明白，大哭道：「俺沒兒子的，這等沒下稍！」悲哀不止。連媽媽、女兒傷了心，一齊都哭將起來。張郎沒做理會處。

散罷，只見一個人落後走來，望著員外、媽媽施禮。你道是誰？正是劉引孫。員外道：「你為何到此？」引孫道：「伯伯、伯娘，前與姪兒的東西，日逐盤費，用度盡了。今日聞知在這裏散錢，特來借些使用。」員外礙著媽媽在傍，看見媽媽不做聲，就假意道：「我前日與你的錢鈔，你怎不去做些營生，便是這樣沒了?」引孫道：「姪兒只會看幾行書，不會做甚麼營生。日日喫用，有減無增，所以沒了。」員外道：「也是個不成器的東西！我那有許多錢夠你用?」狠狠要打。媽媽假意相勸。招姐與張郎對他道：「父親惱哩！舅舅走罷。」引孫只不肯去，苦要求錢。員外將條拄杖，一直的趕將出來。他們都認是真，也不來勸。

引孫前走，員外趕去。走上半里路來，連引孫也不曉其意，道：「怎生伯伯也如此做怪起來?」員外見沒了人，纔叫他一聲：「引孫！」引孫撲的跪倒。員外撫著哭道：「我的兒！你伯父沒了兒子，受別人的氣。我親骨血只看得你。你伯娘雖然不明理，卻也心慈的，只是婦人一時偏見，不看得破。不曉得別人的肉偎不熱。那張郎不是良人！須有日生分起來。我好歹勸化你伯娘轉意。你只要時節邊勤勤到墳頭上去看看，只一兩年間，我著你做個大大的財主。今日靴裏有兩錠鈔，我瞞著他們，只做趕打，將來與你。你且拿去盤費兩日。把我說的話，不要忘了！」引孫領諾而去。員外轉來，收拾了家去。

張郎見丈人散了許多錢鈔，雖也心疼，卻道自今以後家財再沒處走動，也儘夠著他了，未免志得意滿。自繇自主要另立個鋪排，把張家來出景㉔。漸漸把丈人、丈母放在腦後，倒像人家不是劉家的一般。劉員外固然看不得，連那媽媽積祖㉕護他的，也有些不伏氣起來。虧得女兒引姐著實在裏邊調停。怎當得男子漢心性硬劣，只逞自意，那裏來顧前管後?亦且女兒家順著丈夫，日逐慣了，也漸漸有些隨著丈

㉔ 出景：出頭。此處含取代劉家以家主身份自居之意。
㉕ 積祖：這裏作「一向」解。

夫路上來了，自己也不覺得的，當不得有心的看不過。

一日，時遇清明節令，家家上墳祭祖。張郎既掌把了劉家家私，少不得劉家祖墳要張郎支持去祭掃。張郎端正了春盛㉖擔子，先同渾家到墳上去。每年劉家上墳已過，張郎然後到自己祖墳上去。此年張郎自家做主，偏要先到張家祖墳上去。招姐道：「怎麼不照舊先在俺家的墳上，等爹媽來上過了再去？」張郎道：「你嫁了我，連你身後也要葬在張家墳裏，還先上張家墳是正禮。」招姐拗丈夫不過，只得隨他先去上墳不題。

那媽媽同劉員外已後起身到墳上來。員外問媽媽道：「他們想已到那裏多時了。」媽媽道：「這時張郎已擺設得齊齊整整，同女兒在那裏等了。」到得墳前，只見靜悄悄地絕無影響。看那墳頭，已有人挑些新土蓋在上面了。也有些紙錢灰與酒澆的濕土在那裏。劉員外心裏，明知是姪兒引孫到此過了，故意道：「誰曾在此先上過墳了？」對媽媽道：「這又作怪！女兒、女婿不曾來，誰上過墳？難道別姓的來不成？」又等了一回，還不見張郎和女兒來。員外等不得，說道：「俺和你先拜了罷。知他們幾時來？」拜罷，員外問媽媽道：「俺老兩口兒百年之後，在那裏埋葬便好？」媽媽指著高岡兒上說道：「這答樹木，長的似傘兒一般，在這所在埋葬也好。」員外歎口氣道：「此處沒我和你的分。」指著一塊下洼水渰的絕地道：「我和你只好葬在這裏。」媽媽道：「我們又不少錢，憑揀著好的所在，怕不是我們葬，怎麼倒在那水渰的絕地？」員外道：「那高岡有龍氣㉗的，須讓他有兒子的葬，要圖個後代興旺。俺和

㉖ 春盛：春遊或上墳祭祀時攜帶的食品。

㉗ 龍氣：舊時墓葬行風水之說，謂山勢連綿起伏為龍脈，山之氣脈所結處為龍穴，築墓該處則子孫繁盛，家運

你沒有兒子，誰肯讓我？只好剩那絕地與我們安骨頭。總是無後代的，不必這好地了。」媽媽道：「俺怎生沒後代？現有女兒、女婿哩！」員外道：「我可忘了。他們還未來，我和你且說閒話。我且問你，我姓甚麼？」媽媽道：「誰不曉得姓劉，也要問。」員外道：「我姓劉，你可姓甚麼？」媽媽道：「我姓李。」員外道：「你姓李，怎麼在我劉家門裏？」媽媽道：「又好笑！我須是嫁了你劉家來。」員外道：「街上人喚你是劉媽媽，喚你是李媽媽？」媽媽道：「常言道：『嫁雞隨雞，嫁狗隨狗。』一車骨頭半車肉，都屬了劉家，怎麼叫我做李媽媽？」員外道：「原來你這骨頭也屬了俺劉家了。這等，女兒姓甚麼？」媽媽道：「女兒也姓劉。」員外道：「女婿姓甚麼？」媽媽道：「女婿姓張。」員外道：「這等，女兒百年之後，可往俺劉家墳裏葬去，還是往張家墳裏葬去？」媽媽道：「女兒百年之後，自去張家墳裏葬去。」說到這句，媽媽不覺的鼻酸起來。員外曉得有些省了，便道：「卻又來！這等怎麼叫做得劉門的後代？我們不是絕後的麼？」媽媽放聲哭將起來，道：「員外，怎生直想到這裏？俺無兒的真個好苦！」員外道：「媽媽，你纔省㉘了，就沒有兒子，但得是劉家門裏親人，也須是一瓜一蒂。生前望墳而拜，死後共土而埋。那女兒只在別家去了，有何交涉？」

媽媽被劉員外說得明切，言下大悟。況且平日看見女婿的喬做作，今日又不見同女兒先到，也有好些不像意了。正說間，只見引孫來墳頭收拾鐵鍬。看見伯父、伯娘便拜。此時，媽媽不比平日，覺得親熱了好些，問道：「你來此做甚麼？」引孫道：「姪兒特來上墳添土的。」媽媽對員外道：「親的則是

興隆。

㉘ 省：音ㄒㄧㄥˇ。醒悟。

親。引孫也來上過墳、添過土了。他們還不見到！」員外故意惱引孫道：「你為甚麼不挑了春盛擔子，齊齊整整上墳？卻如此草率！」引孫道：「姪兒無錢，只乞化得三杯酒、一塊紙，略表表做子孫的心。」員外道：「媽媽，你聽說麼？那有春盛擔子的，為不是子孫，這時還不來哩！」媽媽也老大不過意。員外又問引孫道：「你看那邊鴉飛不過的莊宅，石羊、石虎的墳頭，怎不去？到俺這裏做甚麼？」媽媽道：「那邊的墳，知他是那家？他是劉家子孫，怎不到俺劉家墳上來？」員外道：「媽媽，你纔曉得引孫是劉家子孫。你先前可不說姐姐、姐夫㉙是子孫麼？」媽媽道：「我起初是錯見了。從今以後，姪兒只在我家裏住。你是我一家之人。你休記著前日的不是。」引孫道：「這個，姪兒怎敢？」媽媽道：「喫的穿的，我多照管你便了。」員外叫引孫拜謝了媽媽。引孫拜下去道：「全仗伯娘看劉氏一脈，照管孩兒則個。」媽媽簌簌的掉下淚來。

正傷感處，張郎與女兒來了。員外與媽媽問其來遲之故。張郎道：「先到寒家墳上完了事，纔到這裏來，所以遲了。」媽媽道：「怎不先來上俺家的墳？要俺老兩口兒等這半日。」張郎道：「我是張家子孫，禮上須先完張家的事。」媽媽道：「姐姐呢？」張郎道：「姐姐也是張家媳婦。」媽媽見這幾句話，恰恰對著適間所言的，氣得目睜口呆，變了色道：「你既是張家的兒子、媳婦，怎生掌把著劉家的家私？」劈手就女兒處，把那放匙鑰的匣兒，奪將過來，道：「以後張自張，劉自劉！」徑把匣兒交與引孫了道：「今後只是俺劉家人當家。」此時，連劉員外也不料媽媽如此決斷！那張郎與引姐平日護他慣了的，一發不知在那裏說起，老大的沒趣，心裏道：「怎麼連媽媽也變了卦？」竟不知媽媽已被員外

㉙姐姐姐夫：指女兒、女婿。

勸化得明明白白的了。張郎還指點叫擺祭物。員外、媽媽大怒道：「我劉家祖宗，不喫你張家殘食！改日另祭。」各不喜歡而散。

張郎與引姐回到家來，好生埋怨道：「誰匡㉚先上了自家墳，討得此番發惱不打緊，連家私也奪去，與引孫掌把了！這如何氣得過？」卻又是媽媽做主的，一發作怪。引姐道：「爹媽認道只有引孫一個是劉家親人，所以如此。當初你待要暗算小梅，他有些知覺，豫先走了。若留得他在時，生下個兄弟，須不讓著引孫上前了。況且自己兄弟還情願的。讓與引孫，實是氣不甘。」張郎道：「平日又與他冤家對頭，如今他當了家，我們倒要在他喉下取氣了，怎麼好？還不如再求媽媽則個。」引姐道：「是媽媽的主意，如何求得轉？我有道理，只叫引孫一樣當不成家罷了。」張郎問道：「計將安出？」引姐只不肯說，但道是：「做出便見，不必細問。」

明日，劉員外做個東道，請著鄰里人，把家私交與引孫掌把。媽媽也是心安意肯的了。引姐曉得這個消息，道是張郎沒趣，打發出外去了。自己著人悄悄東莊姑娘處說了，接了小梅家來。原來，小梅在東莊分娩，生下一個兒子，已是三歲了。引姐私下寄衣寄食，去看覷他母子，只不把家裏知道，惟恐張郎曉得，生出別樣毒害來，還要等他再長成些，方與父母說破。而今因為氣不過引孫做財主，只得去接了他母子來家。

次日來對員外道：「爹爹不認女婿做兒子也罷，怎麼連女兒也不認了？」員外道：「怎麼不認？只是不如引孫親些。」引姐道：「女兒是親生，怎麼倒不如他親？」員外道：「你須是張家人了。他須是

㉚ 匡：料想。

劉家親人。」引姐道：「便做道是親，未必就該是他掌把家私。」員外道：「除非再有親似他的，纔奪得他，那裏還有？」引姐笑道：「只怕有也不見得。」劉員外與媽媽，也只道女兒忿氣說這些話，不在心上。只見女兒走去，叫小梅領了兒子到堂前，對爹媽說道：「這可不是親似引孫的來了？」員外、媽媽見是小梅，大驚道：「你在那裏來？可不道逃走了？」小梅道：「誰逃走？須守著孩兒哩！」員外道：「誰是孩兒？」小梅指著兒子道：「這個不是？」員外又驚又喜道：「這個就是你所生的孩兒！一向怎麼說？敢是夢裏麼？」小梅道：「只問姑娘，便見明白。」員外與媽媽道：「姐姐快說些個！」引姐道：「父親不知，聽女兒從頭細說一遍。當初小梅姨姨有半年身孕，張郎使嫉妬心腸，要暗算小梅。女兒想來：父親有許大㉛年紀，若暗算了小梅，便是絕了父親之嗣。是女兒與小梅商量，將來寄在東莊姑娘家中分娩，得了這個孩兒。這二年只在東莊姑娘處撫養，身衣口食，多是你女兒照管他的。還指望再長成些，方纔說破。今見父親認道只有引孫是親人，故此請了他來家。須不比女兒，可不比引孫還親些麼？」小梅也道：「其實虧了姑娘。若當日不如此周全，怎保得今日有這個孩兒？」

劉員外聽罷，如夢初覺，如醉方醒，心裏感激著女兒。小梅又教兒子不住的叫他「爹爹」。那員外聽得一聲，身也麻了，對媽媽道：「原來親的只是親。女兒姓劉，到底也還護著劉家，不肯順從張郎，把兄弟壞了。今日有了老生兒，不致絕後，早則不在絕地上安墳了。皆是孝順女所賜，老夫怎肯知恩不報？如今有個主意：把家私做三分分開。女兒、姪兒、孩兒，各得一分。大家各管家業，和氣過日子罷了。」當日，叫家人尋了張郎家來，一同引孫及小孩兒，拜見了鄰舍諸親，就做了分家的筵席，盡歡而散。

㉛許大：這麼大。

此後，劉媽媽認了真，十分愛惜著孩兒。員外與小梅自不必說。引姐、引孫又各內外保全。張郎雖是嫉妬，也用不著。畢竟培養得孩兒成立起來，此是劉員外廣施陰德，到底有後；又恩待骨肉，原受骨肉之報。所謂「親一支，熱一支」也。有詩為證：

女婿如何有異圖，總因財利令親疏。
若非孝女關疼熱，畢竟劉家有後無。

第三十一卷　呂大郎還金完骨肉

毛寶放龜懸大印❶，宋郊渡蟻占高魁❷。
世人盡說天高遠，誰識陰功暗裏來。

話說浙江嘉興府長水塘地方，有一富翁，姓金名鍾，家財萬貫，世代都稱員外。性至慳吝，平生常有五恨。那五恨？

一恨天，二恨地，三恨自家，四恨爹娘，五恨皇帝。

恨天者，恨他不常常六月，又多了秋風冬雪，使人怕冷，不免費錢買衣服來穿。恨地者，恨他樹木

---

❶ 毛寶放龜懸大印：事見晉書毛寶傳，然與毛寶無關。寶，晉陽武（今河南原陽）人，官至豫州刺史。他部下的軍人曾買白龜飼養，後來放走。某次戰爭中，軍人墜落江心，幸遇白龜相救。

❷ 宋郊渡蟻占高魁：傳說謂宋代書生宋郊，曾於水中救過許多被淹的螞蟻，緣此功德得中狀元、做宰相。

生得不湊趣；若是湊趣生得齊整如意，樹本就好做屋柱，枝條大者就好做梁，細者就好做椽，卻不省了匠人工作。恨自家者，恨肚皮不會作家❸，一日不喫飯，就餓將起來。恨爹娘者，恨他遺下許多親眷朋友，來時未免費茶費水。恨皇帝者，我的祖宗分授的田地，卻要他來收錢糧！不止五恨，還有四願，願得四般物事。那四般物事？

一、願得鄧家銅山❹；

二、願得郭家金穴❺；

三、願得石崇❻的聚寶盆；

四、願得呂純陽祖師點石為金這個手指頭。

因有這四願五恨，心常不足。積財聚穀，日不暇給，真個是數米而炊，稱柴而爨。凡損人利己的事，無所不為。真是一善不作，眾惡奉行！因此鄉里起他一個異名，叫做「金冷水」，又叫「金剝皮」。尤不

❸ 作家：此處指省儉。

❹ 鄧家銅山：典出史記佞幸列傳。漢文帝時，南安人鄧通以吮癰得寵，曾賜蜀郡銅礦許自鑄錢，由是富甲天下。

❺ 郭家金穴：典出後漢書皇后紀。劉秀即位後，郭況以皇后之弟授官大鴻臚，秀賜況金帛財物無數，乃有「金穴」之稱。

❻ 石崇：字季倫，晉武帝時官員，以侍中出為荊州刺史，劫殺客商暴富。後為趙王倫所殺。

喜者是僧人。世間只有僧人討便宜，他單會募化俗家的東西，再沒有反布施與俗家之理。所以金冷水見了僧人，就是眼中之釘，舌中之刺。他住居相近處，有個福善庵。金員外生年五十，從不曉得在庵中破費一文的香錢。所喜渾家單氏，與員外同年同月同日，只不同時。他偏喫齋好善。金員外喜他的是喫齋，惱他的是好善。因四十歲上，尚無子息，單氏瞞過了丈夫，將自己釵梳二十餘金，布施與福善庵老僧，教他妝佛❼誦經，祈求子嗣。佛門有應，果然連生二子，且是俊秀。因是福善庵祈求來的，大的小名福兒，小的小名善兒。單氏自得了二子之後，時常瞞了丈夫，偷柴偷米，送與福善庵，供養那老僧。金員外偶然察聽了些風聲，便去咒天罵地，夫妻反目，直聒得一個不耐煩方休。如此也非止一次。只為渾家也是個硬性，鬧過了依舊不理。

其年夫妻齊壽，皆當五旬。福兒年九歲，善兒年八歲，踏肩生下來的，都已上學讀書，十全之美。到生辰之日，金員外恐有親朋來賀壽，預先躲出。單氏又湊些私房銀兩，送與庵中打一壇齋醮。一來為老夫婦齊壽，二來為兒子長大，了還願心。日前也曾與丈夫說過來，丈夫不肯，所以只得私房做事。其夜，和尚們要鋪設長生佛燈，叫香火道人至金家，問金阿媽要幾斗糙米。單氏偷開了倉門，將米三斗付與道人去了。隨後金員外回家，單氏還在倉門口封鎖，被丈夫窺見了，又見地下狼籍些米粒，知是私房做事，欲要爭嚷。心下想道：「今日生辰好日，況且東西去了，也討不轉來，乾拌去了涎沫❽。」只推不知，忍住這口氣，一夜不睡，左思右想道：「叵耐這賊禿常時來蒿惱我家，倒是我看家一個耗鬼！除

❼ 妝佛：在佛像上塗金。

❽ 乾拌去了涎沫：徒費口舌。

非那禿驢死了，方絕其患。」恨無計策。到了天明時，老僧攜著一個徒弟來回覆醮事。原來那和尚也怕見金冷水，且站在門外張望。金老早已瞧見，眉頭一皺，計上心來。取了幾文錢從側門走出市心，到生藥鋪裏買些砒霜，轉到賣點心的王三郎店裏。王三郎正蒸著一籠熟粉，擺一碗糖餡，要做餅子。金冷水袖裏摸出八文錢，撇在櫃上道：「三郎收了錢，大些的餅子與我做四個。餡卻不要下少了！你只捏著窩兒，等我自家下餡則個。」王三郎口雖不言，心下想道：「有名的金冷水、金剝皮。自從開這幾年點心鋪子，從不見他家半文之面。今日好利市，難得他這八個錢，勝似八百。他是好便宜的，便等他多下些餡去，扳❾他下次主顧。」王三郎向籠中取出雪團樣的熟粉，真個捏做窩兒，遞與金冷水，說道：「員外請尊便。」金冷水卻將砒霜末悄悄的撒在餅內，然後加餡做成餅子。如此一連做了四個，熱烘烘的，放在袖裏，離了王三郎店，望自家門首踱將進來。那兩個和尚正在廳上喫茶。金老欣然相揖。揖罷，入內對渾家道：「兩個師父侵早到來，恐怕肚裏饑餓。適纔鄰舍家邀我喫點心，我見餅子熱得好，袖了他四個來。何不就請了兩個師父？」單氏深喜丈夫回心向善，取個朱紅碟子，把四個餅子裝做一碟，叫丫鬟托將出去。那和尚見了員外回家，不敢久坐，已無心喫餅了。見丫鬟送出來，知是阿媽美意，也不好虛得。將四個餅子，裝做一袖，叫聲咶噪❿，出門回庵而去。金老暗暗歡喜，不在話下。

卻說金家兩個學生在社學⓫中讀書，放了學時，常到庵中頑耍。這一晚又到庵中。老和尚想道：「金

❾ 扳：攀。

❿ 咶噪：打攪。

⓫ 社學：元、明、清代設在鄉村的地方學校。元代五十家為一社，每社設學校一所，是為「社學」一詞的由來。

家兩位小官人，時常到此，沒有甚麼請得他。今早金阿媽送我四個餅子，還不曾動，放在櫥櫃裏，何不將來熯熱了，請他喫一杯茶？」當下分付徒弟在櫥櫃裏取出四個餅子。廚房下熯得焦黃，熱了兩杯濃茶，擺在房裏，請兩位小官人喫茶。兩個學生，頑耍了半晌，正在肚饑，見了熱騰騰的餅子，一人兩個，都喫了。不喫時猶可，喫了呵，分明是：

一塊火燒著心肝，萬桿鎗攢著腹肚！

兩個一時齊叫肚疼。跟隨的學童慌了，要扶他回去，奈兩個疼做一堆，跑走不動。老和尚也著了忙，正不知甚麼意故？只得叫徒弟一人背了一個，學童隨著，送回金員外家。二僧自去了。金家夫婦這一驚非小！慌忙叫學童問其緣故。學童道：「方纔到福善庵喫了四個餅子，便叫肚疼起來。那老師父說，這餅子原是我家今早把與他喫的。他不捨得喫，將來恭敬兩位小官人。」金員外情知蹺蹊了，只得將砒霜實情對阿媽說知。單氏心下越慌了，便把涼水灌他，如何灌得醒！須臾，七竅⑫流血，嗚呼哀哉，做了一對殤⑬鬼！單氏千難萬難，祈求下兩個孩兒，卻被丈夫不仁，自家毒死了。待要廝罵一場，也是枉然。氣又忍不過，苦又熬不過，走進內房，解下束腰羅帕，懸梁自縊。金員外哭了兒子一場，方纔收淚，到房中與阿媽商議說話。見梁上這件打鞦韆的東西，唬得半死！登時就得病上床，不夠七日也死了。金氏

⑫ 七竅：耳、目、口、鼻七孔的合稱。竅，音ㄑㄧㄠˋ。

⑬ 殤：音ㄕㄤ。未到成年就死了。

族家平昔恨那金冷水、金剝皮慳吝，此時天賜其便！大大小小都蜂擁而來，將家私搶個罄盡。此乃萬貫家財，有名的金員外一個終身結果，不好善而行惡之報也！有詩為證：

餅內砒霜那得知？害人反害自家兒。
舉心動念天知道，果報昭彰豈有私？

方纔說金員外只為行惡上，拆散了一家骨肉。如今再說一個人單為行善上，周全了一家骨肉。正是：

善惡相形，禍福自見。
戒人作惡，勸人為善。

話說江南常州府無錫縣東門外，有個小戶人家，兄弟三人，大的叫做呂玉，第二的叫做呂寶，第三的叫做呂珍。呂玉娶妻王氏，呂寶娶妻楊氏，俱有姿色。呂珍年幼未娶。兄弟中只有呂寶一味賭錢喫酒，不肯學好。老婆也不甚賢曉。因此妯娌間有些面和意不和。那王氏生下一個孩子，小名喜兒，方纔六歲。一日，跟鄰舍家兒童出去看神會⑭，夜晚不回。夫妻兩個煩惱，出了一張招子⑮，街坊上叫了數日，全

⑭ 神會：民俗祭祀的迎神賽會活動。
⑮ 招子：此處指張貼在牆壁等處的尋人告白。

無影響。呂玉氣悶，在家裏坐不過，向大戶家借了幾兩本錢，往太倉嘉定一路收些棉花布疋，各處販賣，就便訪問兒子消息。每年正二月出門，到八九月回家，又收新貨。走了四個年頭，雖然趁些利息，眼見得兒子沒有尋處了。日久心慢，也不在話下。

到第五個年頭，呂玉別了王氏，又去做經紀。何期中途遇了個大本錢的布商，談論之間，知道呂玉買賣中通透，拉他同往山西脫貨，就帶羢貨轉來發賣，於中有些用錢相謝。呂玉貪了蠅頭微利，隨著去了。及至到了山西發貨之後，遇著連歲荒歉，討賒帳不起，不得脫身。呂玉少年久曠，也不免行戶⑯中走了一兩遍，走出一身風流瘡。服藥調治，無面回家。捱到三年，瘡纔痊好。討清了帳目。那布商因為羈遲⑰了呂玉的歸期，加倍酬謝。呂玉得了些利物，等不得布商收貨完備，自己販了些粗細羢褐，相別先回。

一日早晨，行至陳留地方，偶然去坑廝出恭，見坑板上遺下個青布搭膊。撿在手中，覺得沉重。取回下處打開看時，都是白物⑱，約有二百金之數。呂玉想道：「這不意之財，雖則取之無礙，倘或失主追尋不見，好大一場氣悶。古人見金不取，拾帶重還⑲。我今年過三旬，尚無子嗣，要這橫財何用？」忙到坑廝左近伺候，只等有人來找尋，就將原物還他。等了一日，不見人來。次日只得起身。又行了五

⑯ 行戶：一作「術衕」，妓院。
⑰ 羈遲：耽誤；拖延。
⑱ 白物：隱指銀兩。
⑲ 拾帶重還：即裴度還帶故事。

百餘里，到南宿州地方。其日天晚，下一個客店，遇著一個同下的客人，閒論起江湖生意之事。那客人說起自不小心，五日前侵晨到陳留縣，解下搭膊登東。偶然官府在街上過，心慌起身，卻忘記了搭膊裏面有二百兩銀子，直到晚間脫衣要睡時，方纔省得。想著過了一日，自然有人拾去了，轉去尋覓，也是無益，只得自認晦氣罷了。呂玉便問：「老客尊姓？高居何處？」客人道：「在下姓陳，祖貫徽州。今在揚州閘上，開個糧食鋪子。敢問老兄高姓？」呂玉道：「小弟姓呂，是常州無錫縣人。揚州也是順路，相送尊兄到彼奉拜。」客人也不知詳細，答應道：「若肯下顧最好。」

次早二人作伴同行。不一日，來到揚州閘口。呂玉也到陳家鋪子，登堂作揖。陳朝奉看坐獻茶。呂玉先題起陳留縣失銀之事，盤問他搭膊模樣。是個深藍青布的，一頭有白線緝一個「陳」字。呂玉心下曉然，便道：「小弟前在陳留，拾得一個搭膊，倒也相像，把來與尊兄認看。」陳朝奉見了搭膊道：「正是。」搭膊裏面銀兩，原封不動。呂玉雙手遞還陳朝奉。陳朝奉過意不去，要與呂玉均分。呂玉不肯。陳朝奉道：「便不均分，也受我幾兩謝禮，等在下心安。」呂玉那裏肯受。陳朝奉感激不盡，慌忙擺飯相款。思想：「難得呂玉這般好人！還金之恩，無門可報。自家有十二歲一個女兒，要與呂君攀一脈親往來；但不知他有兒子否？」飲酒中間，陳朝奉問道：「恩兄令郎幾歲了？」呂玉不覺掉下淚來，答道：「小弟只有一兒，七年前為看神會失去了，至今並無下落。荊妻亦別無生育。」陳朝奉聞言，沉吟半晌，問道：「恩兄令郎失去時幾歲了？」呂玉道：「剛剛六歲。」陳朝奉又問：「令郎叫甚麼名字？狀貌如何？」呂玉道：「小兒乳名叫做喜兒，痘瘡出過，面白無麻。」陳朝奉聽罷，喜動顏色，便喚從人近前，附耳密語。從人點頭領命去了。呂玉見他盤問蹺蹊，心中疑惑。須臾有個小廝走來，年紀約莫十三四歲，穿一領蕪湖青布的道袍，生得眉清目秀。見了客人，朝上深深唱個喏，便對陳朝奉道：「爹爹喚喜兒則甚？」陳朝奉道：「你且站著。」呂玉聽得名字與他兒子相同，心中愈疑。看那小廝面龐，頗與兒子相似。聽得他呼爹稱兒，情知與陳朝奉是父子，不好輕易啟齒動問。悽慘之色，形於面貌，目不轉睛看那小廝。那小廝也舉眼頻睃。呂玉忍不住問道：「此位是令郎麼？」陳朝奉道：「此非我親生之子。七年前，有下路人⑳攜此兒到這裏，說妻子已故，止有此兒。因經紀艱難，欲往淮安投奔親戚。中途染病，盤纏用盡，願將此兒權典三兩銀子。一到淮安尋見親戚，便來取贖。學生憐他落難，將銀付彼。那人臨別，涕泣不捨。此兒倒不以為意。那人一去不回。學生疑惑起來，細問此兒，方知是無錫人，因看會失落，被人哄騙到此。父母姓名，又與恩兄相同。學生見他乖巧慎密，甚愛惜他，將他與子女一般看待，同兒在學堂中讀書。學生幾翻要到貴縣訪問，恨無其便。適纔恩兄言語相同，物有偶然，事有湊巧，特意喚他出來，請恩兄親自認個詳細。」喜兒聽說，掉下淚來。呂玉亦淚下道：「小兒還有個暗記：左膝下有兩個黑疵。」喜兒連忙捲褲解襪，露出左膝，果然有兩個黑疵。呂玉一見，便抱喜兒在懷，叫聲：「親兒！我是你的親爹了。失了你七年，何期在此相遇！」正是：

水底撈針針已得，掌中失寶寶重逢。
筵前相抱慇懃認，猶恐今朝是夢中。

⑳ 下路人：北方人過去對長江下游一帶人的稱呼。

當下父子傷感，自不必說。呂玉起身拜謝陳朝奉：「小兒若非府上收留，今日安得父子重會？」陳朝奉道：「恩兄有還金之盛德，天遣尊駕到寒舍，父子團圓。小弟一向不知是令郎，甚愧怠慢。」呂玉又叫喜兒拜謝了陳朝奉。陳朝奉定要還拜，呂玉不肯，再三扶住，受了兩禮。便請喜兒坐於呂玉之傍。陳朝奉開言：「承恩兄相愛，學生有一女，年方十二歲，欲與令郎結絲蘿之好㉑。」呂玉見他情意真懇，謙讓不得，只得依允。是夜，父子同榻而宿，說了一夜的說話。

次日，呂玉辭別要行。陳朝奉留住，另設個大席面，管待新親家、新女婿，就當送行。酒行數巡，陳朝奉取出白金二十兩，向呂玉說道：「賢婿一向在舍有慢，今奉些須薄禮，權表親情，萬勿固辭。」呂玉道：「過承高門俯就，舍下就該行聘定之禮。因在客途，不好苟且㉒，如何反費親家厚賜？決不敢當！」陳朝奉道：「這是學生自送與賢婿的，不干親翁之事。親翁若見卻，就是不允這頭親事了。」呂玉沒得說，只得受了，叫兒子出席拜謝。陳朝奉扶起道：「些微薄禮，何謝之有！」喜兒又進去謝了丈母。當日開懷暢飲，至晚而散。呂玉想道：「我因這還金之便，父子相逢，誠乃天意。又攀了這頭好親事，似錦上添花，無處報答天地。有陳親家送這二十兩銀子，也是不意之財，何不擇個潔淨僧院，糴米齋僧，以種福田㉓？」主意定了。

次早，陳朝奉又備早飯。呂玉父子喫罷，收拾行囊，作謝而別。喚了一隻小船，搖出閘外。約有數

㉑ 絲蘿之好：喻結為婚姻。絲，菟絲。蘿，女蘿。二者皆蔓生植物，一經纏繞則不易分開。

㉒ 苟且：馬虎；草率從事。

㉓ 福田：佛家謂積善行、做好事可得好報，猶如播種田地，秋來獲得收成。

里，只聽得江邊鼎沸。原來壞了一隻載人船，落水的號呼求救。崖上人招呼小船打撈，小船索要賞犒，在那裏爭嚷。呂玉想道：「救人一命，勝造七級浮屠。比如我要去齋僧，何不捨這二十兩銀子做當錢，教他撈救，見在功德。」當下對眾人說：「我出賞錢，快撈救！若救起一船人性命，把二十兩銀子與你們。」眾人聽得有二十兩銀子賞錢，小船如蟻而來，連崖上人也有幾個會水性的赴水去救。須臾之間，把一船人都救起。呂玉將銀子付與眾人分散。水中得命的，都千恩萬謝。只見內中一人，看了呂玉，叫道：「哥哥那裏來？」呂玉看他，不是別人，正是第三個親弟呂珍。呂玉合掌道：「慚愧，慚愧！天遣我撈救兄弟一命。」忙扶上船，將乾衣服與他換了。呂珍納頭便拜。呂玉答禮，就叫姪兒見了叔叔，把還金遇子之事，述了一遍。呂珍驚訝不已。呂玉問道：「你卻為何到此？」呂珍道：「一言難盡！自從哥哥出門之後，一去三年。有人傳說哥哥在山西害了瘡毒身故。二哥察訪得實，嫂嫂已是成服戴孝。兄弟只是不信。二哥近日又要逼嫂嫂嫁人。嫂嫂不從，因此教兄弟親到山西訪問哥哥消息，不期於此相會。又遭覆溺，得哥哥撈救，天與之幸！哥哥不可怠緩，急急回家，以安嫂嫂之心，遲則怕有變了。」呂玉聞說驚慌，急叫家長開船，星夜趕路。正是：

心忙似箭惟嫌緩，船走如梭尚道遲。

且說王氏聞丈夫凶信，初時也疑惑，被呂寶說得活龍活見，也信了，少不得換了些素服。呂寶心懷不善，想著：「哥哥已故，嫂嫂又無所出；況且年紀後生，要勸他改嫁，自己得些財禮。」教渾家楊氏與阿姆㉔說。王氏堅意不從。又得呂珍朝夕諫阻，所以其計不成。王氏想道：「千聞不如一見。雖說丈夫已死在幾千里之外，不知端的。」央小叔呂珍：「是必親到山西問個備細，如果然不幸，骨殖也帶一塊回來。」呂珍去後，呂寶愈無忌憚。又連日賭錢輸了，沒處設法。偶有江西客人喪偶，要討一個娘子。呂寶就將嫂嫂與他說合。那客人訪得呂大的渾家有幾分顏色，情願出三十兩銀子。呂寶得了銀子，向客人道：「家嫂有些裝喬㉕，好好裏請他出門，定然不肯。今夜黃昏時分，喚了人轎，悄地到我家來。只看戴孝髻的便是家嫂，更不須言語，扶他上轎，連夜開船去便了。」客人依計而行。

卻說呂寶回家，恐怕嫂嫂不從，在他跟前不露一字。卻私下對渾家做個手勢，道：「那兩腳貨，今夜要出脫與江西客人去了。我生怕他哭哭啼啼，先躲出去，約定他每黃昏時候，便來搶他上轎，莫對他說。」言還未畢，只聽得窗外腳步響。呂寶見有人來，慌忙趨了出去，卻不曾說明孝髻的緣故。也是天使其然，卻是王氏見呂寶欲言不言，情狀可疑，因此潛來察聽。彷彿聽得「搶他上轎」四字，末後「莫對他說」這句略高，已被王氏聽在耳內，心下十分疑慮，只得先開口問楊氏道：「奴與嬸嬸骨肉恩情，非止一日。適纔我見叔叔語言情景，莫非在我身上已做下背理的事？嬸嬸與奴說個明白。」楊氏聽說，紅了臉皮道：「這是那裏說起！姆姆，你要嫁人，也是不難，卻不該船未翻先下水。」王氏被他搶白了這兩句，又惱又苦，走到房中哭哭啼啼。想著：「丈夫不知下落，三叔呂珍尚在途中，父母親族又住得窎遠，急切不能通信。鄰舍都怕呂寶無賴，不敢來管閒事。我這一身，早晚必落他圈套。」左思右想，

㉔ 阿姆：妯娌間弟媳對嫂嫂的稱呼。

㉕ 裝喬：裝腔作勢。

無可奈何，千死萬死，總是一死，只得尋個自盡罷！主意已定，挨至日暮，密窺動靜。只見楊氏頻到門首探聽。王氏見他如此，連忙去上了拴。楊氏道：「姆姆，也是好笑！這早晚又沒有強盜上門，恁般慌上拴！那魍魎㉖還要回來。」一頭說，一頭走去，都把拴拔下來。

此時王氏已十分猜著，坐立不寧，心如刀割。走到房中，緊閉房門，將條索子搭在梁上，做個活落圈，把個杌子襯了腳，叫聲：「皇天與我報應！」歎了口氣，把頭鑽入圈裏，簪髻落地，蹬開杌子，眼見得不能夠活了。卻是王氏祿命未終，恁般一條粗麻索，不知怎的就斷做兩截，「撲通」的一聲，顛翻在地。楊氏聽得聲響，急跑來看時，見房門緊閉，情知詫異，急取木杠撞開房門。黑洞洞的，纔走進去，一腳絆著王氏，跌了一交，簪髻都跌在一邊。楊氏嚇得魂不附體，爬起來跑到廚下，點燈來看：只見王氏橫倒地上喘氣，口吐痰沫，項上尚有索子縎住。楊氏著了急，連忙解放。忽聽得門上輕輕的敲響，楊氏知是那話兒，急要去招引他進來。思想髻兒不在頭上，不好模樣，便向地上拾取簪髻。忙亂了手腳，自己黑的不拾，反拾了王氏白髻，戴在頭上，忙走出去探問。外邊江西客人已得了呂寶暗號，引著燈籠火把，抬著一頂花花轎。吹手雖有一副，不敢吹打，在門上剝啄輕敲。覺得門不上拴，一徑推開大門，擁入裏面。火把照耀，早遇楊氏。江西客人見頭上戴著孝髻，就如餓鷹見雀，趕上前一把扯著便走。眾人齊來相幫，只認戴孝髻的就搶。搶出門去，楊氏急嚷道：「不是！」眾人那裏管三七二十一，搶上轎時，鼓手吹打，轎夫飛也似抬去了。

㉖魍魎：音ㄨㄤˇ ㄌㄧㄤˇ。原是傳說中形象醜惡的山精水怪，此處借指呂寶。

一派笙歌上客船，錯疑孝髻是姻緣。
新人若向新郎訴，只怨親夫不怨天。

王氏得楊氏解去縊索，已是甦醒。聽得外面嚷鬧，驚慌無措。忽地門外鼓吹頓起，人聲嘈雜，漸漸遠去。挨了半響，方敢出頭張望。叫嬸嬸時，那裏有半個影兒？心下已是明白：取親的錯搶去了。恐怕復身轉來，急急關門收拾，揀起簪珥黑髻歇息，一夜不睡，巴到天明，起身梳洗。正欲尋頂舊孝髻來戴，只聽得外面敲門響，叫聲「開門」！卻是呂寶聲音。王氏惱怒，且不開門，任他叫得個喉乾口燥，方纔隔著門問道：「你是那個？」呂寶聽得是嫂子聲音，大驚。又見嫂子不肯開門，便哄道：「嫂嫂，兄弟呂珍得了哥哥實信歸家，快開了門！」王氏聽說呂珍回來，權將黑髻戴了，連忙開門。止是呂寶一個，那裏有甚呂珍？呂寶走到房中，不見渾家。見嫂子頭上戴的是黑髻，心中大疑，問道：「嫂嫂，你嬸子那裏去了？」王氏道：「是你每自做的勾當！我那裏知道？」呂寶道：「且問嫂嫂，如何不戴孝髻？」王氏將自己縊死，繩斷髻落，及楊氏進來，跌失黑髻，聞娶親的進來，忙搶我孝髻戴了出去的緣故，說了一遍。呂寶搥胸，只是叫苦！指望賣嫂子，誰知倒賣了老婆。江西客人，已是開船去了。三十兩銀子，昨晚一夜，就賭輸了一大半。再要娶這房媳婦子，今生休想！復又思量：「一不做，二不休！有心是這等，再尋個主顧把嫂子賣了，還有討老婆的本錢。」

方欲出門，只見門外四五個人一擁進來。不是別人，卻是哥哥呂玉、兄弟呂珍、姪子喜兒，與兩個腳家㉗，搬了行李貨物進門。呂寶自覺無顏，後門逃出，不知去向。

王氏接了丈夫，又見兒子長大回家，問其緣故。呂玉從頭至尾敘了一遍。王氏也把搶去嬸嬸，呂寶無顏，後門走了一段情節敘出。呂玉道：「我若貪了這二百兩非意之財，怎能夠父子相見？若惜了那二十兩銀子，不去撈救覆舟之人，怎能夠兄弟相逢？若不遇兄弟時，怎知家中信息？今日夫妻重會，一家骨肉團圓，皆天使之然也。逆弟賣妻，也是自作自受！皇天報應，的然不爽！」自此益修善行，家道日隆。後來喜兒與陳員外之女做親，子孫繁衍，多有出仕貴顯者。詩云：

本意還金兼得子，立心賣嫂反輸妻！
世間惟有天工巧，善惡分明不可欺。

㉗ 腳家：腳伕。

第三十二卷　金玉奴棒打薄情郎

枝在牆東花在西，自從落地任風吹。
枝無花時還再發，花若離枝難上枝。

這四句，乃昔人所作棄婦詞，言婦人之隨夫，如花之附於枝。枝若無花，逢春再發；花若離枝，不可復合。勸世上婦人，事夫盡道，同甘同苦，從一而終。休得慕富嫌貧，兩意三心，自貽後悔。

且說漢朝一個名臣，當初未遇時節，其妻有眼不識泰山，棄之而去，到後來悔之無及。你說那名臣何方人氏？姓甚名誰？那名臣姓朱名買臣，表字翁子，會稽郡人氏。家貧未遇，夫妻二口，住於陋巷蓬門。每日買臣向山中砍柴，挑至市口，賣錢度日，性好讀書，手不釋卷。肩上雖挑卻❶柴擔，手裏兀自擎著書本，朗誦咀嚼，且歌且行。市人聽慣了，但聞讀書之聲，便知買臣挑柴擔來了，可憐他是個儒生，都與他買。更兼買臣不爭價錢，憑人估值，所以他的柴，比別人容易出脫。一般也有輕薄少年及兒童之輩，見他又挑柴又讀書，三五成群，把他嘲笑戲侮。買臣全不為意。

❶ 挑卻：此處指挑著。

一日，其妻出門汲水，見群兒隨著買臣柴擔，拍手共笑，深以為恥。買臣賣柴回來，其妻勸道：「你要讀書，便休賣柴；要賣柴，便休讀書。許大年紀，不痴不顛，卻做出恁般行徑！被兒童笑話，豈不羞死？」買臣答道：「我賣柴以救貧賤，讀書以取富貴，各不相妨，繇他笑話便了。」其妻笑道：「你若取得富貴時，不去賣柴了！自古及今，那見賣柴的人做了官？卻說這沒把鼻❷的話。」買臣道：「富貴貧賤，各有其時。有人算我八字，到五十歲上必然發跡。常言『海水不可斗量』，你休料❸我。」其妻道：「那算命先生見你痴顛模樣，故意耍笑你。你休聽信。到五十歲時，連柴擔也挑不動，餓死是有分的，還想做官！除非是閻羅王殿上少個判官，等你去做。」買臣道：「姜太公八十歲尚在渭水釣魚，遇了文王，以後車載之，拜為尚父。本朝公孫弘❹丞相，五十九歲上還在東海牧豕，整整六十歲，方纔際遇今上❺，拜將封侯。我五十歲上發跡，比甘羅雖遲，比那兩個還早。你須耐心等去。」其妻道：「你休得攀今吊古！那釣魚、牧豕的，胸中都有才學，你如今讀這幾句死書，便讀到一百歲只是這個嘴臉，有甚出息！悔氣做了你老婆。你被兒童恥笑，連累我也沒臉皮。你不聽我言，不抛卻書本，我決不跟你終身！各人自尋道路，休得兩相擔誤。」買臣道：「我今年四十三歲了，再七年便是五十，前長後短。你就等

---

❷ 沒把鼻：缺少憑據。

❸ 料：渺視。

❹ 公孫弘：西元前二〇〇年至前一二一年，字季，菑川薛人。獄吏出身，以治春秋公羊傳投合漢武帝，徵為博士。元朔中由御史大夫升丞相，封平津侯。

❺ 今上：當今皇上，即漢武帝。

耐也不多時。直恁❻薄情！捨我而去，後來須要懊悔。」其妻道：「世上少甚挑柴擔的漢子，懊悔甚麼來？我若再守你七年，連我這骨頭不知餓死於何地了！你倒放我出門，做個方便，活了我這條性命。」買臣見其妻決意要去，留他不住，歎口氣道：「罷！罷！只願你嫁得丈夫強似朱買臣的便好。」其妻道：「好歹強似一分兒。」說罷，拜了兩拜，欣然出門而去，略不回顧。買臣愀然感慨不已，題詩四句於壁云：

嫁犬逐犬，嫁雞逐雞。
妻自棄我，我不棄妻。

買臣到五十歲時，值漢武帝下詔求賢。買臣到西京❼上書，待詔公車❽。同邑人嚴助薦買臣之才。天子知買臣是會稽人，必知水土民情利弊。即拜為會稽太守，馳驛赴任。會稽長吏聞新太守將到，大發人夫，修治道路。買臣妻之後夫，亦在役中。其妻蓬頭跣足，隨伴送飯，見太守前呼後擁而來。從傍窺之，乃故夫朱買臣也。買臣在車中一眼瞧見，還認得是故妻。遂使人招之，載於後車，到府第中。故妻羞慚無地，叩頭謝罪。買臣請教他後夫相見。不多時，後夫喚到，拜伏於地，不敢仰視。買臣大笑，對

❻ 直恁：竟然如此。
❼ 西京：長安。
❽ 待詔公車：住在朝廷派車子接來的官署裏，等待皇帝召見。公車，官署名，署中備有專車迎取應徵的臣民。

其妻道：「似此人，未見得強似朱買臣也。」其妻再三叩謝，自悔有眼無珠，願降為婢妾，伏事終身。買臣命取水一桶，潑於階下，向其妻說道：「若潑水可復收，則汝亦可復合。念你少年結髮之情，判後園隙地，與汝夫婦耕種自食。」其妻隨後夫走出府第。路人都指著說道：「此即新太守舊夫人也。」於是羞極無顏，到於後園，遂投河而死。有詩為證：

漂母尚知憐餓士❾，親妻忍得棄貧儒！
早知覆水難收取，悔不當初任讀書。

又有一詩，說欺貧重富，世情皆然，不止一買臣之妻也。詩曰：

盡看成敗說高低，誰識蛟龍在污泥？
莫怪婦人無法眼，普天幾個負羈妻❿。

這個故事是妻棄夫的，如今再說一個夫棄妻的，一般是欺貧重富、背義忘恩，後來徒落得個薄倖⓫

❾ 漂母尚知憐餓士：典出史記淮陰侯列傳，謂韓信貧賤時，餓釣於城下。漂母憐其貧，每分食與韓信。

❿ 負羈妻：典出左傳，春秋時，晉公子重耳逃亡國外。投奔曹國，曹君不加禮遇；大夫僖負羈之妻素聞重耳賢名，促其夫贈送禮物。及重耳即晉君之位，出兵伐曹，僖負羈以舊恩獨免於禍。

之名，被人講論。

話說故宋紹興年間，臨安雖然是個建都之地，富庶之鄉，其中乞丐的依然不少。那丐戶中有個為頭的，名曰「團頭」，管著眾丐。眾丐叫化得東西來時，團頭要收他日頭錢；若是雨雪時，沒處叫化，團頭卻熬些稀粥養活這夥丐戶。破衣破襖，也是團頭照管。所以這夥丐戶小心低氣，服著團頭，如奴一般，不敢觸犯。那團頭見成收些常例錢，將錢在眾丐戶中放債盤利。若不闞不賭，依然做起大家事來。他靠此為生，一時也不想改業。只是一件，團頭的名兒不好，隨你掙得有田有地，幾代發跡，終是個叫化頭兒，比不得平等百姓人家。出外沒人恭敬，只好閉著門，自屋裏做大。雖然如此，若數著良賤二字，只說娼、優、隸、卒，四般為賤流，倒數不著那乞丐。看來乞丐只是沒錢，身上卻無疤瘢。假如春秋時，伍子胥逃難，也曾吹簫於吳市中乞食；唐時鄭元和做歌郎，唱蓮花落。後來富貴發達，一床錦被遮蓋，這都是叫化中出色的。可見此輩雖然被人輕賤，倒不比娼、優、隸、卒。

閒話休題。如今且說杭州城中一個團頭，姓金名老大。祖上到他，做了七代團頭了，掙得個完完全全的家事，住的有好房子，種的有好田園，穿的有好衣，喫的有好食。真個廒⑫多積粟，囊有餘錢，使婢驅奴，雖不是頂富，也是數得著的富家了。那金老大有志氣，把這團頭讓與族人金癩子頂了，自己見成受用，不與這夥丐戶歪纏。雖然如此，里中口順，還只叫他是團頭家，其名不改。金老大年五十餘，喪妻無子，止存一女，名喚玉奴。那玉奴生得十分美貌，怎見得？有詩為證：

⑪ 薄倖：負心。

⑫ 廒：音ㄠˊ。收藏糧食的倉庫。

無瑕堪比玉，有態欲羞花。
只少宮妝扮，分明張麗華⑬。

金老大愛此女如同珍寶，從小教他讀書識字。到十五六歲時，詩賦俱通，一寫一作，信手而成。更兼女工精巧，亦能調箏弄管，事事伶俐。金老大倚著女兒才貌，立心要將他嫁個士人。雖是名門舊族中，急切要這一個女子，亦不易得，可恨生於團頭之家，沒人來相求。若是平常經紀人家、沒前程的，金老大又不肯扳他了。因此高低不就，把女兒直捱到一十八歲，尚未許人。

偶然有個鄰翁來說：「太平橋下有個書生，姓莫名稽，年二十歲，一表人才，讀書飽學。只為父母雙亡，家貧未娶，近日考中，補上太學生，情願入贅人家。此人正與令愛相宜，何不招之為婿？」金老大道：「就煩老翁作伐何如？」鄰翁領命，逕到太平橋下，尋那莫秀才，對他說道：「實不相瞞，祖宗曾做過團頭的，如今久不做了。只貪他好個女兒，又且家道富足。秀才若不棄嫌，老漢即當玉成其事。」莫稽口雖不語，心下想道：「我今衣食不周，無力婚娶，何不俯就他家，一舉兩得？」也顧不得恥笑，乃對鄰翁說道：「大伯所言甚妙。但我家貧乏聘，如何是好？」鄰翁道：「秀才但是允從，紙也不費一張，都在老漢身上。」鄰翁回覆，兩相情願，擇吉連姻。金家倒送一套新衣穿著，莫秀才過門成親。莫生見玉奴才貌，喜出望外。不費一錢，白白的得了個美妻，又且豐衣足食，事事稱懷。就是朋友輩中，曉得莫生貧苦，無不相諒，倒也沒人去笑他。

⑬張麗華：南朝陳後主陳叔寶的妃子，當時號稱國色。陳亡後為隋軍殺死。

到了滿月，金老大備下盛席，教女婿請他同學會友飲酒，榮耀自家門戶。一連喫了六七日酒。何期惱了族人金癩子！那癩子也是一班正理，他道：「你也是團頭，我也是團頭，只你多做了幾代，掙得錢鈔在手。論起祖宗一脈，彼此無二。姪女玉奴招婿，也該請我喫杯喜酒。如今請人做滿月，開宴六七日，並無三寸長一寸闊的請帖兒到我。你女婿做秀才，難道就做尚書、宰相？我就不是親叔公，坐不起欖頭？直恁不覷人在眼裏！我且去蒿惱他一場，教他大家沒趣。」叫起五六十個丐戶，一齊奔到金老大家裏來。但見：

開花帽子，打結衫兒。舊席片對著破氈條，短竹根配著缺糙碗。叫爹叫娘叫財主，門前只見喧嘩；弄蛇弄狗弄猢猻，口內各呈伎倆。敲板唱楊花，惡聲聒耳；打磚搽粉臉，醜態逼人！一班潑鬼聚成群，便是鍾馗收不得！

金老大聽得鬧吵，開門看時，那金癩子領著眾丐戶，一擁而入，嚷做一堂！癩子逕奔席上，揀好酒好食只顧喫，口裏叫道：「快教姪婿夫妻來拜見叔公！」唬得眾秀才站腳不住，都逃席去了。連莫稽也隨著眾朋友躲避。金老大無可奈何，只得再三央告道：「今日是我女婿請客，不干我事；改日專治一盃，與你陪話。」又將許多錢鈔，分賞眾丐戶；又抬出兩甕好酒，和些活雞活鵝之類，教眾丐戶送去癩子家，當個折席。直亂到黑夜，方纔散去。玉奴在房中，氣得兩淚交流。這一夜，莫稽在朋友借宿，次早方回家。金老大見了女婿，自覺出醜，滿面含羞。莫稽心中，未免也有三分不樂，只是大家不說出來。正是：

瘂子嘗黃柏，苦味自家知。

卻說金玉奴只恨自己門風不好，要掙個出頭，乃勸丈夫刻苦讀書。凡古今書籍，不惜價錢，買來與丈夫看。又不吝供給之費，請人會文會講。又出貲財，教丈夫結交延譽。莫稽繇此才學日進，名譽日起。二十三歲發解⓮，連科及第⓯。這日瓊林宴罷，烏帽宮袍，馬上迎歸。將到丈人家裏，那街坊上人爭先來看。兒童輩都指道：「金團頭家女婿做了官也！」莫稽在馬上聽得此言，又不好攬事，只得忍耐。見了丈人，雖然外面盡禮，卻包著一肚子忿氣。想道：「早知有今日富貴，怕沒王侯貴戚招贅為婿？卻拜個團頭做岳丈，可不是終身之玷？養出兒女來，還是團頭的外孫，被人傳作話柄。如今事已如此，妻又賢慧，不犯七出之條，不好淚絕得。正是：事不三思，終有後悔。」為此心中怏怏，只是不樂。玉奴幾遍問而不答，正不知甚麼意故。好笑那莫稽，只想著今日富貴，卻忘了貧賤的時節，把老婆資助成名一段功勞，化為冰水。這是他心術不端處。

不一日，莫稽謁選⓰，得授無為軍司戶⓱。丈人治酒送行。此時，眾丐戶料也不敢登門鬧吵了。喜

⓮發解：州郡把合格的選人發遣解送到京城，以便參加禮部會試，謂之發解。此制創自唐代，宋代沿襲。至明代，鄉試中舉亦稱發解。

⓯連科及第：中舉後上京參加會試得中進士者。

⓰謁選：官吏到吏部等候選派。

⓱無為軍司戶：無為軍（巢縣無為鎮）掌管民戶的縣級官員。

得臨安到無為軍，是一水之地。莫稽領了妻子，登舟赴任。行了數日，到了采石江邊，維舟⑱北岸。其夜月明如晝，莫稽睡不能寐，穿衣而起，坐於船頭玩月，四顧無人，又想起團頭之事，悶悶不悅。忽然動一個惡念：除非此婦身死，另娶一人，方免得終身之恥。心生一計，走進船艙，哄玉奴起來看月華。玉奴已睡了。莫稽再三逼他起身，玉奴難逆丈夫之意，只得披衣，走至馬門⑲口，舒頭望月。被莫稽出其不意，牽出船頭，推墮江中！悄悄喚起舟人，分付：「快開船前去，重重有賞，不可遲慢！」舟人不知明白，慌忙撐篙蕩槳，移舟於十里之外，住泊停當，方纔說：「適間奶奶因玩月墜水，撈救不及了。」卻將三兩銀子，賞與舟人為酒錢。舟人會意，誰敢開口？船中雖跟得有幾個蠢婢子，只道主母真個墜水，悲泣了一場，丟開了手，不在話下。有詩為證：

只為團頭號不香，一朝得意棄糟糠。
天緣結髮終難解，贏得人呼薄倖郎。

你說事有湊巧，莫稽移船去後，剛剛有個淮西轉運使⑳許德厚，也是新上任的，泊舟於采石北岸，

⑱維舟：繫舟。
⑲馬門：艙房門。
⑳轉運使：官名。唐代創設，掌糧食財賦轉運事務。至宋代權任益重，兼軍事、刑名及巡視地方等工作，以擁兵權而稱漕帥。明代的轉運使，僅主鹽政。

正是莫稽先前推妻墜水處。許德厚和夫人推窗看月，開懷飲酒，尚未曾睡。忽聞岸上啼哭，乃是婦人聲音，其聲哀怨，好生悽慘。忙呼水手找看，果然是個單身婦人，坐於江岸。便教喚上船來，審其來歷。原來此婦正是無為軍司戶之妻金玉奴，初墜水時，魂飛魄蕩，已拚著必死。忽覺水中有物，托起兩足，隨波而行，近於江岸。玉奴掙扎上岸，舉目看時，江水茫茫，已不見了司戶之船，纔悟道丈夫貴而忘賤，故意欲溺死故妻，別圖良配。如今雖得了性命，無處依棲，轉思苦楚，以此痛哭。見許公盤問，不免從頭至尾細說一遍。說罷，哭之不已，連許公夫婦都感傷墮淚，勸道：「汝休得悲啼。肯為我義女，再作道理。」玉奴拜謝。許公分付夫人，取乾衣替他通身換了，安排他後艙獨宿。教手下男女都稱他小姐，又分付舟人，不許洩漏其事。

不一日，到淮西上任。那無為軍正是他所屬地方。許公是莫司戶的上司，未免隨班參謁。許公見了莫司戶，心中想道：「可惜一表人才，幹恁般薄倖之事！」約過數月，許公對僚屬說道：「下官有一女，頗有才貌，年已及笄，欲擇一佳婿贅之。諸君意中有其人否？」眾僚屬都聞得莫司戶青年喪偶，齊聲薦他才品非凡，堪作東床之選。許公道：「此子吾亦屬意久矣！但少年登第，心高厚望，未必肯贅吾家。」眾僚屬道：「彼出身寒門，得公收拔，如蒹葭倚玉樹㉑，何幸如之，豈以入贅為嫌乎？」許公道：「諸君既酌量可行，可與莫司戶言之，但云出自諸君之意，以探其情；莫說下官，恐有妨礙。」眾人領命，遂與莫稽說知此事，要替他做媒。莫稽正要攀高，況且聯姻上司，求之不得，便欣然應道：「此事全仗

㉑ 蒹葭倚玉樹：語出南朝宋劉義慶世說新語，謂有好的依靠。魏明帝嘗令皇后之弟毛曾和夏侯玄共坐，兩人素質相差甚遠，所以當時人們以蒹葭倚玉樹為比以喻之。

玉成，當效銜結之報。」眾人道：「當得，當得！」隨即將言回復許公。許公道：「雖承司戶不棄，但下官夫婦鍾愛此女，嬌養成性，所以不捨得出嫁。只怕司戶少年氣概，不相饒讓，或致小有嫌隙，有傷下官夫婦之心。須是預先講過，凡事容耐些，方敢贅入。」眾人領命，又到司戶處傳話。司戶無不依允。此時司戶不比做秀才時節一般，用金花綵幣，為納聘之儀。選了吉期，皮鬆骨癢，整備做轉運使的女婿。

卻說許公先教夫人與玉奴說：「老相公憐你寡居，欲重贅一少年進士。你不可推阻。」玉奴答說：「奴家雖出寒門，頗知禮數，既與莫郎結髮，從一而終。雖然莫郎嫌貧棄賤，忍心害理；奴家名盡其道，豈肯改嫁以傷婦節？」言畢，淚如雨下。夫人察他志誠，乃實說道：「老相公所說少年進士，就是莫郎。老相公恨其薄倖，務要你夫妻再合，只說有個親生女兒要招贅一婿，卻教眾僚屬與莫郎議親。莫郎欣然聽命，只今晚入贅吾家。等他進房之時，須是……，如此如此，與你出這口嘔氣。」玉奴方纔收淚，重勻粉面，再整新妝，打點結親之事。

到晚，莫司戶冠帶齊整，帽插金花，身披紅錦，跨著雕鞍駿馬，兩班鼓樂前導。眾僚屬都來送親，一路行來，誰不喝采？正是：

鼓樂喧闐白馬來，風流佳婿實奇哉。
團頭喜換高門眷，釆石江邊未足哀。

是夜，轉運司鋪氈結綵，大吹大擂，等候新女婿上門。莫司戶到門下馬，許公冠帶出迎。眾官僚都別去。莫司戶直入私宅，新人用紅帕覆首，兩個養娘扶將出來。掌禮人在檻外喝禮，雙雙拜了天地，又拜了丈人、丈母，然後交拜禮畢，送歸洞房做花燭筵席。莫司戶此時心中，如登九霄雲裏，歡喜不可形容，仰著臉昂然而入。纔跨進房門，忽然兩邊門側裏走出七八個老嫗、丫鬟，一個個手執籬竹細棒，劈頭劈腦打將下來，把紗帽都打脫了！肩背上棒如雨下，打得莫司戶叫喊不過，正沒想一頭處，慌做一堆蹭倒，大叫：「岳父、岳母救命！」正在危急，只聽得房中嬌聲宛轉叫道：「休打殺薄情郎，且喚來相見。」眾人方纔住手。七八個老嫗、丫鬟，扯耳朵，拽胳膊，好似六賊戲彌陀㉒一般，腳不點地擁到新人面前。司戶口中還說道：「下官何罪？」舉目看時，花燭輝煌，照見上邊端端正正坐著個新人，不是別人，卻是故妻金玉奴！莫稽此時，魂不附體，亂嚷道：「有鬼！有鬼！」眾人都笑起來。只見許公自外而入，叫道：「賢婿休疑，此乃吾采石江頭所認之義女，非鬼也。」莫稽心頭方纔住了跳，慌忙跪下拱手道：「我莫稽知罪了，望大人包容之。」許公道：「此事與下官無干，只吾女兒沒說話就罷了。」玉奴唾面罵道：「薄倖賊！你不記宋弘有言：『貧賤之交不可忘，糟糠之妻不下堂。』當初你空手贅入吾門，虧得我家貲財，讀書延譽，以致成名，僥倖今日。奴家指望夫榮妻貴，何期你忘恩負本，就不念結髮之情，恩將仇報，將奴推墮江心。幸得皇天可憐，得遇恩爹提救，收為義女，不然一定葬於江魚之腹！你卻於心何忍？今日有何顏面，再與你完聚？」說罷，放聲大哭，千薄倖、萬薄倖，罵不住口。莫

㉒ 六賊戲彌陀：佛家謂色、聲、香、味、觸、法為「六塵」。涅槃經云：「六大賊者，即外六塵。菩薩摩訶薩觀此六塵如六大賊。」彌陀有定性，六賊戲之，毫不動心，所以有「六賊戲彌陀」之說。這裏用作反語，諷刺莫稽的負義。

稽滿面羞慚，閉口無言，只顧磕頭求恕。

許公見罵得夠了，方纔把莫稽扶起，勸玉奴道：「我兒息怒。如今賢婿悔罪，料然不敢輕慢你了。你兩個雖是舊日夫妻，在我家只算新婚花燭，凡事看我之面。閒言閒語，一筆都勾罷。」又對莫稽說道：「賢婿，你自家不是，休怪別人。今宵只索忍耐，待我教你丈母來解勸。」說罷出房。少刻，夫人來到，又調停了許多說話，二人方纔和睦。

次日，許公設宴管待新女婿，將前日所下金花綵幣，依舊送還，道：「一女不受二聘。賢婿前番在金家，已費過了；今番下官不可重疊收受。」莫稽低頭無語。許公又道：「賢婿常恨令岳翁卑賤，以致夫婦失愛，幾乖倫理。今下官備員㉓轉運，只恐官卑職小，尚未滿賢婿之意。」莫稽漲得面皮紅紫，只是離席謝罪。有詩為證：

痴心指望締高姻，誰料新人是舊人？
打罵一場羞滿面，問他何取岳翁新。

自此莫稽與玉奴夫婦和好，比前加倍。許公共夫人待玉奴如真女，待莫稽如真婿。玉奴待許公夫婦，亦與真爹媽無異。連莫稽都感動了，迎接團頭金老大，在任所奉養終身。後來許公夫婦之死，金玉奴皆制重服，以報其恩。莫稽年至五十餘，先玉奴而卒。其將死數日前，夢神人對他說：「汝壽本不止此，

㉓ 備員：充數。謙虛的說法。

為汝昔日無故殺妻，滅倫賊義，上干神怒，減壽一紀，減祿三秩。汝妻之不死再合，亦是神明曲佑，一救無辜，一薄爾罪也。」莫稽夢覺嗟歎，對家人說夢中神語，料道病已不起，正是：

舉心動念天知道，果報昭彰豈有私？

莫氏與許氏世世為通家兄弟，往來不絕。詩云：

宋弘守義稱高節，黃允休妻㉔罵薄情。
試看莫生婚再合，姻緣前定枉勞爭。

㉔ 黃允休妻：指黃允為娶大官僚袁隗之女以攀附權門，竟拋棄了結髮之妻，最後卻因人品卑劣而被罷官。此處也借諷莫稽的做人行事。

第三十三卷　唐解元玩世出奇

三通鼓角四更雞，日色高升月色低。
時序秋冬又春夏，舟車南北復東西。
鏡中次第人顏老，世上參差事不齊。
若向其間尋穩便，一壺濁酒一餐虀。

這八句詩，乃吳中一個才子所作。那才子姓唐名寅，字伯虎，聰明蓋地，學問包天。書畫音樂，無有不通；詞賦詩文，一揮立就。為人放浪不羈，有輕世傲物之志。生於蘇郡，家住吳趨。做秀才時，曾效連珠體❶，做花月吟十餘首，句句中有花有月。如「長空影動花迎月，深院人歸月伴花」、「雲破月窺花好處，夜深花睡月明中」等句，為人稱頌。本府太守曹鳳見之，深愛其才。值宗師❷科考，曹公以才

❶ 連珠體：原是漢代創設的一種文體，以具有「辭麗而言約」、「歷歷如貫珠」得名。這裏指的是一種詩的格式，保持貫珠特色。

❷ 宗師：此處指提學道。

名特薦。那宗師姓方名誌，鄞縣人，最不喜古文辭。聞唐寅恃才豪放，不修小節，正要坐名黜治，卻得曹公一力保救，唯然免禍，卻不放他科舉。直至臨場，曹公再三苦求附一名於遺才❸之末，是科遂中了解元。伯虎會試至京，文名益著，公卿皆折節下交，以識面為榮。有程詹事❹典試，頗開私徑賣題，恐人議論，欲訪一才名素著者為榜首，壓服眾心。得唐寅甚喜，許以會元。伯虎性素坦率，酒中便向人誇說：「今年我定做會元❺了。」眾人已聞程詹事有私，又忌伯虎之才，鬨傳主司不公。言官風聞動本。聖旨不許程詹事閱卷，與唐寅俱下詔獄，問革。伯虎歸鄉，絕意功名，益放浪詩酒。人都稱為唐解元。得唐解元詩文字畫，片紙尺字，如獲重寶。其中惟畫尤其得意。平日心中喜怒哀樂都寓之於丹青。每一畫出，爭以重價購之。有言志詩一絕為證：

不鍊金丹不坐禪，不為商賈不耕田。
閒來寫幅丹青賣，不使人間造業錢。

卻說蘇州六門：葑、盤、胥、閶、婁、齊。那六門中，只有閶門最盛，乃舟車輻輳之所，真個是：

---

❸ 遺才：意謂遺漏的人才。秀才應鄉試之前，須通過學道主持的科考，科考合格者即選送。科考不合格及未參加科考者，有一次補考的機會。補考合格者也可參加鄉試，這類人被稱為遺才。

❹ 詹事：官名，屬詹事府，掌有關太子內外事務。

❺ 會元：會試第一名。

翠袖三千樓上下，黃金百萬水東西。
五更市販何曾絕？四遠方言總不齊。

唐解元一日坐在閶門遊船之上，就有許多斯文中人慕名來拜，出扇求其字畫。解元畫了幾筆水墨❻，寫了幾首絕句。那聞風而至者，其來愈多。解元不耐煩，命童子且把大杯斟酒來。解元倚窗獨酌，忽見有畫舫從傍搖過。舫中珠翠奪目，內有一青衣丫鬟，眉目秀艷，體態綽約，舒頭船外注視解元，掩口而笑。須臾船過，解元神蕩魂搖，問舟子：「可認得去的那隻船麼？」舟人答言：「此船乃無錫華學士府眷也。」解元欲尾其後，急呼小艇不至，心中如有所失。正要教童子去覓船，只見城中一隻船兒搖將出來。他也不管那船有載沒載，把手相招，亂呼亂喊。那船漸漸至近，艙中一人，走出船頭，叫聲：「伯虎，你要到何處去？這般要緊！」解元打一看時，不是別人，卻是好友王雅宜。便道：「急要答拜一遠來朋友，故此要緊。兄的船往那裏去？」雅宜道：「弟同兩個舍親到茅山去進香，數日方回。」解元道：「我也要到茅山進香，正沒有人同去。如今只得要趁便了。」雅宜道：「兄若要去，快些回家收拾。弟泊船在此相候。」解元道：「就去罷了，又回家做甚麼！」雅宜道：「香燭之類也要備的。」解元道：「到那裏去買罷。」遂打發童子回去，也不別這些求詩畫的朋友，徑跳過船來，與艙中朋友敘了禮，連呼：「快些開船！」舟子知是唐解元，不敢怠慢，即忙撐篙搖櫓。行不多時，望見這隻畫舫就在前面。解元分付船上：「隨著大船而行。」眾人不知其故，只得依他。次日，到了無錫，見畫舫搖進城裏。解

❻ 水墨：不施彩色、僅恃濃淡點染。

元道：「到了這裏，若不取惠山泉，也就俗了。」叫船家：「移舟去惠山，取了水，原到此處停泊，明日早行。我們到城裏略走一走，就來下船。」舟子答應自去。

解元同雅宜三四人登岸，進了城，到那熱鬧的所在，撇了眾人，獨自一個去尋那畫舫，卻又不認得路徑，東行西走，並不見些蹤影。走了一回，穿出一條大街上來，忽聽得呼喝之聲。解元立住腳看時，只見十來個僕人前引一乘煖轎❼，自東而來，女從如雲。自古道：「有緣千里能相會。」那女從之中，閶門所見青衣丫鬟正在其內。解元心中歡喜，遠遠相隨，直到一座大門樓下，女使出迎，一擁而入。詢之傍人，說是華學士府。適纔轎中，乃夫人也。解元得了實信，問路出城。恰好船上取了水纔到。少頃，王雅宜等也來了，問：「解元那裏去了？叫我們尋得不耐煩。」解元道：「不知怎的，一擠就擠散了。又不認得路徑，問了半日，方能到此。」並不題起此事。至夜半，忽於夢中狂呼，如魘魅❽之狀。眾人皆驚，喚醒問之。解元道：「適夢中見一金甲神人，持金杵擊我，責我進香不虔。我叩頭哀乞，願齋戒一月，隻身至山謝罪。天明汝等開船自去，吾且暫回，不得相陪矣。」雅宜等信以為真。至天明，恰好有一隻小船來到，說是蘇州去的。解元別了眾人，跳上小船，行不多時，推說遺忘了東西，還要轉去。袖中摸幾文錢，賞了舟子，奮然登岸。到一飯店，辦下舊衣破帽，將衣巾換訖，如窮漢之狀。走至華府典鋪內，以典錢為繇，與主管❾相見。卑詞下氣，問主管道：「小子姓康名宣，吳縣人氏，頗善書，處

❼ 煖轎：四面有帷的轎子。

❽ 魘魅：睡夢中似為某物壓住而動彈不得。魘，音一ㄢˇ。

❾ 主管：此處指當鋪的主持人。

一個小館⑩為生。近因拙妻亡故，又失了館，孤身無活。欲投一大家，充書辦之役，未知府上用得否？倘收用時，不敢忘恩。」因於袖中取出細楷數行與主管觀看。主管看那字，寫得甚是端楷可愛。答道：「待我晚間進府稟過老爺，明日你來討回話。」是晚，主管果然將字樣稟知學士。學士看了，誇道：「寫得好，不是俗人之筆。明日可喚來見我。」

次早，解元便到典中，主管引進解元拜見了學士。學士見其儀表不俗，問過了姓名、住居，又問：「曾讀書麼？」解元道：「曾考過幾遍童生，不得進學。經書還都記得。」學士問是何經？解元雖習尚書，其實五經俱通的。曉得學士習周易，就答應道：「易經。」學士大喜道：「我書房中寫帖的正缺，可送公子處作伴讀。」問他要多少身價？解元道：「身價不敢領，只要求些衣服穿，待後老爺中意時，賞一房好媳婦足矣。」學士更喜，就叫主管於典中尋幾件隨身衣服，與他換了，改名華安。送至書館，見了公子。公子叫華安抄寫文字。文字中有字句不妥的，華安私加改竄。公子見他改得好，大驚道：「你原來通文理，幾時放下書本的？」華安道：「從來不曾曠學，但為貧所迫耳！」公子大喜，將自己日課⑪教他改削。華安筆不停揮，真有點鐵成金手段！有時題義疑難，華安就與公子講解；若公子做不出時，華安就通篇代筆。先生見公子學問日進，向主人誇獎。學士討近作看了，搖頭道：「此非孺子所及！若非抄寫，必是倩人。」呼公子詰問其繇。公子不敢隱瞞，說道：「曾經華安改竄。」學士大驚，喚華安到來，出題而試。華安不假思索，援筆立就。手捧所作呈上。學士見其手腕如玉，但左手有枝指。閱其

⑩ 館：私塾。

⑪ 日課：每天的功課作業。

文，詞意兼美，字復精工，愈加歡喜，道：「你時藝⓬如此，想古作亦可觀也。」乃留內書房掌書記⓭。一應往來書札，授之以意，輒令代筆，煩簡曲當，學士從未曾增減一字，寵信日深，賞賜比眾人加厚。華安時買酒食，與書房諸童子共享，無不歡喜。因而潛訪前所見青衣丫鬟，其名秋香，乃夫人貼身伏侍、一刻不離者，計無所出，乃因春暮，賦黃鶯兒⓮以自歎：

風雨送春歸，杜鵑愁，花亂飛，青苔滿院朱門閉。孤燈半垂，孤衾半欹，蕭蕭孤影汪汪淚。憶歸期，相思未了，春夢遶天涯。

學士一日偶到華安房中，見壁間之詞，知安所題，甚加稱奬。但以為壯年鰥處，不無感傷，初不意其有所屬意也。適典中主管病故，學士令華安暫攝其事。月餘，出納謹慎，毫忽無私。學士欲遂用為主管，嫌其孤身無室，難以重託。乃與夫人商議，呼媒婆欲為娶婦。華安將銀三兩，送與媒婆，央他稟知夫人，說：「華安蒙老爺、夫人提拔，復為置室，恩同天地。但恐外面小家之女，不習裏面規矩。倘得於侍兒中，擇一人見配，此華安之願也。」媒婆依言，稟知夫人。夫人對學士說了。學士道：「如此誠為兩便。但華安初來時，不領身價，原指望一房好媳婦。今日又做了府中得力之人，倘然所配未中其意，

⓬ 時藝：即時文。八股文的別稱。

⓭ 掌書記：掌管書籍與文牘信件。

⓮ 兒：原誤作「調」，據警世通言改。

難保其無他志也。不若喚他到中堂，將許多丫鬟聽其自擇。」夫人點頭道是。

當晚，夫人坐於中堂，燈燭輝煌，將丫鬟二十餘人，各盛飾妝扮，排列兩邊，恰似一班仙女，簇擁著王母娘娘在瑤池之上。夫人傳命喚華安。華安進了中堂，拜見了夫人。夫人道：「老爺說你小心得用，欲賞你一房妻小。這幾個粗婢中，任你自擇。」叫老姆姆攜燭下去，照他一照。華安就燭光之下，看了一回。雖然儘有標緻的，那青衣丫鬟，不在其內。華安立於傍邊，嘿然無語。夫人叫：「老姆姆，你去問華安：『那一個中你的意，就配與你。』」華安只不開言。夫人心中不樂，叫：「華安，你好大眼孔！難道我這些丫頭，就沒個中你意的？」華安道：「復夫人，華安蒙夫人賜配，又許華安自擇，這是曠古隆恩，粉身難報！只是夫人隨身侍婢，還來不齊，既蒙恩典，願得盡觀。」夫人笑道：「你敢是疑我有吝嗇之意？也罷！房中那四個，一齊喚出來與他看看，滿他的心願。」原來那四個是有執事的，叫做：

春媚，夏清，秋香，冬瑞。

春媚掌首飾脂粉，夏清掌香爐茶竈，秋香掌四時衣服，冬瑞掌酒果食品。管家老姆姆傳夫人之命，將四個喚出來。那四個不及更衣，隨身妝束，秋香依舊青衣。老姆姆引出中堂，站立夫人背後。堂中蠟炬，光明如晝。華安早已看見了。昔日丰姿，宛然在目。還不曾開口，那老姆姆知趣，先來問道：「可看中了誰？」華安心中，明曉得是秋香，不敢說破，只將手指道：「若得穿青這一位小娘子，足遂生平。」夫人回顧秋香，微微而笑。叫華安且出去。華安回典鋪中，一喜一懼。喜者機會甚好，懼者未曾上手，惟恐不成偶。見月明如畫，獨步徘徊，吟詩一首：

徒倚無聊夜臥遲，綠楊風靜鳥棲枝。
難將心事和人說，說與青天明月知。

次日，夫人向學士說了。另收拾一所潔淨房室，其床帳傢伙，無物不備。又合家童僕，奉承他是新主管，擔東送西，擺得一室之中，錦片相似。擇了吉日，學士和夫人主婚，華安與秋香中堂雙拜，鼓樂引至新房，合巹成婚。男歡女悅，自不必說。夜半，秋香向華安道：「與君頗面善，何處曾相會來？」華安道：「小娘子自去思想。」又過了幾日，秋香忽問華安道：「向日閶門遊船中看見的，可就是你？」華安笑道：「是也！」秋香道：「若然，君非下賤之輩，何故屈身於此？」華安道：「吾為小娘子傍舟一笑，不能忘情，所以從權相就。」秋香道：「妾昔見諸少年擁君，出素扇競求書畫。君一概不理，倚窗酌酒，傍若無人。妾知君非凡品，故一笑耳。」華安道：「女子家能於流俗中識名士，誠紅拂、綠綺⑮之流也。」秋香道：「此後於南門街上，似又會一次。」華安笑道：「好利害眼睛！果然，果然！」秋香道：「你既非下流，實是甚麼樣人？可將真姓名告我。」華安道：「我乃蘇州唐解元也。與你三生有緣，得諧所願。今夜既然說破，不可久留，欲與你圖諧老之策。你肯隨我去否？」秋香道：「解元為賤

⑮ 紅拂綠綺：皆美女名。紅拂事載唐人杜光庭所撰傳奇虬髯客傳，謂係隋末越國公楊素侍婢，後與李靖私奔。綠綺即卓文君的代指，原係古琴之名，以文君擅長鼓琴故也。

妾之故，不惜辱千金之軀。妾豈敢不惟命是從？」華安次日將典中賬目，細細開了一本簿子；又將房中衣服首飾，及床帳器皿，另開一帳；又將各人所贈之物，亦開一帳，纖毫不取。共是三宗帳目，鎖在一個護書篋內。其鑰匙即掛在鎖上。又於壁間題詩一首：

擬向華陽洞⑯裏遊，行蹤端為可人留。
願隨紅拂同高蹈，敢向朱家⑰惜下流。
好事已成誰索笑？屈身今去尚含羞。
主人若問真名姓，只在「康宣」兩字頭。

是夜，僱了一隻小船，泊於河下。黃昏人靜，將房門封鎖，同秋香下船，連夜望蘇州去了。天曉，家人見華安房門封鎖，奔告學士。學士叫打開看時，床帳什物，一毫不動，護書內帳目開載明白。學士沉思，莫測其故。抬頭一看，忽見壁上有詩八句。讀了一遍，想：「此人原名不是康宣，又不知甚麼意故，來府中住許多時。若是不良之人，財上又分毫不苟。又不知那秋香如何就肯隨他逃走？如今兩口兒又不知逃在那裏。我棄此一婢，亦有何難？只要明白了這樁事跡。」便叫家童喚捕人來，出信賞錢，各

---

⑯ 華陽洞：道教十大洞天之一，在江蘇金壇茅山境內。

⑰ 朱家：秦末漢初任俠之士，魯人，曾窩藏被劉邦懸賞緝拿的楚將季布。事見史記游俠列傳。此處引朱家係指季布為逃避追捕曾在朱府賣身為奴以自比。

處緝獲康宣、秋香，杳無影響。過了年餘，學士也放過一邊了。

忽一日，學士到蘇州拜客，從閶門經過。家童看見書坊中有一秀才，坐而觀書，其貌酷似華安，左手亦有枝指。報與學士知道。學士不信，分付此童：「再去看個詳細，並訪其人名姓。」家童覆身到書坊中，那秀才又和著一個同輩說話，剛下階頭。家童乖巧，悄悄隨之。那兩個轉彎向潼子門下船去了。僕從相隨，共有四五人。背後察其形相，分明與華安無二，只是不敢唐突。家童回轉書坊，問店主：「適來在此看書的是甚麼人？」店主道：「是唐伯虎解元相公。今日是文衡山⑱相公舟中請酒去了。」家童道：「方纔同去的那一位，可就是文相公麼？」店主道：「那是祝枝山⑲，也都是一般名士。」家童一一記了，回復了華學士。學士大驚！想道：「久聞唐伯虎放達不羈，難道華安就是他？明日專往拜謁，便知是否。」

次日，寫了名帖，特到吳趨坊拜唐解元。解元慌忙出迎，分賓而坐。學士再三審視，果肖華安。及捧茶，又見手白如玉，左有枝指。意欲問之，難於開口，茶罷，解元請學士書房中小坐。學士有疑未決，亦不敢輕別，遂同至書房。見其擺設齊整，嘖嘖歎羨。少停酒至，賓主對酌多時。學士開言道：「貴縣有個康宣，其人讀書不遇，甚通文理。先生識其人否？」解元唯唯。學士又道：「此人去歲曾傭書於舍下，改名華安。先在小兒館中伴讀，後在學生書房管書柬。後又在小典中為主管。因他無室，叫他於賤

⑱ 文衡山：西元一四七〇至一五五九年，即文徵明，初名璧，字徵仲，號衡山居士。江蘇長洲人。曾任翰林院待詔，擅山水畫，與沈周、唐寅、仇英合稱「明四大家」。

⑲ 祝枝山：西元一四六〇至一五二六年，名允明，字希哲，江蘇長洲人。曾官應天通判，工書法。

婢中自擇。他擇得秋香成親。數日後，夫婦俱逃，房中日用之物，一無所取，竟不知其何故？學生曾差人到貴處察訪，並無其人。先生可略知風聲麼？」解元又唯唯。學士見他不明不白，只是胡答應，忍耐不住，只得又說道：「此人形容，頗肖先生模樣，左手亦有枝指，不知何故？」解元又唯唯。

少頃，解元暫起身入內。學士翻看桌上書籍，見書內有紙一幅，題詩八句，讀之即壁上之詩也。解元出來，學士出詩問道：「這八句詩，乃華安所作。此字亦華安之筆，如何有在尊處？必有緣故。願先生一言，以決學生之疑。」解元道：「容少停奉告。」學士心中愈悶，道：「先生見教過了，學生還坐；不然，即告辭矣！」解元道：「稟復不難，求老先生再用幾杯薄酒。」學士又喫了數杯。解元巨觥奉勸。學士已半酣，道：「酒已過分，不能領矣。學生惓惓請教，止欲剖胸中之疑，並無他念。」解元道：「請用一筯粗飯。」飯後獻茶，看看天晚，童子點燭到來。學士愈疑，只得起身告辭。解元道：「請老先生暫那貴步，當決所疑。」命童子秉燭前引，解元陪學士隨後，共入後堂。堂中燈火煌煌，裏面傳呼：「新娘來！」只見兩個丫鬟，伏侍一位小娘子，輕移蓮步而出。珠珞重遮，不露嬌容。學士惶悚退避。解元一把扯住衣袖道：「此小妾也。通家長者，合當拜見，不必避嫌。」丫鬟鋪氈，小娘子向上便拜。學士還禮不迭。解元將學士拖住，不要他還禮。拜了四拜，學士只還得兩個揖，甚不過意。拜罷，解元攜小娘子近學士之傍，帶笑問道：「老先生請認一認，方纔說學生頗似華安，不識此女亦似秋香否？」學士熟視大笑，慌忙作揖，連稱：「得罪！」解元道：「還該是學生告罪。」二人再至書房。解元命重整杯盤，洗盞更酌。酒中，學士復叩其詳。解元將閶門舟中相遇始末，細說一遍，各各撫掌大笑。學士道：「今日即不敢以記室相待，少不得行子婿之禮。」解元道：「若要甥舅相行，恐又費丈人妝奩耳！」二人復大笑。是夜，盡歡而別。

學士回到舟中，將袖中詩句置於桌上，反覆玩味：「首聯道：『擬向華陽洞裏遊』，是說有茅山進香之行了。『行蹤端為可人留』，分明為中途遇了秋香，擔擱住了。第二聯『願隨紅拂同高蹈，敢向朱家惜下流』。他屈身投靠，便有相挈而逃之意。第三聯『好事已成誰索笑？屈身今去尚含羞』。這兩句明白。末聯『主人若問真名姓，只在康宣兩字頭』。康字與唐字頭一般，宣字與寅字頭無二，是影著『唐寅』二字，我自不能推詳耳。他此舉雖是情痴，然封還衣飾，一無所取，乃禮義之人，不枉名士風流也。」學士回家，將這段新聞向夫人說了。夫人亦駭然。於是，厚具妝奩，約值千金，差當家老姆姆押送唐解元家。從此兩家遂為親戚，往來不絕。至今吳中把此事傳作風流話柄。有唐解元焚香默坐歌，自述一生心事。最做得好！歌曰：

焚香默坐自省己，口裏喃喃想心裏。
心中有甚害人謀？口中有甚欺心語？
為人能把口應心，孝弟忠信從此始。
其餘小德或出入，焉能磨涅⑳吾行止。
頭插花枝手把杯，聽罷歌童看舞女。

⑳磨涅：語出論語陽貨：「不曰堅乎，磨而不磷；不曰白乎，涅而不緇。」意謂經受得起考驗，而能堅持操節。

食色性也㉑古人言，今人乃以為之恥。
及至心中與口中，多少欺人沒天理！
陰為不善陽掩之，則何益矣徒勞耳。
請坐且聽吾語汝，凡人有生必有死。
死見閻君面不慚，纔是堂堂好男子！

㉑食色性也：語出孟子告子上，謂飲食男女，人之天性。

第三十四卷 女秀才移花接木

萬里橋邊薛校書❶，枇杷窗下閉門居。
掃眉才子知多少？管領春風總不如！

這四句詩，乃唐人贈蜀中妓女薛濤之作。這個薛濤乃女中之才子。南康王韋皋做西川節度使時，曾表奏他做軍中校書，故人多稱為薛校書。所往來的是高千里❷、元微之、杜牧之❸一班兒名流。又將浣花溪水造成小箋，名曰「薛濤箋」。詞人墨客，得了此箋，猶如拱璧❹。真正名重一時，芳流百世。國朝洪武年間，有廣東廣州府人田洙，字孟沂，隨父田百祿到成都赴教官之任。那孟沂生得風流標致，又兼

❶ 校書：官名。東漢以來校勘書籍的官員設有校書郎、祕書校書郎等名目，隋唐又增設校書。
❷ 高千里：高駢，表字千里，幽州人。出身世代禁軍將領之家，曾任淮南及劍南西川節度使等要職，尚武而好文。舊唐書有傳。
❸ 元微之杜牧之：即唐之著名文人元稹、杜牧。
❹ 拱璧：此處喻指物之貴重。

才學過人，書畫琴棋之類，無不通曉。學中諸生日與嬉遊，愛同骨肉。過了一年，百祿要遣他回去；孟沂的母親心裏捨❺不得他去，又且寒官冷署❻，盤費難處。百祿與學中幾個秀才商量，要在地方上尋一個館與兒子坐坐，一來可以早晚讀書，二來得些館資，可為歸計。這些秀才，巴不得留住他，訪得附郭一個大姓張氏，要請一館賓❼，眾人遂將孟沂力薦於張氏。張氏送了館約，約定明年正月元宵後到館。至期，學中許多有名的少年朋友，一同送孟沂到張家來，連百祿也自送去。張家主人曾為運使❽，家道饒裕，見是老廣文❾帶了許多時髦❿到家，甚為歡喜，開筵相待。酒罷各散，孟沂就在館中宿歇。

到了二月花朝日⓫，孟沂要歸省父母。主人送他節儀二兩。孟沂藏在袖裏便了，步行回去。偶然一個去處，望見桃花盛開。一路走去看，竟甚幽僻。孟沂心裏喜歡，佇立少頃，觀翫景緻。忽見桃林中一個美人，掩映花下。孟沂曉得是良人家，不敢顧盼，逕自走過，未免帶些賣俏身子，拖下袖來。袖中之銀，不覺落地。美人看見，便叫隨侍的丫鬟拾將起來，送還孟沂。孟沂笑受，致謝而別。

明日，孟沂有意打那邊經過，只見美人與丫鬟仍立在門首。孟沂望著門前走去，丫鬟指道：「昨日

---

❺ 捨：原誤作「又」，據同文堂本改。

❻ 寒官冷署：謂職位不高，公務簡略，收入菲薄。

❼ 館賓：塾師。即「西賓」。

❽ 運使：轉運使的略稱。

❾ 廣文：明清時代對教官的稱呼。

❿ 時髦：年輕傑出的士子。

⓫ 花朝日：民俗中百花的生日，時在每年農曆二月十二。

遺金的郎君來了。」美人略略欠斂身，避入門內。孟沂見了丫鬟敘述道：「昨日多蒙娘子美情，拾還遺金，今日特來造謝。」美人聽得，叫丫鬟請入內廳相見。孟沂喜出望外，急整衣冠，望門內而進。美人早已迎著，至廳上相見禮畢。美人先開口道：「郎君莫非是張運使宅上西賓麼？」孟沂道：「然也。昨日因館中回家，道經於此，偶遺少物，得遇夫人盛情，命尊姬拾還，實為感激。」美人道：「張氏一家親戚，彼西賓即我西賓，還金小事，何足為謝。」孟沂道：「欲問夫人高門姓氏，與敝東何親？」美人道：「寒家姓平，成都舊族也。妾乃文孝坊薛氏女，嫁與平氏子康，不幸早卒。妾獨孀居於此。與郎君賢東，乃鄉鄰姻婭。郎君即是通家了。」孟沂見說是孀居，不敢久留，兩杯茶罷，起身告退。美人道：「郎君便在寒舍過了晚去。若賢東曉得郎君到此，妾不能久留款待，覺得不趣了。」即分付快辦酒饌。不多時，設著兩席，與孟沂相對而坐。坐中殷勤勸酬。笑語之間，美人多帶些謔浪話頭。孟氏認道是張氏至親，雖然心裏技癢難熬，還拘拘束束，不敢十分放肆。美人道：「聞得郎君倜儻俊才，何乃作儒生酸態？妾雖不敏，頗解吟詠。今遇知音，不敢愛醜。當與⓬郎君賞鑒文墨，唱和詞章，郎君不以為鄙，妾之幸也。」遂叫丫鬟取出唐賢遺墨，與孟沂看。孟沂從頭細⓭閱，多是唐人真蹟手翰詩詞，惟元稹、杜牧、高駢的最多，墨蹟如新。孟沂愛翫，不忍釋手，道：「此稀世之寶也。夫人情鍾此類，真是千古韻人⓮了。」美人謙謝。兩人談話有味，不覺夜已二鼓。孟沂辭酒不飲。美人延入寢室，自薦枕席，道：

⓬ 與：原作「日」，據同文堂本改。

⓭ 細：原誤作「閱」，據同文堂本改。

⓮ 韻人：風雅脫俗的人。

「妾獨處已久，今見郎君高雅，不能無情，願得奉陪。」孟沂道：「不敢請耳，固所願也。」二人解衣就枕，魚水歡情，極其繾綣。枕邊切切叮嚀道：「慎勿輕言。若賢東知道，彼此名節喪盡了。」次日，將一個臥獅玉鎮紙贈與孟沂，送至門外道：「無事就來走走，勿學薄倖人。」孟沂道：「這個何勞分付！」

孟沂到館哄主人道：「老母想念，必要小生歸家宿歇，小生不敢違命留此。從今早來館中，晚歸家裏便了。」主人信以為實，道：「任從尊便。」自此，孟沂在張家只推家裏去宿，家裏又說在館中宿，竟夜夜到美人處宿了整有半年，並沒一個人知道。孟沂與美人賞花翫月，酌酒吟詩，曲盡人間之樂。兩人每每你唱我和，做成聯句，如落花二十四韻、月夜五十韻，鬥巧爭妍，真成敵手。詩句太多，恐看官每厭聽，不能盡述。只將他兩人四時迴文詩表白一遍。美人詩道：

花朵幾枝柔傍砌，柳絲千縷細搖風。
霞明半嶺西斜日，月上孤村一樹松。（春）

涼回翠簟冰人冷，齒沁清泉夏月寒。
香篆⑮裊風清縷縷，紙窗明月白團團。（夏）

蘆雪覆汀秋水白，柳風凋樹晚山蒼。

---

⑮ 香篆：繚繞的香煙。

孤幃客夢驚空館，獨雁征書寄遠鄉。（秋）

天凍雨寒朝閉戶，雪飛風冷夜關城。

鮮紅炭火圍爐煖，淺碧茶甌注茗清。（冬）

這個詩，怎麼叫做「迴文」？因是順讀完了，倒讀轉去，皆可通得。最難得這樣渾成，非是高手不能！美人一揮而就。孟沂也和他四首道：

芳樹吐花紅過雨，入簾飛絮白驚風。

黃添曉色青舒柳，粉落晴香雪覆松。（春）

瓜浮甕水涼消暑，藕疊盤冰翠嚼寒。

斜石近階穿筍密，小池舒葉出荷團。（夏）

殘石絢紅霜葉出，薄煙寒樹晚林蒼。

鸞書⑯寄恨羞封淚，蝶夢驚愁怕念鄉。（秋）

---

⑯鸞書：男女定親的婚帖。

風捲雪蓬寒罷釣，月揮霜析冷敲城。
濃香酒泛霞杯滿，淡影梅橫紙帳⑰清。（冬）

孟沂和罷，美人甚喜，真是才子佳人，情味相投，樂不可言。卻是好物不堅牢，自有散場時節。

一日，張運使偶過學中，對老廣文田百祿說道：「令郎每夜歸家，不勝奔走之勞，何不仍留寒舍住宿，豈不為便？」百祿道：「自開館後，一向只在公家。止因老妻前日有疾，曾留得數日，這幾時並不曾來家宿歇，怎麼如此說？」張運使曉得內中必有蹺蹊，恐礙著孟沂，不敢進言而別。

是晚，孟沂告歸。張運使不說破他，只教館僕尾著他去。到得半路忽然不見。館僕趕去追尋，竟無下落！回來對家主說了。運使道：「他少年放逸，必然花柳人家去了。」館僕道：「這條路上何曾有甚麼妓館？」運使道：「你還到他衙中問問看。」館僕道：「天色晚了，怕關了城門出來不得。」運使道：「就在他家宿了，明日早辰來回我不妨。」

到了天明，館僕回話，說是不曾回衙。運使道：「這等那裏去了？」正疑怪間，孟沂恰到。運使問道：「先生昨宵宿於何處？」孟沂道：「家間。」運使道：「豈有此理！學生昨日叫人跟隨先生回去，因半路上不見了先生，小僕直到學中去問，先生不曾到宅，怎如此說？」孟沂道：「半路上偶到一個朋

⑰ 紙帳：紙製的帳子。

友去講話，直到天黑回家，故此盛僕⑱來時問不著。」館僕道：「小人昨夜宿在相公家了，方纔回來的。田老爺見說了，甚是驚慌，要自來尋問。相公如何還說著在家的話？」孟沂支吾不來，顏色盡變。運使道：「先生若有別故，當以實說。」孟沂曉得遮掩不過，只得把遇著平家薛氏的話說了一遍，道：「此乃令親相留，非小生敢作此無行之事。」運使道：「我家何嘗有親戚在此地方？況親中也無平姓者，必是鬼祟！今後先生自愛，不可去了。」孟沂口裏應承，心裏那裏信他？傍晚又到美人家裏，備對美人說形跡已露之意。美人道：「我已先知道了，郎君不必怨悔，亦是冥數盡了。」遂與孟沂痛飲，極盡歡情。到了天明，哭對孟沂道：「從此永別矣！」將出灑墨玉筆管一枝，送與孟沂道：「此唐物也，郎君慎藏在身，以為記念。」揮淚而別。

那邊張運使料先生晚間必去，叫人看著，果不在館。運使道：「先生這事，必要做出來，這是我們做主人的干係，不可不對他父親說知。」遂步至學中，把孟沂之事，備細說與百祿知道。百祿大怒，遂叫了學中一個門子，同著張家館僕，到館中喚孟沂回來。孟沂方別了美人回到張家，想念道：「他說永別之言，只怕風聲敗露矣。我便耐守幾時，再去走動，或者還可相會。」正躊躇間，父命已至，只得跟著回去。百祿一見，喝道：「你書倒不讀，夜夜在那裏遊蕩？」孟沂看見張運使一同在家了，便無言可對。百祿見他不說，就拿起一條拄杖，劈頭打去！道：「還不實告！」孟沂無奈，只得把相遇之事，及錄成聯句一本，與所送鎮紙、筆管二物，多將出來，道：「如此佳人，不容不動心，不必罪兒了。」百祿取來逐件一看。看那玉色，是百年出土之物，管上有篆字，刻「渤海高氏清玩」六個字。又揭開詩來

⑱ 盛僕：尊稱別人的僕役。

從頭細閱，不覺心服，對張運使道：「物既稀奇，詩又俊逸，豈尋常之怪？我每可同了不肖子，親到那地方，去查一查蹤跡看。」二人遂同出城來。

將近桃林，孟沂道：「此間是了。」進前一看，孟沂驚道：「怎生屋宇俱無了？」百祿與運使齊抬頭一看，只見水碧山青，桃林茂盛。荊棘之中，有墳壘然。張運使點頭道：「是了！是了！此地相傳是唐妓薛濤之墓，後人因鄭谷⑲詩有『小桃花遶薛濤墳』之句，所以種桃百株，為春時遊賞之所。賢郎所遇，必是薛濤也。」百祿道：「怎見得？」張運使道：「他說所嫁是平氏子康，分明是平康巷了。又說文孝坊，城中並無此坊。文孝乃是『教』字，分明是教坊了。平康巷教坊，乃是唐時妓女所居。今云薛氏，不是薛濤是誰？且筆上有高氏字，乃是西川節度使高駢。駢在蜀時，濤最蒙寵待。二物是其所賜無疑。濤死已久，其精靈猶如此。此事不必窮究了。」百祿曉得運使之言甚確，恐怕兒子還要著迷，打發他回歸廣東。後來孟沂中了進士，常對人說，便將二玉物為證。雖然想念，再不相遇了。至今傳有田洙遇薛濤故事。小子為何說這一段鬼話？只因蜀中女子，從來號稱多才。如文君、昭君，多是蜀中所生，皆有文才。所以薛濤一個妓女，生前詩名，不減當時詞客，死後猶且詩興勃然，這也是山川的秀氣。唐人詩有云：

錦江膩骨蛾眉秀，幻出文君與薛濤。

⑲鄭谷：唐僖宗朝進士，字守愚，江西宜春人。

誠為千古佳話。至於黃崇嘏⑳女扮為男，做了相府掾屬，今世傳有女狀元本，也是蜀中故事。可見蜀女多才，自古為然。至今兩川風俗，女人自小從師上學，與男人一般讀書，還有考試進庠，做青衿弟子。若在別處，豈非大段奇事？而今說這一家子的事，委曲奇咤，最是好聽。

從來女子守閨房，幾見裙釵入學堂？
文武習成男子業，婚姻也只自商量。

話說四川成都府綿竹縣，有一個武官，姓聞名確，乃是衛中世襲指揮。因中過武舉兩榜，累官至參將，就鎮守彼處地方。家中富厚，賦性豪奢。夫人已故，房中有一班姬妾，多會吹彈歌舞。有一子也是妾生，未滿三週。有一個女兒，年十七歲，名蜚娥，丰姿絕世。卻是將門將種，自小習得一身武藝。他最善騎射，真能百步穿楊。模樣雖是娉婷，志氣賽過男子。他起初因見父親是武出身，受那外人指目，只說是個武弁人家，必須得個子弟在黌門㉑中出入，方能結交斯文士夫，不受人的欺侮。怎奈兄弟尚小，等他長大不得。所以一向裝做男子，到學堂讀書，外邊走動。只是㉒個少年學生。到了家中內房，方還

⑳黃崇嘏：五代前蜀的女才子，幼喪父母，乃扮男裝伴一老嫗。後為蜀相周庠賞識，拔擢相府為掾屬。明嘉靖間劇作家徐渭，曾本其事譜為雜劇女狀元。

㉑黌門：學校門。黌，音ㄏㄨㄥˊ。

㉒是：原誤作「有」，據同文堂本改。

女扮。如此數年，果然學得滿腹文章，博通經史。遇著宗師到來，他就改名勝傑，表字俊卿，取勝過豪傑男人之意。一般隨行逐隊，去考童生。且喜文星照命，縣、府、道高高前列，做了秀才。他男扮久了，人多認做聞參將的小舍人。一進了學，多來賀喜，府縣迎送到家。參將也只是將錯就錯，歡喜開宴。因武官人家，秀才是極難得的。從此，參將與官府往來，添了個幫手，有好些氣色。那內外大小，卻像忘記他是女兒一般的，凡事盡要蜚娥支持。

他同學有兩個好友：一個姓魏名造，字撰之；一個姓杜名億，字子中。兩人多是出群才學，英銳少年。與聞俊卿意氣相投，學業相長。況且年紀差不多：魏撰之方年十九，長俊卿兩歲；杜子中卻與俊卿同年，只小得兩個月。三人就如親生弟兄一般，極是契厚，同往學中一個齋舍裏讀書。二人無心，只認做同窗好友。聞俊卿卻有意要在二人之中，揀一個嫁他。將二人比並起來，又覺得杜子中是同庚生，凡事彷彿，模樣也是他標緻些，更為中意，比魏撰之分外說得投機。杜子中見俊卿意思又好，丰姿又妙，常對他道：「我與兄兩人，可惜多做了男子。我若為女，必當嫁兄；兄若為女，我必當娶兄。」魏撰之聽得，便取笑道：「而今世界盛行男色㉓，久已顛倒陰陽。那見得兩男便嫁娶不得？」聞俊卿正色道：「我輩俱是孔門弟子，以文藝相知，彼此愛重。若想著淫昵，把面目放在何處？況堂堂男子，肯效頑童所為乎？該罰魏兄東道纔是！」魏撰之道：「適纔聽得子中愛慕俊卿，恨不得身為女子，故爾取笑；若俊卿不愛此道，子中也就變不及身子了。」杜子中道：「我原是兩下的說話，今只說得一半，把我說得失便宜了。」魏撰之道：「三人之中，誰叫你獨小？自然該喫些虧。」大家笑了一回。

㉓ 男色：指同性戀。

俊卿歸家來，脫了男服，還是個女身。暗想道：「我久與男人做伴，已是不宜。豈可他日捨此同學之人，另尋配偶不成？畢竟止在二人之內了。雖然杜生更覺可喜，魏兄也自不凡，不知後來還是那個結果好，姻緣還在那個身上？」好生委決㉔不下。他家中一個小樓，可以四望。心中有事，趁步登樓，見一隻烏鴉在樓窗前飛過，卻向百步外一株高樹上停翅踏枝，對著樓窗呀呀的叫。俊卿認得這株樹，乃是學中齋前之樹，心裏道：「叵耐㉕這業畜叫得可厭，且教他喫我一箭則個！」隨下樓到臥房中取了弓箭，跑上樓來。那烏鴉還在那裏狠叫。俊卿道：「我借這業畜卜我一件心事則個。」扯開弓，搭上箭，口裏輕輕道：「不要誤我。」颼的一響，箭到處，那邊烏鴉墜地。這邊望見中箭，急急下樓，仍舊改了男裝，往學中看那枝箭的下落。

且說杜子中在齋前閒步，聽得鴉鳴正急，忽然「撲」的一響，掉下地來。走去看時，鴉頭上中了一箭，貫睛而死。子中拔出箭來道：「誰有此神手，恰恰貫著他頭腦？」仔細看，那箭幹上有兩行細字道：

矢不虛發，發必應弦。

子中念罷，笑道：「那人好誇口！」魏撰之聽得，急出來叫道：「拿與我看！」在杜子中手裏接了過去。正同看時，忽然子中家裏有人來尋，子中掉著箭自去了。魏撰之細看時，八個字下邊，還有「蜚

㉔ 委決：決斷。
㉕ 叵耐：可恨。

娥記」三小字，想道：「蜚娥乃女子之號，難道女子中有此妙手？這也咤異。適纔子中不看見這三個字，若見時，必然還要稱奇了。」沉吟間，早有聞俊卿走將來，看見魏撰之捻著這枝箭，立在那裏。忙問道：「這枝箭是兄拾了麼？」撰之道：「箭自何來的？兄卻如此盤問。」俊卿道：「箭上有字的麼？」撰之道：「因為有字，在此念想。」俊卿道：「念想些甚麼？」撰之道：「有『蜚娥記』三字。蜚娥必是女人，故此想著，難道有這般善射的女子不成？」俊卿假言道：「不敢欺兄，蜚娥即是家姊。」撰之道：「令姊有如此巧藝！曾許聘那家了？」俊卿道：「尚未。」撰之道：「模樣如何？」俊卿道：「與小弟有些廝像。」撰之道：「這等必是極美的了！俗語道：『未看老婆，先看阿舅。』小弟還未有室，吾兄與小弟做個撮合山㉖何如？」俊卿道：「家下事，多是小弟作主。老父面前，只消小弟一言，無有不依。只未知家姊心下如何？」撰之道：「令姊處，也仗吾兄幫襯。通家之雅，料無推拒。」俊卿道：「小弟謹記在心。」撰之喜道：「得兄應承，便十有八九了。誰想姻緣卻在此枝箭上，小弟謹當寶此，以為後驗。」便把那枝箭藏於書廂中。又取出羊脂玉鬧妝㉗一個，遞與俊卿道：「以此奉令姊，權答此箭，作個信物。」俊卿接來，束在腰間。撰之道：「小弟聊謅俚言，道意於令姊何如？」俊卿道：「願聞。」撰之吟道：

聞得羅敷㉘未有夫，支機肯與問津無㉙？

㉖ 撮合山：媒人。

㉗ 羊脂玉鬧妝：白玉與其他寶物綴合的腰帶。

他年得射如皋雉㉚，珍重今朝金僕姑㉛。

俊卿笑道：「詩意最妙。只是兄貌不陋，似太謙了些。」撰之笑道：「小弟雖非賈大夫之醜，若與令姊相並，定是不及。」俊卿含笑而別。

從此，撰之胸中，痴痴裏想著聞俊卿有個阿姊，貌美技精，要得為妻。有了這個念頭，並不與杜子中說知，因為箭是他所拾，恐怕說明這段緣由，起子中爭娶之念，故此半字不題。誰想這枝箭原有來歷。俊卿學射時節，便懷著擇配之心。竹幹上刻那兩句，固是誇著發矢必中，也暗藏個應弦的啞謎。他射那烏鴉之時，明知在書齋樹上，射去這枝箭，心裏暗卜一卦，看他兩人那個先拾得者，即是百年姻眷，為此急急來尋下落。不知是杜子中先拾著，後來掉在魏撰之手裏。俊卿只見在魏撰之處，以為姻緣有定，故假意說是姊姊，其實多暗隱著自己的意思。魏撰之不知其故，憑他搗鬼，只道的真有個姊姊。俊卿卻又錯認魏撰之乃天定良緣，已是心口相許；但為杜子中十分相愛，好些拋撇不下。歎口氣道：「一馬跨

㉘ 羅敷：漢樂府詩陌上桑中的美女。

㉙ 支機肯與問津無：典出集林（太平御覽卷八轉引）：「有人尋河源，見婦人浣紗。問之，曰：『此天河也。』乃與一石而歸。問嚴君平。君平曰：『此織女支機石也。』」魏撰之在詩中以借代織女的「支機」影射聞俊卿編造的姐姐。這句的意思是想知道女方有沒有接受他求婚的可能。

㉚ 如皋雉：典出左傳，謂有賈大夫，貌醜而妻俊美，三年中不和丈夫說笑。賈大夫在如皋射獲了野雞，才看到了妻子的笑容。魏撰之自謙貌不理想，又暗寓才能不差之意。

㉛ 金僕姑：箭名。據左傳：莊公十一年，南宮長萬叛，公命左右取金僕姑親射之。

不得雙鞍。我又違不得天意。他日別尋件事端，補其夙昔美情。」明日來對魏撰之道：「老父與家姊面前，小弟十分攛掇，已有允意。玉鬧妝也留在家姊處了。老父的意思，要等秋試過，待兄高捷，方議此事。」魏撰之道：「就遲到今冬也無妨。只是一言既定，再無翻變纔好。」俊卿道：「有小弟在，誰翻變得？」魏撰之不勝之喜，連忙作揖道：「多謝吾兄主盟，異日當圖厚報。」

話休煩絮。時值秋闈㉜，魏撰之與杜子中、聞俊卿多考在優等，起送鄉試。兩人拉俊卿同去。俊卿與父參將計較道：「女孩兒家只好瞞著人，暫時做秀才耍子。若當真去鄉試，一下子中了舉人，後邊露出真情來，就要關著奏請干係，事體弄大了，不好收場。決使不得！」遂託病不行。魏、杜兩生，只得撇了自去赴試。揭曉之日，兩生多得中了。

聞俊卿見兩家報捷，也自歡喜。打點等魏撰之到家時，方把求親之話，與父親說知。不想安綿兵備道與聞參將不合，時值軍令考察，開下若干款數，遞個揭帖，到按院處，誣他冒用國課，妄報功績，侵剋軍糧，累贓巨萬。按院參上一本。奉聖旨：「著本處撫院㉝提問。」此報一至，聞家合門慌做了一團。也就有許多衙門人尋出事端來纏擾。還虧得聞俊卿是個出名的秀才，眾人不敢十分囉唣。過不多時，兵道有行牌到府，說奉旨犯人不宜疏縱，把聞參將收拾在府獄中去了。聞俊卿自把生員出名去遞投訴，就求保候父親。太守准了訴詞，不肯召保。俊卿央著同窗兩個新中舉人去見太守。太守說：「礙上司分付，做不得情。」三人袖手無計。此時魏撰之自揣道：「他家患難之際，料說不得求親的閒話。」只好不提

㉜秋闈：指農曆八月舉行的鄉試。

㉝撫院：即分掌十三省監察官吏職責的巡按御史。

起，且一面去會試再處。

兩人臨行之時，又與俊卿作別。撰之道：「我們三人，同心之友。我兩人喜得僥倖，方恨俊卿因病蹉跎，不得同登；不想又遭此家難。而今我們匆匆進京，心下如割，卻是事出無奈。多致意尊翁，且自安心聽問。我們若少得進步，必當出力相助，來白此冤。」子中道：「此間官官相護，做定圈套陷人。聞兄只在家營救，未必有益。我兩人進去，倘得好處，聞兄不若竟到京來商量，與尊翁尋個門路。還是那邊上流頭，好辨白冤枉。我輩也好相機助力。切記，切記！」撰之又私自叮囑道：「令姊之事，萬萬留心。不論得意不得意，此番回來，必求事諧了。」俊卿道：「鬧妝現在，料不使兄失望便了。」三人灑淚而別。

聞俊卿自兩人去後，一發沒有商量可救父親。虧得官無三日急，倒有七日寬，無非湊些銀子，上下分派。使用得停當㉞，獄中的也不受苦，官府也不來急急要問，丟在半邊，做一件未結公案。參將與女兒計較道：「這邊的官司，既未問理，我們正好做手腳㉟。我意要修下一個辨本㊱，做成一個備細揭帖，到京中訴冤。只沒個能幹的人去得，心下躊躇未定。」聞俊卿道：「這件事須得孩兒自去。前日魏、杜兩兄臨別時，也教孩兒進京去，可以相機行事。但得兩兄有一人得第，也就好做靠傍了。」參將道：「幸得你是個女中丈夫。若親自到京，畢竟停當。只是萬里程途，路上恐怕不便。」俊卿道：「自古多稱緹

㉞ 停當：妥當。
㉟ 做手腳：想辦法進行活動。
㊱ 辨本：申訴書。

縈㊲救父，以為美談。他也是個女子。況且孩兒男裝已久，遊庠已過，一向算在丈夫之列，有甚去不得！雖是路途遙遠，孩兒弓矢可以防身。倘有人盤問，憑著胸中見識，也支持得過，不足為慮。只是單帶著男人隨去，便有好些不便。孩兒想得有個道理：家丁聞龍夫妻，本是苗種，多善弓馬。孩兒把他妻子也扮做男人，帶著他兩個，連孩兒共是三人同走。既有婦女伏侍，又有男僕跟隨，可以放心一直到京了。」參將道：「既然算計得停當，事不宜遲，快打點動身便了。」

俊卿依命，一面去收拾。聽得街上報進士，說魏、杜兩人多中了。俊卿不勝之喜，來對父親說道：「有他兩人在京做主，此去一發不難做事。」就擇定一日，作急起身。在學中動一紙，遊學呈詞，批個文書執照，帶在身邊。路經省下，再察聽一察，聽上司的聲口消息。你道聞小姐怎生打扮？

飄飄巾幘，覆著兩鬢青絲；窄窄靴鞋，套著一雙玉筍。上馬衣，裁成短後；蠻獅帶，妝就偏垂。囊一張玉靶弓，想開時舒臂扭腰多體態；插幾枝雁翎箭，看放處猿啼鵰落逞高強。爭羨道能文善武的小郎君，怎知是女扮男裝的喬秀士？

一路來到了成都府中，聞龍先去尋下一所潔靜飯店。那聞俊卿後到，歇下行李，叫聞龍妻子取出帶來的山菜幾件，裝在碟內，向店中取了一壺酒，斟著慢飲。

㊲ 緹縈：漢文帝時淳于意之女。其父得罪，緹縈上書，願為官婢以贖父刑。文帝感其孝，遂免意肉刑。緹，音ㄊㄧˊ。

又道：「無巧不成話。」那坐的所在，與隔壁人家窗口相對，只隔得一個小天井。正飲之間，只見那邊窗裡一個女子，掩著半窗，對著聞俊卿不轉眼的看。及至聞俊卿抬起眼來，那邊又閃了進去。遮遮掩掩，只不走開。忽地打個照面，乃是個絕色佳人。聞俊卿想道：「原來世間有這樣美貌女子！」看官，你道此時若是個男人，必然動了心，就想裝些風流家數，兩下眉頭眼角，弄出無限情景㊳來了。只因聞俊卿自己也是個女身，那裏放在心上！一面取飯來喫了，且自去衙門前打幹正事。到得去了半日，傍晚回店，剛坐得下，隔壁聽見這裏有人聲，那女子又在窗邊來瞧看。俊卿私下自笑道：「看我做甚？豈知我與你是一般樣的。」正嗟歎間，只見門外一個老姥走將進來，手中拿著一個小榼兒。見了俊卿，放下榼子，道個萬福，對俊卿道：「隔壁景家小娘子見舍人獨酌，送兩件果子與舍人當茶。」俊卿開看，乃是南充黃柑、順慶紫梨各十來枚。俊卿道：「小生偶經於此，與娘子非戚非親，如何承此美意？」老姥道：「小娘子說來：此間來萬去千的人，不曾見有舍人這等丰標，必定是貴家出身。及至問人，說是參府中小舍人。小娘子說：這俗店無物可口，叫老媳婦送此二物來解渴。」俊卿道：「小娘子何等人家，卻居此間壁？」老姥道：「這小娘子是井研㊴景少卿的小姐。只因父母雙亡，他依著外婆家住。他家裏自有萬金家事，只為尋不出中意的丈夫，所以還未嫁人。外公是此間富員外。這城中極興的客店，多是他家的房子，何止有十來處！進益甚好。只有這裏幽靜些，卻同家小每住在間壁。他也不敢主張把外甥許人，恐怕錯了對頭，後來怨恨。常對小娘子道：『憑你自家看得中意的，實對我說，我就主婚。』這

㊳ 弄出無限情景：謂眉目傳情。

㊴ 井研：四川中部岷江與沱江間的縣名。

個小娘子也古怪，自來會揀相人物，再不會說那一個好。方纔見了舍人，便十分稱贊，敢是與舍人是夙世姻緣，天遣到此成就。」俊卿不好答應，微微笑道：「小生那有此福？」老姥道：「好說，好說。老媳婦且去看。」俊卿道：「致意小娘子，多承佳惠，客中無可奉答，但有心感盛情。」老姥去了。俊卿自想一想，不覺失笑道：「這小娘子看上了我，卻不枉費春心？」吟詩一首，聊寄其意。詩云：

為念相如渴不禁，交梨邛橘出芳林。
卻慚未是求凰客，寂寞囊中綠綺琴。

次日早起，老姥又來。手中將著四枚剝淨的熟雞子，做一碗盛著，同了一小壺好茶，送到俊卿面前道：「舍人請點心。」俊卿道：「多謝媽媽盛情。」老姥道：「這是景小娘子昨夜分付了老身支持來的。」俊卿道：「又是小娘子美情。小生如何消受？有一詩奉謝，煩媽媽與我帶去。」俊卿就把昨夜之詩，寫在一幅桃花箋上，封好付與媽媽。詩中分明是推卻之意。

媽媽拿去，就與景小姐看了。景小姐一心喜愛俊卿，見他以相如自比，反認作有意於文君。後邊二句，不過是謙讓的說話。遂也回他一首，和其末韻。詩云：

宋玉牆東思不禁，願為比翼止同林。
知音已有新裁句，何用重挑焦尾㊵琴。

吟罷也寫在烏絲藺紙上，叫老姥送將去。俊卿看罷，笑道：「原來小姐如此高才，難得！難得！」俊卿見他來纏得緊，生一個計較，對老姥道：「多謝小姐美意。小生不是無情，怎奈小生已聘有室，不敢欺心妄想。上覆小姐：這段姻緣，種在來世罷了。」老姥道：「既然舍人已有了親事，老身去回覆了小娘子，省得他牽腸掛肚，空想壞了。」老姥去後，俊卿自出門去打點衙門事體，央求寬緩日期。諸色停當，到了天晚，纔回下處。是夜無詞。

來日天早，這老姥又走將來，笑道：「舍人小小年紀，倒會掉謊。花一般的娘子滾到身邊，推著不要。昨日回了小娘子，小娘子叫我問一問兩位管家，多說道：舍人並不曾聘過娘子。小娘子喜之不勝，已對員外說過。少刻員外自來奉拜說親，好歹要成事了。」俊卿聽罷，呆了半晌道：「這冤家帳那裏說起？只索收拾行李起來，趁早去了罷。」分付聞龍與店家會了鈔，急待起身。

只見店家走進來報道：「主人富員外相拜聞相公。」說罷，一個七十多歲的老人家，笑嘻嘻進來。堂中望見了聞俊卿，先自歡喜，問道：「這位小相公，想就是聞舍人了麼？」老姥還在店內，也跟將來說道：「正是這位。」富員外把手一拱道：「請過來相見。」聞俊卿見過了禮，整了客座，坐下。富員外道：「老漢無事不敢冒叩新客。老漢有一外甥，乃是景少卿之女，未曾許著人家。舍甥立願不肯輕配凡流，老漢不敢擅做主張，憑他意中自擇。昨日對老漢說：『有個聞舍人下在本店，丰標不凡，願執箕箒[41]。』所以要老漢自來奉拜，說此親事。老漢今見足下，果然俊雅非常；舍甥也有幾分姿容，況且粗

㊵ 焦尾：琴名。

㊶ 執箕箒：典出國語吳語：「越王命諸稽郢行成於吳曰：『句踐請盟，一介嫡女，執箕箒以晐姓於王宮。』」即

通文墨，實是一對佳偶。足下不可錯過。」聞俊卿道：「不敢欺老丈：小生過蒙令甥謬愛，豈敢自外？一來令甥是公卿閥閱，小生是武弁門風，只怕攀高不著；二來我父在難中，小生正要入京辨冤，此事既不曾告過，又不好為此擔擱，所以應承不得。」員外道：「舍人是簪纓世胄，況又是黌官名士，指日飛騰，豈分甚麼文武門楣？若為令尊之事慌速入京，何不把親事議定了，待歸時稟知令尊，方可完娶。既安了舍甥之心，又不誤了足下之事，有何不可？」

聞俊卿無計推託，心下想道：「他家不曉得我的心病，如此相逼。卻又不好十分過卻打破心事。我想魏撰之有拾箭之緣，不必說了；還有杜子中更加相厚，倒不得不閃下了他，一向有個主意，要想骨肉女伴中別尋一段姻緣，以見我之情。而今既有此事，不若權且應承，定下此女。他日作成了杜子中，豈不為妙？那時曉得我是女身，須怪不得我說謊㊷。萬一杜子中也不成，那時也好開交了，不像而今礙手。」算計定了，就對員外說：「既承老丈與令甥如此高情，小生豈敢不受人提挈？只得留下一件信物在此為定。待小生京中回來，上門求娶就是了。」說罷，就在身邊解下那個羊脂玉鬧妝，雙手遞與員外道：「奉此與令甥表信。」富員外千歡萬喜，接受在手，一同老姥去回覆景小姐道：「一言已定了。」員外就叫店中整起酒來，與聞舍人餞行。俊卿推卻不得，喫得盡歡而罷，相別富員外起身上路。少不得風餐水宿，夜住曉行。

不一日，到了京城。叫聞龍先去打聽魏、杜兩家新進士的下處，問著了杜子中的寓所。原來那魏撰

盡做妻子的本份努力伏侍。

㊷ 謊：原作「來」，據同文堂本改。

之已在部給假回去了。杜子中見說聞俊卿來到，不勝之喜，忙差長班㊸接到下處。兩人相見，寒溫已畢。俊卿道：「小弟專為老父之事。前日別時，承兩兄分付入京圖便，切切在心。後聞兩兄高發，為此不辭跋涉，特來相託。不想魏撰之已歸，幸得吾兄尚在京師，小弟不致失望了。」杜子中道：「仁兄先將老伯被誣事款，做一個揭帖，逐一辨明，刊刻起來，在朝門外逢人就送。等公論明白了，然後小弟央個相好的同年在兵部的，條陳別事，帶上一段，就好到本籍去生發出脫了。」俊卿道：「老父有個本稿，可以上得否？」子中道：「而今重文輕武。老伯是按院題的，若武職官出名自辨，他們不容起來，反致激怒，弄壞了事。不如小弟方纔說的為妙。仁兄不要輕率。」俊卿道：「感謝指教。小弟是書生之見，還求仁兄做主行事。」子中道：「異姓兄弟，原是自家身上的事，何勞叮嚀？」俊卿道：「撰之為何回去了？」子中道：「撰之原與小弟同寓多時，他說有件心事，要歸來與仁兄商量。問其何事，又不肯說。小弟說，仁兄見吾二人中了，未必不進京來。他說這是不可期的，況且事體要在家裏做的，必要先去，所以告假而歸。正不知仁兄卻又到此，可不兩相左了？敢問仁兄：他果然要商量何等事？」俊卿明知是為婚姻之事，卻只做不知，推說道：「連小弟也不曉得他為甚麼？想來無非為家裏的事。」子中道：「小弟也想他沒甚麼，為何恁地等不得？」

兩個說了一回，子中分付治酒接風。就叫聞家家人安頓好了行李，不必另尋寓所，只在此間同寓。這寓所起先原是兩人同住的，今去了魏撰之，房舍儘有，就安下了聞俊卿主僕三人，還綽綽有餘。當下子中又分付打掃聞舍人的臥房，就移出自己的榻來，相對鋪著，說晚間可以聯床清話。俊卿看見，心裏

㊸長班：一作「長隨」，官員所僱的僕役。

有些突兀起來。想道：「平日與他們同學，不過是日間相與，會文會酒，並不看見我的臥起，所以不得看破。而今同臥一室之中，便閃避不得，露出馬腳來，怎麼處？卻又沒個說話可以推掉得兩處宿，只是自己放著精細，遮掩過去便了。」

雖是如此說，卻是天下的事，是真難假，是假難真。亦且終日相處，這些細微舉動，水火不便的所在，那裏遮掩得許多？聞俊卿日間雖是長安街上，去送揭帖，做著男人的勾當；晚間宿歇之處，有好些破綻現出在杜子中的眼裏。子中是個聰明人，有甚不省得？覺道有些詫異，愈加留心偷覷，越看越發蹊蹺。

這日，俊卿出去，忘鎖了拜匣。子中偷揭開來一看，多是些文翰柬帖。內有一幅草稿，寫著道：

成都綿竹縣信女聞氏，焚香拜告關真君神前：願保父聞確，冤情早白，自身安穩。還鄉竹箭之期，鬧妝之約，各得如意。謹疏。

子中見了，拍手道：「眼見得公案在此了！我枉為男子，被他瞞過了許多時，今不怕他飛上天去！只是後邊兩句，解他不出，莫不許過了人家？怎麼處？」心裏狂蕩不禁。忽見俊卿回來，子中接入房中坐下，看著俊卿只是笑。俊卿疑怪，將自己身子上下前後看了又看，問道：「小弟今日有何舉動差錯了？仁兄見哂之甚。」子中道：「笑你瞞得我好！」俊卿道：「小弟到此來做的事，不曾瞞仁兄一些。」子中道：「瞞得多哩！俊卿自想麼？」俊卿道：「委實沒有。」子中道：「俊卿記得當初同齋時言語麼？

原說弟若為女，必當嫁兄；兄若為女，必當娶兄。可惜弟不能為女，誰知兄果然是女！卻瞞了小弟。不然，娶兄多時了，怎麼還說不瞞？」俊卿見說著心病，臉上通紅起來道：「誰是這般說？」子中袖中摸出這紙疏頭來道：「這須是俊卿的親筆！」俊卿一時低頭無語。

子中就挨過來坐在一處，笑道：「一向只恨兩雄不能相配，今卻天遂人願也。」俊卿急站起身來道：「行蹤為兄識破，抵賴不得了。只有一件：一向承兄過愛，慕兄之心，非不有之；爭奈姻事已屬於撰之，不能再以身事兄，望兄見諒。」子中愕然道：「小弟與撰之同為俊卿窗友，論起相與意氣，還覺小弟勝他一分。俊卿何得厚於撰之，薄於小弟？況且撰之又不在此，何反捨近而求遠，這是何說？」俊卿道：「仁兄有所不知。仁兄可見疏上竹箭之期的說話麼？」子中道：「正是不解。」俊卿道：「小弟因為與兩兄同學，心中願卜所從。那日向天暗禱：箭到處先拾得者，即為夫婦。後來這箭卻在撰之處。小弟詭說是家姊所射，撰之遂一心想慕，把一個玉鬧妝為定。此時小弟雖不明言，心已許下了。此天意有屬，非小弟有厚薄也。」子中大笑道：「若如此說，俊卿宜為我有無疑！」俊卿道：「怎麼說？」子中道：「前日齋中之箭，原是小弟拾得。看見幹上有兩行細字，以為奇異，正在念誦，撰之聽得，纔走出來，在小弟手裏接去觀看。此時偶然家中接小弟回去，就把竹箭掉在撰之處，不曾取得。何嘗是撰之拾取？若論俊卿所卜天意，一發正是小弟應占了。撰之他日可問，須混賴不得。」俊卿道：「既是曾見箭上之字，可還記得否？」子中道：「雖然看時節倉卒無心，也還記得『矢不虛發，發必應弦』八個字。小弟須是杜造不出。」俊卿見說得是真，心裏已自軟了。說道：「果是如此，乃天意了。只是枉了魏撰之望空想了許多時，而今又趕將回去。日後知道，甚麼意思？」子中道：「這個說不得！從來說：『先下手為強。』況且原該是我的。」就擁了俊卿求歡道：「相好弟兄，而今得同衾枕，天上人間，無此樂矣！」俊卿推拒不得，只得含羞走入幃帳之內，一任子中所為。有一首奮調㊹山坡羊單道其事：

　這小秀才有些兒怪樣，走到羅帷，忽現了本相。本是個黌宮裏折桂的郎君，改換了章臺內司花的主將。金蘭契㊺，只覺得肉味馨香；筆硯交，果然是有筆如鎗。皺眉頭，忍著疼，受的是良朋針砭；趁胸懷，揉著竅，顯出那知心酣暢。用一番切切偲偲㊻來也！哎呀，分明是遠方來，樂意洋洋。思量一糶一糶，是聯句的篇章。慌忙為雲為雨，還錯認了龍陽。

事畢，聞小姐整容而起，歎道：「妾一生之事，付之郎君，妾願遂矣。只是哄了魏撰之，如何回他？」忽然轉了一想，將手床上一拍道：「有處法了！」杜子中倒喫一驚道：「這事有甚處法？」小姐道：「好教郎君得知：妾身前日行至成都，客店內安歇了。主人有個甥女，窺見了妾身，對他外公說了，逼要相許。是妾身想個計較，將信物權定，推道歸時完娶。當時妾身意思道魏撰之有了竹箭之約，恐怕冷淡了郎君。又見那個女子，才貌雙全，可為君配，故此留下這頭姻緣。今妾既歸君，他日回去，魏撰之題起

㊹ 奮調：用北方口音唱出的曲調。奮，音ㄊㄞˇ。猶侉。

㊺ 金蘭契：典出周易繫辭：「二人同心，其利斷金。同心之言，其臭如蘭。」金喻其堅，蘭喻其香。金蘭契指情投意合，交誼深厚。

㊻ 切切偲偲：典出論語子路：「朋友切切偲偲」，互相切磋勉勵之意。偲，音ㄙ。

所許之言，就把這家的說合與他，豈不兩全其美？況且當時只說是姐姐，他心裏並不曾曉得是妾身自己，也不是哄他了。」子中驚訝道：「原來小姐在途中又有這段奇事！今若說合與撰之，不惟見小姐在友誼上始終全美，就是我與小姐配合，與撰之也無嫌矣！還有一件要問：途中認不出是女容，不必說了；但小姐雖然男扮，同兩個男僕行走，好些不便。」小姐笑道：「誰說同來的多是男人？他兩個原是一對夫婦。一男一女，打扮做一樣的，所以途中好伏侍走動，不必避嫌也。」子中也笑道：「有其主必有其僕。有才思的人，做來多是奇怪的事。」小姐就把景家女子所和之詩，拏出來與子中看。子中道：「世間也還有這般的女人！魏撰之得此，也好意足了。」小姐再與子中商量著父親之事。子中道：「而今說是我丈人，一發好措詞出力。我吏部有個相知，先央他把做對頭的兵道調了地方，就好營為了。」小姐道：「這個最是要著！郎君在心則個。」

子中果然去央求吏部。數日之間，推陞上本，已把兵道改陞了廣西地方。子中來回覆小姐道：「對頭改去，我今作速討個差與你回去，救取岳丈了事。此間已是布置，撫按輕擬上來，無不停當。」小姐愈加感激，轉增恩愛。子中討差解餉到山東地方，就便回籍。小姐仍舊扮做男人，一同聞龍夫妻，擎弓帶箭，照前妝束，騎馬傍著子中的官轎。家人原以舍人相呼。

行了幾日，將過鄚州[47]曠野之中，一枝響箭，擦著官轎射來。小姐曉得有歹人來了，分付轎上：「你們只管前走，我在此對付他。」真是忙家不會，會家不忙。取出囊弓，扣上弦，搭上箭，只見百步之外，一騎馬飛也似跑來。小姐扯開弓，喝聲道：「著！」那響馬不曾防備，早中了一箭，倒撞下馬，在地掙

[47] 鄚州：地名，今河北任丘。鄚，音ㄇㄛˋ。

扎。小姐疾鞭坐馬，趕上了轎子，高聲道：「賊人已了當也！放心前去。」一路的人，多稱贊小舍人好箭，個個忌憚。子中轎裏得意，自不必說。

自此完了公事，平平穩穩到了家中。父親聞參將已因兵道陞去，保候在外。小姐進見，備說京中事體，及杜子中營為調去兵道之事。參將感激不勝，說道：「如此大恩，何以為報？」小姐又把被他識破，已將身子嫁與、共他同歸的事說出。參將也自喜歡道：「這也是郎才女貌，配得不枉了。你快改了妝，趁他今日榮歸吉日，我送你過門去罷。」小姐道：「妝還不好改得，且等會過了魏撰之著。」參將道：「正要對你說：魏撰之自京中回來，不知為何，只管叫人來打聽。說我有個女兒，他要求聘。我只說他曉得些風聲，是來說你了。及至問時，又說是同窗舍人許他的。因不知你的事，我不好回得，只是含糊說，等你回家。你而今要會他怎的？」小姐道：「其中有許多委曲㊽，一時說不及，父親日後自明。」

正說話間，魏撰之來相拜。原來魏撰之正為前日的姻事在心中放不下，故此就回。不想問著聞舍人，又已往京，叫人打聽舍人有個姐姐的說話，一發言三語四不得明白。有的說：參將只有兩個舍人，一大一小，並無女兒；又有的說：參將有個女兒，就是那個舍人。弄得魏撰之滿肚疑心，胡猜亂想。見說聞舍人已回，所以亟亟來拜，要問明白。聞小姐照舊時家數接了進來，寒溫已畢。撰之急問道：「仁兄，令姊之說如何？小弟特為此給假趕回。」小姐道：「包管兄有一位好夫人便了。」撰之道：「小弟叫人宅上打聽，其言不一，何也？」小姐道：「兄不必疑。玉鬧妝已在一個人處，待小弟再略調停，準備迎娶便了。」撰之道：「依兄這等說，不像是令姐了。」小姐道：「杜子中盡知端的，兄去問他，就明白

㊽ 委曲：曲折的情況與過程。

了。」撰之道：「兄何不就明說？又要小弟去問他人！」小姐道：「中多委曲，小弟不好說得，非子中不能詳言。」說得魏撰之愈加疑心。

他正要去拜杜子中，就急忙起身，來到杜子中家裏。不及說別話，忙問聞俊卿所言之事。杜子中把京中同寓，識破了他是女身，已成夫婦的始末根繇，說了一遍。魏撰之驚得木呆道：「前日也有人如此說，我卻不信。誰曉得聞俊卿果是女身！這分明是我的姻緣，平白錯過了。」子中道：「怎見得是兄的？」撰之述當初拾箭時節，就把玉鬧妝為定的說話。子中道：「箭本小弟所拾，原係他向天暗卜的。只是小弟當時不知其故，不曾與兄取得此箭。今仍歸小弟，原是天意。兄前日只認是他令姊，原未嘗屬意他自身，這個不必追悔。兄只管鬧妝之約，不脫空罷了。」撰之道：「符已去矣！怎麼還說不脫空？難道當真還有個阿姊？」子中又把聞小姐途中所遇景家之事，說了一遍，道：「其女才貌非常，那日一時難推，就把兄的鬧妝權定在彼，而今想起來，這其間就有個定數了。豈不是兄的姻緣麼？」撰之道：「怪不得聞俊卿道自已不好說，原來有許多委曲。只是一件：雖是聞俊卿已定下在彼，他家又不曾曉得明白，小弟難以自媒，何由得成？」子中道：「小弟與聞氏雖已成夫婦，還未曾見過岳翁。打點就是今日迎娶，少不得還借重一個媒妁，而今就煩兄與小弟做一做。小弟成禮之後，代相恭敬，也只在小弟身上撮合就是了。」撰之大笑道：「當得！當得！只可笑小弟一向在睡夢中，又被兄占了頭籌。而今不使小弟脫空，也還算是好了。既是這等，小弟先到聞宅去道意，兄可隨後就來。」魏撰之易了冠帶，竟到聞家。此時，聞小姐已改了女妝，不來相接。止聞參將出迎，到堂中坐下。魏撰之述了杜子中之言。聞參將道：「小女嬌痴慕學，得承高賢不棄，今幸結此良緣。蒹葭倚玉，惶恐惶恐！」聞參將已打點本日送女兒過門成親，諸色整備停當。門上報說：「杜爺來迎親了！」鼓樂喧天。杜子中烏紗帽大紅袍，四人轎抬至門首，下轎步入。真是少年郎君，人人稱羨。走到堂中，站了位次，拜見了聞參將。請出小姐來，又一同行禮。謝了魏撰之，啟轎而行。迎至家中，拜告天地，見了祠堂。杜子中與聞小姐正是新親舊朋友，喜喜歡歡，一樁事完了。只有魏撰之有些眼熱，心裏道：「一樣的同窗朋友，偏是他兩個成雙。平時杜子中分外相愛，常恨不將男作女，好做夫婦。誰知今日竟遂其志！也是一段奇話。只所許我的事，未知果是如何？」

次日，就到子中家裏賀喜，隨問其事。子中道：「昨晚弟婦就和小弟計較，今日專為此要同到成都去。弟婦誓欲以此報兄，全其口信。必得佳音，方來回報。」撰之道：「多感厚情。一樣的同窗，也該記念著我的冷靜。但未知其人果是如何？」子中走進去取出景小姐前日和韻之詩，與撰之看了。撰之道：「果得此女，小弟便可以不妬兄矣！」子中道：「弟婦贊之不容口，大略不負所舉。」撰之道：「這件事做成，真愈出愈奇了！小弟在家顒望㊾。」俱大笑而別。

杜子中把這些說話，與聞小姐說了。聞小姐道：「他盼望久矣，也怪他不得。只索作急成都去，周全這事。」小姐仍舊帶了聞龍夫妻跟隨，同杜子中到成都來，認著前日飯店寓下了。杜子中叫聞龍拏了帖徑去拜富員外。員外見說是新進士來拜，不知是甚麼緣故？喫了一驚，慌忙迎接進去，坐下問道：「不知為何大人貴足賜踹賤地？」子中道：「學生在此經過，聞知有位景小姐，是老丈令甥，才貌出眾。有一敝友，也叨過甲第了，欲求為夫人，故此特來奉訪。」員外道：「老漢是有個甥女，他自要擇配，前日看上了一個進京去的聞舍人，已納下聘物。大人見教遲了。」子中道：「那聞舍人也是敝友。學生已

㊾顒望：企望；仰望。顒，音ㄩㄥˊ。

知他另有所就，不來娶令甥了，所以敢來作伐。」員外道：「聞舍人也是讀書君子。既已留下信物，兩心相許，怎誤得人家兒女？舍甥女也畢竟要等他的回信。」子中將出前日景小姐的詩箋來道：「老丈試看此紙，不是令甥寫與聞舍人的麼？因為聞舍人無意來娶了，故把與學生做執照，來為敝友求令甥。即此是聞舍人的回信了。」

員外接過來看，認得是甥女之筆，沉吟道：「前日聞舍人也曾說道聘過了，不信其言，逼他應承的。原來當真有這話。老漢且與甥女商量一商量，來回覆大人。」員外別了進去了一會，出來道：「適間甥女見說，甚是不快！他也說得是。就是聞舍人果然負心，是必等他親見一面，還了他玉鬧妝以為訣別，方可別議姻親。」子中笑道：「不敢欺老丈，說那玉鬧妝，也即是敝友魏撰之的聘物，非是聞舍人的。聞舍人因為自己已有姻親，不好回得，乃為敝友轉定下了。是當日埋伏機關，非今日無因至前也。」員外道：「大人雖如此說，甥女豈肯心伏？必得聞舍人自來說明，方好處分。」子中道：「聞舍人不能復來，有拙荊在此，可以一會令甥。等他與令甥說這些備細，令甥必當見信。」員外道：「既尊夫人在此，正好與舍甥面會一會，有言可以盡吐，省得傳消遞息。」就叫前日老姥來接取杜夫人。

老姥一見聞小姐，舉止形容，有些面善。只是改妝過了，一時想不出。一路相著，只管遲疑。接過間壁裏邊，景小姐出來相迎，各叫了萬福。聞小姐對景小姐笑道：「認得聞舍人否？」景小姐見模樣廝像，還只道或是舍人的姊妹，答道：「夫人與聞舍人何親？」聞小姐道：「小姐恁等識人，難道這樣眼鈍？前日到此，過蒙見愛的舍人，即妾身是也。」景小姐嚇了一驚，仔細一認，果然一毫不差。連老姥也在傍拍手道：「是呀！是呀！我方纔道面龐熟得緊，那知就是前日的舍人。」景小姐道：「請問夫人，前日為何這般打扮？」聞小姐道：「老父有難，進京辨冤，故喬裝作男，以便行路。所以前日過蒙見愛，再三不肯應承者，正為此也。後來見難推卻，又不敢實說真情，所以代友人納聘，以待後來說明。今納聘之人，已登黃甲，年紀也與小姐相當。故此愚夫婦特來奉求，與小姐了此一段姻親，報答前日厚情耳。」

景小姐見說，半晌做聲不得。老姥在傍道：「多謝夫人美意。只是那位老爺姓甚名誰？夫人如何也叫他是友人？」聞小姐道：「幼年時節，曾共學堂，後來同在庠中。與我家相公，三人年貌多相似，是異姓骨肉。知他未有親事，所以前日就有心替他結下了。這人姓魏，好一表人物！就是我相公同年，也不辱沒了小姐。小姐一去，也就做夫人了。」

景小姐聽了這一篇說話，曉得是少年進士，有甚麼不喜歡？叫老姥陪住了聞小姐，背地去把這些說話，備細告訴員外。員外見說是個進士，豈有不攛掇之理？真個是一讓一個肯。回覆了聞小姐，轉說與杜子中。一言已定。富員外設起酒來謝媒。外邊款待杜子中，內裏景小姐作主，款待杜夫人。兩個小姐說得甚是投機，盡歡而散。約定了回來，先教魏撰之納幣，揀個吉日迎娶回家。花燭之夕見了模樣，如獲天人。因說起聞小姐鬧妝納聘之事。撰之道：「那聘物原是我的。」景小姐問：「如何卻在他手裏？」魏撰之又把先時竹箭題字，杜子中拾得，掉在他手裏，認做另有個姐姐，故把玉鬧妝為聘的根由，說了一遍。一齊笑道：「彼此夙緣，顛顛倒倒，皆非偶然也。」明日，魏撰之取出竹箭來與景小姐看。小姐道：「如今只該還他了。」撰之就提筆寫一柬與子中夫妻道：

既歸玉環，返卿竹箭。兩段姻緣，各從其便。一笑一笑！

寫罷，將竹箭封了，一同送去。杜子中收了，與聞小姐拆開來看，方見八字之下，又有「蜚娥記」三字。問道：「『蜚娥』怎麼解？」聞小姐道：「此妾閨中之名也。」子中道：「魏撰之錯認了令姊，就是此二字了。若小生當時曾見此二字，這箭如何肯便與他？」聞小姐道：「他若沒有這箭起這些因頭，那裏又絆得景家這頭親事來？」子中點頭道是。也戲題一柬答道：

環為舊物，箭亦歸宗。兩俱錯認，各不落空。一笑一笑！

從此兩家往來，如同親兄弟姊妹一般。兩個甲科，合力與聞參將辨白前事。世間情面那裏有不讓縉紳的？逐件贓罪，得以開釋，只處得他革任回衛。聞參將也不以為意了。後邊杜、魏兩人，俱為顯官。聞、景二小姐，各生子女，又結了婚姻，世交不絕。這是蜀多才女，有如此奇奇怪怪的妙話。若論卓文君成都當鑪，黃崇嘏相府掌記，卻又平平了。詩曰：

世上誇稱女丈夫，不聞巾幗竟為儒。
朝廷若也開科取，未必無人待賈沽。

第三十五卷　王嬌鸞百年長恨

天上烏飛兔走，人間古往今來。昔年歌管變荒臺，轉眼是非興敗。　須識鬧中取靜，莫因乖過成獃。不貪花酒不貪財，一世無災無害。

話說江西饒州府餘干縣長樂村，有一小民，叫做張乙。因販些雜貨到於縣中，夜深投宿城外邸店。店房已滿，不能相容。間壁鎖下一間空房，卻無人住。張乙道：「店主人何不開此房與我？」主人道：「此房中有鬼，不敢留客。」張乙道：「便有鬼，我何懼哉！」主人只得開鎖，將燈一盞，掃帚一把，交與張乙。張乙進房把燈放穩，挑得亮亮的。房中有破床一張，塵埃堆積，用掃帚掃淨，展上鋪蓋，討些酒飯喫了，推轉房門，脫衣而睡。夢見一美色婦人，衣服華麗，自來枕薦。夢中納之。及至醒來，此婦宛在身邊。張乙問是何人。此婦道：「妾乃鄰家之婦，因夫君遠出，不能獨宿，是以相就。勿多言，久當自知。」張亦不再問。天明，此婦辭去。至夜又來，歡好如初。如此三夜。店主人見張客無事，偶話及此房內，曾有婦人縊死，往往作怪；今番卻太平了。張乙聽在肚裏。

至夜，此婦仍來。張乙問道：「今日店主人說這房中有縊死女鬼，莫非是你？」此婦並無慚諱之意，答道：「妾身是也！然不禍於君，君幸勿懼。」張乙道：「試說其詳。」此婦道：「妾乃娼女，姓穆，行廿二，人稱我為廿二娘。與餘干客人楊川相厚。楊許娶妾歸去。妾將私財百金為助。一去三年不來，妾為鴇兒拘管，無計脫身，悒鬱不堪，遂自縊而死，鴇兒以所居售人，今為旅店。此房，昔日妾之房也，一靈不泯，猶依棲於此。楊川與你同鄉，可認得否？」張乙道：「認得。」此婦道：「今其人安在？」張乙道：「去歲已移居饒州南門，娶妻開店，生意甚足。」婦人嗟歎良久，更無別話。

又過了二日，張乙要回家。婦人道：「妾願始終隨君，未識許否？」張乙道：「倘能相隨，有何不可？」婦人道：「君可製一小木牌，題曰『廿二娘神位』，置於篋中。但出牌呼妾，妾便出來。」張亦許之。婦人道：「妾尚有白金五十兩，埋於此床之下，沒人知覺。君可取用。」張掘地，果得白金一瓶，心中甚喜。過了一夜。次日，張乙寫了牌位，收藏好了，別店主而歸，到於家中，將此事告與渾家。渾家初時不喜，見了五十兩銀子，遂不嗔怪。張乙於東壁立了廿二娘神位。其妻戲往呼之，白日裏竟走出來，與妻施禮。妻初時也驚訝，後遂慣了，不以為事。夜來張乙夫婦同床，此婦亦來就臥，也不覺床之狹窄。

過了十餘日，此婦道：「妾尚有夙債在於郡城，君能隨我去索取否？」張利其所有，一口應承，即時僱船而行，船中供下牌位。此婦同行同宿，全不避人。不則一日，到了饒州南門。此婦道：「妾往楊川家討債去。」張乙方欲問之，此婦倏已上岸。張隨後跟去，見此婦竟入一店中去了。覷其店，正楊川家也。張久候不出，忽見楊店舉家驚惶。少頃，哭聲振地。聞其故，店中人云：「主人楊川，向來無病，忽然中惡❶，九竅流血而死。」張乙心知廿二娘所為，嘿然下船，向牌位苦叫，竟不見出來了。方知有夙債在郡城，乃楊川負義之債也。有詩歎云：

王魁負義曾遭譴❷，李益虧心亦改常❸。
請看楊川下梢事，皇天不佑薄情郎。

方纔說穆廿二娘事，雖則死後報冤，卻是鬼自出頭，還是渺茫之事。如今再說一件故事，叫做「王嬌鸞百年長恨」。這個冤更報得好。此事非唐非宋，出在國朝天順初年。廣西苗蠻作亂，各處調兵征勦。有臨安衛指揮王忠所領一枝浙兵，違了限期，被參降調河南南陽衛中所❹千戶。即日引家小到任。王忠年六十餘，止一子王彪，頗稱驍勇。督撫❺留在軍前效用。倒有兩個女兒，長曰嬌鸞，次曰嬌鳳。鸞年十八，鳳年十六。鳳從幼育於外家，就與表兄對姻；只有嬌鸞未曾許配。夫人周氏原係繼妻。周氏有嫡

❶ 中惡：因觸犯鬼魅得了暴病。

❷ 王魁負義曾遭譴：宋代有戲文王魁負桂英，係據民間傳說譜撰，謂書生王魁於旅途斧資罄盡，殭臥雪中，幸得妓女焦桂英救助，供其讀書趕考。王魁初時尚存感恩圖報之心，於海神廟設誓與桂英結為夫婦。嗣後得中狀元，遂棄桂英而再婚於權貴。桂英忿王魁負義，乃於海神廟自縊，冤魂上京索取王魁性命。

❸ 李益虧心亦改常：出唐人蔣防傳奇霍小玉傳，謂文人李益與妓女霍小玉相愛，益中進士授官後，竟背盟別娶，致使小玉鬱悒亡身。後李益亦精神失常。

❹ 中所：中千戶所的簡稱。明代每個軍衛下設前、後、中、左、右五個千戶所。

❺ 督撫：省之最高軍政長官，即總督與巡撫。

姐嫁曹家，寡居而貧。夫人接他相伴甥女嬌鸞，舉家呼為曹姨。嬌鸞幼通書史，舉筆成文。因愛女慎於擇配，所以及笄未嫁。每每臨風感歎，對月淒涼。惟曹姨與鸞相厚，知其心事。此外，雖父母亦不知也。

一日，清明節屆，和曹姨及侍兒往後園打鞦韆耍子。正在鬧熱之際，忽見牆缺處有一美少年，紫衣唐巾，舒頭觀看，連聲喝采。慌得嬌鸞滿臉通紅，推著曹姨的背，急回香房。侍女也進去了。生見園中無人，踰牆而入，鞦韆架子尚在，餘香彷彿。正在凝思，忽見草中一物。拾起看時，乃三尺線繡香羅帕也。生得此如獲珍寶。聞有人聲自內而來，復踰牆而出，仍立於牆缺邊。看時，乃是侍兒來尋香羅帕的。生見其三回五轉，意興已倦，微笑而言：「小娘子！羅帕已入人手，何處尋覓？」侍兒抬頭，見是秀才，便上前萬福道：「相公想已拾得，乞即見還，感德不盡。」那生道：「此羅帕是何人之物？」侍兒道：「是小姐的。」那生道：「既是小姐的東西，還得小姐來討，方纔還他。」侍兒道：「相公府居何處？」那生道：「小生姓周，名廷章，蘇州府吳江縣人。父親為本學司教❻。隨任在此，與尊府只一牆之隔。」原來衛署與學宮，基址相連。衛叫做東衙，學叫做西衙。花園之外，就是學中的隙地。侍兒道：「貴公子又是近鄰，失瞻了。妾當稟知小姐，奉命相求。」廷章道：「敢問小姐及小娘子大名。」侍兒道：「小姐名嬌鸞，主人之愛女。妾乃貼身侍婢明霞也。」廷章道：「小生有小詩一章，相煩致於小姐，即以羅帕奉還。」明霞本不肯替他寄詩，因要羅帕入手，只得應允。廷章道：「煩小娘子少待。」廷章去不多時，攜詩而至。桃花箋疊成方勝❼。明霞接詩在手，問羅帕何在？廷章笑道：「羅帕乃至寶，得之非易，

---

❻ 司教：儒學官員授業者。

❼ 方勝：摺成兩個斜方形的信箋。

豈可輕還？小娘子且將此詩送與小姐看了，待小姐回音，小生方可奉璧。」明霞沒奈何，只得轉身。

　　只因一幅香羅帕，惹起千秋長恨歌。

話說嬌鸞小姐自見了那美少年，雖則一時慚愧，卻也挑動個「情」字。口中不語，心下躊躇道：「好個俊俏郎君！若嫁得此人，也不枉聰明一世！」忽見明霞氣忿忿的入來。嬌鸞問：「香羅帕有了麼？」明霞口稱：「怪事！香羅帕倒被西衙周公子收著，就是牆缺外喝采的那紫衣郎君。」嬌鸞道：「與他討了就是。」明霞道：「怎麼不討？也得他肯還！」嬌鸞道：「他為何不還？」明霞道：「他說：小生姓周名廷章，蘇州府吳江人，父為司教，隨任在此。與吾家只一牆之隔。既是小姐的香羅帕，必須小姐自討。」嬌鸞道：「你怎麼說？」明霞道：「我說待妾稟知小姐，奉命相求。他道有小詩一章，煩吾轉遞，待有回音，纔把羅帕還我。」明霞將桃花箋遞與小姐。嬌鸞見了這方勝，已有三分之喜。拆開看時，乃七言絕句一首：

　　帕出佳人分外香，天公教付有情郎。
　　殷勤寄取相思句，擬作紅絲入洞房。

嬌鸞若是個有主意的，拚得棄了這羅帕，把詩燒卻，分付侍兒下次再不許輕易傳遞，天大的事都完了。奈嬌鸞一來是及瓜❽不嫁、知情慕色的女子；二來滿肚才情，不肯埋沒，亦取薛濤箋答詩八句：

妾身一點玉無瑕，生是侯門將相家。
靜裏有親同對月，閒中無事獨看花。
碧梧只許來奇鳳，翠竹那容入老鴉？
寄語異鄉孤另客，莫將心事亂如麻。

明霞捧詩方到後園，廷章早在缺牆相候。明霞道：「小姐已有回詩了，可將羅帕還我。」廷章將詩讀了一遍，益慕嬌鸞之才，必欲得之，道：「小娘子耐心，小生又有所答。」再回書房，寫成一絕：

居傍侯門亦有緣，異鄉孤另果堪憐。
若容鸞鳳雙棲樹，一夜簫聲入九天。

明霞道：「羅帕又不還，只管寄甚麼詩，我不寄了！」廷章袖中出金簪一根，道：「這微物奉小娘子，權表寸敬。多多致意小姐。」明霞貪了這金簪，又將詩回復嬌鸞。嬌鸞看罷，悶悶不悅。明霞道：「詩

❽ 及瓜：典出左傳莊公八年：「齊侯使連稱、管至父戍葵丘，瓜時而往。曰：及瓜而代。」即瓜熟時派人換防。此處借喻嬌鸞已達婚嫁的成熟年華。

中有甚言語觸犯小姐？」嬌鸞道：「書生輕薄，都是調戲之言。」明霞道：「小姐大才，何不作一詩罵之，以絕其意。」嬌鸞道：「後生家性重，不必罵，且好言勸之可也。」再取薛箋題詩八句：

獨立庭除傍翠陰，侍兒傳語意何深！
滿身竊玉偷香膽，一片撩雲撥雨心。
丹桂豈容稚子折，珠簾那許曉風侵？
勸君莫想陽臺夢❾，努力攻書入翰林。

自此一唱一和，漸漸情熟，往來不絕。明霞的足跡不斷後園，廷章的眼光不離牆缺。詩篇甚多，不暇細述。

時屆端陽。王千戶治酒，於園亭家宴。廷章於牆缺往來，明知小姐在於園中，無繇一面，侍女明霞，亦不能通一語。正在氣悶，忽撞見衛卒孫九。那孫九善作木匠，長在衛裏服役，亦多在學中做工。廷章遂題詩一絕，封固了，將青蚨❿二百賞孫九買酒喫，託他寄與衙中明霞姐。孫九受人之託，忠人之事，伺候到次早，纔覷個方便，寄得此詩於明霞。明霞遞於小姐。拆開看之，前有敘云：「端陽日，園中望嬌娘子不見，口占一絕奉寄。」

❾ 陽臺夢：典出宋玉高唐賦：「朝為行雲，暮為行雨。朝朝暮暮，陽臺之下。」此處引指男女幽會。

❿ 青蚨：錢的代稱。本指昆蟲。

配成綵線思同結，傾就蒲觴擬共斟。
霧隔湘江歡不見，錦葵空有向陽心。

後寫：「松陵周廷章拜稿。」嬌娘看了，置於書几之上。適當梳頭，未及酬和。忽曹姨走進香房，看見了詩稿，大驚道：「嬌娘既有西廂之約，可無東道之主？此事如何瞞我？」嬌鸞含羞答道：「雖有吟詠往來，實無他事，非敢瞞姨娘也。」曹姨道：「周生江南秀士，門戶相當，何不教他遣媒說合，成就百年姻緣，豈不美乎？」嬌鸞點頭道是。梳妝已畢，遂答詩八句：

深鎖香閨十八年，不容風月透簾前。
繡衾香煖誰知苦？錦帳春寒只愛眠。
生怕杜鵑聲到耳，死愁蝴蝶夢來纏。
多情果有相憐意，好倩冰人片語傳。

廷章得詩，遂假託父親周司教之意，央趙學究往王千戶處求這頭親事。王千戶亦重周生才貌。但嬌鸞是愛女，況且精通文墨。自己年老，一應衛中文書筆札，都靠著女兒相幫，少他不得！不忍棄之於他鄉，以此遲疑未許。廷章知姻事未諧，心中如刺，乃作書寄於小姐。前寫「松陵友弟廷章拜稿」。

目覩芳容，未寧狂魄。夫婦已是前生定，至死靡他；媒妁傳來今日言，為期未決。仙姬香閨深鎖，如唐太宗離月宮而空想嫦娥；要從花圃戲遊，如牽牛郎隔天河而苦思織女。倘復遷延於月日，必當夭折於溝渠！生若無緣，死亦不瞑！勉成拙律，深冀哀憐。詩曰：

未有佳期慰我情，可憐春價值千金。
悶來窗下三杯酒，愁向花前一曲琴。
人在鎖窗深處好，悶回羅帳靜中吟。
孤恓一樣昏黃月，肯許相攜訴寸心？

嬌鸞看罷，即時復書，前寫「虎衙愛女嬌鸞拜稿」。

輕荷點水，弱絮飛簾。拜月亭前，懶對東風聽杜宇；畫眉窗下，強消長晝刺鴛鴦。人正困於妝臺，詩忽墜於香案。啟觀來意，無限幽懷。自憐薄命佳人，惱殺多情才子。一番信到，一番使妾倍支吾⓫；幾度詩來，幾度令人添寂寞。休得跳東牆學攀花之手，可以仰北斗駕折桂之心。眼底無媒，書中有女。自此衷情封去札，莫將消息問來人。謹和佳篇，仰祈深諒。詩曰：

秋月春花亦有情，也知身價重千金。

⓫ 支吾：應付。

雖窺青瑣韓郎⑫貌，羞聽東牆崔氏⑬琴。
痴念已從空裏散，好詩惟向夢中吟。
此生但作乾兄妹，直待來生了寸心。

廷章閱書，讚歎不已。讀詩至末聯「此生但作乾兄妹」，忽然想起一計道：「當初張珙、申純⑭，皆因兄妹得就私情。王夫人與我同姓，何不拜之為姑？便可通家往來，於中取事矣！」遂託言西衙窄狹，且是喧鬧，欲借衛署後園觀書。周司教自與王千戶開口。王翁道：「彼此通家，就在家下喫些見成茶飯，不煩饋送。」周翁感激不盡，歸與兒子說了。廷章道：「雖承王翁盛意，非親非故，難以打攪。孩兒欲備一禮，拜認周夫人為姑。姑姪一家，庶乎有名。」周司教是糊塗之人，只要討些小便宜，道：「任從我兒行事。」廷章又央人通了王翁夫婦，擇個吉日，備下綵緞書儀，寫個表姪的名字，上門認親，極其卑遜，極其親熱。王翁是個武人，只好奉承，遂請入中堂，教奶奶都相見了。連曹姨也認做姨娘，嬌鸞是表妹，一時都請見禮。王翁設宴後堂，權當會親，一家同席。廷章與嬌鸞暗暗歡喜，席上眉來眼去，是不必說。當日盡歡而散。

⑫ 青瑣韓郎：典出世說新語惑溺，謂晉代賈充之女賈午，慕其父屬下韓壽的容貌，每從窗戶偷窺。青瑣指刻鏤成格的窗戶。
⑬ 東牆崔氏：即崔鶯鶯，張珙所愛的女子。
⑭ 申純：元人雜劇嬌紅記中的男主人公，與表妹嬌娘相愛求婚被拒，雙雙殉情。

姻緣好惡猶難問，蹤跡親疏已自分。

次日，王翁收拾書室，接內姪周廷章來讀書。卻也曉得隔絕內外，將內宅後門下鎖，不許婦女入於花園。廷章供給，自有外廂照管。雖然搬做一家，音書來往，反不便了。嬌鸞松筠之志⑮雖存，風月之情⑯已動，況既在席間眉來眼去，怎當得園上鳳隔鸞分？愁緒無聊，鬱成一病，朝涼暮熱，茶飯不沾。王翁迎醫問卜，全然不濟。廷章幾遍到中堂問病，王翁只教致意，不令進房。廷章心生一計，因假說：「嘗在江南，曾通醫理。表妹不知所患何症？待姪兒診脈便知。」王翁向夫人說了，又教明霞道達了小姐，方纔迎入。廷章坐於床邊，假以看脈為由，撫摩了半晌。其時，王翁夫婦俱在，不好交言，只說得一聲：「保重！」出了房門，對王翁道：「表妹之疾，是抑鬱所致，須當於寬敞之地，散步陶情。更使女伴勸慰，開其鬱抱，自當勿藥。」王翁敬信周生，更不疑惑，便道：「衙中只有園亭，並無別處寬敞。」廷章故意道：「若表妹不時要園亭散步，恐小姪在彼不便，暫請告歸。」王翁道：「既為兄妹，復何嫌阻？」即日教開了後門，將鎖鑰付曹姨收管，就教曹姨陪侍女兒，任情閒耍，明霞伏侍，寸步不離，自以為萬全之策矣！卻說嬌鸞原為思想周郎致病，得他撫摩一番，已自歡喜。又許散步園亭，陪伴伏侍者都是心腹之人，病便好了一半。每到園亭，廷章便得相見，同行同坐。有時亦到廷章書房中喫茶，漸漸不避嫌疑，挨肩擦背。廷章捉個空，向小姐懇求要到香閨一望。嬌鸞目視曹姨，低低向生道：「鎖鑰在

⑮ 松筠之志：喻節操堅貞。松筠，松與竹，以耐寒不凋稱著。

⑯ 風月之情：愛情。

彼，兄自求之。」廷章已悟。

次日，廷章取烏綾二端、金釧一副，央明霞獻與曹姨。姨問鸞道：「周公子厚禮見惠，不知何意？」嬌鸞道：「年少狂生，不無過失，渠要姨包容耳。」曹姨道：「你二人心事，我已悉知，但有往來，決不洩漏。」因把匙鑰付與明霞。鸞心大喜，遂題一絕寄廷章云：

暗將私語寄英才，倘向人前莫亂開。
今夜香閨春不鎖，月移花影玉人來。

廷章得詩，喜不自禁。是夜，黃昏已罷，譙鼓方聲，廷章悄步及於內宅。後門半啟，捱身而進。自那日房中看脈，出園回來，依稀記得路徑，緩緩而行。但見燈光外射，明霞候於門側。廷章步進香房，與鸞施禮，便欲摟抱。鸞將生攩開，喚明霞快請曹姨來同坐。廷章大失所望，自陳苦情，責其變卦。一時急淚欲流。鸞道：「妾本貞姬，君非蕩子。只因有才有貌，所以相愛相憐。妾既私君，終當守君之節；君若棄妾，豈不負妾之誠？必矢明神，誓同白首；若還苟合，有死不從！」說罷，曹姨已至，向廷章謝日間之惠。廷章遂央姨為媒，誓諧伉儷，口中咒願，如流而出。曹姨道：「二位賢甥既要我為媒，可寫合同婚書四紙，將一紙焚於天地，以告鬼神；一紙留於吾手，以為媒證。你二人各執一紙，為他日合卺之驗。女若負男，疾雷震死；男若負女，亂箭亡身！再受陰府之愆，永墮酆都之獄。」生與鸞聽曹姨說得痛切，各各歡喜，遂依曹姨所說，寫成婚書誓約。先拜天地，後謝曹姨。姨乃出清果醇醪，與二人把盞稱賀。三人同坐飲酒，直至三鼓，曹姨別去。生與鸞攜手上床，雲雨之樂可知也。五鼓，鸞促生起身，囑付道：「妾已委身於君，君休負恩於妾。神明在上，鑒察難逃。今後妾若有暇，自遣明霞奉迎，切莫輕行，以招物議。」廷章字字應承，留戀不捨。鸞急教明霞送出園門。是日，鸞寄生二律云：

昨夜同君喜事從，芙蓉帳煖語從容。
貼胸交股情偏好，撥雨撩雲興轉濃。
一枕鳳鸞聲細細，半窗花月影重重。
曉來窺視鴛鴦枕，無數飛紅撲繡絨。（其一）

衾翻紅浪效綢繆，乍抱郎腰分外羞。
月正圓時花正好，雲初散處雨初收。
一團恩愛從天降，萬種情懷得自由。
寄語今宵中夕夜，不須欹枕看牽牛。（其二）

廷章亦有酬答之句。自此，鸞疾盡愈，門鎖竟弛。或三日，或五日，鸞必遣明霞召生。來往既頻，恩情愈篤。

如此半年有餘，周司教任滿，陞四川峨眉縣尹。廷章戀鸞之情，不肯同行，只推身子有病，怕蜀道艱難，況學業未成，師友相得，尚欲留此讀書。周司教平昔縱子，言無不從。起身之日，廷章送父出城而返。鸞感廷章之留，是日邀之相會，愈加親愛。

如此又半年有餘，其中往來詩篇甚多，不能盡載。廷章一日閱邸報，見父親在峨眉不服水土，告病回鄉。久別親闈，欲謀歸覲，又牽鸞情愛，不忍分離，事在兩難，憂形於色。鸞探知其故，因置酒勸生道：「夫婦之愛，瀚海同深；父子之情，高天難比。若戀私情而忘公義，不惟有失子道，累妾亦失婦道矣！」曹姨亦勸道：「今日暮夜之期，原非百年之算。公子不如暫回鄉故，且覲雙親。倘於定省之間，即議婚姻之事，早完誓願，免致情牽。」廷章心猶不決。嬌鸞教曹姨竟將公子欲歸之情對王翁說了。此日，正是端陽。王翁置酒與廷章送行，且致厚贐。廷章義不容已，只得收拾行李。是夜，鸞另置酒香閨，邀廷章重伸前誓，再訂婚期。曹姨亦在坐。千言萬語，一夜不睡。臨別，又問廷章住居之處。廷章道：「問做甚麼？」鸞道：「恐君不即來，妾便於通信耳。」廷章索筆寫出四句：

思親千里返姑蘇，家住吳江十七都。
須問南麻雙漾口，延陵橋下督糧吳。

廷章又解說：「家本吳姓，祖當里長督糧，有名督糧吳家，周是外姓也。此字雖然寫下，欲見之切，度日如歲，多則一年，少則半載，定當持家君柬帖，親到求婚，決不忍閨閣佳人懸懸而望。」言罷，相抱而泣。漸次天明，鸞親送生出園，有聯句一律：

綢繆魚水正投機，無奈思親使別離。（廷章）

花園從今誰待月？蘭房自此懶圍棋。（嬌鸞）

惟憂身遠心俱遠，非慮文齊福不齊⑰。（廷章）

低首不言終自省，強將別淚整蛾眉。（嬌鸞）

須臾天曉，鞍馬齊備。王翁又於中堂設酒，妻女畢集，為上馬之餞。廷章再拜而別。鸞自覺悲傷欲泣，潛歸內室，取烏絲箋題詩一律，使明霞送廷章上馬，伺便投之。章於馬上展看云：

同攜素手並香肩，送別那堪雙淚懸。

郎馬未離青柳下，妾心先在白雲邊。

妾持節操如姜女⑱，君重綱常類閔騫⑲。

得意匆匆便回首，香閨人瘦不禁眠。

廷章讀之淚下。一路上觸景興懷，未嘗頃刻忘鸞也。

---

⑰ 文齊福不齊：指雖有才華學識，但缺金榜題名的運氣。文，原誤作「非」，據同文堂本改。

⑱ 姜女：此處指春秋時守節不嫁的關姜。

⑲ 閔騫：名損，字子騫，孔子門下以孝行稱著的學生。

閒話休敘。不一日，到了吳江家中，參見了二親，一門歡喜。原來父親已與同里魏同知家議親，正要接兒子回來行聘完婚。生初時有不願之意，後訪得魏女美色無雙，且魏同知十萬之富，妝奩甚豐。慕財貪色，遂忘前盟。過了半年，魏氏過門，夫妻恩愛，如魚似水，竟不知王嬌鸞為何人矣！

但知今日新妝女，不顧情人望眼穿。

卻說嬌鸞一時勸廷章歸省，是他賢慧達理之人。然已去之後，未免懷思。白日淒涼，黃昏寂寞。燈前有影相親，帳底無人共語。每遇春花秋月，不覺夢斷魂勞。捱過一年，杳無音信。忽一日，明霞來報道：「姐姐可要寄書與周姐夫麼？」嬌鸞道：「那得有這方便？」明霞道：「適纔孫九說：臨安衛有人來此下公文。臨安是杭州地方，路從吳江經過，是個便道。」嬌鸞道：「既有此便，可教孫九囑付那差人不要去了。」即時修書一封，曲敘別離之意，囑他早至南陽，同歸故里，踐婚姻之約，成終始之交。書多不載。書後有詩十首，錄其一云：

端陽一別杳無音，兩地相看對月明。
暫為椿萱⑳辭虎衛，莫因花酒戀吳城。
遊仙閣內占離合，拜月亭前問死生。

⑳ 椿萱：代指父母。

此去願君心自省，同來與妾共調羹。

封皮上又題八句：

此書煩遞至吳衙，門面春風足可誇。
父列當今宣化職，祖居自古督糧家。
已知東宅鄰西宅，猶恐南麻混北麻。
去路逢人須再問，延陵橋在那村些？

又取銀釵二股，為寄書之贈。書去了七個月，並無回耗。時值新春，又訪得前衛有個張客人要往蘇州收貨。嬌鸞又取金花一對，央孫九送與張客，求他寄書。書意同前。亦有詩十首，錄其一云：

春到人間萬物鮮，香閨無奈別魂牽。
東風浪蕩君尤蕩，皓月團圓妾未圓。
情洽有心勞白髮，天高無計託青鸞。
衷腸萬事憑誰訴？寄與才郎仔細看。

封皮上題一絕：

蘇州咫尺是吳江，吳姓南麻是督糧。
囑付行人須著意，好將消息問才郎。

張客人是志誠之士，往蘇州收貨已畢，齎書親到吳江。正在長橋上問路，恰好周廷章過去，聽得是河南聲音，問的又是南麻督糧吳家，情知嬌鸞書信，怕他到彼，知其再娶之事。遂上前作揖通名，邀往酒館三杯。拆書看了。就於酒家借紙筆，匆匆寫下回書，推說父病未痊，方侍醫藥，所以有誤佳期；不久即圖會面，無勞注想。書後又寫：「路次借筆不備，希諒。」張客收了回書，不一日，回到南陽，付孫九回復鸞小姐。鸞拆書看了，雖然不曾定個來期，也當畫餅充饑、望梅止渴。過了三四個月，依舊杳然無聞。嬌鸞對曹姨道：「周郎之言欺我耳！」曹姨道：「誓書在此，皇天鑒知。周郎獨不怕死乎？」忽一日，聞有臨安人到，乃是嬌鸞妹子嬌鳳生了孩兒，遣人來報喜。嬌鸞彼此相形，愈加感歎。且喜又是寄書的一個順便。再修書一封託他。這是第三封書，亦有詩十首，末一章云：

叮嚀才子莫蹉跎，百歲夫妻能幾何？
王氏女為周氏室，文官子配武官娥。
三封心事憑青鳥，萬斛閒愁鎖翠蛾。

遠路尺書情未盡，相思兩處恨偏多！

封皮上亦寫四句：

此書煩遞至吳江，糧督南廳姓字香。
去路不須馳步問，延陵橋下暫停航。

鸞自此寢廢餐忘，香消玉減，暗地淚流，懨懨成病。父母欲為擇配，嬌鸞不肯，情願長齋奉佛。曹姨勸道：「周郎未必來矣。毋拘小信，自誤青春。」嬌鸞道：「人而無信，是禽獸也！寧周郎負我；我豈敢有負神明哉？」

光陰荏苒，不覺已及三年。嬌鸞對曹姨說道：「聞說周郎已婚他族，此信未知真假？然三年不來，其心腸亦改變矣！但不得一實信，吾心終不死。」曹姨道：「何不央孫九親往吳江一遭，多與他些盤費。若周郎無他更變，使他等候同來，豈不美乎？」嬌鸞道：「正合吾意。亦求姨娘一字，促他早早登程可也。」當下嬌鸞寫就古風一首，其略云：

憶昔清明佳節時，與君邂逅成相知。嘲風弄月任來往，撥動風情無限思。侯門曳斷千金索，攜手挨肩遊畫閣。好把青絲結死生，盟山誓海情不薄。白雲渺渺草青青，才子思親欲別情。頓覺桃臉無春色，愁聽傳書雁幾聲。君行雖不排鸞馭，勝似征蠻父兄去。悲悲切切斷腸聲，執手牽衣理前誓。與君成就鸞鳳友，切莫蘇城戀花柳。自君之去妾攢眉，脂粉慵調髮如帚。姻緣兩地相思重，雪月風花誰與共？可憐夫婦正當年，空使梅花蝴蝶夢。臨風對月無歡好，淒涼枕上魂顛倒。一宵忽夢汝娶親，來朝不覺愁顏老。盟言願作神雷電，九天玄女㉑相傳遍。只歸故里未歸泉㉒，何故音容難得見？才郎意假妾意真，再馳驛使陳丹心。可憐三七羞花貌，寂寞香閨思不禁。

曹姨書中，亦備說女甥相思之苦，相望之切。二書共作一封。封皮上亦題四句：

蕩蕩名門宰相衙，更兼糧督鎮南麻。
逢人不用停舟問，橋跨延陵第一家。

孫九領書，夜宿曉行，正至吳江延陵橋下，猶恐傳遞不的，直候周廷章面送。廷章一見孫九，滿臉通紅，不敘寒溫，取書納於袖中竟進去了。少頃，教家童出來回復道：「相公娶魏同知家小姐，今已二年。南陽路遠，不能復來矣。回書難寫，仗你代言。這幅香羅帕乃初會鸞姐之物，並合同婚書一紙，央你送還，以絕其念。本欲留你一飯，誠恐老爹盤問嗔怪。白銀五錢，權充路費，下次更不勞往返。」孫

㉑ 九天玄女：傳說中的上古女神。
㉒ 泉：黃泉，死之隱指。

九聞言大怒！擲銀於地不受，走出大門罵道：「似你短行薄情之人，禽獸不如！可憐負了鸞小姐一片真心，皇天斷然不佑你！」說罷，大哭而去。路人爭問其故。孫老兒數一數二的逢人告訴。自此，周廷章無行之名，播於吳江，為衣冠所不齒。正是：

平生不作虧心事，天下應無切齒人。

再說孫九回至南陽，見了明霞，便悲泣不已。明霞道：「莫非你路上喫了苦？莫非周家郎君死了？」孫九只是搖頭，停了半晌，方說備細，如此如此：「他不發回書，只將羅帕婚書送還，以絕小姐之念。我也不去見小姐了。」說罷，拭淚歎息而去。明霞不敢隱瞞，備述孫九之語。嬌鸞見了這羅帕，已知孫九不是個謊話，不覺怨氣填胸，怒色盈面，就請曹姨至香房中，告訴了一遍。曹姨將言勸解。嬌鸞如何肯聽？整整的哭了三日三夜，將三尺香羅帕反覆觀看，欲尋自盡。又想道：「我嬌鸞名門愛女，美貌多才。若嘿嘿而死，卻便宜了薄情之人！」乃製絕命詩三十二首，及長恨歌一篇。詩云：

倚門默默思重重，自歎雙雙一笑中。
情惹遊絲牽嫩綠，恨隨流水縮殘紅。
當時只道春回准，今日方知色是空。
回首憑欄情切處，閒愁萬里怨東風。

餘詩不載。其長恨歌略云：

長恨歌，為誰作？題起頭來心便惡。朝思暮想無了期，再把鸞箋訴情薄。妾家原在臨安路，麟閣功勳受恩露。後因親老失軍機，降調南陽衛千戶。深閨養育嬌鸞身，不曾舉步離中庭。豈知二九㉓災星到，忽隨女伴妝臺行。鞦韆戲蹴方纔罷，忽驚牆角生人話。含羞歸去香房中，倉忙尋覓香羅帕。羅帕誰知入君手，空令梅香㉔往來走。得蒙君贈香羅詩，惱妾相思淹病久。感君拜母結妹兄，來詞去簡饒恩情。只恐恩情成苟合，兩曾結髮同山盟。山盟海誓還不信，又託曹姨作媒證。婚書寫定燒蒼穹，始結于飛在天命。情交二載甜如蜜，才子思親忽成疾。妾心不忍君心愁，反勸才郎歸故籍。叮嚀此去姑蘇城，花街莫聽陽春聲。一覩慈顏便回首，香閨可念人孤另。囑付殷勤別才子，棄舊憐新任從爾。那知一去意忘還，終日思君不如死！有人來說君重婚，幾番欲信仍難憑。後因孫九去復返，方知伉儷諧文君。此情恨殺薄情者，千里姻緣難割捨。到手恩情都負之，得意風流在何也？莫論妾愁長與短，無處箱囊詩不滿。題殘錦札五千張，寫禿毛錐三百管。玉閨人瘦嬌無力，佳期反作長相憶。枉將八字推子平㉕，空把三生卜周易。從頭一一思量起，往日交情不

㉓ 二九：十八歲。

㉔ 梅香：丫鬟的通稱。

㉕ 子平：即子平術，占卜星命之術。宋代徐子平撰珞琭子賦注二卷，以人的年月八字配干支來推斷吉凶禍福。後竟風行。

虧汝。既然恩愛如浮雲，何不當初莫相與？鶯鶯燕燕皆成對，何獨天生我無配？嬌鳳妹子少二年，適添孩兒已三歲。自慚輕棄千金軀，伊歡我獨心孤悲。先年誓願今何在？舉頭三尺有神祇。君往江南妾江北，千里關山遠相隔。若能兩翅忽然生，飛向吳江近君側。初交你我天地知，今來無數人揚非。虎門深鎖千金色，天教一笑遺君機㉖。恨君短行歸陰府，譬似皇天不生我。從今書遞故人收，不望回音到中所。可憐鐵甲將軍家，玉閨養女嬌如花。只因頗識琴書味，風流不久歸黃沙。白羅丈二懸高梁，飄然眼底魂茫茫。報道一聲嬌鸞縊，滿城笑殺臨安王！妾身自愧非良女，擅把閨情賤輕許。相思債滿還九泉，九泉之下不饒汝！當初寵妾非如今，我今怨汝如海深。自知妾意皆仁意，誰想君心似獸心？再將一幅羅紋綃，殷勤遠寄郎家遙。自歎興亡皆此物，殺人可恕情難饒！反覆叮嚀只如此，往日閒愁今日止。君今肯念舊風流，飽看嬌鸞書一紙。

書已寫就，欲再遣孫九。孫九咬牙怒目，決不肯去！正無其便，偶值父親痰火病發，喚嬌鸞替他檢閱文書。嬌鸞看文書裏面，有一宗乃勾本衛逃軍者，其軍係吳江縣人。鸞心生一計，乃取從前倡和之詞，並今日絕命詩及長恨歌彙成一帙，合同婚書二紙，置於帙內，總作一封，入於官文書內。封筒上填寫：「南陽衛掌印千戶王，投下直隸蘇州府吳江縣當堂開拆。」打發公差去了。王翁全然不知。

是晚，嬌鸞沐浴更衣，哄明霞出去烹茶。關了房門，用杌子填足。先將白練掛㉗於梁上，取原日香

㉖ 機：此處當作「權謀」、「陷阱」。

㉗ 掛：原誤作「揖」，據同文堂本改。

羅帕向咽喉扣住，接連白練，打個死結，蹬開杌子，兩腳懸空。煞時間，三魂漂渺，七魄幽沉，剛年二十一歲。

始終一幅香羅帕，成也蕭何敗也何。

明霞取茶來時，見房門閉緊，敲打不開，慌忙報與曹姨。曹姨同周老夫人打開房門看了，這驚非小！王翁聞得也到。合家大哭，竟不知甚麼意故？少不得買棺殮葬。此事擱過休題。

再說吳江闕大尹接得南陽衛文書，拆開看時，深以為奇。此事曠古未聞。適然本㉘府趙推官㉙隨察院樊公祉按㉚臨本縣。闕大尹與趙推官是金榜同年，因將此事與趙推官言及。趙推官取而觀之，遂以奇聞報知樊公。樊公將詩歌及婚書反覆詳味，深惜嬌鸞之才，而恨周廷章之薄倖。乃命趙推官密訪其人。次日擒拿解院，樊公親自詰問。廷章初時抵賴，後見婚書有據，不敢開口。樊公喝教重責五十收監，行文到南陽衛查嬌鸞曾否自縊？不一日，文書轉來，說嬌鸞已死。樊公乃於監中弔取周廷章到察院堂上。樊公罵道：「調戲職官家女子，一罪也；停妻再娶，二罪也；因姦致死，三罪也。婚書上說：『男若負女，萬箭亡身。』我今沒有箭射你，用亂棒打死，以為薄倖男子之戒！」喝教合堂皂快齊舉竹批亂打，

㉘ 本：原誤作「趙」，據同文堂本改。

㉙ 推官：官名，州府掌刑獄的主管官員。

㉚ 按：巡行。

下手時宮商齊響，著體處血肉交飛！頃刻之間，化為肉醬。滿城人無不稱快。周司教聞知，登時氣死。魏女後來改嫁。向貪新娶之財色而沒恩背盟，果何益哉？有詩歎云：

一夜恩情百夜多，負心端的欲如何？
若云薄倖無冤報，請讀當年長恨歌。

第三十六卷　十三郎五歲朝天

瑞煙浮禁苑，正絳闕春回，新正❶方半。冰輪❷掛華滿。溢花衢歌市，芙蓉開遍。龍樓兩觀，見銀燭星毬有爛。捲珠簾、盡日笙歌，盛集寶釵金釧。　堪羨，綺羅叢裏，蘭麝香中，正宜遊翫。風柔夜煖。花影亂，笑聲喧。鬧蛾兒❸滿路，成團打塊，簇著冠兒鬥轉。喜皇都，舊日風光，太平再見。

這一闋詞，名曰瑞鶴仙，乃是宋紹興年間詞人康伯可❹所作。這伯可是個有名會做樂府❺的才子。家本北地，因金虜之亂，隨駕南渡。秦申王❻薦於高宗皇帝，深得寵眷。這詞單道著上元佳景。高宗極

❶ 新正：新年的正月。

❷ 冰輪：明月的代稱，多用於詞曲。

❸ 鬧蛾兒：婦女頭上的飾物，剪綵為花草蝶蟲以戴，亦稱「鬧嚷嚷」。

❹ 康伯可：名與之，號順安，河南洛陽人。南渡後的宮廷詞人。建炎中向宋高宗上中興十策，朝野知名。後依附秦檜，擢軍器丞監，由是聲名掃地。

❺ 樂府：此處指詞。

其稱賞，御賜金帛甚多。詞中為何說「舊日風光，太平再見」？蓋因靖康之亂，徽欽被虜，中原盡屬金夷；康王僥倖南渡，即了帝位，偏安一隅，偷閒取樂，還要模擬盛時光景，故詩人歌詠如此。也是自解自樂而已，怎如得當初？柳耆卿❼的傾盃樂詞道得好，詞云：

禁漏花深，繡工日永❽，薰風❾布暖。變韶景❿都門十二，元宵三五⓫，銀蟾⓬光滿。淩飛觀，聳皇居麗，佳氣瑞煙蔥蒨⓭。翠華宵幸，是處層城閬苑⓮。龍鳳燭、交光星漢⓯，對咫尺鼇山⓰。

❻ 秦申王：即秦檜，字會之，江寧（今屬江蘇）人。居相位執政十九年，陷害忠良，力主妥協，死後贈封申王。宋寧宗時奪爵。

❼ 柳耆卿：即北宋著名詞人柳永，福建崇安人，以風流不羈見斥於朝廷權貴，景祐元年進士，懂聲律，常自創新聲，對促進長調慢詞的發展，極有貢獻。

❽ 日永：言白晝之長。

❾ 薰風：和風。

❿ 韶景：美景。

⓫ 三五：射正月十五。

⓬ 銀蟾：明月。本自古人所云月中有蟾的傳說。

⓭ 蔥蒨：青翠而茂盛。

⓮ 閬苑：仙人所居的境域。出傳說。

⓯ 星漢：銀河。

⓰ 鼇山：疊成山形的彩燈。

開雉扇。會樂府兩籍神仙⑰，梨園四部絃管。向曉色、都人未散。盈萬井、山呼鰲抃⑱。願歲歲、天仗裏常瞻鳳輦⑲。

這詞多說著盛時宮禁說話。只因宋時極作興是個元宵，大張燈火，御駕親臨，君民同樂，所以說道「金吾不禁夜，玉漏⑳莫相催」。然因是傾城士女，通宵出遊，沒些禁忌。其間就有私期密約，鼠竊狗偷，弄出許多話柄來。當時李漢老㉑有一首女冠子詞更道得好！詞云：

帝城三五，燈光花市盈路。天街遊處。此時方信，鳳闕㉒都民，奢華豪富。紗籠纔過處，喝道轉身，一壁小來且住。見許多、才子艷質，攜手並肩低語。　東來西往誰家女，買玉梅爭戴，緩步香風度？北觀南顧。見畫燭影裏，神仙無數。引人魂似醉，不如趁早，步月歸去。這一雙情眼，怎生禁得，許多胡覷？

⑰ 兩籍神仙：或指坐部伎、立部伎。
⑱ 鰲抃：歡欣踴躍。
⑲ 鳳輦：帝王的車駕。
⑳ 玉漏：玉製的計時器。
㉑ 李漢老：李邴，濟州任城人，宋高宗時，官至參政政事。邴，音ㄅㄧㄥˇ。
㉒ 鳳闕：宮廷。

細看此詞，可見元宵之夜，趁著喧鬧叢中，幹那不三不四勾當的，不一而足！不消說起。而今聽在下說一件元宵的事體，更是奇異！這件事，直教：

> 鬧動公侯府，分開帝主顏。
> 猾徒入地去，稚子見天還。

話說宋神宗朝，有個大臣王襄敏公，單諱著一個韶字，全家住在京師。真是潭潭㉓相府，富貴奢華，自不必說。那年正月十五元宵佳節，其時王安石未用，新法未行，四境無侵，萬民樂業，正是太平時候。家家戶戶，點放花燈。自十三日為始，那十街九市，歡呼達旦。這夜十五日，是正夜。年年規矩：官家親自出來，賞玩通宵。傾城士女，專待天顏一看。且是此日，難得一輪明月當空，照耀如同白晝，映著各色奇巧花燈，從來叫做燈月交輝，極為美景。襄敏公家內眷，自夫人以下，老老幼幼，沒一個不打扮齊整了。祗候人擡著帷幕，出來街上看燈遊耍。看官，你道如何用著帷幕？那官宦人家女眷，恐防街市人挨挨擦擦，不成體面，所以或用絹緞，或用布疋等類，扯做長圈圍裹，隔著外人。晉時喚做步障，故有紫絲步障、錦步障之稱，這是大人家規範如此。

閒話且過。卻說襄敏公有個小衙內，排行十三，是個末堂㉔幼子，小名叫做南陔。年方五歲，聰明

㉓ 潭潭：形容居處寬深。
㉔ 末堂：最後生的。

乖覺，容貌不凡。襄敏公夫婦珍愛，自不必說。只這合家內外大小，也沒一個不喜歡他的。其時，小衙內也到街上看燈。大家穿著齊整，還是等閒，只頭上一頂帽兒，多是黃豆大不打眼的洋珠穿成雙鳳的牡丹花樣；當面前一粒貓兒眼寶石，睛光閃爍；四圍又是五色寶石攢簇，乃是鴉青祖母綠之類。這頂帽也不知值多少錢鈔！襄敏公分付一個家人王吉，馱在背上，隨著內眷一起看燈。

那王吉是曉得規矩的人，自道身是男人，不敢在帷中行走，只相傍帷外而行。行到宣德門前，恰好神宗皇帝正御宣德門樓。聖旨許令萬目仰觀，金吾衛不得攔阻。樓上設著鰲山，燈光燦爛，香煙馥郁，奏動御樂，簫鼓喧闐。樓下施呈百戲㉕，供奉御覽。看的真是人山人海，擠得縫地都沒有了！有翰林承旨王禹玉上元應制詩為證：

雪消華月滿仙臺，萬燭當樓寶扇開。
雙鳳雲中扶輦下，六鰲海上駕山來。
鎬京㉖春酒沾周宴，汾水秋風陋漢才。
一曲昇平人盡樂，君王又進紫霞盃。

此時王吉擁在人叢之中，因為肩上負了小衙內，許多不便，只好掂著腳，伸著頸，仰著臉，睜著眼，向

㉕百戲：漢以來雜技樂舞的總稱。
㉖鎬京：地名。周的都城，位在陝西西安的西南、灃水東岸。武王滅商之後，即遷都於此。

上觀望。漸漸的擠得腿也酸了，腰也軟了，肩也攤了，汗也透了，氣也喘了。正沒奈何，忽覺得身上輕鬆了些，好不快活！把腰兒伸一伸，腳兒展一展，自繇自在的呆呆裏看夠，趁心滿意。猛然想起道：「小衙內呢？」急把手摸時，已不在背上了，也不知幾時去的？四下一望，多是面生之人，那裏見小衙內的影兒？急得腸子做了千百段。欲要找尋，又被擠住了腳，行走不得。心中撩亂，只得儘氣力將身子挨出，挨得骨軟筋麻，纔得到稀鬆之處。遇見府中一夥人，問道：「你們見小衙內麼？」府中人道：「小衙內是你負著，怎倒來問我們？」王吉道：「正在鬧嚷之際，不知那個伸手，來我背上接了去？想必是府中弟兄們，見我費力，替我抱了，放鬆我些也不見得。我一時貪個鬆快，人鬧裏不看得仔細。及至尋時，已不見了！你們難道不曾撞見？」府中人見說，大家慌張起來道：「你好作怪！這可是作耍的事？如此不小心！你在人千人萬處失去了，卻在此問張問李，豈不誤事？還是分頭再到鬧頭裏尋去。」

一夥十來個人，同了王吉，挨出挨入，高呼大叫。怎當得人多聲鬧，茫茫裏向那個去問？落得眼睛也看花了，喉嚨也叫啞了，並無一些影響。尋了一回，走將攏來，我問你，你問我，多一般不見，慌做了一團。有的道：「或者那個抱回家去了。」有的道：「你我都在，又是那一個抱去？」王吉道：「且到家問問看再處。」一個老人家道：「決不在家裏。頭上東西耀人眼目，被歹人連人盜拐去了！我們且不要驚動夫人，先到家稟知了相公，差人趁早緝捕為上。」

王吉見說要稟知相公，先自軟了一半。道：「如何回得相公的話？且從容計較打聽，不要性急便好。」府中人多是著了忙的，那繇得王吉主張！一齊奔了家來，私下問問，那得個小衙內在裏頭？只得來見襄敏公，卻也囁囁嚅嚅㉗，未敢一直說失去小衙內的事。襄敏公見眾人倉皇之狀，倒問道：「你等去未多時，如何一齊跑了回來？且多有些慌張失智光景，必有緣故。」眾家人纔把王吉在人叢中失去小衙內之事，說了一遍。王吉跪下，只是叩頭請死。襄敏公毫不在意，笑道：「去了自然回來，何必如此著急。」眾家人道：「此必是歹人拐了去。怎能夠回來？相公還是著落㉘開封府及早追捕，方得無失。」襄敏公搖頭道：「也不必。」眾人道是一番天樣大火樣急的事，怎知襄敏公看得平常，聲色不動，化做一杯雪水。

眾人不解其意，只得到帷中稟知夫人。夫人驚慌，急忙回府，噙著一把眼淚來與相公商量。襄敏公道：「若是別個兒子失去，便當急急尋訪；今是吾十三郎，必然自會歸來！不必憂慮。」夫人道：「此子雖然伶俐，點點年紀，奢遮煞㉙也只是四五歲的孩子。萬眾之中擠掉了，怎能夠自會歸來？」養娘每道：「聞得歹人拐人家小廝去，有擦瞎眼的，有砍掉腳的，千方百計，擺佈壞了，裝做叫化的化錢。若不急急追尋，必然衙內遭了毒手。」各各啼哭不住。家人每道：「相公便不著落府裏緝捕，拾帖也寫幾張，或是大張告示。有人貪圖賞錢，便有訪得下落的來報了。」一時間，你出一說，我出一見，紛紜亂講。只有襄敏公怡然不以為意，道：「隨你議論百出，總是多的！過幾日自然來家。」夫人道：「魔合羅㉚般一個孩子，怎生捨得失去了，不在心上？說這樣懈話！」襄敏公道：「包在我身上還你一個舊孩

㉗ 囁囁嚅嚅：謂說話吞吞吐吐。

㉘ 著落：此處有指派負責之意。

㉙ 奢遮煞：至多；說到底。煞，吳語中「極」的意思，表示程度。

㉚ 魔合羅：亦作「摩合羅」、「摩侯羅」等，皆梵語之譯音。七巧節供奉的泥塑、蠟製、木刻的娃娃。此處喻指可愛。

子便了，不要性急。」夫人那裏放心？就是家人每、養娘每，也不肯信相公的話。夫人自分付家人各處找尋去了不題。

卻說那晚南陔在王吉背上，正在挨擠喧嚷之際，忽然有個人挨到王吉身畔，輕輕伸手過來接去，仍舊一般馱著。南陔貪著觀看，正在眼花撩亂，一時不覺。只見那一個人負得在背，便在人叢裏亂擠將過去。南陔纔喝聲道：「王吉如何如此亂走？」定睛一看，那裏是個王吉？衣帽裝束又另是一樣了。南陔年紀雖小，心裏煞是聰明，便曉得是個歹人，被他鬧裏來拐了。欲待聲張，左右一看，並無一個認得的熟人。他心裏思量道：「此必貪我頭上珠帽。若被他掠去，須難尋討。我且藏過帽子。我身子不怕他怎地。」遂將手去頭上除下帽子來，揣在袖中，也不言語，也不慌張，任他馱著前走，卻像不曉得的。

將近東華門，看見四五乘轎子疊聯而來。南陔心裏忖量道：「轎中必有官員貴人在內，此時不聲張求救，更待何時？」覷轎子來得較近，伸手去攀著轎幰㉛，大呼道：「有賊！有賊！救人！救人！」那負南陔的賊由於不意，驟聽得背上如此呼叫，喫了一驚！恐怕被人拿住，連忙把南陔撩下背來，鑽向人叢裏脫身而走。轎中人聞得孩子聲喚，推開簾子一看，見是個青頭白臉魔合羅般一個小孩子，心裏歡喜。叫住了轎，抱將過來，問道：「你是何處來的？」南陔道：「是賊拐來的。」轎中人道：「賊在㉜何處？」南陔道：「方纔叫喊起來，在人叢中走了。」轎中人見說話明白，把他頭兒撫摩道：「乖乖，你不要心慌，且隨我頑耍去來。」便雙手抱來坐在膝上，一直進了東華門，竟入大內去了。你道轎中是何等人？

㉛ 幰：音ㄒㄧㄢˇ。帷幔。

㉜ 在：原誤作「是」，據同文堂本改。

原來是穿宮的高品近侍中大人㉝。因聖駕御樓觀燈已畢，先同著一般的中貴㉞四五人，前去宮中排宴，不想遇著南陔叫喊，抱在轎中，進了大內。中大人分付從人領他到自己入直㉟的房內，與他果品喫著，被臥溫著，恐防驚嚇了他，叮囑又叮囑。內監心性，喜歡小的，自然如此。

次早，四五個中大人直到神宗御前，叩頭跪稟道：「好教萬歲爺爺得知：奴婢等昨晚隨侍賞燈回來，在東華門外拾得一個失落的孩子，領進宮來。此乃萬歲爺爺得子之兆。奴婢等不勝喜歡。未知是誰家之子？未請聖旨，不敢擅便，特此啟奏。」神宗此時前星未耀㊱，正急的是生子一事。見說拾得一個孩子，也道是宜男之祥，喜動天顏，叫快宣來見。

中大人領旨，急到入直房內，抱了南陔，先對他說：「聖旨宣召，如今要見駕哩！你不要驚怕。」南陔見說見駕，曉得是見皇帝了，不慌不忙在袖中取出珠帽來，一似昨日戴了，隨了中大人，竟來見神宗皇帝。娃子家雖不曾習著甚麼嵩呼拜舞之禮，卻也擎拳曲腿，一拜兩拜的叩頭稽首。喜得個神宗跌腳歡忭，御口問道：「小孩子，你是誰人之子？可曉得姓甚麼？」南陔竦然起答道：「兒姓王，乃臣韶之幼子也。」神宗見他說出話來聲音清朗，且語言有體，大加驚異。又問道：「你緣何到此處？」南陔道：「只因昨夜元宵舉家觀燈，瞻仰聖容。在嚷亂之中，被賊人偷馱背上前走。偶見內家㊲車乘，只得叫呼

㉝ 近侍中大人：太監首領。

㉞ 中貴：宦官；太監。

㉟ 入直：辦理公務。

㊱ 前星未耀：還沒有太子。前星，太子，語出漢書五行志。

求救。賊人走脫，臣隨中貴大人一同到此，得見天顏，實出萬幸。」神宗道：「你今年幾歲了？」南陔道：「臣五歲了。」神宗道：「小小年紀便能如此應對，王韶可謂有子矣！昨夜失去，不知舉家何等驚惶。朕今即要送還汝父，只可惜沒查處那個賊人。」南陔對道：「陛下要查此賊，一些不難。」神宗驚喜道：「你有何見，可以得賊？」南陔道：「臣被賊人馱走，已曉得不是家裏人了，便把頭戴的珠帽除下藏好。那珠帽之頂有臣母將繡針綵線插戴其上，以壓不祥。臣比時在他背上，想賊人無可記認，就於除帽之時，將針線取下，密把他衣領縫線一道，插針在衣內，以為暗號。今陛下令人密查，若衣領有此針線者，即是昨夜之賊，便可捕獲。」神宗大驚道：「奇哉此兒！一點年紀，有如此大見識。朕若不得賊，孩子不如矣！待朕擒治，拿此賊，方送汝回去。」又對近侍誇稱道：「如此奇異兒子，不可令宮闈中人不見一見。」傳旨急宣欽聖皇后見駕。

穿宮人傳將旨意進宮，宣得欽聖皇后到來，山呼行禮已畢。神宗對欽聖道：「外廂有個好兒子，卿可暫留宮中，替朕看養他幾日，做個得子的讖兆。」欽聖雖然遵旨謝恩，不知甚麼事繇，心中有些猶豫不決。神宗道：「要知詳細，領此兒到宮中問他，他自會說明白。」欽聖得旨，領了南陔自往宮中去了。神宗一面寫下密旨，差個中大人齎到開封府，是長是短的，從頭分付了大尹，立限捕賊以聞。開封府大尹奉得密旨，非比尋常訪賊的事，怎敢時刻怠緩？即喚過當日緝捕使臣何觀察㊳分付道：「今日奉到密旨，限你三日內要拿元宵夜做不是的㊴一夥人。」觀察稟道：「無贓無證，從何緝捕？」大尹叫何觀察

㊲ 內家：此處指宮廷。

㊳ 觀察：官名，宋代的觀察就是緝捕使。

上來，附耳低言，把中大人所傳衣領針線為號之說，說了一遍。何觀察道：「恁地時，三日之內，管取完這頭公事。只是不可聲揚。」大尹道：「你好幹這事。此是奉旨的，非比別項盜賊。小心在意！」觀察聲喏而出。到得使臣房，集齊一班眼明手快的公人來，商量道：「元宵夜趁著熱鬧做歹事的，不止一人，失事的也不止一家。偶然這一家小的兒不曾撈得去，別家得手處必多。日子不遠，此輩不過在花街柳陌、酒樓飯店中輕鬆取樂，料必未散。雖是不知姓名地方，有此暗記，還怕甚麼？遮莫❹⓿沒蹤影的，也要尋出來。我每幾十個做公的，分頭體訪，自然有個下落。」當下派定張三往東，李四往西，各人認路。茶坊酒肆，凡有眾人團聚、面生可疑之處，即便留心，挨身體看。各自去訖。

原來那晚這個賊人，有名的叫做「鵰兒手」，一起有十來個，專一趁著鬧熱時節，人叢裏做那不本分的勾當。有詩為證：

昏夜貪他唾手財，全憑手快眼兒乖。
世人莫笑胡行事，譬似求人更可哀。

那賊人當時在王家府門首窺探蹤跡，見個小衙內齊整打扮，背將出來，便看上了。一路跟著，不離左右。到了宣德門樓下，正在挨擠喧鬧之處，覷個空便雙手溜將過來，背了就走。欺他是小孩子，縱有知覺，

---

❸❾ 做不是的：作案的。

❹⓿ 遮莫：儘管；即便。

不過驚怕啼哭，料無妨礙，不在心上。不隄防到官轎傍邊，卻會叫喊「有賊」起來，一時著了忙，卸著便走。更不知背上頭暗地裏，又被他做工夫，留下記認了。此是神仙也不猜到之事。後來脫去，見了同夥，團聚攏來，各出所獲之物，如簪、釵、金寶、珠玉、貂鼠煖耳、狐尾護頸之類，無所不有；只有此人，卻是空手。述其緣故。眾賊道：「何不單鵰了珠帽來？」此人道：「他一身衣服，多有寶珠鈕鏃，手足上各有釧鐲，就是四五歲一個小孩子，好歹也值兩貫錢，怎捨得輕放了他？」眾賊道：「而今孩子何在？正是『貪多嚼不爛了』。」此人道：「正在內家轎邊叫喊起來，隨從的虞候❹❶虎狼相似，不兜住身子便算天大僥倖，還望財物哩！」眾賊道：「果是利害！而今幸得無事，弟兄們且打平夥❹❷，喫酒壓驚去。」於是一日輪一個做主人，只揀隱僻酒務❹❸，便去暢飲。

是日，正在玉津園傍邊一個酒務裏頭歡呼暢飲。一個做公的叫做李雲，偶然在外經過，聽得猜拳豁指、呼么喝六之聲。他是有心的，便踅進門來一看，見這些人舉止氣象，心下有十分瞧科❹❹。走去坐了一個獨副座頭，叫聲：「買酒飯喫！」店小二先將盞筯安頓去了。他便站將起來，背著手踱來踱去，側眼把那些人逐個個覷將去。內中一個，果然衣領上掛著一寸來長短綵線頭。李雲曉得著手❹❺了，叫店家：

❹❶ 虞候：侍從。
❹❷ 打平夥：平均出錢聚餐。
❹❸ 酒務：酒店。
❹❹ 瞧科：看出來。
❹❺ 著手：得手。

「且慢暖酒，我去街上邀著個客人一同來喫。」忙走出門，口中打個胡哨，便有七八個做公的走將攏來，問道：「李大，有影響麼？」李雲把手指著店內道：「正在這裏頭，已看的實了。我們幾個守著這裏，把一個走去，再叫集十來個弟兄，一同下手。」內中一個會走的，飛也似去。頃刻叫上十來個做公的，發聲喊，望酒務裏打進去叫道：「奉聖旨，拿元宵夜一夥賊人！店家協力，不得放走了！」店家聽得「聖旨」二字，曉得利害，急集小二、火工、後生人等，執了器械出來幫助。十來個賊，不曾走了一個，多被捆倒。正是：

日間不做虧心事，夜半敲門不喫驚。

大凡做賊的，見了做公的，就是老鼠遇了貓兒，見形便伏；做公的見了做賊的，就是仙鶴遇了蛇洞，聞氣即知。所以這兩項人，每每私自相通，時常要些孝順，叫做「打業錢」。若是捉破了賊，不是甚麼要緊公事，得些利市，便放鬆了。而今是欽限要人的事，衣領上針線鬥著海底眼㊻，如何容得寬展？留下綑住，先剝了這一個的衣服。眾賊雖是口裏還強，卻個個肉顫身搖，面如土色。身邊一搜，各有零贓。一直押到開封府來，報知大尹。大尹升堂，驗著衣領針線是實，明知無枉，喝教用起刑來，令招實情。掤、扒、弔、拷，倍受苦楚。這些頑皮賊骨，只不肯招。大尹即將衣領針線問他道：「你身上何得有此？」賊人不知事端，信口支吾。大尹笑道：「如此劇賊，卻被小孩子算破了，豈非天理昭彰？你可記得元宵

㊻ 海底眼：內幕；祕密。

夜內家轎邊叫救人的孩子麼？你身上已有了暗記，還要抵賴到那裏去！」賊人方知被孩子暗算了，頓口無言，只得招出實情。乃是積年累歲，遇著節令盛時，即便四出剽竊。以及平時掠販子女，傷害性命，罪狀山積，難以枚舉，從不敗露。豈知今年元宵行事之後，卒然被擒。卻被小子暗算，驚動天聽，以致有此。莫非天數該敗？一死難逃！大尹責了口詞，疊成文卷。大尹卻記起舊年元宵真珠姬一案，現捕未獲的那一件事來。你道又是甚事？看官，且放下這頭，聽小子說那一頭。

也只因宣德門張燈，王侯貴戚女眷，多設帷幕在門外兩廡㊼，日間先在那裏等候觀看。其時，有一個宗王㊽家眷，在東廡下張設帷幕，擺下酒殽，觀看燈火。那時金吾不禁，人海人山，語言鼎沸，喧天振地。更有那花砲流星，你放我賽。那宗王有個女兒，名喚真珠姬，年方十七，未曾許嫁人家。顏色明艷，服飾鮮麗，耀人眼目。娃子家心性，喜的是頑耍。他見恁般熱鬧，不免舒頭探腦，向幕外張望。常言：「慢藏誨盜，冶容誨淫。」卻動了一夥劇賊的火。宗王家眷，正在看得興濃處，只見一個女僧挨入幕來，自夫人以下各各問訊了，便立在真珠姬身邊。夫人正問那尼僧：「你是那處尼僧？」忽見眾人一齊發喊起來！卻被放花砲的失手燒了帷幕，煙焰滿幕。眾女眷一時忙亂，你撞我跌，亂搶出幕來，急得那真珠姬沒走一頭處。那女僧叫道：「莫要慌！隨我來！」一把扯著真珠姬的手，在人叢中挨至隙處，見放著一乘兜轎。女僧連忙扶真珠姬入轎坐了。女僧便對轎夫說：「你轎若空閒，快抬這小姐到王府裏去，多賞你酒錢，我隨後跟來。」轎夫應道：「當得！當得！」扶轎上肩，四足並舉，其行如飛。莫說

㊼ 兩廡：東西兩廊。

㊽ 宗王：封王的宗室。

真珠姬是幼年閨女，就是男子漢到如此倉卒，也要著了道兒。

且放著真珠姬上轎的事。再說王府家眷，帷幕被燒，驚得亂攛。眾人擁上來，拽倒帷幕，幸而火息，不曾延燒別家帷幕。自宗王夫人以下，及養娘、丫鬟、婢女等輩，簪珥釵釧，都被人搶去。盞楪粉碎。虞候、幹辦㊾、家人也都失去帽，擠落鞋。一家敗興，聚集在一搭兒。人人都在，只不見了真珠姬。當時四下呼喚找尋，並無影響。那時宗王聞報，叫夫人等眾快回王府，連夜差人出招出揭，報信者賞錢三千貫，收留者五千貫。滿城挨訪，鬧了數日，杳無音信不題。

且說真珠姬當夜在轎中，深以為幸，甚感尼僧。坐還未穩，倏忽轉彎，心頭小鹿不住的撞。思想夫人等眾，不知如何光景？只見轎夫腳高腳低，越走越黑。舉眼看時，卻是空闊所在，喧鬧之聲漸遠。真珠姬見不是日裏來的舊路，心裏正有些疑惑，忽然住了轎。轎夫多走了去，卻不是自家府門，只得自己掀簾走出轎來。定睛一看，只叫得苦：原來是一所古廟！傍邊鬼卒十餘個，各持兵杖夾立；中間坐著一位神道，面闊尺餘，鬚髯滿頦，目光如炬，肩臂搖動，像個活的一般！真珠姬心慌，不免下拜。神道開口大言道：「你休得驚怕。我與汝有夙緣，故使神力攝你至此。」真珠姬見神道說出話來，愈覺驚怕，放聲啼哭起來。傍邊兩個鬼卒，走來扶著。神道說：「快取壓驚酒來！」傍邊又一鬼卒，斟著一杯熱酒，向真珠姬口邊奉來。真珠姬欲待推拒，又懷懼怕，勉強將口接著，被他一灌而盡。真珠姬早已天旋地轉，不知人事，倒在地下。神道走下座來，笑道：「著了手也！」傍邊鬼卒，多攢將攏來，同神道各卸了裝束，除下面具。原來個個多是活人，乃一夥劇賊裝成的。將蒙汗藥灌倒了真珠姬，抬到後面。眾賊漢乘

㊾ 幹辦：從事採購的僕役。

他昏迷，次第姦淫。可憐金枝玉葉之人，零落在狗黨狐群之手。姦淫已畢，各自散去，別做歹事了。

真珠姬睡至天明，看看甦醒。睜眼看時，不知是那裏？但見一個婆子在傍邊坐著。真珠姬自覺下體疼痛，雖在昏醉中，依稀也略記得些事，明知著了人手，問婆子道：「此是何處？」婆子道：「夜間眾好漢們送將小娘子來的，不必心焦，管取你就落好處便了。」真珠姬道：「我是宗王府中閨女。你們歹人，怎如此乘鬧胡行？」婆子道：「而今說不得王府不王府了。老身見你是金枝玉葉，須不把你作賤。」真珠姬也不曉得他的說話因繇，侮著眼只是啼哭。原來這婆子是個牙婆，專一走大人家，僱賣人口的。這夥劇賊掠得人口，便來投他家，款留下幾晚，就有頭主來成了去的。那時留下真珠姬，好言溫慰得熟分。剛兩三日，只見一日，一乘轎來抬了去，已將他賣與城外一個富家為妾了。

主翁卻見他美色，甚是喜歡，更問他來歷。真珠姬也深懷羞憤，不敢輕易自言。怎當得那家姬妾頗多，見一人專寵，盡生嫉妬之心，說他來歷不明，多管是在家犯姦被逐出來的奴婢。日日在主翁耳根邊激聒。主翁聽得不耐煩，偶然問其來處。真珠姬撲著心中事，大聲啼哭，訴出事繇來，方知是宗王之女，被人掠賣至此。主翁多曾看見榜文賞帖的，老大吃驚。恐怕事發連累，急忙叫人尋取原媒牙婆，已自不知去向了。主翁尋思道：「此等奸徒，此處不敗，別處必敗。到得跟究起來，現贓在我家，須藏不過。可不是天大利害？況且王府女眷，不是取笑，必有尋著根底的日子。別人做了歹事，把個愁布袋丟在這裏，替他頂死不成？」心生一計，叫兩個家人，家裏抬出一頂破竹轎子裝好了，請出真珠姬來。主翁納頭便拜道：「一向有眼不識貴人，多有唐突。卻是辱沒了貴人，多是歹人做的事，小可並不知道。今情願捨了身價，白送貴人還府，只望高抬貴手，凡事遮蓋，不要牽累小可則個。」真珠姬見說送他還家，就如聽得一封九重恩赦到來；又原是受主翁厚待的，見他小心陪禮，好生過意不去，回言道：「只要見了我父母，決不提起你姓名罷了。」主翁請真珠姬上了轎，兩個家人抬著飛走。真珠姬也不及分別一聲。約莫走了五七里路，至一荒野之中。抬轎的放下竹轎，抽身便走，一道煙去了。真珠姬在轎中探頭出看，只見靜悄無人。走出轎來前後一看，連兩個抬轎的影蹤不見！慌張起來道：「我直如此命蹇，如何不明不白拋我在此？萬一又遇歹人，如何是好？」沒做理會處，只得仍舊進轎坐了，放聲大哭起來。亂喊亂叫，將身子在轎內顛擲不已。

頭髮多顛得蓬鬆。此時正是三月天氣，時常有郊外踏青的。有人看見那空野之中，一乘竹轎內有人大哭，不勝駭異，漸漸走將攏來。起初止是一兩個人，後來簸箕般回將轉來，你詰我問，你喧我嚷。真珠姬慌慌張張，沒口得分訴，一發說不出一句明白話來。內中有老成人，搖手叫四傍人莫嚷，高聲問道：「娘子是何家宅眷？因甚獨自歇轎在此？」真珠姬方纔噙了眼淚說道：「奴是王府中族姬，被歹人拐來在此的。」有人報知府中，定有重賞。」當時王府中賞帖、開封府榜文，誰不知道？真珠姬話纔出口，早已有請功的飛也似去報了。須臾之間，王府中幹辦、虞候走了偌多人來認看，果然破轎之內，坐著的是真珠族姬。慌忙打轎來換了，抬歸府中。父母與合家人等，看見頭髩鬅鬙亂、滿面淚痕，抱著大哭。真珠姬一發亂顛亂擲，哭得一佛出世，二佛生天㊿。直等哭得盡情了，方纔把前時失去、今日歸來的事端，一五一十告訴了一遍。宗王道：「可曉得那討你的是那一家？便好挨查。」真珠姬心裏還護著那主翁，回言道：「人家便認得，卻是不曉得姓名，也不曉得地方。又來得路遠了，不記起在那一邊。抑且那人

㊿ 一佛二句：意即「死去活來」。出世是生，生天當即「升天」，是死。

家原不知情，多是歹人所為。」宗王心裏道是「家醜不可外揚」，恐女兒許不得人家，只得含忍過了，不去聲張。不老實根究，只暗地囑付開封府留心訪賊罷了。隔了一年，又是元宵之夜，弄出王家這件事來。其時，大尹拿到王家做歹事的賊，用刑訊問。那賊夥中有的被拷打昏了，倒把王府這件事先招出來。那尼僧也是一夥，均分贓物，設計放火起釁，暗約兜轎假扮轎夫之事，一一招稱明白。大尹咬牙切齒，拍案大罵道：「這些賊男女，死有餘辜！」差人緝捕賊尼、牙婆，即刻捕到。大尹喝叫加力行杖，各打了六十訊棍，押下死囚牢中，奏請明斷發落。奏內大略云：

> 群盜元夕所為，止於胠篋；居恆所犯，盡屬椎埋51。似此梟獍52之徒，豈容輦轂之下？合行駢戮，以靖邦畿。

神宗皇帝見奏，曉得開封府盡獲盜犯，笑道：「果然不出小孩子所算。」龍顏大喜，批准奏章，著會官即時處決。又命開封府再錄獄詞一道來看。開封府欽此欽遵，處斬眾盜已畢，一面回奏。復將前後犯繇獄詞，詳細錄上。神宗得奏，即將獄詞籠在袍袖之中，含笑回宮。

且說正宮欽聖皇后，那日親奉聖諭，賜與外廂小兒鞠養53，以為得子之兆，當下謝恩，領回宮中來。

---

51 椎埋：殺人害命，盜掘墳墓。

52 梟獍：音ㄒㄧㄠ ㄐㄧㄥˋ。此處喻指兇殘狠毒之輩。梟，惡鳥，出生後食其母。獍，惡獸，出生後食其父。

53 鞠養：養育；撫養。

試問他來歷備細，那小孩子應答如流，語言清朗。他在皇帝御前也曾經過，可知道不怕面生，就像自家屋裏一般，嘻笑自若。喜得個欽聖心花也開了。將來抱在膝上，命宮娥取過梳妝匣來，替他掠髮整容、調脂畫額，一發打扮得齊整。合宮妃嬪，聞得欽聖宮中御賜一個小兒，盡皆來到宮中。一來稱賀娘娘，二來觀看小兒。因小兒是宮中所不曾有的，實覺稀罕。及至見了，又是一個眉清目秀、唇紅齒白、魔合羅般一個能言能語、百問百答。你道有不快活的麼？妃嬪每要奉承娘娘，亦且喜歡孩子，爭先將出寶玩金珠釧鐲等類，來做見面錢，多塞在他小袖子裏。袖子盛滿擠不下了。欽聖命一個老內人[54]逐一替他收好。又叫引他到各宮，朝見頑耍。各宮以為盛事，你強我賽，又多各有賞賜。宮中好不喜歡熱鬧！

如是十來日。正在喧哄之際，忽然駕幸欽聖宮，宣召前日孩子。欽聖當下率領南陔朝見已畢，神宗問欽聖道：「小孩子莫驚怕否？」欽聖道：「蒙聖恩敕令暫鞠此兒。此兒聰慧非凡。雖居禁地，毫不改度，老成人不過如此。實乃陛下洪福齊天，國家有此等神童出世。臣妾不勝欣幸。」神宗道：「好教卿等知道，只那夜做歹事的人，盡被開封府所獲。則為衣領上針線暗記，不到得走了一個！此兒可謂有智極矣！今賊人盡行斬訖，怕他家裏不知道，在家忙亂，今日好好送還他去。」欽聖與南陔，各叩首謝恩。當下傳旨：敕令前日抱進宮的那個中大人護送歸第。御賜金犀一簏，與他壓驚。中大人得旨，就御前抱了南陔，辭了欽聖，一路出宮。欽聖尚兀自好些不割捨他。梯己自有賞賜，與同前日各宮所贈之物，同貯一篋，令人一同交付與中大人收好，送到他家。中大人出了宮門，傳命輔起犢車，齎了聖旨，就抱南陔坐在懷裏了，竟往王家而來。

[54] 老內人：老宮人。

去時驀地偷將去，來日從天降下來！
孩抱何緣親見帝？恍疑鬼使與神差。

話說王襄敏家中，自那晚失去了小衙內，合家內外大小，沒一個不憂愁思慮，哭哭啼啼。只有襄敏毫不在意，竟不令人追尋。雖然夫人與同管家的，分付眾家人各處探訪，卻也並無一些影響。人人懊惱，沒個是處。忽然此日朝門上飛報將來：「有中大人親齎聖旨到第開讀。」襄敏不知事端，分付忙排香案迎接。自己冠紳袍笏，俯伏聽旨。只見中大人抱了個小孩子下犢車來。家人上前來爭看，認得是小衙內，倒吃了一驚！不覺大家手舞足蹈，禁不得喜歡。中大人喝道：「且聽宣聖旨！」高聲宣道：

卿元宵失子，乃朕獲之。今卻還卿。特賜壓驚物一篋，奬其幼志。欽哉！

中大人宣畢，襄敏拜舞謝恩已了。請過聖旨，與中大人敘禮，分賓主坐定。中大人笑道：「老先生好個乖令郎！」襄敏正要問起根繇，中大人笑嘻嘻的，袖中取出一卷文書出來，說道：「老先生要知令郎去來事端，只看此一卷，便明白了。」襄敏接過手來一看，乃開封府獲盜獄詞也。襄敏從頭看去，見是密詔開封捕獲，便道：「乳臭小兒，如此驚動天聽，又煩聖慮獲賊，直教老臣粉身碎骨，難報聖恩萬一！」中大人笑道：「這賊多是令郎自家拿倒的，不煩一毫聖慮，所以為妙。」南陔當時就口裏說那夜怎的長，怎的短，怎的見皇帝，怎的拜皇后，明明朗朗，訴個不住口。先前合家人聽見聖旨到時，已攢在中門口觀看；及見南陔出車來，大家驚喜，只是不知頭腦。直待聽見南陔備細述此一遍，心下方纔明白，盡多贊歎他乖巧之極。方信襄敏不在心上，不肯追求，道是他自家會歸來的，真有先見之明也。襄敏分付治酒款待中大人。中大人就將皇上欽賞壓驚金犀，及欽聖與各宮所賜之物，陳設起來，真是珠寶盈庭，光彩奪目，所值不啻鉅萬！中大人摩著南陔的頭道：「哥！夠你買果兒吃了。」襄敏又叩首對闕謝恩。立命館客寫下謝表，先奉中大人陳奏，等來日早朝面聖，再行率領小子謝恩。中大人道：「令郎哥兒是咱家遇著，攜見聖上的。咱家也有個薄禮兒做個記念。」將出元寶二個、彩緞八表裏來。襄敏再三推辭不得，只得收了。另備厚禮，答謝過中大人。中大人上車回覆聖旨去了。襄敏送了回來，合家歡慶。襄敏公道：「我說你們不要忙，我十三必能自歸。今非但歸來，且得了許多恩賜，又已拿了賊人，多是十三自己的主張來，可見我不著急的是麼？」合家各各稱服。後來南陔取名王寀55。政和年間，大有文聲，功名顯達。只看他小時舉動如此，已占大就矣！

小時了了56大時佳，五歲孩童已足誇。
計縛劇徒如反掌，直教天子送還家。

55 王寀：字輔道，舉進士後官至兵部侍郎，徽宗時為林靈素所陷，下獄棄市。

56 小時了了：典出世說新語言語，謂漢末孔融，自幼聰穎而善辭令。陳韙當著孔融對贊賞的人們說：「小時了了，大未必佳。」意思是小時候聰明的，長大後未必聰明。孔融當即回敬他：「想君小時，當必了了！」後人遂以「小時了了」贊美聰慧的少年。

第三十七卷　崔俊臣巧會芙蓉屏

夫妻本是同林鳥，大限來時各自飛。
若是遺珠還合浦，卻教拂拭更生輝。

話說宋朝汴梁有個王從事❶，同了夫人到臨安調官，賃一民房。居住數日，嫌他窄小不便。王公自到大街坊上，尋得一所宅子，寬敞潔淨，十分像意，當把房錢賃下了。歸來與夫人說：「房子甚是好住。我明日先搬東西去了。臨完，我僱轎來接你。」次日，併疊箱籠，整頓齊備。王公押了行李，先去收拾。臨出門又對夫人道：「我先去，你在此少待，轎到便來。」王公分付罷，到新居安頓了，就喚一乘轎，到舊寓迎接夫人。轎去已久，竟不見到。王公等待心焦，重到舊寓來問。舊寓人道：「官人去不多時，就有一乘轎來接夫人。夫人已上轎去了。後邊又是一乘轎來接，我回他夫人已有轎去了，那兩個就打了空轎回去，怎麼還未到？」王公大驚！轉到新寓來看，只見兩個轎夫來討錢道：「我等打轎去接夫人，夫人已先來了。我等雖不曾抬，卻要認轎錢與腳步錢。」王公道：「我只叫得你們的轎，如何又有甚人

❶ 從事：佐吏的總稱。漢代州郡諸僚屬如別駕、治中、主簿等，皆稱從事。至宋代廢除。

的轎先去接著？而今竟不知抬向那裏去了！」轎夫道：「這個我們卻不知道。」王公將就拿幾十錢打發了轎夫，心下好生無主，暴躁如雷，沒個出豁處。

次日，到臨安府進了狀，拿得舊主人來，只如昨說，並無異詞。及拘鄰舍來問，都說見上轎去的。又拿後邊兩個轎夫來問，說道：「只打得空轎往回一番，地方街上人多看見的，並不知餘情。」連大尹也沒奈何，只得行個緝捕文書，訪拿先前的兩個轎夫。卻又不知姓名住址，有影無蹤，海中撈月。眼見得一個夫人送在別處去了。王公悽悽惶惶，苦痛不已。自此失了夫人，也不再娶。

五年之後，選了衢州❷教授。附郭首縣，名西安縣❸，那縣宰❹與王教授時相往來。一日，縣宰請王教授衙中飲酒。飲至半晌，嗄飯❺中拿出鱉來。王教授喫了兩箸，便停了箸，哽哽咽咽，眼淚如珠落將下來。縣宰驚問緣故。王教授道：「此味頗似亡妻所烹調，故此傷感。」縣宰道：「尊閫❻夫人幾時亡故？」王教授道：「索性亡故，也是天命。只因在臨安移寓，相約命轎相接。不知是甚奸人，先把轎來將拙妻賺去。當時告在臨安，至今未有下落。」縣宰聞言驚訝道：「小妾正在臨安用三十萬錢娶的外方人。適纔叫他治庖，這鱉是他烹煮的。其中有些怪異了。」登時起身，進來問妾道：「你是外方人，

❷衢州：地名。位處浙江西南，轄境相當於今衢縣、常山、江山、開化四縣。以境內有三衢山得名。

❸西安縣：今浙江衢縣。原名信安，唐咸通中改名西安。

❹縣宰：即縣令、知縣。

❺嗄飯：今作「下飯」，指下飯的菜餚。

❻尊閫：對對方妻子的敬稱。閫，音ㄎㄨㄣˇ。舊指婦女的居處。

如何卻在臨安嫁人？」妾垂淚道：「妾身自有丈夫，被奸人脫賺遠賣。妾恐彰揚丈夫之醜，故此不敢聲言。」縣宰問道：「丈夫何姓？」妾道：「姓王名某，是臨安聽調的從事官。」縣宰大驚失色！走出對王教授道：「請先生略移尊步，有一人要求相見。」王教授不知是誰？起身隨縣宰直至裏邊。縣宰聲喚處，只見一個婦人走將出來。教授一認，正是失去的夫人！兩下抱頭大哭。王教授問道：「你何得在此？」夫人道：「你那夜晚間說話時，民居淺陋，想當夜就有人聽得把轎相接的說話。只見你去不多時，就有轎來接我。只道是你差來的，即便收拾上轎。卻不知把我抬到一個甚麼去處？乃是一所空房，先有三兩個婦女在內，一同鎖閉了一夜。明日把我賣在官船上。那時明知被賺，因你是調官的人，恐說出真情，添你羞恥，只得含羞忍耐，直至今日。不期在此相會。」那縣官好生過意不去，傳出外廂，忙喚直日轎夫，將夫人送到王教授衙裏。王教授要賠還三十萬身錢。縣宰道：「一時不曾察聽得細備，誤以同官之妻為妾，十分有罪了。若更言及還錢，一發置身無地了。」教授稱謝而歸。夫妻歡會，感激縣宰不盡。原來臨安的光棍，欺王公遠方人。是夜聽得了說話，即起謀心，拐他賣到官船上，又是往他州外府赴任去的，道是再無有相見之日了；誰知恰恰還在衢州，以致夫妻兩個失散了五年，直得在他方相會。也是天緣未斷，故得如此。卻有一件：破鏡重圓，離而復合，固是好事；但王夫人所遭不幸，失身為妾，又不曾根究奸人，報仇雪恨，尚為美中不足。總不如「崔俊臣芙蓉屏」故事，又全了節操，又報了冤仇，又重會了夫妻，這段話本好聽。看官，容小子慢慢敷演。先聽芙蓉屏歌一篇，略見大意。歌云：

畫芙蓉，妾忍題屏風。屏間血淚如花紅。敗葉枯梢兩蕭索，斷縑遺墨俱零落。去水奔流隔死生，孤身隻影成漂泊。成漂泊，殘骸向誰託？泉下游魂竟不歸，圖中艷姿渾似昨。渾似昨，妾心傷，那禁秋雨復秋霜！寧肯江湖逐舟子，甘從寶地禮醫王⑦。醫王本慈憫，慈憫超群品。逝魄願提撕⑧，煢嫠⑨賴將引⑩。芙蓉顏色嬌，夫婿手親描。花萎因折帶，幹死為傷苗。蕊乾心尚苦，根朽恨難消！但道章臺泣韓翃⑪，豈期甲帳遇文簫⑫？芙蓉良有意，芙蓉不可棄。幸得寶月再團圓，相親相愛莫相捐。誰能聽我芙蓉篇？人間夫婦休反目，看此芙蓉真可憐。

這篇歌是元朝至正年間真州⑬才士陸仲暘所作。你道他為何作此歌？只因當時本州有個官人，姓崔名英，字俊臣，家道富厚，自幼聰明。寫字作畫，工絕一時。娶妻王氏，少年美貌，讀書識字，寫染⑭

⑦醫王：此處代指佛。據指月錄記敘，唐代法師修雅，聽講法華經，講經者名醫王，能治眾生心病，使迷者醒，狂者定，垢者淨，雅者正，凡者聖。

⑧提撕：提醒；提攜幫助。

⑨煢嫠：音ㄑㄩㄥˊ ㄌㄧˊ。寡婦。

⑩將引：扶助收納。

⑪章臺泣韓翃：事見唐代孟棨本事詩情感及許堯佐傳奇柳氏傳。才子韓翃走馬於長安章臺街，結識艷姬柳氏，兩情投洽。翃因接受淄青節度使侯希逸之聘，離京城任記室，而不能忘情於柳氏，嘗寄詞以表意。後柳氏被番將沙吒利奪占，翃心哀傷。同府虞候許俊，仗義為翃劫回。翃，音ㄧˋ。

⑫甲帳遇文簫：典出唐人裴硎傳奇，謂書生文簫與仙女吳彩鸞相愛，曾賦詩表兩情之堅貞。詩云：「若能相伴陟仙壇，應得文簫駕彩鸞。自有繡襦並甲帳，瓊臺不怕雪霜寒。」

⑬真州：地名。今江蘇儀徵。

皆通。夫妻兩個，真是才子佳人，一雙兩好，無不廝稱，恩愛異常。那崔俊臣以父蔭得官，補浙江溫州永嘉縣尉，擇定吉日，打疊行裝赴任。就在真州閘邊，僱下一隻大船，船戶卻是蘇州人，自稱姓顧。船上五六個後生，說都是弟男子姪，講定送至杭州交卸。俊臣夫妻二人，帶領家奴使婢，下得船來。趁著順風，扯起滿帆，繇長江一路進發。

那消幾日，已至蘇州地方，揀個熱鬧之處，停橈繫纜，泊在岸邊。船家走向艙門說道：「告官人知得：蘇州是個大碼頭，一來該燒順福，二則我們一路辛苦，也要些酒錢，官人一併賞賜罷。」俊臣本是宦家子弟，又居了官位，做事甚要體面，就大大與他一個賞封。船家買起三牲，祭獻神道。因見官人出手冠冕，不好待慢，另外又買幾般可口的東西，兩瓶三白泉酒，安排一桌盛餚，送入艙中。俊臣就叫暖起酒來，夫妻對酌。那蘇州三白泉酒是馳名天下的，纔揭瓶口，就有一種香味撲鼻。斟向杯中，其色淡而有韻，猶如月映梅花。俊臣道：「酒味未知如何，這顏色先已可愛。」遂舉杯邀孺人⑮齊飲。真個醇濃甘美，齒頰流芬，連聲稱贊：「蘇州酒好，果不虛傳！」俊臣酒量頗寬，王氏止半盞相陪。方飲到佳處，兩瓶酒已將竭，急叫家人另去多買幾瓶，開懷暢飲。一時飲得興高，把箱中所帶金銀杯觥之類，都取出來，明晃晃擺在桌上，早被船家在後艙張見。那船家原是個不良之人，起初看見行囊沉重，已先有意了。今番又見這些酒器，愈加動火！便叫弟男子姪，算計停當，又走向艙門口說道：「官人、娘子在此鬧處歇船，恐怕熱悶。我們移到清涼所在停泊何如？」此時正是七月，天氣炎熱，更兼俊臣多飲了幾

⑭ 寫染：指書畫。

⑮ 孺人：此處作妻的通稱。

杯酒，甚覺煩躁，忽聞此言，連稱有理，即叫快些行去。王氏道：「此處雖熱，想是市中，料無他虞；那清涼之處，恐晚間不謹慎。」俊臣道：「此處是內地，不比外江；況船家又是本處人，必知利害，不消多慮。」那船家討了口氣，連忙撐篙搖櫓，望曠野之處而去。

那蘇州左近太湖，右的是大河大洋、官塘大路，尚有不測，若是小港支河，多是賊人家裏。俊臣是江北人，只曉得揚子江有強盜，那知內地賊寇更多。船家把船直放到蘆葦中泊定，大家飲個半酣，捱近黃昏，提刀執斧，一齊趕奔艙中。迎頭先把一個家人砍倒！嚇得俊臣夫妻連忙磕頭討饒道：「所有東西，任意拿去，只求饒命。」眾船家齊聲道：「東西也要，性命也要！」二人聞言，一發魂不附體，只是磕頭。那為首的船家，把刀指著王氏道：「你不必慌，我不殺你。其餘都饒不得！」俊臣自知不免，再三哀求道：「可憐我是個書生，只求我全屍而死，便是萬代恩德。」那賊頭道：「也罷，姑饒你一刀。」說還未絕，跨一步上前，提著俊臣腰胯，向艙門外「撲通」的撩下水去；其餘家童、使女，盡行殺個乾淨。單單只留著王氏放聲大哭，搶出艙門投水。賊人攔住不容：「我已饒你，為何反生短見？」王氏那裏聽他！愈加悲泣。那賊首道：「娘子莫哭，我實對你說：我第二個兒子未曾娶得媳婦，今往徽州齊雲巖進香去了，不過幾日便歸，就與你成親。你是我一家人了。安心住著，自有好處。」王氏起初怕他來相逼，已拚一死；聽見說了這些話，心中暗想道：「我若死了，誰人報這冤讎？權且忍耐偷生，看有機會，再作道理。」定了主意，遂住了啼哭，說道：「你若果然饒我的性命，情願做你的媳婦。」船家道：「我是老實人，那有假話？你若不信，我罰個誓何如？」王氏道：「公公既是真心，何消罰誓。」只這公公兩字，哄得那賊首滿心歡喜，道：「好好！這纔是個自家人。」

眾賊一齊動手，把艙中所有的東西盡數收拾，把船移歸自己村中泊歇。自此那賊頭只叫王氏做媳婦，王氏將機就機，也做假意應承，在船上千依百順，替他收拾零碎，料理事體，真像個掌家的媳婦伏侍公公一般，諸色停當。那老賊道是尋得個好媳婦，真心相待，看看熟分，並不隄防他有外心。

如此月餘，乃是八月十五日中秋令節，老賊會聚了合船親屬，叫王氏治辦酒餚，盛設在艙中，飲酒看月。個個喫得酩酊大醉，東倒西歪。王氏自在船尾，聽鼾齁之聲徹耳。其時，月光明如晝，仔細看那艙中，沒一個不是爛醉如泥。王氏想道：「此時不走，更待何時？」喜得船尾貼岸泊著，略擺動一些，就好上岸。王氏輕身跳起，趁著月色，一口氣走了二三里路，走到一個去處，比舊處絕然不同：四望盡是水鄉，只有蘆葦菰蒲，一望無際。仔細認去，蘆葦中間，有一條小小路徑，草深泥滑，且又雙彎纖細，鞋弓襪小，一步一跌，喫了萬千苦楚，又恐怕後邊追來，不敢停腳，盡力奔走。

漸漸東方發白，遙望林木之中，露出屋宇。王氏道：「謝天！已有人家了。」急急走上前去，抬頭一看，卻是一個庵院，門還關著。欲待叩門，心裏想道：「這裏頭不知是男僧女僧？萬一是男僧，撞著不學好的，非禮相犯，可不纔脫天羅，又罹地網？且不可造次。總是天已大明，就是船上有人追著，此處有了地方，可以叫喊求救，也不怕他了。且在門首少坐，等待開門告求，再作道理。」

須臾間，只聽得裏邊托的門拴響，有人將出來，卻是一個女僮出門擔水。王氏心中喜道：「原來是個尼庵。」一徑走將進去，請院主出來相見。院主問道：「女娘是何處來的？清早到小院何幹？」王氏不敢將真言說出，假言道：「妾乃永嘉崔縣尉次妻，家本真州。只因大娘子兇悍異常，萬般打罵。近日家主離任歸家，泊舟在此。昨夜中秋賞月，叫妾取金杯飲酒，不期偶然失手，墜落水中。大娘子大怒，發願必要至於死地！妾自想必無活路，乘他睡熟，逃生在此。」院主道：「如此說來，娘子不敢歸舟去了。家鄉又遠，若要別求匹偶，一時也未有其人。孤苦一身，何處安頓？」王氏只是哭泣不止。院主見他舉止端重，情狀淒慘，好不慈念！有心要留他做個徒弟，便道：「老身有一言相告，未知尊意若何？」王氏道：「妾身患難之中，若是師父有甚高見，妾身敢不依隨？」院主道：「小院僻在荒濱，人跡罕至，茭葑⑯為鄰，鷗鷺為友，最是幽靜。幸得一二同伴，都有五十以上；侍者幾人，又皆淳謹。老身在此住跡，甚是清修味長。娘子雖然年芳美貌，爭奈命蹇時乖，何不捨離愛慾，削髮披緇，就此出家？禪榻佛燈，晨餐暮粥，且隨緣度其日月，豈不強似做人婢妾，受今生苦惱，結來世冤家麼？」王氏聽罷拜謝道：「師父若肯收留做弟子，妾身便有結果了。敢不奉命？就請師父與弟子披剃則個。」院主見他情願出家，好生歡喜，即請出院中兩個同伴相見。院主就裝香擊磬，拜了佛，替他落髮。

可憐縣尉孺人，忽作如來弟子。

院主與他落了髮，起個法名，喚做慧圓。參拜了三寶，就拜院主為師，與同伴也重新見禮畢。從此晨鐘暮鼓，禮佛燒香，誦習經典。他本是大家出身，天性聰明，一月之內，把經典一一歷過，盡皆通曉。院主深相敬重。又見他知識事體，凡事俱來請問。且又寬和柔善，院中沒一個不與他相好。每日清晨在白衣大士⑰前，禮拜百遍，密訴心事。任是大寒大暑，略不間斷。拜完只在自己室中靜坐，因怕貌美惹

⑯ 茭葑：泛指水草，原指菰根。

出事來，所以不輕易露形，外人也難得見面。

如是一年有餘。忽一日，有兩個人到院隨喜。院主認得是近地施主，留住吃齋。這二人原是偶然閒步到此，身邊不曾帶得甚麼東西回答，明日將一幅紙畫的芙蓉來施在院中張掛，以答昨日之齋。院主受了，就把來裱在一格素屏之上。王氏見了，驀然喫驚！仔細認了一認，問院主道：「這幅畫是何處來的？」院主道：「方纔檀越佈施的。」王氏道：「那檀越是何姓名？住居何處？」院主道：「就是同縣顧阿秀兄弟兩個。」王氏道：「做甚麼生理？」院主道：「他兩個原是個船戶，在江湖上賃載營生。近年忽然家事驟發，有人道他劫掠了客商以致富足，也未知真假。」王氏道：「可常到院中來麼？」院主道：「偶然至此，也不常到。」王氏問了明白，記著顧阿秀的姓名，就提起筆來，寫一首臨江仙詞在屏上。詞云：

少日風流張敞筆⑱，寫生不數今黃筌⑲。芙蓉畫出最鮮妍，豈知嬌艷色，翻抱死生緣。　粉繪淒
涼餘幻質，只今流落有誰憐？素屏寂寞伴枯禪，今生緣已斷，願結再生緣。

院中之尼，雖然識得經典上的字，文義原不十分精通。看見此詞，只道王氏賣弄才情，偶然題詠，那曉得中間緣故。誰知這畫卻是崔縣尉的手筆，也是船內被劫之物。王氏看見物在人亡，心中暗暗傷悲。

---

⑰ 白衣大士：即觀世音菩薩。

⑱ 張敞筆：典出漢書張敞傳。敞字子高，河東平陽人。官至京兆尹、冀州刺史。公餘之暇，嘗以筆為妻畫眉。

⑲ 黃筌：五代時著名畫家，字要叔，四川成都人，擅山水花鳥。

又曉得強盜蹤跡，已有影響，但恨是個女身，又做了尼僧，一時無處申理，忍在心中，再看機會。卻是冤讐當雪，姻緣未斷，自然生出事體來。

那姑蘇城裏有一人，姓郭名慶春，家道殷富，最肯結識官員士人。心中喜好的是文房清玩。一日遊到院中，見了這幅芙蓉畫得好，又見上有題詠，字法俊逸可觀，心中愛了，問院主要買。院主與王氏商量。王氏自忖道：「此是丈夫遺蹟，本不忍捨；卻有我的題詞在上，中含冤仇意思。倘遇著有心人，玩味詞句，究問根由，未必不查出賊人蹤跡。若只留在院中，有何益處？」因此就叫師父賣與。郭慶春買了這畫，千歡萬喜去了。

其時，有個御史大夫，姓高名納麟，退居姑蘇，最喜歡的是書畫。郭慶春因要奉承此人，故此願出價錢買這幅紙屏去奉獻。高公看見畫得精緻，收了他的，忙忙然也未曾看著題詞，也未查得款字。交與書僮，分付：「且掛在內書房中，待我慢慢觀玩。」

又一日，只見門首一人，手拿著草書四幅，插個標兒要賣。高公心性既愛這件物事，眼裏看見，就不肯放過了。叫取過來看。那人雙手捧過，高公接在手一看：

字格類懷素⑳，清勁不染俗。

若列法書中，可載金石錄㉑。

⑳ 懷素：唐代僧人，係赴印度取經的玄奘之弟子。俗姓錢，字藏真。善草書，有草書四十二章經等傳世。

㉑ 金石錄：書名。宋代趙明誠撰，共三十卷。著錄所藏金石拓本二千種。

高公看畢道：「字法頗佳，是誰所寫？」那人答道：「是某自己學寫的。」高公抬起頭來看他，只見一表非俗，不覺失驚問道：「你姓甚名誰？何處人氏？」那個人掉下淚來道：「某姓崔名英，字俊臣，世居真州。以父蔭補永嘉縣尉，帶著家眷同往赴任。自不小心，為舟人所算，將英沉於水中。家財妻小，都不知怎麼樣了？幸得生長江邊，幼時學得泅水之法，伏在水底多時。量他去得遠了，然後爬上岸來，投一民家。渾身沾濕，身邊並無一錢。幸得這家主人良善，將乾衣易換，款待酒飯，過了一夜。明日又贈盤纏少許，說道：『既遭盜劫，理合告官。恐怕連累，不敢相留。』英問路進城，陳告在平江路㉒案下。只為無錢使用，緝捕人役不十分上緊。今聽候一年，並無消耗㉓。無計可奈，只得寫兩幅字，賣來度日，也是不得已之計，非敢自道善書。不意惡札，上達鈞覽。」

高公聽他說罷，曉得是衣冠中人㉔，遭盜流落，深相憐憫。又兼字法精好，儀度雍容，便有心看顧他，乃道：「足下既然如此，目下只索付之無奈。且留吾西塾，教我諸孫寫字，再作道理，意下如何？」崔俊臣欣然道：「患難之中，無門可投。得明公㉕提攜，萬千之幸！」高公大喜，延入內書房中，即治酒榼款待。

正歡飲間，忽然抬起頭來，恰好前日所受芙蓉屏正張在那裏。俊臣一眼睃著，面色俱變，泫然㉖垂

㉒平江路：地名。今江蘇蘇州，宋太平興國三年稱平江軍，政和三年升府，元代改為平江路。

㉓消耗：此處作信息解。

㉔衣冠中人：指有文化教養和身份的人。

㉕明公：對尊貴者的敬稱。

淚。高公驚問道：「足下見此芙蓉，何故傷心？」俊臣道：「不敢欺明公，此畫亦是舟中所失物件之一，即是英自己手筆。只不知何處所得？」站起身來，再看只見上有一詞。俊臣讀罷，不覺驚訝道：「一發古怪！此詞又是英妻王氏所作。」高公道：「怎麼曉得？」俊臣道：「那筆跡從來認得。且詞中意思有在，定是拙妻所作無疑。但此詞是遭變後所題，拙婦想是未曾傷命，還在賊處。明公推究此畫，來自何方，便有根據了。」高公笑道：「此畫來處，今因當為足下任捕盜之責，且不可洩漏。」是日酒散，喚出兩個孫兒拜了先生，就留書房中住下。自此俊臣只在高公門館不題。

卻說高公到明日密地叫當直的請郭慶春來問道：「前日所惠芙蓉屏是那裏得來的？」慶春道：「買自城外尼院。」高公問了去處，別了慶春，就差當直的到尼院中仔細盤問：這芙蓉屏是甚處得來？何人題詠的？王氏見來人問得蹊蹺，即叫院主細問道：「來問的是何處人？為何問起這些緣故？」當直的回言：「這畫而今已在高府中，差來問取來歷。」王氏曉得官府門中來問，或者有些機會，在內叫院主把真話答他道：「此畫是同縣顧阿秀捨的，就是院中小尼慧圓所題。」當直的把此言回覆高公。高公心下道：「只須賺得慧圓到來，此事便有著落。」進去與夫人商議定了。

隔了一日，又差一個當直的，同兩個轎夫抬著一乘轎子到尼院中來。當直的對院主道：「在下是高府中管家。本府夫人好誦佛經，無人作伴。聞知貴院小師慧圓了悟，願禮請拜為師父，供養在府，不可推卻。」院主遲疑道：「院中事體，大小都要他主張，卻如何去得？」王氏聞得高府中來接，心中懷著復仇之意，正要到官府門中走走，尋出機會。又且前日來盤問芙蓉屏的也說是高府，一發[27]有些疑心，

[26] 泫然：傷心。泫，音ㄒㄩㄢˋ。

便對院主道：「貴宅門中禮請，豈可不去？萬一推託，惹出事端，怎生當抵？」院主見說得有理，只得依從。

當下王氏上了轎，一直的抬到高府。高公且未與他相見，竟引去入內室，去見夫人。就叫夫人留他房中寢宿。高公自到別房去了。夫人與他講些經典，說些因果。王氏問一答十，說得夫人十分喜歡、敬重，閒中問道：「聽小師父口談，不是本處人。還是自幼出家的，還是有過丈夫、半路出家的？」王氏聽罷，淚如雨下，答道：「夫人，小尼果然不是本處，原是真州人。丈夫乃永嘉縣尉，姓崔名英，一向不敢把實話對人說；今在夫人面前，只索實告，想是無妨。」隨把赴任到此，舟人盜劫財物，害了丈夫全家，自己留得性命，脫身逃走，幸遇尼僧留住，落髮出家的說話，從頭至尾，說了一遍，哭泣不止。夫人見他說得傷心，恨恨地道：「這些強盜！害得人如此。天理昭彰，怎不報應？」王氏道：「小尼躲在院中，一年不見外邊有些消耗。前日忽有人拿一幅畫芙蓉，施於院中。小尼看來，卻是丈夫船中所失之物。即向院主問施主姓名。道是同縣顧阿秀兄弟。小尼記起丈夫賃的船，正是船戶姓顧的！而今真贓已露，這強盜不是顧阿秀是誰？小尼當時就把舟中失散的意思，作詞一首，題於其上。後來被人買去了。前日貴府有人到院查問題詠芙蓉下落，其實即是小尼所題。」口中便說，即向著夫人下拜道：「強盜只在左近，不在遠處了。望夫人轉告相公，替小尼查訪。若是查得強人，伸雪冤仇，下報亡夫，相公、夫人，恩同天地了。」夫人道：「既有這些影跡，不難查訪。且自寬心，等我與相公說就是。」

夫人果然把這些備細一一與高公說知。又道：「這女娘讀書識字，心性貞淑，決不是小家之女。」

㉗ 一發：越發；更加。

高公道：「聽他這些言語，與崔縣尉所說正同，又且芙蓉屏是他所題，崔縣尉又認得是妻子筆跡，此正是崔縣尉之妻無疑矣！夫人只是好好看待他，且莫說破。」那崔俊臣也屢催高公替他體訪芙蓉屏的蹤跡。高公只推未得其詳，略不題起慧圓之事。高公又密密差人問出顧阿秀兄弟居住所在、平日出沒行徑，曉得強盜是真，卻是居鄉的官㉘，未敢輕自動手。私下對夫人道：「崔縣尉事，查得十有七八了，不久當使他夫妻團圓。但只是慧圓還是個削髮尼僧，他日如何相見，好去做孺人？你須慢慢勸他，長髮改妝纔好。」夫人道：「這是正理，只是他心裏不知丈夫在不在，如何肯長髮改妝？」高公道：「你自去勸他，或者肯依，也未可知。若畢竟不肯，我另自有說話。」夫人依言，來對王氏道：「吾已把你所言，盡與相公說知。相公道：『捕盜的事，多在我身上，管取與你報冤。』」王氏稽首稱謝。夫人道：「只有一件，相公道：『你是名門出身，仕宦之妻，豈可留在空門㉙，沒個下落？』叫我勸你長髮改妝。你若依得，一力與你擒盜便是。」王氏道：「小尼是個未亡之人，長髮改妝何用？只為冤恨未伸。故此上求相公做主。若得強盜殲滅，只此空門靜入便了終身，還要甚麼下落？」夫人道：「你如此妝飾，在我府中，也不為便。不若你留了髮，認義我老夫婦兩個，做個孀居寡女，相伴終身，未為不可。」王氏道：「承蒙相公、夫人抬舉，人非木石，豈不知感？但重整雲鬟，再施脂粉，丈夫已亡，有何心緒？況老尼相救深恩，一旦棄之，亦非厚道，所以不敢從命。」夫人見他說話堅決，回報了高公。高公稱歎道：「難得這樣立志的女人！」又叫夫人對他說道：「不是相公苦苦要你留髮，其間有個緣故：前日因去查問此事，

㉘ 居鄉的官：歸里致仕。

㉙ 空門：佛門。

有平江路官吏相見，說舊年有一人告理㉚，也說是永嘉縣尉，只怕崔生還未必死。若是不長髮，他日一時擒住此盜，查得崔生出來，此時僧俗各異，不好團圓，悔之何及？何不權且留了頭髮，等事體盡完，崔生終無下落，那時任憑再淨了髮，還歸尼院，有何妨礙？」王氏見說是有人還在此告狀，心裏也疑道：「丈夫從小會泅水，是夜眼見得囫圇抛在水中，或者天幸留得性命，也未可知。」遂依了夫人的話，雖不就改妝，卻從此不剃髮，權扮做道姑模樣。

又過了半年，朝廷差進士薛溥化為監察御史，來按平江路。這薛御史乃是高公舊日屬官，吏才精敏，大有風力。到了任所，先來拜謁高公。高公把這件事密密託之，連顧阿秀名姓、住址、去處，都細細說明白了。薛御史謹記在心，自去行事，不在話下。

且說顧阿秀兄弟，自從那年八月十五夜，一覺直睡到天明，醒來不見王氏，明知逃去，恐怕形跡敗露，不敢明明追尋。雖在左近打聽兩番，並無蹤影。這是不好告訴人的事，只得隱忍罷了。此後一年之中，也曾做過十來番道路，雖不能如崔家之多，僥倖再不敗露，甚是得意。一日，正在家歡呼飲酒，只見平江路捕盜官，帶著一哨官兵，將住居圍住，拿出監察御史發下的訪單來，顧阿秀是第一名強盜。其餘許多名字，逐名查去，不曾走了一個。又拿出崔縣尉告的贓單來，連他家裏箱籠，悉行搜捲，並盜船一隻，即停泊門外港內，盡數起發到官，解送御史衙門。薛御史當堂一問，初時抵賴，及查物件，見了永嘉縣尉的敕牒㉛尚在，箱中贓物，一一對款。那御史把崔縣尉舊日所告失盜狀念與他聽，方各俯首無

㉚ 告理：起訴。

㉛ 敕牒：朝廷頒發的任職文憑。

詞。薛御史問道：「當日還有孺人王氏，今在何處？」顧阿秀等相顧，不出一語。御史喝令嚴刑拷訊。顧阿秀招道：「初意實要留他配小的次男，故此不殺。因他一口應承，願做新婦，所以再不防備。不期當年八月中秋，乘睡熟逃去，不知所向，只此是實情。」御史錄了口詞，取了供案。凡是在船之人，無分首從，盡問成梟首死罪，決不待時！原贓照單給還失主。御史差人回覆高公，就把贓物送到高公家來，交與崔縣尉。俊臣出來一一收了，曉得敕牒還在，家物猶存；只有妻子沒查下落處，連強盜心裏也不知去向了，真個是渺茫的事。俊臣感新思舊，不覺慟哭起來。有詩為證：

堪笑聰明崔俊臣，也應落難一時渾。
既然因畫能追盜，何不尋他題畫人？

原來高公有心，只將畫是顧阿秀施在尼院的說與俊臣知道，並不曾提起題畫之人就在院中為尼，所以俊臣但得知盜情因畫敗露，妻子卻無查處；竟不知只在畫上可以跟尋蹤跡。當時俊臣慟哭一場，想道：「既有敕牒，還可赴任；若再稽遲，便恐有人另補，到不得地方了。妻子既不能見，留連於此無益。」請高公出來拜謝了，就把要去赴任的意思說出。高公道：「赴任是美事。但足下青年無偶，豈可獨去？待老夫與足下做個媒人，娶了一房孺人，然後夫妻同往，也不為遲。」俊臣含淚答道：「糟糠之妻，誓願白頭相守。今遭此大難，流落他方，存亡未卜。然據著芙蓉屏上題詞，料然還在此方。今欲留此尋訪，恐事體渺茫，稽遲歲月，到任不得。愚意且單身到彼，差人來高揭榜文，四處追探。拙婦是認得字的，傳將開去，他若聞得，必能自出。除非憂疑驚恐，不在世上了。萬一天地垂憐，倘然留在，還指望伉儷重偕。英感明公恩德，雖死不忘！若別娶之言，非所願聞。」高公聽他說得可憐，曉得別無異心，也自悽然道：「足下高誼如此，天意必然相佑，終有完全之日，吾安敢強逼？只是相與這幾時，容老夫少盡薄設奉餞，然後起程。」

次日，開宴餞行，邀請郡中門生故吏各官，與一時名士畢集，俱來奉陪崔縣尉。酒過數巡，高公舉盃告眾人道：「老夫今日為崔縣尉了今生緣。」眾人都不曉其意。連崔俊臣一時也未解。只見高公傳命呼後堂：「請夫人打發慧圓出來！」俊臣驚得目呆，只道高公要把甚麼女人強他納娶，故設此宴、說此話，也有些著急了。夢裏也不曉得他妻子叫甚麼「慧圓」。當時夫人已知高公意思，方與王氏說出：「崔縣尉在館內多時，昨已獲了強盜，問了罪名，追出敕牒。今日餞行赴任，特請你出堂廝認團圓。」逐項逐節的事情，說了一遍。王氏如夢初醒，不勝感激。先謝了夫人，走出堂前來。此時王氏髮已半長，照舊妝飾。崔縣尉一見乃是自家妻子，驚得如醉如夢！那高公指著王氏對俊臣微笑道：「老夫原說與足下為媒，這可做得麼？」崔縣尉此時也無暇回答，與王氏相持大慟，說道：「自料今生死別了，誰知在此卻得相見！」眾客見此光景，多不解其故，向高公請問根由。高公便叫書童去書房中取出芙蓉屏來，對眾人道：「列位要知此事，須看此屏。」眾人爭先來看，卻是一畫一題。看的看，念的念，卻不明白這個緣故。高公道：「好叫列位得知，只這幅畫，便是崔縣尉夫妻一段大因緣。這畫即是崔縣尉所畫，這詞即是崔孺人所題。他夫妻赴任到此，為船上所劫。崔孺人脫逃，於尼院出家，遇人來施此畫，認出是船中之物，故題此詞。後來此畫卻入老夫之手。遇著崔縣尉到來，又認出是孺人之筆。老夫暗地著人細細問出根由，乃知孺人在尼院。叫老妻接將家來住著，密行訪緝，備得大盜蹤跡，託薛御史究出此事。強盜俱已伏罪。崔縣尉與孺人，在家下各有半年有餘。只道失散各方，竟不知同居一處。老夫一向隱忍，不通兩人知道。只為崔孺人頭髮未長，崔縣尉敕牒未獲，不知事體如何？兩人心事如何？不欲造次漏洩。今罪人既得，試他義夫節婦，彼此心堅。今日特地與他團圓這段因緣，故此方纔說『替他了今生緣』，即是崔孺人詞中之句。方纔說請慧圓，乃是崔孺人尼院中所改之字，特地使崔君與諸公不解，為今日酒間一笑耳。」崔俊臣與王氏聽罷，兩個哭拜高公。連在座之人，無不下淚，稱歎高公盛德，古今罕有！王氏自到裏面去拜謝夫人了。高公重入座席，與眾客盡歡而散。

是夜，特開別院，叫兩個養娘伏侍王氏與崔縣尉在內安歇。明日，高公曉得崔俊臣沒人伏侍，贈他一奴一婢，又贈好些盤費。當日就道。崔縣尉夫妻感念厚恩，不忍分別，大哭而行。王氏又同丈夫到尼院中來。院主及一院之人，見他許久不來，忽又改妝，個個驚異！王氏備細說出遇合緣故，並謝院主看待厚意。院主方纔曉得顧阿秀劫掠是真，前日王氏所言妻妾不相容，乃是一時掩飾之詞。那院中人平日與他相好，多不捨得他去。事出無奈，各各含淚而別。夫妻兩個同到永嘉去了。及至任滿後回來，重過蘇州，差人問候高公，要進來拜謁。誰知高公與夫人俱已薨逝，殯葬多時了。崔俊臣同王氏大哭，如喪了親生父母一般，徑至墓前拜奠。就請舊日尼院中各眾，在墓前建起水陸道場三晝夜，以報大恩。王氏還不忘經典，自家也在內持誦。事畢，同眾尼再到院中。崔俊臣出宦囊厚贈院主。王氏又念昔日朝夜禱祈觀世音暗中保佑，幸得如願，夫婦重諧，出白金十兩，留在院主處為香燭之費。不忍忘院中光景，自此立心長齋，念觀音不輟，以終其身。當下別過眾尼，回到真州故土，親族俱來相會。說出這段緣故，無不嗟歎，稱揚高公之德。那崔俊臣也不想更去補官，只在家中逍遙受用，夫妻白頭到老。有詩為證：

王氏藏身有遠圖，間關㉜到底得逢夫。
舟人妄想能同志，一月空將新婦呼。

又云：

芙蓉本似美人妝，何意飄零在路傍？
畫筆詞鋒能巧合，相逢猶自墨痕香。

又有一詩贊歎高公詩云：

高公德誼薄雲天，能結今生未了緣。
不使初時輕逗漏，致令到底得團圓。
芙蓉畫出原雙蒂，萍藻浮來亦共聯。
可惜白楊堪作柱，空教灑淚及黃泉。

㉜ 間關：此處指道路崎嶇、經歷展轉曲折。

第三十八卷　趙縣君喬送黃柑子

覩色相悅人之情，個中原有真緣分。
只因無假不成真，就裏藏機不可問。
少年鹵莽浪貪淫，等閒踹入風流陣。
饅頭不喫惹身羶，世俗傳名紮火囤。

大凡世上男貪女愛，謂之「風情」。只這兩個字，害的人也不淺，送的人也不少。其間有等奸詐之徒，就這貪愛上又生出個奇巧題目來：拚著自家妻子，裝成圈套，引誘良家子弟，詐他一個小富貴，謂之「紮火囤」。若不是知機識竅，硬浪的郎君，十個到有九個著了道兒！

記得有個京師人，靠著老婆喫飯的。其妻塗脂抹粉，慣賣風情，挑逗那富家郎君。到得上了手的，其夫只做撞著，要殺要剮。直至哀求苦告，出財買命，饜足方休。落他機彀的，也不止一人。

有一個潑皮子弟，深知他行徑，佯為不曉，故意來纏。其妻與了他些甜頭，勾引上手。正在床上作樂，其夫打將進來。別個著了忙的，定是跳下床來，尋躲避去處；怎知這個人，不慌不忙，且把他妻子摟抱得緊緊的，不放一些寬鬆，伏在身上，大言道：「不要嚷亂！等我完了事再講。」其妻殺豬也似喊起來，亂顛亂推，只是不下來。其夫趕進房門，掀起帳子喊道：「幹得好事！要殺要殺！」將那刀便放在頸子上捩❶了一捩，卻不下手。潑皮道：「不必做腔！要殺就殺！小子果然不當，卻是令正❷約來的。死便死做一處，做鬼也風流。終不然獨殺我一個不成？」其夫果然不敢動手，放下刀子，拿起一個大桿杖來，喝道：「權寄這顆驢頭在頸上，我且痛打一回！」一下子打了。那潑皮溜撒❸，急把其妻翻過來，那臀兒上早受了一杖。其妻又喊道：「是我！是我！不要錯打了。」潑皮道：「打也不錯，也該受一杖兒。」其夫假勢頭已過，早已發作不出了。潑皮道：「老兄放下性子，小子是個中人❹。我與你熟商量。你要兩人齊殺，你嫂子是搖錢樹，料不捨得；若拚得到官，也只是和奸。這番打破機關，你那營生弄不成了，不如你捨著嫂子與我往來，我公道使些錢鈔。若要紮火囤，請自別尋主顧，休想到我。」其夫見說出海底眼，無計可奈，沒些收場，只得住了手，倒縮了出去。潑皮起來，從容穿了衣服，對著婦人叫聲「聒噪」，搖搖擺擺竟自去了。正是：

強中更有強中手，得便宜處失便宜。

---

❶ 捩：音ㄌㄧㄝˋ。扭轉。

❷ 令正：對對方妻子的敬稱。古代男子每有妻妾，妻為正室。

❸ 溜撒：靈活；敏捷。

❹ 個中人：此處作懂得這類伎倆的內行。

那些富家子弟郎君，多是嫩貨兒，誰有此潑皮膽氣、潑皮手段？所以著了道兒。

宋時向大理❺的衙內向士肅出外拜客，喚兩個院長❻相隨。到軍將橋，遇個婦人，鬢髮鬖鬆，涕泣而來。一個武夫著青紵絲袍，狀如將官，帶劍牽驢，執著皮鞭一頭走一頭罵那婦人。或時將鞭打去，怒色不可犯。隨後就有健卒十來人，抬著幾杠箱籠，且是沉重，跟著同走。街上人多駐足看他，也有說的，也有笑的。士肅不知其故，方在疑訝。兩個院長笑道：「這番經紀❼做著了！」士肅問其緣故。院長道：「男女們也試猜，未知端的。衙內要知備細，容打聽的實來回話。」去了一會，院長來回覆，說其詳細。

「原來浙西一個後生官人，到臨安赴銓試❽，在三橋黃家客店樓上下著。每下樓出入，見小房青簾下有個婦人行走，姿態甚美。撞著了多次，心裏未免欣慕，問那送茶的小童道：『簾下的是店中何人？』小童攢著眉頭道：『官人莫要問，這婦人是個晦氣星，我店中受他三年累了。』官人驚問：『卻是為何？』小童道：『前歲一個將官，帶著這個婦人，說是他妻子，要住個潔淨房子。住了十來日，就往近處去探望親友，留這妻子守著臥房行李。說道去半個月就回，自這一去，杳無信息！起初婦人自己盤纏，後來用得沒有了，苦央主人家說賒了喫時，等丈夫回來算還。主人辭不得，一日供他兩番。今已多時，也供不起了。只得替他募化同寓這些客人，輪次供他。也不是常法，不知幾時纔了得這業債。』官人聽見，

---

❺大理：大理寺卿的簡稱。掌刑獄。

❻院長：此處指大理寺的衙役。

❼經紀：買賣。

❽銓試：即量才授官的銓選。文官的銓選由吏部主持，試的內容包括身、言、書、判，合格者即選授官職。

滿心歡喜，問道：『我要見他一見，使得麼？』小童道：『是好人家妻子，丈夫又不在，怎肯見人？』官人道：『既缺衣食，我尋些可口東西送他，使得麼？』小童道：『這個使得。』官人急忙買了一包蒸酥餅，一包果餡餅，問店家討了兩個盒兒盛著，叫小童送去，說道：『樓上官人聞知娘子不方便，特意送此點心。』婦人受了，千恩萬謝。明日，婦人買了一壺酒，整著四個菜碟，叫小童來答謝。官人也受了。自此一發注意不捨。隔兩日，又買些物事相送，婦人也如前買酒來答。官人即暖其酒來飲，篋內取出一隻金杯，滿掛一杯，叫茶童送下去道：『樓上官人奉勸大娘子。』婦人毫不推辭，帶笑而飲。小童復命。官人又斟一杯下去說：『官人多致意娘子，出外之人，不要喫單杯。』婦人又飲了。官人又叫小童下去致意道：『官人多謝娘子不棄，飲了他兩杯酒。官人不好下來自勸，意欲奉邀娘子上樓，親獻一杯如何？』往返兩三次，婦人不肯來。官人只得把些錢來買囑小童道：『是必❾要你設法他上來見見。』小童見錢歡喜，又去說風說水❿道：『娘子受了兩杯，也該去回敬一杯。』就一把拖上樓去道：『娘子來了。』官人歡喜過望，慌忙起身，連婦人道個萬福也沒眼去看，急把酒斟上一杯，唱個肥喏，親手遞過來道：『承蒙娘子見愛，滿飲此杯。』婦人接過手，一飲而乾，把杯放在桌上。官人看見杯內還有餘瀝，拿過來呡嚗個不歇。婦人看見，嘻的一笑，急急走了下去。官人看見情態可動，厚贈小童，叫他做著牽頭，時常弄他上樓來飲酒。後便留他同坐，漸不推辭，卻不像前日走避光景了。眉來眼去，彼此動

❾ 是必：務必。

❿ 說風說水：極力慫恿鼓動。

情，勾搭上手。但只是日裏偷做一二，晚間隔開，不能同宿。如此兩月有餘。婦人道：『我日日自下而升，人人看見，畢竟免不得起疑。官人何不把房遷了下來，與奴相近，晚間便好相機同宿了。』官人大喜過望，立時把樓上囊橐搬下來，放在婦人間壁一間房裏，推說樓上有風睡不得，所以搬了。晚間虛閉著房門，竟在婦人房裏同宿。這番歡樂，愈加恩愛。纔得兩晚，第三日早起，尚未梳洗，兩人正促膝而坐。只見外邊店裏，一個長大漢子大腳步踹將進來，大聲道：『娘子那裏？』驚得婦人手腳忙亂，面如土色，慌道：『壞了！壞了！吾夫來也。』那官人著了忙，急閃出來，已與大漢打個照面。大漢見個男子在房裏走出，不問好歹，一手揪住婦人頭髮喊道：『幹得好事！幹得好事！』提起醋缽大的拳頭只是打。那官人慌了，脫得身子，顧不得甚麼七長八短，急從後門逃了出去。大漢打開官人的臥房，將他行李囊貲，席捲而去。適纔十來個健卒扛著的箱籠，多是那官人房裏的了。他恐怕有人識破，所以還裝著丈夫打罵妻子模樣走路，其實婦人、男子、店主、小童，總是一夥人也。」

士肅聽罷道：「那裏這樣不覰事⓫的少年，遭如此圈套，可恨可恨！」後來常對親友們說此目見之事，以為笑話。

然雖如此，這還是到了手的，便紮了東西去，也還得了些甜頭兒。更有那不識氣的小二哥，不曾沾得半點滋味，也被別人弄了一番手腳，折了偌⓬大本錢，還晦氣哩！正是：

⓫ 不覰事：不明白。

⓬ 偌：這樣；如此。

美色他人自有緣，從傍何處苦垂涎？
請君只守家常飯，不害相思不損錢。

話說宣教郎⑬吳約，字叔惠，道州⑭人，兩任廣右官。自韶州⑮錄曹赴吏部磨勘⑯。宣教家本饒裕，又兼久在南方，珠翠香象，蓄積奇貨頗多。欲謀調個美缺，隨身帶著若干，到於臨安，作寓在清河坊客店。因吏部引見留滯，時時出遊伎館，衣服鮮麗，動人眼目。客店相對，有一小宅院，門首掛著青簾。簾內常有個婦人立著，看街上人做買賣。宣教終日在對門，未免留意體察。時時聽得他嬌聲媚語，在裏頭說話。有時雙足露出於簾下，半折金蓮，尖小可愛。只不曾見他面貌如何？心下惶惑不定，恨不得走過去揭開簾子一看，再無機會。那簾內或時巧囀鶯喉，唱一兩句詞兒。仔細聽那兩句，卻是：

柳絲只解風前舞，悄繫惹那人不住。

雖是也間或唱著別的，只是這兩句為多，想是喜歡此二語，又想是他有甚麼心事。宣教但聽得了，便跌

---

⑬ 宣教郎：官名，即隋、唐的散官宣德郎。宋政和三年為避宣德門改名，正七品。
⑭ 道州：地名，今河南道縣。
⑮ 韶州：地名。今廣東韶關、曲江等地。
⑯ 磨勘：升官必須經受的考核。

足歎賞道：「是在行得緊⑰！世間不道有此妙人，想來龐兒必定美麗。可惜不能夠一見。」懷揣著個提心弔膽，魂靈多不知飛在那裏去了！

一日，正在門首坐地，呆呆的看著簾內，忽有個經紀，挑著一籃永嘉黃柑子過門。宣教叫住，問道：「這柑子可要博⑱的？」經紀道：「小人正待要博兩文錢使用，官人作成則個。」宣教接將頭錢過來，往下就撲。那經紀蹭在柑子籃邊，一頭拾錢，一頭數數。怎當得宣教一邊撲，一心牽掛著簾內那人在裏頭看見。沒心沒想的拋下去，撲上兩三個時辰，再撲不得一個渾成⑲來。算一算，輸了一萬錢。宣教還是做官人心性，不覺兩臉通紅，哏的一聲道：「壞了我十千錢，一個柑不得到口，可恨！可恨！」欲待再撲，恐怕撲不出來，又要貼錢。欲待住手，輸得多了，又不甘伏。

正在焦躁間，忽見個青衣童子，捧一個小盒，在街上走進店內來。你道那童子生得如何？

短髮齊肩，長衣拂地。滴溜溜一雙俊眼，也會撩人；黑洞洞一個深坑，儘能害客。痴心偏好，反言勝似妖嬈；拗性酷貪，還是圖他撇脫。身上一團孩子氣，獨聳孤陽；腰間一道木樨⑳香，合成眾唾。

---

⑰ 在行得緊：內行之極。贊那女子唱得好。

⑱ 博：賭博形式之一，即用錢或骰子擲花色以決勝負。

⑲ 渾成：擲下去的六枚錢，一色是字或背面者，又稱「六渾純」。

⑳ 木樨：桂花。

向宣教道：「官人借一步說話。」宣教引到裏邊僻處，小童將盒子遞上道：「我縣君㉑奉獻官人的。」宣教不知是那裏說起，疑心他送錯了，且揭開盒子來看一看，原來正是永嘉黃柑子十數個。宣教道：「你縣君是那個？與我素不相識，為何忽地送此？」小童用手指著對門道：「我縣君即是街南趙大夫的妻室。適在簾間，看見官人撲柑子，輸了許多錢，不曾博得他一個，有些不樂；連我縣君也老大不過意。偶然藏得此數個柑子，特將來送與官人見意。縣君道：『可惜止有得這幾個，不能夠多，官人不要見笑。』」宣教道：「多感縣君美意。你家趙大夫何在？」小童道：「大夫到建康探親，去了兩個月還未回來，正不知幾時到家。」

宣教聽得此話，心裏想道：「他有此美情，況且丈夫不在，必有可圖，煞是好機會。」心中無限喜歡，雙手捧著盒子，走到臥房內，將柑子藏好。取五錢一個賞封放在盒裏，又在衣篋中檢出兩疋蜀錦來，對小童道：「多謝縣君送柑。客中無可奉答，粗錦二端，聊表微意，伏祈縣君笑留。」小童接了，走過對門去。須臾，又將這錦來送還，上覆道：「縣君多多致意：區區幾個柑子，打甚麼不緊的事，要官人如此重酬？決不敢受！」宣教道：「若是縣君不收，是羞殺小生了，連小生黃柑也不敢領。你依我這樣說去，縣君必收。」小童領著言語去了，不見復來，料必已是受了。

明日，又見小童捧著幾瓶精緻小菜走過來道：「縣君昨日蒙惠過重，無以為報。想官人在客邊，恐店家小菜不中喫，手製蔬菜數瓶送來奉用。」宣教見這般知趣的人，必然有心於他了，好不徼幸！想道：「這童子傳來傳去，想必是他得用的。好歹要在他身上圖成這事，不可怠慢了他。」急叫家人去買些魚

㉑縣君：一般官員妻子的封號。

肉果品之類，暖起酒來，與小童對酌。小童道：「小人是趙家小廝，怎敢同官人坐地？」宣教道：「好兄弟，你是縣君心腹人兒，我怎敢把你做等閒廝覷？放心飲酒。」小童告過無禮，喫了幾杯，早已臉紅，道：「喫不得了。若醉了，縣君須要見怪。打發我去罷。」宣教又取些珠翠花朵之類，答了來意，付與小童去了。

隔了兩日，小童自家走過來頑耍。宣教又買酒請他。酒間與他說得入港，宣教便道：「好兄弟，我有句話兒問你。你家縣君多少年紀了？」小童道：「過新年纔廿三歲。是我家主人的繼室。」宣教道：「模樣生得如何？」小童搖頭道：「沒正經！早是沒人聽見，怎把這樣說話來問？生得如何，便待怎麼？」宣教道：「總是沒人在此，就說何妨。我既與他送東送西，往來了兩番，也須等我曉得他是長是短的。」小童道：「說著我縣君容貌，真個是世間少比，想是天仙裏頭摘下來的。除了畫圖上仙女，再沒見這樣第二個！」宣教道：「好兄弟，怎生得見他一見？」小童道：「這不難，等我先把簾子上的繫帶解鬆了，你明日只在對門。等他到簾子下來看的時節，我把簾子揎將出來，揎得重些，繫帶散了，簾子落了下來，他一時迴避不及，可不就看見了？」宣教道：「我不要是這樣見。」小童道：「要怎的見？」宣教道：「我要好好到宅子裏面拜一拜，謝他平日往來之意，方稱我願。」小童道：「這個知他肯不肯？我不好自專得。官人有此意，待我回去稟白一聲，好歹討個回音來覆官人。」宣教又將銀一兩送與小童，叮囑道：「是必要討個回音。」

去了兩日，小童復來，說縣君聞得要見之意，說道：「既然官人立意惓切，就相見一面也無妨。只是非親非故，不過因對門在此，禮物往來得兩番，沒個名色，遽然相見，恐怕惹人議論。是這等說。」

宣教道：「也是，也是。怎生得個名色？」想了一想道：「我在廣裏帶來得些珠寶在此，最是女人用得著的。我只做當面送物事來與縣君看，把此做名色，相見一面何如？」小童道：「好倒好，也要去對縣君說過，許下方可。」

小童又去了一會，來回言道：「縣君說：使便使得，只是在廳上見一見就要出去的。」宣教道：「這個自然。難道我就捱住在宅裏不成？」小童笑道：「官人休得取笑！快隨我來。」宣教大喜過望，取出好些珠寶，將一幅紅綾包了，籠在袖裏。整一整衣冠，隨著小童，三腳兩步走過趙家前廳來。小童進去稟知，門響處，宣教望見縣君打從裏面從從容容走將出來，但見：

衣裳楚楚，珮帶飄飄。大人家舉止端詳，沒有輕狂半點；小年紀面龐嬌嫩，並無肥重一分。清風引出來，道不得雲是無心物；眼光挨上去，真所謂容是誨淫端。犬兒雖已到籬邊，天鵝未必來溝裏。

宣教看見縣君走出來，真個如花似玉，不覺的滿身酥麻起來。急急趨上前去，唱個肥喏，口裏謝道：「屢蒙縣君厚意，小子無可答謝，惟有心感而已。」縣君道：「惶愧！惶愧！」宣教忙在袖裏取出一包珠寶來，捧在手中道：「聞得縣君要換珠寶，小子隨身帶得有些，特地過來面奉與縣君揀擇。」一頭說，一眼看，只指望他伸手來接。誰知縣君立著不動，呼喚小童接了過來，口裏道：「容看過議價。」只說了這句，便抽身往裏面走了進去。

宣教雖然見了一見，並不曾記得一句倬俏㉒的說話。心裏惑惑突突，沒些意思，走了出來，到下處想著他模樣行動，歎口氣道：「不見時猶可，只這一番相見，定害殺了小生也！」以後遇著小童，只央及他設法再到裏頭去相見，無過㉓把珠寶做因頭，前後也曾會過五六次面。只是一揖之外，再無他詞。顏色莊嚴，毫不可犯。等閒不曾笑了一笑，說了一句沒正經的話。那宣教沒入腳㉔處，越越的心魂撩亂，注戀不捨。

那宣教有個相處的粉頭，叫做丁惜惜，甚是相愛。只因想著趙縣君，把他丟在腦後，許久不去走動。丁惜惜央兩個幫閒的再三來約宣教，請他到家走走。宣教一似伴了魂的，那裏肯去？被兩個幫閒的不繇分說，強拉了去。丁惜惜相見，十分溫存。怎當得吳宣教一些不在心上。丁惜惜撒嬌撒痴了一會，免不得擺上東道來。宣教只是心不在焉光景。丁惜惜唱個掛枝兒嘲他道：

俏冤家，你當初纏我怎的？到今日又丟我怎的？丟我時頓忘了纏我意。纏我又丟我，丟我又纏誰？似你這般樣的丟人，也少不得也有人來丟了你！

當下吳宣教沒情沒緒，喫了幾杯。一心想著趙縣君生得十分妙處，看了丁惜惜，有好些不像意起來。

㉒ 倬俏：此處作俏皮解。倬，音ㄓㄨㄛˊ。

㉓ 無過：不過。

㉔ 入腳：進身。

卻是身既到此，沒及奈何，只得勉強同惜惜上床睡了。雖然少不得幹著一點半點兒事，也是想著那個，借這個出火。雲雨已過，身體疲倦。正要睡去，只見趙家小童走來道：「縣君特請宣教敘話。」宣教聽了這話，急忙披衣起來，隨著小童就走。小童領了，竟進內室。只見趙縣君雪白肌膚，脫得赤條條的眠在床上，專等吳宣教來。小童把吳宣教儘力一推，推上床去。吳宣教喜不自勝，騰的翻上身去，叫一聲：「好縣君，快活殺我也！」用得力重，一個失腳跌進裏床，喫了一驚！醒來見惜惜睡在身邊。朦朧之中，還訊做是趙縣君，仍舊跨上身去。丁惜惜也在睡裏驚醒道：「好饞貨！怎不好好的，做出這個極模樣？」吳宣教聽得惜惜聲音，方記起身在丁家床上，適纔是夢裏的事，連自己也失笑起來。丁惜惜再四盤問：「你心上有何人？以致七顛八倒如此！」宣教只把閒話支吾，不肯說破。到次日別去。自此以後，再不到丁家來了。無晝無夜，一心只痴想著趙縣君，思量尋機會挨光㉕。

忽然一日，小童走來道：「一句話對官人說：明日是我家縣君生辰。官人既然與縣君往來，須辦些壽禮去與縣君作賀一作賀，覺得人情面上，愈加好看。」宣教喜道：「好兄弟，虧你來說。你若不說，我怎知道？這個禮節最是要緊，失不得的。」亟將綵帛二端封好，又買幾般時鮮果品，雞鴨熟食各一盤，酒一罇，配成一副盛禮。先令家人一同小童送了去，說明日虔誠拜賀。小童領家人去了。趙縣君又叫小童來推辭了兩番，然後受了。

明日起來，吳宣教整肅衣冠到趙家來，定要請縣君出來拜壽。趙縣君也不推辭，盛妝步出前廳，比平日更加齊整。吳宣教足恭下拜。趙縣君慌忙答禮，說道：「奴家小小生朝，何足掛齒？卻要官人費心，

㉕挨光：調情。

賜此厚禮，受之不當。」宣教道：「客中乏物為敬，甚愧菲薄。縣君如此稱謝，反令小子無顏。」縣君回顧小童道：「留官人喫了壽酒去。」宣教聽得此言，不勝之喜道：「既留下喫酒，必有光景了。」誰知縣君說罷竟自進去。宣教此時如熱地上螞蟻，不知是怎的纔是。又想：「那縣君如設帳的方士，不知葫蘆裏賣甚麼藥出來？」呆呆的坐著，一眼望著內裏。

　須臾之間，兩個走使的男人，抬一張桌兒，揩抹乾淨。小童從裏面捧出攢盒酒果來，擺設停當，掇張椅兒，請宣教坐。宣教輕輕問小童道：「難道沒個人陪我？」小童也輕輕道：「縣君就來。」宣教且未就坐，還立著徘徊之際，小童指道：「縣君來了。」果然趙縣君出來，雙手纖纖，捧著杯盤來與宣教安席。道了萬福，說道：「拙夫不在，沒個主人做主，誠恐有慢貴客。奴家只得冒恥奉陪。」宣教大喜道：「過蒙厚情，何以克當？」在小童手中也討個杯盤來，與縣君回敬。安席了，兩下坐定，宣教心下只說此一會，必有眉來眼去之事，便好把幾句說話撩撥他，希圖成事。誰知縣君意思雖然濃重，容貌卻是端嚴。除了請酒請饌之外，再不輕說一句閒話。宣教也生煞煞㉖的，浪開不得開口，止落得飽看一回而已。

　酒行數巡，縣君不等宣教告止，自立起身道：「官人慢坐，奴家家無夫主，不便久陪，告罪則個。」吳宣教心裏恨不得伸出兩隻臂來，將他一把抱住，卻不好強留得他，眼盼盼的看他洋洋走了進去。宣教一場掃興。裏邊又傳話出來，叫小童送酒。宣教自覺獨酌無趣，只得分付小童：「多多上覆縣君，厚擾不當，容日再謝。」慢慢地踱過對門下處來。真是一點甜糖抹在鼻頭上，只聞得香卻餂不著。心裏好生

㉖ 生煞煞：拘謹；不自然。

不快！有銀紐絲㉗一隻為證：

前世裏冤家，美貌也人，挨光已有二三分。好溫存，幾番相見意殷勤。眼兒落得穿，何曾近得身？鼻凹中糖味，那有唇兒份？一個清白的郎君，發了也昏，我的天那！陣迷魂，迷魂陣。

是夜，吳宣教整整想了一夜，躊躇道：「若說是無情，如何兩次三番許我會面，又留酒，又肯相陪？若說是有情，如何眉梢眼角不見些些光景，只是恁般板板地往來，有何了結？思量他每常簾下歌詞，畢竟通知文義，且去討討口氣看，看他如何回我？」算計停當，次日起來，急將西珠十顆，用個沉香盒子盛了。取一幅花箋寫㉘詩一首在上，詩云：

心事綿綿欲訴君，洋珠顆顆寄殷勤。
當時贈我黃柑美，未解相如渴半分。

寫畢，將來同放在盒內，用個小記號圖書印，封皮封好了，忙去尋那小童過來，交付與他道：「多拜上縣君，昨日承蒙厚款，些些小珠，奉去添妝，不足為謝。」小童道：「當得拿去。」宣教道：「還有數

㉗ 銀紐絲：俗曲曲牌，原誤作「銀絞紐」，據同文堂本改。
㉘ 寫：原缺，據同文堂本補。

字在內，須縣君手自拆封，萬勿漏洩則個。」小童笑道：「我是個有柄兒的紅娘，替你傳書遞簡。」宣教道：「好兄弟，是必替我送送。倘有好音，必當重謝。」小童道：「我縣君詩詞歌賦最是精通，若有甚話寫去，必有回答。」宣教道：「千萬在意。」小童說：「不勞分付，自有道理。」

小童去了半日，笑嘻嘻的走將來道：「有回音了。」袖中拿出一個碧甸匣來，遞與宣教。宣教接上手看時，也是小小花押封記著的。宣教滿心歡喜，慌忙拆將開來，中又有小小紙封，裹著青絲髮二縷，挽著個同心結兒一幅。羅紋箋上，有詩一首。詩云：

好將鬒髮付并刀㉙，祇恐經時失俊髦。
妾恨千絲差可擬，郎心雙挽莫空勞！

末又有細字一行云：

原珠奉璧。唐人云：「何必珍珠慰寂寥」也。

宣教讀罷，跌足大樂，對小童道：「好了！好了！細詳詩意，縣君深有意於我了。」小童道：「我不懂得，可解與我聽。」宣教道：「他剪髮寄我，詩裏道，要挽住我的心，豈非有意？」小童道：「既

㉙ 并刀：并州（今山西太原）出產的利剪。

然有意，為何不受你珠子？」宣教道：「這又有一說，只是一個故事在裏頭。」小童道：「甚故事？」宣教道：「當時唐明皇寵了楊貴妃，把梅妃江采蘋貶入冷宮。後來思想他，懼怕楊妃不敢去。將珠子一封，私下賜與他。梅妃拜辭不受，回詩一首，後二句云：『長門㉚盡日無梳洗，何必珍珠慰寂寥。』今縣君不受我珠子，卻寫此一句來，分明說你家主不在，他獨居寂寥，不是珠子安慰得的。卻不是要我來伴他寂寥麼？」小童道：「果然如此，官人如何謝我？」宣教道：「惟卿所欲。」小童道：「縣君既不受珠子，何不就送與我了？」宣教道：「珠子雖然回來，卻還要送去。我另自謝你便是。」宣教箱中去取通天犀簪一枝、海南香扇墜二個，將出來送與小童道：「權為寸敬，事成重謝。這珠子再煩送一送去，我再附一首詩在內，要他必受。」詩云：

往返珍珠不用疑，還珠垂淚古來痴。
知音但使能欣賞，何必相逢未嫁時！

宣教便將一幅冰鮹帕寫了，連珠子付與小童。小童看了笑道：「這詩意我又不曉得了。」宣教道：「也是用著個故事。唐張籍㉛詩云：『還君明珠雙淚垂，恨不相逢未嫁時。』今我反用其意說道：只要有心，便是嫁了何妨？你縣君若有意於我，見了此詩，此珠必受矣。」小童笑道：「原來官人是偷香㉜的老手！」

㉚ 長門：宮名。漢武帝時陳皇后失寵的居所。

㉛ 張籍：中唐詩人，字文昌，吳郡（今江蘇蘇州）人。貞元進士，官至國子監司業，與王建齊名，世稱「張王」。

宣教也笑道：「將就看得過。」小童拿了，一徑自去。此番不見來推辭，想多應受了。宣教暗自喜歡，只待好音。丁惜惜那裏，時常叫小二來請他走走。宣教好一似朝門外候旨的官，惟恐不時失誤了宣召，那裏敢移動半步。

忽然一日傍晚，小童嘻嘻的走來道：「縣君請官人過來說話。」宣教聽罷，忖道：「平日只是我去挨光，纔設法得見面，並不是他著人來請我的。這番卻是先叫人來相邀，必有光景。」因問小童道：「縣君適纔在那裏，怎生對你說叫你來請我的？」小童道：「適來縣君在臥房裏，卸了妝飾，重新梳裹過了，叫我進去問說：『對門吳官人可在下處否？』我回說：『他這幾時只在下處，再不到外邊去。』縣君道：『既如此，你可與我悄悄請過來，竟到房裏來相見，切不可驚張。』如此分付的。」宣教不覺踴躍道：「依你說來，此番必成好事矣！」小童道：「我也覺得有些異樣，決比前幾次不同。只是一件：我家人口頗多，耳目難掩。日前只是體面上往來，所以外觀不妨。今卻要到內室裏去，須瞞不得許多人。就是悄著些，是必有幾個知覺。露出事端，彼此不便。須要商量。」宣教道：「你家中事體，我怎生曉得備細！須得你指引我道路，應該怎生纔妥？」小童道：「常言道：『有錢使得鬼推磨。』世上那一個不愛錢的？你只多把些賞賜分送與我家裏人，代我去調開了他們。他們各人心照，自然躲開去了，任你出入。就有撞見的，也不說破了。」宣教道：「說得甚是有理！真可以築壇拜將。你前日說我是老偷香手㉜；今日看起來，你也像個老馬泊六㉝了！」小童道：「好意替你計較，休得取笑。」

㉜ 偷香：典出晉書賈充傳，借指男女偷情。賈充之女賈午，既悅韓壽之容，遂與私通，並竊晉武帝賜充西域所進奇香以贈。賈充發覺後，以女嫁韓壽。

當下吳宣教拿出二十兩零碎銀子，付與小童，說道：「我須不認得宅上甚麼人，煩你與我分派一分派，是必買他們盡皆口靜方妙。」小童道：「這個在我，不勞分付，我先行一步。停當了眾人，看個動靜，即來約你同去。」宣教道：「快著些個。」小童先去了。吳宣教急揀時樣濟楚衣服，打扮得齊整，真個賽過潘安，強如宋玉。眼巴巴只等小童到來，即去行事。正是㉞：

羅綺層層稱體裁，一心苟望赴陽臺。
巫山神女雖相待，雲雨寧知到底諧？

說這宣教坐立不定，只想赴期。須臾，小童已至，回覆道：「眾人多有了賄賂，如今一去，徑達寢室，毫無阻礙了。」宣教不勝歡喜。整一整巾幘，灑一灑衣裳，隨著小童便走。過了對門，不繇中堂，在旁邊一條衖裏轉了一兩個彎曲，已到臥房之前。只見趙縣君懶梳妝模樣，早立在簾兒下等候。見了宣教，滿面堆下笑來，全不比日前的莊嚴了。開口道：「請官人房裏坐地。」一個丫鬟掀起門簾，縣君先走了進房。宣教隨後入來。只見房裏擺設得精緻，爐中香煙馥郁，案上酒殽齊列。宣教此時蕩了三魂，失了六魄，不知該怎麼樣好？只得低聲柔語道：「小子有何德能，過蒙縣君青盼如此？」縣君道：「一向承蒙厚情，今良宵無事，不揣特請官人，清話片晌，別無他說。」宣教道：「小子客居旅邸，縣君獨

㉝ 馬泊六：亦作「馬伯六」、「馬百六」，專指作成男女搞不正當關係的牽線人。

㉞ 正是：二字原缺，據同文堂本補。

守清閨，果然兩處寂寥。每遇良宵，不勝懷想。前蒙青絲之惠，小子緊繫懷袖，勝如貼肉；今蒙寵召，小子所望，豈在酒食之類哉！」縣君微笑道：「休說閒話，且自飲酒。」宣教只得坐了。縣君命丫鬟一面斟下熱酒，自己舉杯奉陪。宣教三杯酒落肚，這點熱團團興兒直從腳跟下冒出天庭來，那裏按納得住？面孔紅了又白，白了又紅。筯子也倒拿了，酒盞也潑翻了，手腳都忙亂起來。覷個丫鬟走了去，連忙走過縣君這邊來跪下道：「縣君可憐見，急救小子性命則個！」縣君一把扶起道：「且休性急，妾亦非無心者。自前日傳柑之日，便覺鍾情於子。但禮法所拘，不敢自逞。今日久情深，今夜思動，愈難禁制。冒禮忘嫌，願得親近。既到此地，決不叫你空回去了。略等人靜後，從容同就枕蓆便了。」宣教道：「我的親親的娘，既有這等好意，早賜一刻之歡，也是好的。叫小子如何忍耐得住？」縣君笑道：「怎恁地饞得緊？」即喚丫鬟們快來收拾。

未及一半，只聽得外面喧嚷，似有人喊馬嘶之聲，漸漸近前堂來了。宣教方在神魂蕩颺之際，恰像身子不是自己的。雖然聽得有些詫異，沒工夫得疑慮別的，還只一味痴想。忽然一個丫鬟慌慌忙忙搶進房來，氣喘喘的道：「官人回來了！官人回來了！」縣君大驚失色道：「如何是好？快快收拾過了桌上的！」即忙自己幫著，搬得桌上罄淨。宣教此時任是奢遮㉟膽大的，不繇得不慌張起來道：「我卻躲在那裏去？」縣君也著了忙道：「外邊是去不及了。」引著宣教的手，指著床底下道：「權躲在這裏面去，勿得做聲。」宣教思量：「走了出去便好。」又恐不認得門路，撞著了人。左右看著房中，卻別無躲處。一時慌促，沒計奈何，只得依著縣君說話，望著床底一鑽，顧不得甚麼灰塵齷齪。且喜床底寬闊，戰陡

㉟ 奢遮：出色；十分。

陸的蹲在裏頭，不敢喘氣。一眼偷覷著外邊。那暗處望明處，卻見得備細。看那趙大夫大踏步走進房來，口裏道：「這一去不覺許久，家裏沒事麼？」縣君著了忙的，口裏牙齒捉對兒廝打著，回言道：「家……家……家裏沒事，你……你……你如何今日纔來？」大夫道：「家裏莫非有甚事故麼？如何見了我，舉動慌張，語言失措，做這等一個模樣？」縣君道：「沒……沒……沒甚事故。」大夫對著丫鬟問道：「縣君卻是怎的？」丫鬟道：「果……果……果然沒有甚麼怎……怎……怎的。」宣教在床下著急，恨不得替了縣君、丫鬟的說話，只是不敢爬出來。大夫遲疑了一回道：「好詫異！好詫異！」縣君按定了性兒，纔說得話兒囫圇，重復問道：「今日在那裏起身？怎夜間到此？」大夫道：「我離家多日，放心不下。今因有事到婺州㊱，在此便道，暫歸來一看。明日五更，就要起身過江的。」

宣教聽得此言，驚中有喜。恨不得天也許下了半邊道：「原來還要出去，卻是我的造化也！」縣君又問道：「可曾用過晚飯？」大夫道：「晚飯已在船上喫過，只要取些熱水來洗腳。」縣君即命丫鬟安好了足盆，廚下去取熱水來傾在裏頭。大夫脫了外衣，坐在盆間大肆澆洗。澆洗了多時，潑得水流滿地，一直淌進床下來。因是地板房子，鋪床處壓得重了，地板必定低些，做了下流之處。那吳宣教正蹲在裏頭，身上穿著齊整衣服。起初一時極了，顧不得惹了灰塵，鑽了進去；而今又見水流來了，恐怕污了衣服，不覺的把袖子東收西斂，來避那些齷齪水，未免有些窸窸窣窣之聲。大夫道：「奇怪！床底下是甚麼響，敢是蛇鼠之類？可拿燈燭來照照。」丫鬟未及答應，大夫急急揩抹乾淨，即伸手桌子上去取燭臺過來，捏在手中，向床底下一看。不看時萬事全休！這一看，好似：

㊱婺州：地名。轄浙江之武義江、金華江流域各縣，治所在今金華。婺，音ㄨˋ。

霸王初入垓心內，張飛剛到灞陵橋。

大夫大吼一聲道：「這是個甚麼鳥人！躲在這底下？」縣君支吾道：「敢是個賊。」大夫一把將宣教拖出來道：「你看！難道有這樣齊整的賊？怪道方纔見吾慌張，原來你在家養著姦夫！我去得幾時，你就是這等羞辱門戶！」先是一掌打去，把縣君打個滿天星。縣君啼哭起來。大夫喝教眾奴僕都來。此時，小童也只得隨著眾人行止。大夫叫將宣教四馬攢蹄，細做一團，聲言道：「今夜且與我把去廂裏吊著，明日送臨安府推問去。」大夫又將一條繩來，親自動手，也把縣君縛住，道：「你這淫婦，也不與你干休！」縣君只是哭，不敢回答一言。大夫道：「好惱！好惱！且暖酒來我喫著消悶。」從人丫鬟們多慌了，急去竈上撮哄些嗄飯，熱了酒拿來。大夫取個大甌，一頭喫一頭罵。又取過紙筆寫下狀詞，一邊寫一邊喫酒。喫得不少了，不覺懵懵睡去。

縣君悄悄對宣教道：「今日之事，固是我誤了官人；也是官人先有意向我。誰知隨手事敗！若是到官，兩個多不好了。為之奈何？」宣教道：「多蒙縣君好意相招，未曾沾得半點恩惠。今事若敗露，我這一官，只當斷送在你這冤家手裏了。」縣君道：「沒奈何了，官人只是下些小心求告他。他也是心軟的人，求告得轉的。」

正說之間，大夫醒來，口裏又喃喃的罵道：「小的們！打起火把，快將這賊弟子孩兒㊲，送到廂裏去。」眾人答應一聲，齊來動手。宣教著了急，喊道：「大夫息怒！容小子一言。小子不才，忝為宣教

㊲ 弟子孩兒：妓女的兒子，俗云「婊子養的」罵人話。

郎。因赴吏部磨勘，寓居府上對門。蒙縣君青盼，往來雖久，實未曾分毫犯著玉體。今若到公府，罪犯有限，只是這官職有累。望乞高抬貴手，饒過小子，容小子拜納微禮，贖此罪過罷。」大夫大笑道：「我是個宦門，把妻子來換錢麼？」宣教道：「今日便壞了小子微官，與君何益？不若等小子納些錢物，實為兩便。小子亦不敢輕，即當奉送五百千過來。」大夫道：「如此口輕！你一個官，我一個妻子，只值得五百千麼？」宣教聽見論量多少，便道是好處的事了，滿口許道：「便再加一倍，湊做千緡罷。」大夫還只是搖頭。縣君在傍哭道：「我只為買這官人的珠翠，約他來議價，實是我的不是。誰知撞著你來捉破了。我原不曾點污，今若拿這官人到官，必然扳下我來，我也免不得到官對理，出乖露醜，也是你的門面不雅。不如你看日前夫妻之面，寬恕了我，放了這官人罷！」大夫冷笑道：「難道不曾點污？」眾從人與丫鬟們先前是小童賄賂過的，多來磕頭討饒道：「其實此人不曾犯著縣君，只是暮夜不該來此。他既情願出錢贖罪，官人罰他重些，放他去罷。一來免累此人官職，二來免致縣君出醜，實為兩便。」縣君又哭道：「你若不依，我只是尋個死路罷了。」大夫默然了一晌，指著縣君道：「只為要保全你這淫婦，要我忍這樣贓污！」

小童忙攛到宣教耳邊廂，低言道：「有了口風了，快快添多些收拾這事罷。」宣教道：「錢財好處，放綁要緊，手腳多麻木了。」大夫道：「要我饒你，須得二千緡錢！還只是買那官做羞辱我門庭之事，只當不曾提起，便宜得多了。」宣教連聲道：「就依著是二千緡，好處！好處！」大夫便喝從人，教且鬆了他的手。小童急忙走去，把索子頭解開，鬆出兩隻手來。大夫叫將紙墨筆硯拿過來，放在宣教面前，叫他寫個不願經官的招伏。宣教只得寫道：

吏部候勘宣教郎吳某，只因不合闖入趙大夫內室，不願經官，情甘出錢二千貫贖罪，並無詞說。私供是實。

趙大夫取來看過，要他押了個字，便叫放了他綁縛，只把脖子拴了，叫幾個方纔隨來家的戴大帽、穿衣撒的家人，押了過對門來，取足這二千緡錢。

此時亦有半夜光景。宣教下處幾個手下人已是都睡熟了。這些趙家人個個如狼似虎，見了好東西便搶。珠玉犀象之類，狼藉了不知多少！這多是二千緡外加添的。吳宣教足足取夠了二千數目，分外又把些零碎銀兩送與眾家人做了東道錢。眾家人方纔住手。齎了東西，仍同了宣教押至家主面前，交割明白。大夫看過了東西，還指著宣教道：「便宜了這弟子孩兒！」喝叫：「打出去！」

宣教抱頭鼠竄，走歸下處。下處店家燈尚未熄。宣教也不敢把這事對主人說，討了個火點在房裏了。坐了一回，驚心方定。無聊無賴，叫起個小廝來，暖些熱酒，且圖解悶。一邊喫一邊想道：「用了這幾時工夫，纔得這個機會。再差一會兒，也到手了。誰想卻如此不偶？反費了許多錢財。」又自解道：「還算造化哩！若不是縣君哭告，眾人拜求，弄得到當官，我這官做不成了。只是縣君如此厚情厚德，又為我如此受辱，他家大夫說明日就出去的，這倒還好個機會。只怕有了這番事體，明日就使不在家，是必分外防守，未必如前日之便了。不知今生到底能夠相傍否？」心口相問，不覺潸然淚下，鬱抑不快。呵欠上來，也不脫衣服，倒頭便睡。只因辛苦了大半夜，這一睡，直睡到第二日晌午，方纔醒來。走出店中，舉眼看去，對門趙家門也不關，簾子也不見了！一望進去，直看得裏頭，內外洞然，不見一人！他還懷著昨夜鬼胎，不敢自進去。悄悄叫個小厮，一步一步，挨到裏頭探聽。直到內房左右看過，並無一個人走動蹤影。只見幾間空房，連傢伙什物，一件也不見了。出來回覆了宣教。

宣教忖道：「他原說今日要到他處去，恐怕出去了我又來走動，所以連家眷帶去了。只是如何搬得外邊罄淨？難道再不回來住了？其間必有緣故。」試問問左右鄰人，纔曉得這趙家也是那裏搬來的，住得不十分長久。這房子也只是賃下的，原非己宅，是用著美人之局，綦了火囤去了。

宣教渾如做了一個大夢一般，悶悶不樂，且到丁惜惜家裏消遣。惜惜接著宣教，笑容可掬道：「甚好風吹得貴人到此？」連忙置酒相待。飲酒中間，宣教頻頻的歎氣。惜惜道：「你向來有了心上人，把我冷落了多時。今日既承不棄到此，如何只是嗟歎，像有甚不樂之處？」宣教正是事在心頭，巴不得對人告訴，只得把如何對門作寓，如何與趙縣君往來，如何約去私期，卻被丈夫歸來拿住，將錢買得脫身，備細說了一遍。惜惜大笑道：「你枉用痴心，落了人的圈套了！你前日若早對我說，我也先點破你，不著他道兒㊳也不見得。我那年，有一夥光棍將我包到揚州去，也假了商人的愛妾，綦了一個少年子弟千金。這把戲，我也曾弄過的。如今你心愛的縣君，又不知是那一家的歪剌貨㊴也！你前日瞞得我好，撇得我好，也叫你受些業報！」宣教滿面羞慚，懊恨無已。丁惜惜又只顧把說話盤問，見說道身伴所有剩得不多，衎衎家本色，就不十分親熱得緊了。

宣教也覺怏怏，住了一兩晚，走了出來。滿城中打聽，再無一些消息。看看盤費不夠，等不得吏部

㊳ 道兒：圈套；計策。

㊴ 歪剌貨：北方方言。猶不正經的女人、賤貨。

改秩㊵，急急走回故鄉。親眷朋友曉得這事的，把來做了笑柄。宣教常時忽忽如有所失，感了一場纏綿之疾，竟不及調官而終。可憐吳宣教一個好前程的著了這一些魔頭，不自尊重，被人弄得不尷不尬，沒個收場。如今奉勸人家少年子弟每，血氣未定，貪淫好色，不守本分，不知利害的，宜以此為鑒。詩云：

一臠肉味不曾嘗，已盡纏頭罄橐裝。
盡道陷人無底洞，誰知洞口賺劉郎！

㊵改秩：調派官職。秩，官的品級。

第三十九卷　誇妙術丹客提金

破布衫兒破布裙，逢人慣說會燒銀。
自家何不燒些用？擔水河頭賣與人。

這四句詩，乃是國朝唐伯虎解元所作。世上有這一夥燒丹鍊汞❶之人，專一設立圈套，神出鬼沒，哄那貪夫痴客。道能以藥草鍊成丹藥，鉛鐵為金，死汞為銀，名為黃白之術，又叫做爐火之事。只要先將銀子為母，後來覷個空兒偷了銀子便走，叫做提罐。曾有一個道人，將此術來尋唐解元，說道：「解元仙風道骨，可以做得這件事。」解元貶駁他道：「我看你身上藍縷。你既有這仙術，何不燒些來自己用度，卻要作成別人？」道人道：「貧道有的是術法，乃造化❷所忌。卻要尋個大福氣的，承受得起，方好與他作為。貧道自家卻沒這些福氣，所以難做。看見解元正是個大福氣的人，來投合夥。我們術家叫做訪外護。」唐解元道：「這等與你說過：你的術法施為，我一些都不管。我只管出著一味福氣幫你。

❶ 燒丹鍊汞：指道教吹噓的鍊丹術。
❷ 造化：此處指化育萬物的天地。

等丹成了，我與你平分便是。」道人見解元說得蹊蹺，曉得是奚落他不是主顧，飄然而去。所以唐解元有這首詩，是點明世人的意思。

卻是這夥裏的人，更有花言巧語，如此說話說他不倒的，卻是為何？他們道：「神仙必須度世，妙法不可自私，畢竟有一種具得仙骨、結得仙緣的，方可共鍊共修。內丹成，外丹亦成。」有這許多好說話。這些說話，何以不是正理？就是鍊丹，何曾不是仙法？卻是當初仙❸人留此一種丹砂化黃金之法，只為要廣濟世間的人。尚且純陽呂祖慮他五百年後復還原質，誤了後人，原不曾說道與你置田買產、畜妻養子、幫做人家的。只如杜子春遇仙❹，在雲臺觀鍊藥將成，尋他去做「外護」，只為一點愛根不斷，累他丹鼎飛敗。如今這些貪人擁著嬌妻美妾，求田問舍、損人肥己、掂斤播兩，何等肚腸！尋著一夥酒肉道人，指望鍊成了丹，要受用一世，遺之子孫，豈不痴乎？只叫他把「內丹成，外丹亦成」這兩句想一想，難道是擱起內養工夫，單單弄那銀子麼？只這點念頭，也就萬萬無有鍊得丹成的事了。

看官，你道小子說到此際，隨你愚人，也該醒悟這件事沒影響，做不得的；卻是這件事，偏是天下一等聰明的，要落在圈套裏！不知何故？

今小子說一個松江富翁，姓潘，是個國子監監生。胸中廣博，極有口才，也是一個有意思的人。卻有一件僻性：酷信丹術。俗語道：「物聚於所好。」果然有了此好，方士源源而來。零零星星，也弄去

---

❸ 仙：原誤作「一」，據同文堂本改。

❹ 杜子春遇仙：事載唐人鄭還古所撰傳奇杜子春傳，謂隋代開皇時的敗家子杜子春蕩盡家財，遇仙人於長安市上，三次贈金而生修仙之念，乃棄家從仙人入山，經歷七情的考驗，卒因愛心一關未能勘破功敗垂成。

了好些銀子，受過了好些丹客的哄騙。他只是一心不悔，只說：「無緣，遇不著好的。從古有這家法術，豈有做不來的事？畢竟有一日成功。前邊些小所失，何足為念？」把這事越好得緊了！這些丹客我傳與你，你傳與我，遠近盡聞其名。左右是一夥的人，推班❺出色，沒一個不思量騙他的。

一日秋間，來到杭州西湖上遊賞，賃一個下處住著。只見隔壁園亭上，歇著一個遠來客人，帶著家眷也來遊湖，行李甚多，僕從齊整。那女眷且是生得美貌，打聽來是這客人的愛妾。日日僱了天字一號的大湖船，擺著盛酒，吹彈歌唱俱備。攜了此妾下湖，淺斟低唱，觥籌交舉。滿桌擺設酒器，多是些金銀異巧，式樣層見迭出。晚上歸寓，燈火輝煌，賞賜無算。潘富翁在隔壁寓所看得呆了，想道：「我家裏也算是富的，怎能夠到得他這等揮霍受用！此必是個陶朱❻、猗頓❼之流，第一等富家了。」心裏艷慕，漸漸教人通問，與他往來相拜，通了姓名，各道相慕之意。富翁乘間問道：「吾丈如此富厚，非人所及。」那客人謙讓道：「何足掛齒。」富翁道：「日日如此用度，除非家中有金銀高北斗，纔能像意。不然，也有盡時。」客人道：「金銀高北斗，若只是用去，要盡也不難。須有個用不盡的法兒。」富翁見說，就有些著意了。問道：「如何是用不盡的法？」客人道：「造次❽之間，不好就說得。」富翁道：

❺ 推班：吳語，一作「推扳」，較差之意。

❻ 陶朱：陶朱公的簡稱，范蠡的化名。據史記貨殖列傳：范蠡棄政經商後，十九年中，三致千金。子孫繼其業，增至巨萬。

❼ 猗頓：春秋魯國人，據貨殖列傳裴駰的集解引孔叢子說，猗頓原極貧困，求致富之術於陶朱公，煮鹽牧畜，十年之間，富比王公。因發跡於猗，故名猗頓。

❽ 造次：此處作「輕率」解。

「畢竟要請教。」客人道：「說來吾丈未必解，也未必信。」

富翁見說得蹺蹊，一發慇懃求懇，必要見教。客人屏去左右從人，附耳道：「吾有九還丹❾，可以點鉛汞為黃金。只要鍊得丹成，黃金與瓦礫同耳，何足貴哉！」富翁見說是丹術，一發投其所好，欣然道：「原來吾丈精於丹道。學生於此道，最是心契，求之不得。若吾丈果有此術，學生情願傾家受教。」客人道：「豈可輕易傳得？小小試看，以取一笑則可。」便叫小童生起罏炭，將幾兩鉛汞鎔化起來。身邊腰袋裏摸出一個紙包，打開來都是些藥末。就把小指甲挑起一些些來彈在罐裏，傾將出來，連那鉛汞不見了，都是雪花也似的好銀！

看官，你道藥末可以變化得銅鉛做銀，卻不是真法了？原來這叫作縮銀之法。他先將銀子用藥鍊過，專取其精，每一兩直縮做一分少些。今和鉛汞在火中一燒，鉛汞化為青氣去了，遺下糟粕之質，見了銀精，盡化為銀。不知原是銀子的原分量，不曾多了一些。丹客專以此術哄人，人便死心塌地信他，道是真了。

富翁見了，喜之不勝道：「怪道他如此富貴受用！原來銀子如此容易。我鍊了許多時，只有折本的。今番有幸，遇著真本事的了，是必要求他去替我鍊一鍊則個。」遂問客人道：「這藥是如何鍊成的？」客人道：「這叫做母銀生子。先將銀子為母，不拘多少，用藥鍛鍊養在鼎中，須要九轉。火候足了，先生了黃芽，又結成白雪。啟爐時，就掃下這些丹頭來。只消一黍米大，便點成黃金白銀。那母銀仍舊分毫不虧的。」富翁道：「須得多少母銀？」客人道：「母銀越多，丹頭越精。若鍊得有半合許丹頭，富

❾ 九還丹：丹名，取九遍循環之意。道教宣稱服之可以長生。

可敵國矣！」富翁道：「學生家事雖寒，數千之物，還儘可辦。若肯不吝大教，拜迎到家下，點化一點化，便是生平願足。」客人道：「我術不易傳人，亦不輕與人燒鍊。今觀吾丈虔心，又且骨格有些道氣，難得在此聯寓，也是前緣，不妨為吾丈做一做。但見教高居何處？異日好來相訪。」富翁道：「學生家居松江，離此處只有兩三日路程。老丈若肯光臨，即此收拾，同到寒家便是。若此間別去，萬一後會不偶，豈不當面錯過了？」客人道：「在下是中州⑩人，家有老母在堂。因慕武林⑪山水佳勝，攜了小妾，到此一遊。空身出來，遊資所需，只在爐火，所以樂而忘返。今遇吾丈知音，不敢自秘。但直須帶了小妾回家安頓，兼看看老母，再赴吾丈之期，未為遲也。」富翁道：「寒舍有別館園亭，可貯尊眷。何不就同攜到彼住下，一邊做事，豈不兩便？家下雖是看待不週，決不致有慢尊客，使尊眷有不安之理。只求慨然俯臨，深感厚情。」客人方纔點頭道：「既承吾丈如此真切，容與小妾說過，商量收拾起行。」

富翁不勝之喜，當日就寫了請帖，請次日湖中飲酒。到明日，殷殷勤勤，接到船上。備將胸中學問，你誇我逞，談得津津不倦，只恨相見之晚。賓主盡歡而散。又送著一桌精潔酒殽，到隔壁園亭上，去請那小娘子。來日，客人答席，分外豐盛。酒器家火，都是金銀，自不必說。富翁一心已在爐火，遊興盡闌，約定同到松江。在關前僱了兩個大船，盡數搬了行李下去，一路相傍同行。那小娘子在對船艙中，隔簾時露半面。富翁偷眼看去，果然生得丰姿美艷，體態輕盈。只是：

⑩ 中州：地名。今之河南。

⑪ 武林：地名。杭州的別稱。

盈盈一水間，脈脈不得語。

又裴航贈同舟樊夫人⑫詩云：

同舟吳越猶懷想，況遇天仙隔錦屏？
但願玉京⑬相會去，願隨鸞鶴入青冥⑭。

此時富翁在隔船望著美人，正同此景。所恨無人，可通音問。

話休絮煩。兩隻船不一日至松江，富翁已到家門首，便請丹客上岸，登堂獻茶已畢，便道：「此是學生家中，往來人雜不便。離此一望之地，便是學生莊舍。就請尊眷同老丈至彼安頓，學生也到彼外廂書房中宿歇。一則清靜，可以省煩雜；二則謹密，可以動爐火。尊意如何？」丹客道：「爐火之事，最忌俗囂，又怕外人觸犯。況又小妾在身伴，一發宜遠外人。若得在貴莊住止，行事最便了。」富翁便指

⑫ 裴航句：事載唐人裴鉶所撰傳奇，謂唐代長慶年間，書生裴航，在回長安的途中，戀慕同舟樊夫人的美貌，寫詩表達心意。夫人回報一詩云：「一飲瓊漿百感生，玄霜搗盡見雲英。藍橋便是神仙窟，何必崎嶇上玉京。」航初不解其意，後來經過藍橋驛，飲漿時遇見了美女雲英，求得玉杵臼為聘物，終至結成夫婦，始悟夫人所言，後知夫人亦仙人。

⑬ 玉京：道書中所云天帝的居處。

⑭ 青冥：青天。

點移船到莊，自家同丹客攜手步行，來到莊門口。門上一匾，上寫「涉趣園」三字。進得園來，但見景物悠然，恬怡可愛。正是：

古木干霄，新篁⑮夾境。榱⑯題虛敞，無非是月榭風亭；棟宇幽深，饒有那曲房邃室。疊疊假山數仞，可藏大史之書；層層巖洞幾重，疑有仙人之籙。若還奏曲能招鳳⑰，在此觀棊必爛柯⑱。

丹客觀翫園中景緻，欣然道：「好個幽雅去處！正堪為修煉之所，又好安頓小妾，在下便可安心與吾丈做事了。看來吾丈果是有福有緣的！」富翁就著人接那小娘子起來。那小娘子艷妝喬扮，帶著兩個丫頭，一個名喚春雲，一個名喚秋月，搖搖擺擺，走到園亭上來。富翁欠身迴避。丹客道：「而今是通家⑲了，就等小妾拜見不妨。」就叫那小娘子與富翁相見了。富翁對面一看，真個是沉魚落雁之容，閉月羞花之貌。天下凡是有錢的人，再沒一個不貪財好色的。富翁此時好像雪獅子向火，不覺軟癱了半邊。鍊丹的事，又是第二著了。便對丹客道：「園中內室儘寬，任憑尊嫂揀擇。人少時，學生再喚幾個婦女

---

⑮ 篁：音ㄏㄨㄤˊ。竹林。

⑯ 榱：音ㄘㄨㄟ。即椽子。

⑰ 奏曲能招鳳：引秦穆公婿蕭史吹簫，其聲似鳳，遂引鳳凰來止於屋的故事。見劉向列仙傳。

⑱ 觀棊必爛柯：典出南朝齊祖沖之述異記，謂晉代王質上山砍柴，見兩童子下棋，因觀棋而忘卻砍柴，斧柄亦朽爛。及歸家，已找不到同時代的人了。

⑲ 通家：世代有交誼往來的家庭。

來伏侍。」丹客就同那小娘子去看內房。富翁急急來到家中，取了一對金釵、一雙金鐲，到園中奉與丹客道：「些小薄物，奉為尊嫂拜見之儀，望勿嫌輕鮮。」丹客一眼估去，見是金的，反推辭道：「過承厚意。只是黃金之物，在下頗為易得；老丈實為重費。於心不安，決不敢領。」富翁見他推辭，一發不過意道：「也知吾丈不希罕此些微之物，只是尊嫂面上，略表芹意⑳。望吾丈鑒其誠心，乞賜笑留。」丹客道：「既然這等美情，在下若再推託，反是自外㉑了。只得權且收下，容在下竭力鍊成丹藥，奉報厚惠。」笑嘻嘻走入內房，叫個丫頭，交了進去。又叫小娘子出來，再三拜謝。富翁多見得一番，就破費這些東西，也是心安意肯的。口裏不說，心中想道：「這個人有此丹法，又有此美姬，人生至此，可謂極樂。且喜他肯與我修鍊，丹成料已有日。只是見放著這等美色在自家莊上，不知可有些緣法否？若一發勾搭得上手，方纔心滿意足。而今拚得獻些慇懃，做工夫不著，磨他去，不要性急，且一面打點燒鍊的事。」便對丹客道：「既承吾丈不棄，我們幾時起手㉒？」丹客道：「只要有銀為母，不論早晚，可以起手。」富翁道：「先得多少母銀？」丹客道：「多多益善。母多丹多，省得再費手腳。」富翁道：「這等，打點將二千金下爐便了。今日且在舍下料理，明日學生就搬過來，一同做事。」是晚，具酌在園亭上款待，盡歡而散。又送酒殽內房中去，慇慇懃懃，自不必說。

次日，富翁准准兌了二千金，將過園子裏來。一應爐器傢伙之類，家裏一向自有，只要搬將來。富

⑳ 芹意：微薄的心意。典出列子楊朱，窮人以芹為美味，獻諸鄉豪。
㉑ 自外：以外人自居；見外。
㉒ 起手：此處指動手開工。

翁是久慣這事的，頗稱在行。鉛汞藥物，一應俱備，來見丹客。丹客道：「足見主翁留心。但在下尚有秘妙之訣，與人不同，鍊起來便見。」富翁道：「正是秘法之訣，要求相傳。」丹客道：「在下此丹，名為九轉還丹。每九日火候一還。到九九八十一日開爐，丹物已成。那時節主翁大福到了。」富翁道：「全仗提攜則個。」丹客就叫跟來一個家僮依法動手，熾起爐火，將銀子漸漸放將下去。取出丹方，與富翁看了，將幾件稀奇藥料放將下去，燒得五色煙起，就同富翁封住了爐。又喚這跟來幾個家人分付道：「我在此將有三個月日擔擱，你們且回去回覆老奶奶一聲再來。」這些人止留一二個慣燒爐的在此，其餘都依話散去了。從此家人日夜燒鍊，丹客頻頻到爐邊看火色，卻不開爐。閒時卻與富翁清談，飲酒下棋。賓主相得，自不必說。又時時送長送短到小娘子處討好。小娘子也有時回敬幾件知趣的東西。彼此致意。

如是二十餘日。忽然一個人穿了一身麻衣，渾身是汗，闖進園中來。眾人看時，卻是前日打發去內中的人。見了丹客，叩頭大哭道：「家裏老奶奶去世，快請回去治喪！」丹客大驚失色，哭倒在地。富翁也一時驚惶，只得從傍勸解道：「令堂天年有限，過傷無益，且自節哀。」家人催促道：「家中無主，作速起身。」丹客住了哭，對富翁道：「本待與主翁完成美事，少盡報效之心；誰知遭此大變，抱恨終天！今勢既難留，此事又未終，況是間斷不得的，實出兩難。小妾雖是女流，隨侍在下已久，爐火之候儘已知些底裏，留他在此看守丹爐纔好。只是年幼，無人管束，須有好些不便處。」富翁道：「學生與老丈通家至交，有何妨礙？只須留下尊嫂在此。此鍊丹之所，又無閒雜人來往，學生當喚幾個老成婦女前來陪伴。晚間或是接到拙荊處一同寢處，學生自在園中安歇看守，以待吾丈到來，有何不便？」丹客又躊躇了半晌，說道：「今老母已死，方寸亂矣。想古人多有託妻寄子的，既承高誼，只得敬從。留他在此看看火候；在下回去料理一番，不日自來啟爐。如此方得兩全其事。」富翁見說肯留妾看爐，心裏恨不得許下半邊天來，滿面笑容應承道：「若得如此，足見有始有終。」

丹客又進去與小娘子說了來因，並要留他在此看爐的話，一一分付了。就叫小娘子出來，再見了主翁，囑託與他。叮嚀道：「只好守爐，萬萬不可私啟！倘有所誤，悔之無及。」富翁道：「萬一尊駕來遲，誤了八十一日之期，如何是好？」丹客道：「九還火候已足，放在爐中多養得幾日，丹頭愈生得多。就遲些開也不妨的。」丹客又與小娘子說了些衷腸密語，忙忙而去。

這裏富翁見丹客留下美妾，料他不久必來，丹事自然有成，不在心上。卻是趁他不在，亦且同住園中，正好勾搭，機會不可錯過。時時亡魂失魄，只思量下手。方在遊思妄想，可可㉓的那小娘子叫個丫頭春雲來道：「俺家娘請主翁到丹房看爐。」富翁聽得，急整衣巾，忙趨到房前來請道：「適纔尊婢傳命，小子在此伺候尊步同往。」那小娘子囀鶯聲吐蕪語道：「主翁先行，賤妾隨後。」只見嬝嬝娜娜走出房來，道了萬福。富翁道：「娘子是客，小子豈敢先行？」小娘子道：「賤妾女流，怎好僭妾？」兩下推遜，雖不好扯手扯腳的相讓，已自覿面交談，殷勤相接，有好些光景。畢竟富翁讓他先走，兩個丫頭隨著富翁在後面，看去真是步生金蓮，不繇人不動火！

來到丹房邊，轉身對兩個丫頭道：「丹房忌生人，你們只在外住著，單請主翁進來。」主翁聽得，三腳兩步跑上前去，同進了丹房。把所封之爐，前後看了一回。富翁一眼覷定這小娘子，恨不得尋口水

㉓ 可可：恰巧。

來吞他下肚去！那裏還管爐火的青紅皂白？可惜有這個燒火的家僮在房，只好調調眼色，連風話也不便說得一句。直到門邊，富翁纔老著臉皮道：「有勞娘子尊步。尊夫不在，娘子回房須是寂寞。」那小娘子口不答應，微微含笑。此番卻不推遜，竟自冉冉而去。富翁愈加狂蕩，心裏想道：「今日丹房中若是無人，儘可撩撥；只可惜有這個家僮在內。明日須用計遣開，然後約那人同出看爐，此時便可用手腳了。」即分付從人：「明日早上備一桌酒飯，請那燒爐的家僮。說道一向累他辛苦了，主翁特地與他澆手㉔，要灌得爛醉方住。」分付已畢，是夜獨酌無聊，思量美人只在內室，又念著日間之事，心中怏怏，徬徨不已。乃吟詩一首道：

名園富貴花，移種在山家。
不道欄杆外，春風正自賒。

走至堂中，朗吟數遍，故意要內房聽得。只見內房走出丫頭秋月，手捧一盞香茶，奉與富翁道：「俺家娘聽得主翁吟詩，恐怕口渴，特奉清茶。」富翁笑逐顏開，再三稱謝。秋月回身進去。只聽得裏邊也朗吟道：

名花誰是主？飄泊任春風。

㉔澆手：請工作的人喝酒以示慰勞。

但是東君㉕惜，芳心亦自同。

富翁聽罷，知是有意，卻不敢造次闖進去。又聽得裏邊關門響，只得自到書房睡了，以待天明。

次日早上，從人依了昨日之言，把個燒火的家僮請了去。他日逐守著爐竈邊，原不耐煩。見了酒盃，那裏肯放？喫得爛醉，就在外邊睡著了。富翁已知他不在丹房，即走到內房前自去請看丹爐。那小娘子聽得，即便移步出來，一如昨日在前先走。走到丹房門邊，丫頭仍留在外，止是富翁緊隨入門。到得爐邊看時，不見了燒火的家僮，小娘子假意失驚道：「如何沒人在此，卻歇了火？」富翁笑道：「只為小子自家要動火，故叫他暫歇了火。」小娘子只做不解道：「這火須是斷不得的。」富翁道：「等小子與娘子坎離交媾，以真火續將起來。」小娘子正色道：「鍊丹學道之人，如何興此邪念，說此邪話？」富翁道：「尊夫在這裏與小娘子同眠同起，少不得也要鍊丹，難道一事不做，只是乾夫妻不成？」小娘子無言可答道：「一場正事，如此歪纏！」富翁道：「小子與娘子夙世姻緣，也是正事。」一把抱住，雙膝跪將下去。小娘子扶起道：「拙夫家訓頗嚴，本不敢輕蹈非禮。既承主翁如此殷勤，賤妾不敢自愛，容晚間約著相會一話罷。」富翁道：「就此慨賜一歡，方見娘子厚情，如何等得到晚？」小娘子道：「這裏有人來，使不得！」富翁道：「小子專為留心要求小娘子，已著人款住燒火的。此外誰敢進來？況且丹房邃密，無人知覺。」小娘子道：「此間須是丹爐，怕有觸犯，悔之無及。決使不得！」富翁此時興已勃發，那裏還顧甚麼丹爐不丹爐！只是緊緊抱住道：「就是要了小子的性命，也說不得了。只求小娘

㉕東君：原指春之神，此處影射居處的主人，即答覆富翁的挑逗。

子救一救。」不繇他肯不肯，抱到一張醉翁椅上，扯脫褌兒，就輳上去。此時快樂，何異登仙？但見：

獨絃琴一翕一張，無孔簫統上統下。紅爐中撥開那火，玄關內走動真鉛。舌攪華池，滿口馨香嘗玉液；精穿牝屋，渾身酥快吸瓊漿。何必丹成入九天，即此魂銷歸極樂。

兩下雲雨已畢，整了衣服。富翁謝道：「感謝娘子不棄。只是片時歡娛，晚間願賜通宵之樂。」撲的又跪下去。小娘子急扶起來道：「我原許晚間的。你自喉急等不得，那裏有丹鼎傍邊就這般沒正經起來？」富翁道：「錯過一時，只恐後悔無及。還只是早得到手一刻，也遂了我多時心願。」小娘子道：「晚間還是我到你書房來，你到我臥房來？」富翁道：「但憑娘子主見。」小娘子道：「我處須有兩個丫頭同睡，你來不便。我今夜且瞞著他們自出來罷。待我明日叮囑丫頭過了，然後接你進來。」

是夜，果然人靜後，小娘子走出堂中。富翁早已在門邊伺候，接至書房，極盡衾枕之樂。以後或在內，或在外，總是無拘無管。富翁以為天下奇遇，只願得其夫一世不來，丹鍊不成也罷了。綢繆了十數宵，忽然一日，門上報說：「丹客到了。」富翁喫了一驚。接進寒溫畢，即進內房來見小娘子，說了好些說話。復出來對富翁道：「小妾說丹爐不動，而今九還之期已過，丹已成了，正好開看。今日匆匆，明日獻過了神啟爐罷。」富翁是夜雖不得再望歡娛，卻見丹客來了，明日啟爐，丹成可望。還賴有此，心下自解自樂。

到得明日，請了些紙馬福物，祭獻了畢。丹客同富翁剛走進丹房，就變色沉吟道：「如何丹房中氣色恁等的？有些詫異！」便就親手啟開鼎爐一看，跌足大驚道：「敗了！敗了！真丹走失，連銀母多是糟粕了。此必有做交感污穢之事，觸犯了的！」富翁驚得面如土色，不好開言。又見道著真相，一發慌了。丹客懊怒，咬得牙齒趷趷的響，問燒火的家僮道：「此房中別有何人進來？」家僮道：「只有主翁與小娘子日日來看一次，別無人敢進來。」丹客道：「這等如何得丹敗了？快去叫小娘子來問。」

家僮急忙走去請來。丹客厲聲道：「你在此看爐做了甚事？丹俱敗了！」小娘子道：「日日與主翁來看，爐是原封不動的，不知何故？」丹客道：「誰說爐動了封？你卻動了封了！」又問家僮道：「主翁與娘子來時，你也有時節不在此麼？」家僮道：「止有一日，是主翁憐我辛苦，請去喫飯，多飲了幾盃，睡著在外邊了。只這一日是主翁與小娘子自家來的。」丹客冷笑道：「是了！是了！」忙走去行囊裏扯出一根皮鞭來，對小娘子道：「分明是你這賤婢做出事來了！」一鞭打去，幸喜小娘子即溜，側身閃過，哭道：「我原說做不得的，主人翁害了奴也。」富翁睜著雙眼，無言可答，恨沒個地洞鑽了進去。丹客怒目直視主翁道：「你前日相託之時，如何說的？我去不久，就幹出這樣昧心事來，原來是狗彘不直的！如此無行之人，如何妄想燒丹鍊藥？是我眼裏不識人，我只是打死這賤婢罷！羞辱門庭，要你怎的？」拿著鞭趕上前便打。慌得小娘子三步兩腳，奔進內房。又虧兩個丫頭攔住勸道：「官人耐性。」向前接住了皮鞭，卻把皮鞭摔斷了。

富翁見他性發，沒收場，只得跪下去道：「是小子不才，一時幹差了事；而今情願棄了前日之物，只求寬恕罷。」丹客道：「你自作自受！你幹壞了事，走失了丹是應得的，沒處怨悵。我的愛妾可是與你解饞的？受了你玷污，卻如何處？我只是殺卻了，不怕你不償命！」富翁道：「小子情願贖罪罷。」

即忙叫家人到家中拿了兩個元寶，跪著討饒。丹客只是佯著眼不瞧道：「我銀甚易，豈在乎此？」富翁只是磕頭，又加了二百兩道：「如今以此數，再娶了一位如夫人也夠了。實是小子不才，望乞看平日之面，寬恕尊嫂罷！」丹客道：「我本不希罕你銀子！只是你這樣人，不等你損些己財，後來不改前非。我偏要拿了你的將去濟人也好。」就把三百金拿去裝在廂裏，叫齊小娘子與家僮、丫頭等，急把未裝行李盡數搬出，下在昨日原來的船裏，一徑出門。口裏喃喃罵道：「受這樣的恥辱，可恨！可恨！」罵詈不止，開船去了。

富翁被他嚇得魂不附體，恐怕弄出事來。雖是折了些銀子，得他肯去，還自道僥倖。至於爐中之銀，真個認做污穢觸犯了丹鼎走敗。但自悔道：「忒性急了些。便等丹成了，多留他住幾時，再圖成此事，豈不兩便？再不然，不要在丹房裏弄這事，或者不妨，也不見得。多是自己莽撞了，枉自破了財物也罷，只是遇著真法，不得成丹，可惜！可惜！」又自解自樂道：「只這一個絕色佳人，受用了幾時，也是風流話柄、賞心樂事，不必追悔了！」卻不知多是丹客做成圈套。當在西湖時，原是打聽得潘富翁上杭，先裝成這些行徑來炫惑他的。及至同他到家，故意要延緩，卻像沒甚要緊。後邊那個人來報喪之時，忙忙歸去，已自先把這二千金提去了，留著家小使之不疑。後來勾搭上場，也都是他做成的計較，把這堆狗屎堆在鼻子上，等你開不得口，只好自認不是，沒工夫與他算帳了。那富翁是破財星照，墮其計中，先認他是巨富之人，必有真丹點化；不知那金銀器皿，都是些銅鉛為質，金銀汁粘裹成的。酒後燈下，誰把試金石來試？一時不辨，都誤認了。此皆神奸詭計也！富翁遭此一騙，還不醒悟，只說是自家不是，當面錯過，越好那丹術不已。

一日，又有丹士到來，與他談著爐火，甚是投機，延接在家。告訴他道：「前日有一位客人，真能點鐵為金，當面試過，他已是替我燒鍊了。後來自家有些得罪於他，不成而去，真是可惜！」這丹士道：「吾術豈獨不能？」便叫把爐火來試，果然與前丹客無二。些少藥末，投在鉛汞裏頭，盡化為銀。富翁道：「好了！好了！前番不著，這番著了。」又湊千金與他燒鍊。丹士呼朋引類，又去約了兩三個幫手來做。富翁見他銀子來得容易，放著膽一些也不防備。豈知一個晚間，又提了罐走了。次日又拚㉖了個空。富翁此時連被拐去，手中已窘，且怒且羞道：「我為這事，費了多少心機，弄了多少年月。前日自家錯過，指望今番是了。誰知又遭此一閃！我不問那裏尋將去，料來不過又往別家燒鍊，或者撞得著，也不可知！縱不然，或者另遇著真正法術，再得鍊成真丹，也不見得。」自此收拾了些行李，東遊西走。

忽然一日，在蘇州閶門人叢裏，劈面撞著這一夥人！正待開口發作，這夥人不慌不忙，滿面生春，卻像他鄉遇故知的一般，一把邀了那富翁。邀到一個大酒肆中一副潔淨座頭上坐了，叫酒保盪酒取嗄飯來，殷勤謝道：「前日有負厚德，實切不安。但我輩道路如此，足下勿以為怪。今有一法，與足下計較，可以償足下前物，不必別生異說。」富翁道：「何法？」丹士道：「足下前日之銀，吾輩得來，隨手費盡，無可奉償。今山東有一大姓，也請吾輩燒鍊，已有成約，只待吾師到來，纔交銀舉事。奈吾師遠遊，急切未來。足下若權認作吾師，等他交銀出來，便取來先還了足下前物，直如反掌之易！不然，空尋吾輩也無幹㉗。足下以為何如？」富翁道：「尊師是何人物？」丹士道：「是個頭陀㉘。今請足下略剪去

㉖ 拚：同「拹」。

㉗ 無幹：沒有用處。

了些頭髮，我輩以師禮事奉，徑到彼處便了。」

富翁急於得銀，便依他剪髮，做一齊了。彼輩殷殷勤勤，直侍奉到山東，引進見了大姓，說道是他師父來了。大姓致敬，迎接到堂中，略談爐火之事。富翁是做慣了的，亦且胸中原博，高談闊論，盡中機宜。大姓深相敬服。是夜，即兌銀二千兩，約在明即起火。只管把酒相勸，喫得酩酊，扶去另在一間內書房睡著。到得天明，商量安爐。富翁見這夥人科派，自家曉得些，也在裏頭指點。當日把銀子下爐燒鍊。這夥人認做徒弟守爐。大姓只管來尋師父去請教，攀話飲酒，不好卻得。這些人看個空兒。又提了罐各各走了，單單撇下「師父」。大姓只道師父在家不妨，豈知早晨一夥都不見了！就拿住「師父」，要送在當官，捉拿餘黨。富翁只得哭訴道：「我是松江潘某，原非此輩同黨。只因性好燒丹，前日被這夥人拐了。路上遇見他，說道在此間燒鍊，得來可以賠償。又替我剪髮，叫我裝做他師父來的。指望取還前銀，豈知連宅上多騙了，又撇我在此。」說罷大哭。大姓問其來歷詳細，說得對科，果是松江富家，與大姓家有好些年誼的。知被騙是實，不好難為得，只得放手。一路無了盤纏，倚著頭陀模樣，沿途乞化回家。

到得臨清碼頭上，只見一隻大船內，簾下一個美人，揭著簾兒，露面看著街上。富翁看見，好些面善？仔細一認，卻像前日丹客帶來與他偷情的可意人兒一般無二！疑惑道：「那冤家緣何在這船上？」走到船邊細細訪問，方知是河南舉人某公子包了名娼到京會試的。富翁心裏想道：「難道當日這人的妾畢竟賣了？」又疑道：「敢是面龐相像的也未可知？」不離船邊，走來走去只管看。忽見船艙裏叫個人

㉘ 頭陀：梵文 Dhūta 的譯音，指披髮修行的僧人。

出來問他道：「官艙裏大娘問你可是松江人？」富翁道：「正是松江。」又問道：「可姓潘？」富翁喫了一驚道：「怎曉得我的姓？」只見艙裏人說：「叫他到船邊來。」富翁走上前去，簾內道：「妾非別人，即前日丹客所認為妾的便是，實是河南妓家。前日受人之託，不得不依他囑付的話替他搗鬼，有負於君。君何以流落至此？」富翁大慟，把連次被拐，今在山東回來之由，訴說一遍。簾內人道：「妾與君不能無情，當贈君盤費，作急回家。此後遇見丹客，萬萬勿可聽信。妾亦是騙局中人，深知其詐。君能聽妾之言，是即妾報君數宵之愛也。」言畢，著人拿出三兩一封銀子來遞與他。富翁感謝不盡，只得收了。自此方曉得前日丹客美人之局，包了娼妓做的。今日卻虧他盤費。

到得家來，感念其言，終身不信爐火之事。卻是頭髮紛披，羞顏難掩。親友知其事者，無不以為笑談。奉勸世人好丹術者，請以此為鑑。

丹術須先斷情慾，塵緣豈許相馳逐。
貪淫若是望丹成，陰溝洞裏天鵝肉！

第四十卷　逞多財白丁橫帶

苑❶枯本是無常數，何必當風使盡帆。
東海揚塵猶有日，白衣蒼狗❷剎那間。

話說人生榮華富貴，眼前的多是空花，不可認為實相❸。如今人一有了時勢，便自道是萬年不拔之基。傍邊著的人，也是一樣見識。豈知轉眼之間，灰飛煙滅。泰山化作冰山，極是不難的事！俗語兩句說得好：「寧可無了有，不可有了無。」專為貧賤之人，一朝變泰❹得了富貴，苦盡甜來，滋味深長；若是富貴之人一朝失勢，落魄起來，這叫做「樹倒猢猻散」，光景著實難堪了。卻是富貴的人，只據目前時勢，橫著膽，昧著心，任情做去，那裏管後來有下稍沒下稍？曾有一個笑話，道是一個老翁有三子，

❶苑：通「菀」，草木茂盛，猶「榮」。

❷白衣蒼狗：典出杜甫可嘆詩：「天上浮雲如白衣，斯須改變如蒼狗。」後人遂以白衣蒼狗喻世事無常。

❸實相：佛家語，意為真實相狀。

❹變泰：發達；發跡。

臨死時分付道：「你們倘有所願，實對我說，我死後求之上帝。」一子道：「我願官高一品。」一子道：「我願田連萬頃。」末一子道：「我無所願，願換大眼睛一對。」老翁大駭道：「要此何幹？」其子道：「等我撐開了大眼，看他們富的富，貴的貴。」此雖是一個笑話，正合古人云：

常將冷眼觀螃蟹，看你橫行得幾時？

雖然如此，然那等薰天赫地富貴人，除非是遇了朝廷誅戮，或是生下子孫不肖，方是敗落散場，再沒有一個身子上先前做了貴人，以後流為下賤，現世現報，做人笑柄的。

看官，而今且聽小子先說一個好笑的做個入話。唐朝僖宗皇帝即位，改元乾符。是時，閹宦驕橫。有個少馬坊使內官田令孜，是上為晉王時有寵。及即帝位，使知樞密院❺，遂擢為中尉❻。上時年十四，專事游戲，政事一委令孜，呼為「阿父」，遷除官職，不復關白。其時京師有一流棍，叫名李光，專一阿諛逢迎，諂事令孜。令孜甚是喜歡信用，薦為

❺ 知樞密院：即樞密院知院，乃樞密院的主管長官。樞密院，官署名，唐代宗永泰元年（西元七六五年）始設樞密使，委命宦官擔任，掌內外表奏。由是宦官乃得借樞密使名義干預朝政。但「知院」的名稱，實始於宋太宗淳化二年，故此處有誤。

❻ 中尉：武官名，在唐代全稱應為「護軍中尉」，德宗貞元年間，宦官擔任，統神策軍，致使宦官得以借兵權行廢立。

左軍使。忽一日，奏授朔方節度使❼。豈知其人命薄，沒福消受，敕下之日，暴病卒死。遺有一子，名喚德權，年方二十餘歲。令孜老大不忍，心裏要抬舉他，不論好歹，署了他一個劇職❽。時黃巢破長安。中和元年，陳敬瑄在成都，遣兵來迎僖皇。令孜遂勸僖皇幸蜀。令孜扈駕，就便叫了李德權同去。僖皇行在❾住於成都。令孜與敬瑄相與交結，盜專國柄❿，人皆畏威。德權在兩人左右，遠近仰奉，凡奸豪求名求利者，多賄賂德權，替他兩處打關節。數年之間，聚賄千萬，累官至金紫光祿大夫⓫、檢校右僕射⓬，一時薰灼無比。

後來僖皇薨逝，昭皇⓭即位。天順二年四月，西川節度使王建屢表請殺令孜、敬瑄。朝廷懼怕二人，不敢輕許。建使人告敬瑄作亂、令孜通鳳翔書，不等朝廷旨意，竟執二人殺之。草奏云：

開柙出虎⓮，孔宣父⓯不責他人；當路斬蛇，孫叔敖蓋非利己⓰。專殺不行於閫外⓱，先機⓲恐

---

❼ 朔方節度使：官名，唐代邊防十大節度使之一，管轄區相當於今寧夏回族自治區直轄各縣旗地。

❽ 劇職：重要職務。

❾ 行在：皇帝出巡時所駐的地方。

❿ 國柄：國家的政權。

⓫ 金紫光祿大夫：官名，正三品散職官員。

⓬ 僕射：官名，在唐代因太宗李世民即位前曾任實為宰相的尚書令，故太宗以後即廢置尚書令，左、右僕射即主宰相之職。

⓭ 昭皇：唐昭宗李曄（西元八八九至九〇四年在位）。

失於殼中！

於時，追捕二人餘黨甚急。德權脫身遁於復州⑲。平日枉有金銀財貨萬萬千千，一毫卻帶不得，只走得空身。盤纏了幾日，衣服多當來喫了。單衫百結，乞食通途。可憐昔日榮華，一日付之春夢。

卻說天無絕人之路。復州有個後槽健兒⑳，叫做李安。當日李光未際時，與他相熟。偶在道上行走，忽見一人襤褸乞食。仔細一看，認得是李光之子德權，心裏惻然，邀他到家裏問他道：「我聞得你父子在長安富貴，後來破敗。今日何得在此？」德權將官司追捕田、陳餘黨，脫身亡命，到此困窮的話，說

---

⑭ 開柙出虎：典出論語季氏：季康子將伐顓臾，孔子的弟子冉求與子路皆為季氏家臣，孔子對他們未能盡職諫阻季氏的不義之行而氣忿，以「開柙出虎」比喻和批評二人的失職。柙，音ㄒㄧㄚˊ。籠子。打開了籠子，猛虎必然出籠傷人，而管理人是有責任的。

⑮ 孔宣父：即孔子。新唐書禮樂志：「貞觀十一年，詔尊孔子為宣父。」

⑯ 當路二句：出傳說。楚相孫叔敖，幼時在路上見到一條兩頭蛇，他聽說見到這種蛇的人一定要死，為不讓以後見到的人被禍，他打死了那條蛇，並且把牠埋掉。

⑰ 閫外：指統兵在外。

⑱ 先機：先占有利的時機。這兩句的意思是，如果不讓統兵在外的將軍見機行事，就必然因喪失主動權而處於困境。王建在表章中陳述了自己先斬後奏的原因。

⑲ 復州：今湖北沔陽。

⑳ 後槽健兒：養馬的軍士。

了一遍。李安道：「我與汝父有交，你便權在舍下住幾時。怕有人認得，你可改個名，只認做我的姪兒，便可無事。」德權依言，改名彥思，就認他這看馬的做叔叔，不出街上乞化了。未住半年，李安得病將死。彥思見後槽有官給的工食，遂叫李安投狀道：「身已病廢，乞將姪彥思繼充後槽。」不數日，李安果死，彥思遂得補充健兒，為牧守圉人，不須憂愁衣食，自道是十分僥倖。豈知漸漸有人曉得他曾做僕射過的，此時朝政紊亂，法紀廢弛，也無人追究他的蹤跡。但只是起他個混名，叫他做「看馬李僕射」。走將出來時，眾人便指手點腳，當一場笑話。

看官，你道僕射是何等樣大官？後槽是何等樣賤役？如今一人身上先做了僕射，收場結果，做得個看馬的，豈不可笑？卻又一件：那些人依附內相㉑，原是冰山㉒。一朝失勢，破敗死亡，此是常理。留得殘生看馬，還是便宜的事，不足為怪。如今再說當日同時有一個官員，雖是得官不正，僥倖來的，卻是自己所掙。誰知天不幫襯，有官無祿，並不曾犯著一個對頭，並不曾做著一件事體，都是命裏所招。下梢頭弄得沒出豁㉓，比此更為可歎！詩曰：

富貴榮華何足論？從來世事等浮雲。
登場傀儡休相嚇，請看當艄郭使君。

㉑內相：指宦官。

㉒冰山：喻權勢的不可靠，貌似龐大，遇強烈陽光則頃即消蝕。

㉓沒出豁：沒出息。

這本話文，就是唐僖宗朝，江陵有一個人，叫做郭七郎。父親在日做江湘大商，七郎長隨著船上去走的。父親死過，是他當家了。真個是家資鉅萬，產業廣延。有鴉飛不過的田宅，賊扛不動的金銀山！乃楚城富民之首。江淮河朔的賈客，多是領他重本，貿易往來。卻是這些富人。唯有一項：不平心是他本等㉔。大等秤進，小等秤出。自家的歹爭做好，別人的好爭做歹。這些領他本錢的賈客，沒有一個不受盡他累的，各各吞聲忍氣，只得受他。你道為何？只為本錢是他的。那江湖上走的人，拚得陪些辛苦在裏頭，隨你儘著欺心算帳，還只是仗他資本營運，畢竟有些便宜處。若一下衝撞了他，收拾了本錢去，就沒蛇得弄了！故此隨你尅剝，只是行得去的，本錢越弄越大，所以富的人只管富了。

那時，有一個極大商客，先前領了他幾萬銀子，到京都做生意。去了幾年，久無音信。直到乾符初年，郭七郎在家，想著這注本錢沒著落。他是大商，料無失所。可惜沒個人往京去一討。又想一想道：「聞得京都繁華去處，花柳之鄉，不若借此事繇，往彼一遊。一來可以索債；二來買笑追歡；三來覷個方便，覓個前程，也是終身受用。」算計已定。七郎有一個老母，一弟一妹在家，奴婢下人無數，只是未曾娶得妻子。當時分付弟妹承奉母親，著一個都管看家，餘人各守職業做生理，自己卻帶幾個慣走長路會事的家人在身邊，一面到京都來。

七郎從小在江湖邊生長，賈客船上往來，自己也會撐得篙、搖得櫓，手腳快。便把些飢餐渴飲之路，不在心上。不則一日到了。原來那個大商姓張名全，混名張多保。在京都開幾處解典庫，又有幾所緋緞鋪，專一放官吏債，打大頭腦㉕的。至於居間說事，買官鬻爵，只要他一口擔當，事無不成。也有叫他

㉔ 本等：此處作「本性」解。

做「張多保」的，只為凡事多是他保得過，所以如此稱呼。滿京人無不認得他的。郭七郎到京，一問便著。

他見七郎到了，是個江湘債主，起初進京時節，多虧他的幾萬本錢做椿㉖，纔做得開成得這個大氣概，一見了歡然相接。敘了寒溫，便擺起酒來。把轎去教坊㉗裏請了幾個有名的表子，前來陪侍。賓主盡歡。酒散後，就留一個絕頂的妓者，叫做王賽兒，相伴了七郎，在一個書房裏宿了。富人待富人，那房舍精緻，帷帳華侈，自不必說。

次日起來，張多保不等七郎開口，把從前連本連利一算，約該有十來萬了。就如數搬將出來，一手交兌。口裏道：「只因京都多事，脫身不得。亦且挈了重資，江湖上難走，又不可輕易託人，所以遲了幾年。今得七郎自身到此，交明了此一宗，實為兩便。」七郎見他如此爽利，心下喜歡，便道：「在下初入京師，未有下處。雖承還清本利，卻未有安頓之所，有煩兄長替在下尋個寓舍何如？」張多保道：「舍下空房儘多，閒時還要招客，何況兄長通家，怎到別處作寓？只須在舍下安歇，待要啟行時，在下周置動身，管取安心無慮。」七郎大喜，就在張家間壁一所大客房住了。當日取出十兩銀子送與王賽兒，做昨日纏頭之費。夜間是七郎還席，就央他陪酒。張多保不肯要他破鈔，自己也取十兩銀子相送，叫還了七郎銀子。七郎那裏肯？推來推去，大家多不肯收進去，只便宜了王賽兒，落得兩家都收了。他兩人

㉕ 打大頭腦：結交權貴。

㉖ 做椿：即「打椿」，這裏喻指基礎。

㉗ 教坊：此處指妓院。

方纔快活。是夜，賓主兩個與同王賽兒行令作樂飲酒，愈加熟分有趣，喫得酩酊而散。

王賽兒本是個有名的上廳行首㉘，又見七郎有的是銀子，放出十分擒拿的手段來。七郎一連兩宵，已是入了迷魂陣。自此同行同坐，時刻不離左右，竟不放賽兒到家裏去了。賽兒又時常接了家裏的姐妹輪番來陪酒插趣，七郎賞賜無算。那鴇兒又有做生日、打差買物事、替還債許多科分㉙出來。七郎揮金如土，並無吝惜。纔是行徑如此，便有幫閒鑽懶，一班兒人出來誘他去跳槽㉚。大凡富家浪子心性最是不常，搭著便生根的。見了一處，就熱一處。王賽兒之外，又有陳嬌、黎玉、張小小、鄭翩翩幾處往來，都一般的撒漫使錢。那夥閒漢又領了好些王孫貴戚好賭博的，牽來局賭，做圈做套，贏少輸多，不知騙去了多少銀子！

七郎雖是風流快活，終久是當家立計好利的人。起初見還的利錢多在裏頭，所以放鬆了些手。過了兩三年，覺道用得多了，捉捉後手看，已用過了一半有多了。心裏猛然想著家裏頭，要回家去，與張多保商量。張多保道：「此時正是濮人王仙芝㉛作亂，劫掠郡縣，道路梗塞。你帶了偌多銀兩，待往那裏去？恐到不得家裏。不如且在此盤桓幾時，等路上平靜好走，再去未遲。」七郎只得又住了幾日。偶然

㉘ 上廳行首：色藝出眾的官妓班頭。

㉙ 科分：名目花樣。

㉚ 跳槽：指抛開原來的相識，另找別戶妓女鬼混。

㉛ 王仙芝：濮州（山東濮陽）人，唐僖宗乾符元年在河南長垣聚眾數千，得黃巢響應，曾攻占數州，後為招討使曾元裕擊敗，被殺。

一個閒漢叫做包走空包大，說起朝廷用兵緊急，缺少錢糧；納了些銀子，就有官做。官職大小只看銀子多少。說得郭七郎動了火，問道：「假如納他數百萬錢，可得何官？」包大道：「如今朝廷昏濁，正正經經納錢，就是得官，也只有數，不能夠十分大的。若把這數百萬錢拿去私下買囑了主爵的官人㉜，好歹也有個刺史做。」七郎喫一驚道：「刺史也是錢買得的？」包大道：「而今的世界，有甚麼正經？有了錢，百事可做。豈不聞崔烈㉝五百萬買了個司徒㉞麼？而今空名大將軍告身㉟，只換得一醉；刺史也不難的，只要通得關節，我包你做得來便是。」

正說時，恰好張多保走出來。七郎一團高興，告訴了適纔的說話。張多保道：「事體是做得來的。在下手中，也弄過幾個了。只是這件事，在下不攛掇得兄長做。」七郎道：「為何？」多保道：「而今的官，有好些難做。他們做得興頭的，多是有根基、有腳力，親戚滿朝，黨羽四布，方能夠根深蒂固。有得錢賺，越做越高，隨你去剝削小民，貪污無恥，只要有使用、有人情，便是萬年無事的。兄長不過是白身人，便弄上一個顯官，須無四壁倚仗。到彼地方，未必行得去；就是行得去時，朝裏如今專一討人便宜，曉得你是錢換來的，略略等你到任一兩個月，有了些光景，便道夠你了，一下子就塗抹著，豈不枉費了這些錢？若是官好做時，在下也做多時了。」七郎道：「不是這等說，小弟家裏有的是錢，沒

㉜ 主爵的官人：唐代此類官員叫「司封」，掌管有關爵位事務。

㉝ 崔烈：東漢靈帝時人。

㉞ 司徒：官名，漢代列於三公之內，主管教化。

㉟ 告身：朝廷頒發的委任狀。

的是官。況且身邊現有錢財，總是不便帶得到家，何不於此處用了些？博得個腰金衣紫，也是人生一世，草生一秋。就是不賺得錢時，小弟家裏原不稀罕這錢的；就是不做得興時，也只是做過了一番官了。登時住了手，那榮耀是落得的。小弟見識已定，兄長不要掃興。」多保道：「既然長兄主意要如此，在下當得效力。」當時就與包大兩個商議去打關節。

那個包大走跳㊱路數極熟，張多保又是個有身家幹大事慣的人，有甚麼弄不來的事？原來唐時使用的是錢，千錢為緡。就用銀子准時，也只是以錢算帳。當時一緡錢，就是今日的一兩銀子。宋時卻叫做一貫了。張多保同包大將了五千緡，悄悄送到主爵的官人家裏。那個主爵的官人，是內官田令孜的收納戶，百靈百驗。又道是「無巧不成話」，其時有個粵西橫州刺史郭翰，方得除授，患病身故，告身還在銓曹㊲。主爵的受了郭七郎五千緡，就把籍貫改注，即將郭翰告身轉付與了郭七郎，從此改名做了郭翰。

張多保與包大接得橫州刺史告身，千歡萬喜，來見七郎稱賀。七郎此時頭輕腳重，連身子都麻木起來。包大又去喚了一部梨園子弟。張多保置酒張筵。是日，就換了冠帶。那一班閒漢，曉得七郎得了個刺史，沒一個不來賀喜撮空㊳。大吹大擂，喫了一日的酒。又道是：「蒼蠅集穢，螻蟻集羶，鵓鴿子旺邊飛。」七郎在京都，一向撒漫有名，一旦得了刺史之職，就有許多人來投靠他做使令㊴的。少不得官

㊱ 走跳：指打通關節，自上下跳板的過渡行動引申而來。

㊲ 銓曹：吏部的別稱。

㊳ 撮空：此處當作「吹捧」，原是說謊之意。

㊴ 使令：僕從。

不威，牙爪威。做都管，做大叔，走頭站，打驛吏，欺估客，詐鄉民，總是這一干人了。

郭七郎身子如在雲霧裏一般，急思衣錦榮歸，擇日起身。張多保又設酒餞行。起初這些往來的閒漢、姊妹，多來送行。七郎此時眼孔已大，各各齎發些賞賜，氣色驕傲，傍若無人。那些人讓他是個見任刺史，脅肩諂笑，隨他怠慢。只消略略眼梢帶去，口角惹著，就算是十分殷勤好意了。如此攛哄了幾日，行裝打迭已備，齊齊整整起行，好不風騷！一路上想道：「我家裏資產既饒，又在大郡做了刺史。這個富貴，不知到那裏纔住？」心下喜歡，不覺日逐賣弄出來。那些原跟去京都家人，又在新投的家人面前，誇說著家裏許多富厚之處。那新投的一發喜歡道：「是投得著好主了！」前路去耀武揚威，自不必說。無船上馬，有路登舟，看看到得江陵境上來。七郎看時，喫了一驚！但見：

> 人煙稀少，閭井荒涼。滿前敗宇頹垣，一望斷橋枯樹。烏焦木柱，無非放火燒殘；赭白粉牆，盡是殺人染就。屍骸沒主，烏鴉與螻蟻相爭；雞犬無依，鷹隼與豺狼共飽。任是石人須下淚，總教鐵漢也傷心！

原來江陵渚宮[40]一帶地方，多被王仙芝作寇殘滅。里閭人物，百無一存。若不是水道明白，險些認不出路徑來！七郎看見了這個光景，心頭已自劈劈地跳個不住。到了自家岸邊，抬頭一看，只叫得苦！原來都弄做了瓦礫之場。偌大的房屋，一間也不見了。母親弟妹家人等，俱不知一個去向。慌慌張張，走頭

---

40 渚宮：春秋時代楚國的別宮，故址在湖北江陵城內。

無路，著人四處找尋。

找尋了三四日，撞著舊時鄰人，問了詳細，方知地方被盜兵炒亂，弟被盜殺，妹被搶去，不知存亡。止剩得老母與一兩個丫頭，寄居在古廟傍邊兩間茅屋之內。家人俱各逃竄，囊橐盡已蕩空。老母無以為生，與兩個丫頭替人縫針補線，得錢度日。七郎聞言，不勝痛傷，急急領了從人奔至老母處來。母子一見，抱頭大哭。老母道：「豈知你去後，家裏遭此大難，弟妹俱亡，生計都無了。」七郎哭罷，拭淚道：「而今事已到此，痛傷無益。虧得兒子已得了官，還有富貴榮華日子在後面。母親且請寬心。」母親道：「兒得了何官？」七郎道：「官也不小，是橫州刺史。」母親道：「如何能夠得此顯爵？」七郎道：「當今內相當權，廣有私路，可以得官。兒子向張客取債，他本利俱還，錢財儘多在身邊，所以將錢數百萬，夠幹得此官。而今衣錦榮歸，省看家裏，隨即星夜到任去。」

七郎叫從人取冠帶過來穿著了，請母親坐好，拜了四拜。又叫身邊隨從舊人及京中新投的人，俱各磕頭，稱太夫人。母親見此光景，雖然有些喜歡，卻歎口氣道：「你在外邊榮華，怎知家下盡散，分文也無了。若不營夠這官，多帶些錢歸來用度也好。」七郎道：「母親誠然女人家識見。做了官，怕少錢財？而今那個做官的，家裏不是千萬百萬？連地皮多捲了歸家的。今家業既無，只索撇下此間，前往赴任。做得一年兩年，重撐門戶，改換規模，有何難處？兒子行囊中，還剩有二三千緡，儘夠使用，母親不必憂慮。」母親方纔轉憂為喜，笑逐顏開道：「虧得兒子崢嶸有日，奮發有時，真是謝天謝地。若不是你歸來，我性命只在目下了。而今何時可以動身？」七郎道：「兒子原想此一歸來娶個好媳婦，同享榮華；而今看這個光景，等不得做這事了。且待上了任，再做商量。今日先請母親上船安息。此處既無根絆，明日換個大船，就做好日開了罷。早到得任一日，也是好的。」

當夜，請母親先搬在來船中住。茅舍中破鍋、破竈、破碗、破罐，盡多撇下。又分付當直的僱了一隻往西粵長行的官船。次日搬過了行李，下了艙口停當，燒了利市神福，吹打開船。此時，老母與七郎俱各精神榮暢、志氣軒昂。七郎不曾受苦，是一路興頭過來的。雖是對著母親，覺得滿盈得意，還不十分怪異。那老母是歷過苦難的，真是地下超昇在天上，不知身子幾都大了。

一路行去，過了長沙入湘江，次永州。州北江塓有個佛寺，名喚「兜率禪院」，舟人打點泊船在此過夜。看見岸邊有大楠樹一株，圍合數抱，遂將船纜結在樹上，結得牢牢的，又釘好了樁橛。七郎同老母進寺隨喜。從人撐起傘蓋，跟隨伏侍。寺僧見是官員，出來迎接送茶，私問來歷。從人答道：「是見任西粵橫州刺史。」寺僧見說是見任官，愈加恭敬，陪侍指引各處遊玩。那老母但看見佛菩薩像，只是磕頭禮拜，謝他覆庇。天色晚了，各回船安息。

黃昏左側，只聽得那樹梢呼呼的風響。須臾之間，天昏地黑，風雨大作！但見：

封姨逞勢，巽二[41]施威。空中如萬馬奔騰，樹杪似千軍擁沓！浪濤澎湃，分明戰鼓齊鳴；圩岸傾頹，恍惚轟雷驟震。山中虓虎嘯，水底老龍驚。盡知巨樹可維舟，誰道大風能拔木！

眾人聽見風勢甚大，心下驚惶。那艄公心裏道是江風雖猛，虧得船繫在極大的樹上，生根得牢，萬無一

---

[41] 封姨巽二：傳說中的風神。

失。睡夢之中，忽聽得天崩地裂價一聲響亮！原來那株楠樹年深月久，根行之處，把這些幫岸都拱得鬆了。又且長江巨浪日夜淘洗，岸如何得牢？那樹又大了，本等招風，怎當這一隻狼犺的船，盡做力生根在這樹上？風打得船猛，船牽得樹重，樹趁著風威，底下根在浮石中絆不住了，「豁剌」一聲，竟倒在船上來，把船打得粉碎！船輕樹重，怎載得起？只見水亂滾進來，船已沉了。艙中碎板，片片而浮。睡的婢僕，盡沒於水。說時遲，那時快，艄公慌了手腳，喊將起來。郭七郎夢中驚醒。他從小原曉得些船上的事，與同艄公，竭力死拖住船纜，纔把個船頭湊在岸上擱得住。急在艙中水裏扶得老母親攙到得岸上來，逃了性命。其後稍人等，船中什物行李，被幾個大浪潑來，船底俱散，盡漂沒了。其時深夜昏黑，山門緊閉，沒處叫喚，只得披著濕衣，三人抱胸跌腳價叫苦。

守到天明，山門開了，急急走進寺中，問著昨日的主僧。主僧出來，看見他慌張之勢，問道：「莫非遇了盜麼？」七郎把樹倒舟沉之話說了一遍。寺僧忙走出看，只見岸邊一隻破船沉在水裏，岸上大楠樹倒來壓在其上了，喫了一驚。急叫寺中火工道者人等，一同艄公，到破板艙中，遍尋東西，俱被大浪打去，沒討一些處。連那張刺史的告身，都沒有了。寺僧權請進一間靜室，安住老母，商量到零陵州州牧處陳告情繇。等所在官司替他動了江中遭風失水的文書，還可赴任。計議已定，有煩寺僧一往。寺僧與州裏人情廝熟，果然叫人去報了。誰知：

濃霜偏打無根草，禍來只奔福輕人。

那老母原是兵戈擾攘中，看見殺兒掠女，驚壞了再甦的，怎當夜來這一驚可又不小？亦且婢僕俱亡，生資都盡，心中轉轉苦楚。面如蠟相，飲食不進，只是哀哀啼哭，臥倒在床，起身不得了。七郎愈加慌張，只得勸母親道：「留得青山在，不怕沒柴燒。雖是遭此大禍，兒子官職還在，只要到得任所便好了。」老母帶著哭道：「兒，你娘心膽俱碎，眼見得無那活的人了，還說這太平的話則甚？就是你做得官，娘看不著了。」七郎一點痴心，還指望等娘好起來，就地方起個文書，前往橫州到任，有個好日子在後頭。誰想老母受驚太深，一病不起。過不多兩日，嗚呼哀哉，伏惟尚饗。

七郎痛哭一場，無計可施。又與僧家商量，只得自往零陵州哀告州牧。州牧幾日前曾見這張失事的報單過，曉得是真情。畢竟官官相護，道他是隔省上司，不好推得乾淨身子。一面差人替他殯葬了母親，又重重齎助他盤纏，以禮送了他出門。七郎虧得州牧周全，幸喜葬事已畢，卻是丁了母憂，去到任不得了。寺僧看見他無了根蒂，漸漸怠慢，不肯相留。要回故鄉，已此無家可歸。沒奈何，就寄住在永州一個船埠經紀人的家裏，原是他父親在時走客認得的。卻是囊橐俱無，止有州牧所助的盤纏，日喫日減。用不得幾時，看看沒有了。

那些做經紀的人有甚情誼？日逐有些怨容起來，未免茶遲飯晏，箸長碗短。七郎覺得了，發話道：「我也是一郡之主，當是一路諸侯。今雖丁憂，後來還有日子，如何恁般輕薄？」店主人道：「說不得一郡兩郡！皇帝失了勢，也要忍些饑餓、喫些粗糲，何況於你是未任的官？就是官了，我每又不是甚麼橫州百姓，怎麼該供養你？我們的人家，不做不活，須是喫自在食不起的。」七郎被他說了幾句，無言可答，眼淚汪汪，只得含著羞耐了。

再過兩日，店主人就尋事吵鬧，一發看不得了。七郎道：「主人家，我這裏須是異鄉，並無一人親識可歸。一向叨擾府上，情知不當，卻也是沒奈何了。你有甚麼覓衣食的道路，指引我一個兒。」店主人道：「你這樣人，種火又長，拄門又短㊷，郎不郎、秀不秀的，若要覓衣食，須把個官字兒擱起，照著常人傭工做活，方可度日。你卻如何去得？」七郎見說到傭工做活，氣忿忿地道：「我也是方面官員，怎便到此地位？」思想零陵州州牧前日相待甚厚，不免再將此苦情告訴他一番，定然有個處法，難道白白餓死一個刺史在他地方了不成？寫了個帖，又無一個人跟隨，自家袖了，葳葳蕤蕤㊸，走到州裏衙門上來遞。

那衙門中人見他如此行徑，必然是打抽豐沒廉恥的，連帖也不肯取他的。直到再三央及，把上項事一一分訴，又說到替他殯葬、厚禮贐行之事，這卻衙門中都有曉得的，方纔肯接了進去，呈與州牧。州牧看了，便有好些不快活起來，道：「這人這樣不達時務的！前日吾見他在本州失事，又看上司體面，極意周全他去了。他如何又在此纏擾？或者連前日之事，未必是真，多是神棍㊹假裝出來騙錢的，未可知。縱使是真，必是個無恥的人！還有詐多無厭足處。吾本等好意，卻叫得引鬼上門。我而今不便追究，只不理他罷了。」分付門上不受他帖，只說概不見客，把原帖還了。

七郎受了這一場冷淡，卻又想回下處不得。住在衙門上，守他出來時當街叫喊。州牧坐在轎上，問

㊷ 種火二句：喻指郭七郎這塊材料什麼都不合適，派不了用場。與後文「郎不郎、秀不秀的」含義相同。

㊸ 葳葳蕤蕤：此處作猥瑣困頓解，與原茂盛精神之意相反。葳，音ㄨㄟ。蕤，音ㄖㄨㄟˊ。

㊹ 神棍：假託鬼神、耍弄手腕的騙子。

道：「是何人叫喊？」七郎口裏高聲答道：「是橫州刺史郭翰。」州牧道：「有何憑據？」七郎道：「原有告身，被大風飄舟，失在江裏了。」州牧道：「既無憑據，知你是真是假？就是真的，齎發已過，如何只管在此纏擾？必是光棍！姑饒打，快走！」左右虞候看見本官發怒，亂棒打來。只得閃著身走開來，一句話也不說得，有氣無力的，仍舊走回下處悶坐。

店主人早已打聽他在州裏的光景，故意問道：「適纔見州裏相公相待如何？」七郎羞慚滿面，只歎口氣，不敢則聲。店主人道：「我教你把官字兒擱起，你卻不聽我，直要受人怠慢。而今時勢，就是個空名宰相，也當不出錢來了。除是靠著自家氣力，方掙得飯喫。你不要痴了。」七郎道：「你叫我做甚勾當好？」店主人道：「你自想身上有甚本事？」七郎道：「我別無本事，正是少小隨著父親，涉歷江湖，那些船上風水、當艄拿舵之事，儘曉得些。」店主人喜道：「這個卻好了！我這裏埠頭上來往船隻多，儘有缺少當艄的。我薦你去幾時，好也覓幾貫錢來，餓你不死了。」七郎沒奈何，只得依從。從此只在往來船隻上替他當艄度日。去了幾時，也就覓了幾貫工錢，回到店家來。永州市上人認得了他，曉得他前項事的，就傳他一個名，叫他做「當艄郭使君」。但是要尋他當艄的船，便指名來問郭使君。永州市上編成一隻歌兒嘲他。這歌名掛枝兒，道是：

> 問使君：你緣何不到橫州郡？原來是天作對，不作你假斯文。把家緣結果在風一陣。舵牙當執板，繩纜是拖紳。這是榮耀的下梢頭也，還是拿著舵穩。

在船上混了兩年，雖然挨得服滿，身邊無了告身，去補不得官。若要京裏再打關節時，還須照前得這幾千緡使用，卻從何處討？眼見得這話休題了。只得安心塌地靠著船上營生。又道是「居移氣，養移體」。當初是刺史，便像個官員；而今在船上多年，狀貌氣質也就是些篙工、水手之類，一般無二。可笑個一郡刺史，如此收場！可見人生榮華富貴，眼前算不得帳的。上覆世間人，不要十分勢利，聽我四句口號：

富不必驕，貧不必怨。
要看到頭，眼前不算。

附錄一　今古奇觀識語

抱甕老人所選今古奇觀四十種，命題則琢成對偶，敘事則確得見聞，且彰善癉惡，悉寓針砭，誠非尋常小說敗俗傷風者可以同日語也。惜坊間原版，漫漶模糊，加以魯魚亥豕，博覽君子，寓目為難。爰特不惜工資，逐加校核，印以鉛版。後倩名手，重繪圖像。雖篇幅仍前，而較諸舊刻，不啻霄壤。閱者鑒之。

光緒戊子菊秋　　慎思草堂主人謹識

（光緒十六年善成堂刊本）

附錄二　今古奇觀序

小說之傳，由來久矣。自漢迄明，代有作者，遐搜博採，擿藻揚華，各有專門，以成一家之說。雖屬稗官野史，不無貫穿經典，馳騁古今，洋洋大觀，足與班、馬媲美者。然必足以正人心、厚風俗、為千古之龜鑒，方得行於世而垂之無窮。

此書作自明代，盛傳於國朝，原係百回，抱甕老人選刻四十種。其間所載軼事，皆確得見諸聞，非同烏有。其言頗合風人之言，善者感人善心，惡者懲人逸志，令閱者如聞清夜鐘聲，勃然猛省，非徒快人耳目、供談麈於閒窗也。

從來至奇之文，無至庸之理，不過等諸牛鬼蛇神，雖奇曷貴？乃論其事則洞心駭目，人世罕聞；論其理則福禍善淫，毫釐不爽，寓至庸於至奇，是書有焉。惜舊版模糊，苦無善本，詞句舛錯，極多魯魚帝虎之訛。茲經慎思主人排印，重新細加校核，繡像則別開生面，題詠則悉去陳言，雖卷帙承前而規模頓易。凡爭先快覩者，勿徒賞其詞藻，宜熟玩其指歸，不作尋常小說觀，是余之厚幸也。

光緒戊子歲在陽後一日　管窺子拜書於海上

（光緒十六年善成堂刊本）

專家校注考訂　古典小說戲曲大觀

世俗人情類

紅樓夢　曹雪芹撰　饒彬校注

脂評本紅樓夢　曹雪芹原著　脂硯齋重評　馬美信校注

金瓶梅　笑笑生原作　劉本棟校注　繆天華校閱

老殘遊記　劉鶚撰　田素蘭校注　繆天華校閱

平山冷燕　天花藏主人編次　張國風校注　謝德瑩校閱

品花寶鑑　陳森著　徐德明校注

野叟曝言　夏敬渠著　黃珅校注

綠野仙踪　李百川著　葉經柱校注

禪真逸史　方汝浩撰　黃珅校注

海上花列傳　韓邦慶著　姜漢椿校注

九尾龜　張春帆著　楊子堅校注

醒世姻緣傳　西周生輯著　袁世碩、鄒宗良校注

三門街　清無名氏撰　嚴文儒校注

花月痕　魏秀仁著　趙乃增校注

孽海花　曾樸撰　葉經柱校注　繆天華校閱

魯男子　曾樸著　黃珅校注

遊仙窟　玉梨魂（合刊）　張鷟、徐枕亞著　黃瑚、黃珅校注

筆生花　心如女史著　黃明校注　亓婷婷校閱

浮生六記　沈三白著　陶恂若校注　王關仕校閱

公案俠義類

水滸傳　施耐庵撰　羅貫中纂修　金聖嘆批　繆天華校注

兒女英雄傳　文康撰　饒彬標點　繆天華校注

三俠五義　石玉崑著　張虹校注　楊宗瑩校閱

七俠五義　石玉崑原著　俞樾改編　楊宗瑩校注　繆天華校閱

小五義　清・無名氏編著　李宗為校注
續小五義　清・無名氏編著　文斌校注
蕩寇志　俞萬春撰　侯忠義校注
綠牡丹　清・無名氏著　劉倩校注
羅通掃北　鴛湖漁叟較訂　劉倩校注
楊家將演義　紀振倫撰　楊子堅校注　葉經柱校閱
萬花樓演義　李雨堂撰　陳大康校注
粉妝樓全傳　竹溪山人編撰　陳大康校注
七劍十三俠　唐芸洲著　張建一校注
包公案　明・無名氏撰　顧宏義校注
謝士楷、繆天華校閱
海公大紅袍全傳　清・無名氏撰
楊同甫校注　葉經柱校閱
施公案　清・無名氏編撰　黃珅校注

歷史演義類

三國演義　羅貫中撰　毛宗崗批　饒彬校注
東周列國志　馮夢龍原著　蔡元放改撰
劉本棟校注　繆天華校閱
東西漢演義　甄偉、謝詔編著　朱恒夫校注
劉本棟校閱
隋唐演義　褚人穫著　嚴文儒校注　劉本棟校閱
說岳全傳　錢彩編次　金豐增訂　平慧善校注
大明英烈傳　楊宗瑩校注　繆天華校閱

神魔志怪類

西遊記　吳承恩撰　繆天華校注
封神演義　陸西星撰　鍾伯敬評
楊宗瑩校注　繆天華校閱
濟公傳　王夢吉等著　楊宗瑩校注　繆天華校閱
三遂平妖傳　羅貫中編　馮夢龍增補　楊東方校注
南海觀音全傳　達磨出身傳燈傳（合刊）
西大午辰走人、朱開泰著　沈傳鳳校注

諷刺譴責類

儒林外史　吳敬梓撰　繆天華校注
官場現形記　李伯元撰　張素貞校注　繆天華校閱
文明小史　李伯元撰　張素貞校注　繆天華校閱
鏡花緣　李汝珍撰　尤信雄校注　繆天華校閱
二十年目睹之怪現狀　吳趼人著　石昌渝校注
何典　斬鬼傳　唐鍾馗平鬼傳（合刊）
張南莊等著　鄔國平校注　繆天華校閱

擬話本類

拍案驚奇　凌濛初撰　劉本棟校注　繆天華校閱
二刻拍案驚奇　凌濛初原著　徐文助校注　繆天華校閱
喻世明言　馮夢龍編撰　徐文助校注　繆天華校閱
警世通言　馮夢龍編撰　徐文助校注　繆天華校閱
醒世恒言　馮夢龍編撰　廖吉郎校注　繆天華校閱
今古奇觀　抱甕老人編　李平校注　陳文華校閱
豆棚閒話　照世盃（合刊）　艾衲居士、酌元亭主人編撰　陳大康校注　王關仕校閱
石點頭　天然癡叟著　李忠明校注　王關仕校閱
十二樓　李漁著　陶恂若校注　葉經柱校閱
西湖佳話　墨浪子編撰　陳美林、喬光輝校注
西湖二集　周楫纂　陳美林校注
型世言　陸人龍著　侯忠義校注

著名戲曲選

竇娥冤　關漢卿著　王星琦校注
漢宮秋　馬致遠撰　王星琦校注
梧桐雨　白樸撰　王星琦校注
琵琶記　高明著　江巨榮校注　謝德瑩校閱
第六才子書西廂記　王實甫原著　金聖嘆批點　張建一校注
牡丹亭　湯顯祖著　邵海清校注
荊釵記　柯丹邱著　趙山林校注
荔鏡記　明・無名氏著　趙山林等校注
長生殿　洪昇著　樓含松、江興祐校注
桃花扇　孔尚任著　陳美林、皋于厚校注
雷峰塔　方成培編撰　俞為民校注